D1717648

Walter Ehrismann

Berührt.

Roman

Edition Howeg

«Wer die Wahrheit darstellen will,
müsste eine Geschichte
erzählen können –
in ihr entfaltet sich Wahrheit»

Friedrich Weinreb (1910 – 1988): Traumleben

«Die Metapher ist eine Erfindung, die es
den Menschen gestattet, einen Zusammenhang
zwischen den Fragmenten ihres Lebens herzustellen.
Eines Tages werden sie vielleicht
die Ganzheit erfassen.»

Amélie Nothomb (1967): Die Reinheit des Mörders

Isabelle. Isabelle Malavou. Ein Brief, an mich gerichtet, in dem sie mir mitteilt, ich hätte gewonnen. Der Name war mir nicht geläufig, als ich ihn das erste Mal als Galerie-Inserat in einer Branchenzeitschrift las. Ausschreibung eines Wettbewerbs einer Kunstgalerie in L.? Nie gehört. Neugierig bin ich hingereist. Dann habe ich sie kennen gelernt. Isabelle ist lebhaft, wenn sie spricht. Sie erzählt gerne, von ihrem Tal, von ihrem Vater, von der Stadt und von ihrer Arbeit als Kunstvermittlerin. Unter Leuten ist sie der Mittelpunkt. Niemand möchte ihn ihr streitig machen.

Es konnte verletzend wirken, wenn sie plötzlich schwieg. Dann blickte sie vor sich hin, die Hände auf der Tischplatte, trommelte nervös mit den Fingern drauf herum oder spielte mit einem Stück Papier. Etwas Unausgesprochenes blieb in der Luft hängen. Es schien, als fühlte sie sich bei etwas Ungebührlichem ertappt. Daher ihre Gereiztheit. Ich legte mich jeweils mächtig ins Zeug, den entstandenen Eindruck wegzuwischen, indem ich das Gespräch behutsam in eine andere Richtung zu lenken versuchte. Ich war ihr dankbar für die Aufhebung der Distanziertheit, als sie mir beim ersten Besuch in der Galerie das Du anbot.

In der Nacht nach meiner Ankunft bin ich in einem fremden Zimmer erwacht. Ein Drücken und Ziehen in der Brust ließ meinen Atem stoßweise und pfeifend entweichen. Vermutlich davon bin ich wach geworden. Eine Weile bleibe ich regungslos liegen, versuche mich in Zeit und Raum zu orientieren, ohne die dicken Augenlider anheben zu können, verklebt, wie sie sind. Ich bin offenbar noch vom Alkohol benebelt. Warm und träge fließt er mit dem Blut durch die

Adern, macht die Glieder bleiern und lähmt die Muskeln. Die Schleimhäute der Mundhöhle, wenn ich mit der Zunge dranstoße, fühlen sich papierig trocken an. Noch ist der Gaumen mit dem glühend scharfen Hauch des Weintresters belegt, ein unangenehmes Übrigbleibsel unserer spätabendlichen Trinkerei. Ich fühle mich elend und habe Durst, unendlichen Durst.

Vor den Fensterläden geht ein schwerer südlicher Regen nieder, der den herben Duft der Erde und des feuchten Lorbeers aus Hecken und Hag in jede Ecke und Ritze des Zimmers drückt. Dankbar ziehe ich den Geruch des nassen Gartens tief in meine malträtierten Lungen ein. Lastende Stille im Haus. Nichts regt sich. Der Druck auf meinen Brustkorb hat nicht nachgelassen. Der Atem geht immer noch hörbar schwer. Keine Ahnung, welche Uhrzeit es ist. Jedenfalls noch stockdunkle Nacht. Alessandro, was machst du hier? Die Luft im Zimmer ist kühl. Frierend suche ich meine Decke. Irgendwo dort unten liegt sie. Ich spüre sie am Fuß. Umständlich angle ich sie mit einem Bein, ziehe sie näher heran und decke mich halbwegs ordentlich zu.

Eingehüllt vom starken Lorbeerdunst, der mein Halbwachsein einer Trance nicht unähnlich erscheinen lässt, ließe sich jetzt über meine nahe Zukunft hier orakeln, doch mein Kopf schmerzt und verhindert wirklich klare Gedanken. Was für ein schmaler Grat zwischen halbtot sein und noch nicht leben! Es ist ein böses Erwachen aus einem bewusstseinsfernen Zustand, das die Körperschwere dem losgelösten, schwachen Geist aufzuzwingen versucht. Ich stütze mich auf den linken Ellbogen, ziehe die Decke ganz herauf, ordne mit einer Hand das zerwühlte Kopfkissen neu, suche kühlende, glatte Stellen und lege mich erschöpft wieder hin, ergeben in den Kater, der meinen ganzen Leib zu Blei verwandelt hat. Die Augen bleiben geschlossen. So gleite ich unmerklich wieder zurück in den Schlaf.

Da ist er wieder. Der Traum. Kenne ich ihn nicht bereits? Seltsam leicht bewege ich mich in den ersten auftauchenden Bildern. Das ganze Geschehen spielt in altbekannten Kulissen und kommt mir von Beginn weg vertraut vor.

Ich halte mich in einem hohen, hellen Raum auf, einem barocken Salon, hergerichtet für ein großartiges Galadiner. Von der weißen Stuckdecke hängen schwere Kristalllüster herab und spenden ein sanftes Licht. Es bricht sich hundertfach in den geschliffenen Glaskristallen und glitzert und flimmert diffus wie ein alter Schwarz-Weiß-Film über die matten, fleckigen Spiegel an der Wand. An den zwei langen Bänkettischen, von Damasttüchern bis fast zum Parkettboden hinab bedeckt, gehen Kellner hin und her. Sie haben für ein bevorstehendes Ereignis, das für sie als Meisterprüfung gewertet werden wird, wundervolle Arrangements zustande gebracht. Doch in der mir zugeteilten Prüfungsgruppe werkeln die Leute vor sich hin, als wäre jeder für sich allein.

Das ergibt auf meinen Tischen keine mir genehme Gesamtwirkung, die Mise en Place will so nicht recht gelingen. Ich ärgere mich. Aber rührt das nicht von meiner ewigen Suche her nach einer äußeren, gültigen Anschauung, die meine Erwartungen zu hoch schraubt und mich stets in die Irre leitet? Denn was ich eigentlich lehren und mitgeben möchte, ist eine von Anfang an festgelegte und durchschaubare, klare Ordnung, die zwischen den Dingen herrscht und die ihre Bedeutung offenbart in der Art, wie die Dinge zueinander stehen. Die Leute, meine ich, sind falsch, wenn sie behaupten, dass irgendwelche inneren Werte allein zählen. Es sind die äußeren Erscheinungen der Welt, die unsere Wünsche, unser Fühlen und Handeln bestimmen. Ich bin dieser Situation in vielfach abgewandelter Form wieder und wieder begegnet. Nie habe ich es genauer erfahren und erkannt wie gerade jetzt.

Resigniert ob der Unfähigkeit meines Teams, überlasse ich mich ganz den schwebenden Eindrücken, die aus einer unergründlichen Tiefe, Bild für Bild, sich zur Geschichte reihen. Manchmal ist ein einzelnes Tableau in den Seiten verkehrt, wirkt unecht, blass in den Farben oder steht kopfüber. Dann stört es. Dennoch gehört es genau da hin. Mitten hinein.

Ehrgeizig, wie ich bin, möchte ich darum die Servicebrigade anleiten, einzelne Aspekte ihrer Präsentation zu erkennen und neu aufeinander abzustimmen, die weißen Zwischenräume der Gedecke, der Servietten, den Rhythmus der Gläser, Teller und Bestecke, die Formen und hellen Farben der festlichen Blumenbouquets zu einer Gesamtschau zu koordinieren und die Leerstellen bewusst mit einzubeziehen. Lücken nicht einfach zu füllen. Denn es sind diese Leerräume, die das Leben uns auftut und die uns zutiefst erschrecken. Sie sind einzig dazu da zu zeigen, dass ein Etwas nur existiert, weil es das Nichts gibt.

Doch jeder sieht sich exponiert in seiner Lage, diesen

Stunden der Prüfung und Bewährung, nimmt allein seinen Teil wahr, ohne nach links und rechts zu blicken oder gar sein Gegenüber zu beachten. Der Prüfungsexperte überhäuft mich deswegen mit Vorhaltungen, bis ich leise zu ihm bemerke, ich unterrichte seit zwanzig Jahren im Service und bräuchte seine Belehrungen nicht. Irritiert wendet er sich ab, greift in den Expertenkoffer und legt ein in Lumpen eingeschlagenes Ding auf den Tisch. Dann geht er, ohne sich noch einmal umzuwenden.

Alle starren hin. Etwas bewegt sich unter dem Tuch. Ein fadendünnes rotes Rinnsal rieselt über den weißen Damast. Ich beobachte mich, registriere erstaunt, dass das bei mir keine Gefühle auslöst. Keine Angst, kein kaltes Erschauern. Nichts.

Später trete ich hinaus auf einen sonnenüberfluteten Platz, eine Art südlicher Piazza grande. Es ist ein gleißend heller Tag und sehr warm. Ich trage noch meinen merkwürdigen, festlichen Anzug, wie man ihn früher bei einer Hochzeit trug, grauschwarz gestreifte, in Falten gebügelte Hosen, einen altertümlichen schwarzen Cutaway, darunter ein weißes Hemd mit gestärktem Brusteinsatz und abnehmbarem Kragen, dazu eine schwarze, von Hand gebundene Fliege.

Die Menschen eilen zur Messe. Wie es scheint, zu einer Totenfeier. Ich nehme im hintersten Teil des Gotteshauses Platz und kann nicht viel vom mystischen Geschehen vorne am Altar erkennen. Offenbar werden dort kleine Zirkuskunststücke dargeboten. Herrisch dirigiert ein weiß geschminkter Clown die Gruppe der Gaukler. Akrobaten, maskierte Zauberer, Feuerschlucker, Scharlatane und

Harlekine mit schwarzer Augenmaske unter hohem Federdreispitz, blau, rot, gold und rhombenartig gewürfelt ihr Fleckenkleid, unterhalten unter Anleitung des weißen Clowns die trauernde Menge. Sein glitzerndes Seidenkostüm mit den zugespitzten Achselpolstern, die samtene Pumphose und der hohe, runde Hut verleihen ihm diabolische Würde. Er bläst auf seinem Saxophon schauerliche Töne. Sie wirken wie die Schreie archaischer Klageweiber. Gemessenen Schritts umrundet er die Menge der Trauernden. Dann steht er vor mir, beugt sich zu mir herab. Mund und Ohren sind rot geschminkt, das Gesicht ist erstarrt unter seiner bleichen Maske. Er mustert mich aus leeren Augenhöhlen. Als die Totenmesse mit dem Kyrie zu Ende geht und die Menschen nach draußen drängen, setze ich mich in den vorderen Teil der Kirche, direkt unter das rote Herz mit den flammenden Blutstrahlen und dem ewigen Licht. Dazu habe ich einen engen, steinernen Torbogen zum heiligen Altarraum hin durchschreiten müssen.

Nun ist auch meine Tochter bei mir, vierzehnjährig, vielleicht mehr, ein strahlendes Geschöpf. Sie lässt sich auf meinen Knien nieder. Ruhig lege ich einen Arm um sie. Ihre Augen sprühen, ihr Gesicht leuchtet. Die Leute drehen sich beim Hinausgehen verstohlen nach uns um, weil wir sehr schön sind zusammen. Einige nähern sich, um uns zu begrüßen, unsere Hände zu schütteln, uns zu berühren, als seien wir Auserwählte, oder sie winken und nicken uns von weitem zu. Offenbar werden wir verehrt. Ich bin von Stolz erfüllt. Der starke Strom dieses Glücksgefühls durchpulst noch lange meinen Körper.

Jemand hat etwas zu mir gesagt. Wir stehen noch mitten auf der Piazza, ohne uns zu rühren. Die Musik ist da. Möchtest du weggehen? Sie blickt mich an, hat zum zweiten Mal gefragt. Seltsam, dass sie im Traum zu mir spricht. Wohin? Ich hab's nicht gehört. Sie zuckt die Achseln. Lächelt. Wir bewegen uns tanzend im Rhythmus der Musik hin zu einem hohen Kamin. Ein Feuer brennt im Ofenloch. Niemand achtet darauf. Hinter dem Kamin legt sie mir die Hände um den Nacken. Ich drücke ihr leicht den Arm. Kein Versuch, Worte zu finden. Es gibt nichts, was wir sagen sollten. Meine Tochter, an den Kamin gelehnt, wärmt ihren Rücken.

Langsam, kaum merklich, erwache ich. Vielleicht habe ich im Traum eine falsche Bewegung gemacht. Eine Unachtsamkeit begangen, eine Frage gestellt? Ein zu lautes Lachen von mir gegeben, was mir als Überheblichkeit angelastet wird? Das war der allererste Gedanke zwischen dem ausgedehnten Moment des Aufwachens und dem Öffnen der Augen, wenn die Geräusche noch Teil des Traumes sind und es undenkbar scheint aufzustehen. Unruhig versuche ich, den Traum an die helle Wirklichkeit anzubinden, im aufkommenden Tag zu verorten. Es ist noch sehr früh und kühl. Gleich einem zurückgestoßenen Boot entgleitet er mir auf dem Fluss der Wahrnehmung in eine unsichtbare, unerreichbare Ferne und lässt mich in tiefer Trauer zurück.

Draußen hat ein trüber, feuchter Morgen seinen Anfang genommen. Verschwunden sind die Bilder, doch ein vages, irritierendes Gefühl von Verlust ist geblieben. Bevor ich die Augen ganz aufschlage und den Kopf hebe, dringt das Geräusch der auf den Terrassenfliesen aufklatschenden

Regentropfen durchs halb offene Fenster zu mir. Ruhig und gleichmäßig rauscht der Regen nieder. Kein Wind. Durch die schräggestellten Jalousien fließt ein wenig graue Helligkeit in den Raum, hüllt Wände, Tisch und Stuhl, Schrank und Schreibpult in ein schwaches Licht. Meine Kleider liegen neben dem Bett am Boden und auf dem Stuhl, wohin ich sie beim Ausziehen habe fallen lassen. Wie kläglich liegen sie allnächtlich da. Ein verlorenes Häufchen, wenn man sich am Morgen ächzend aus dem Bett wälzt und das Zeug da liegen sieht, zur Hälfte am Boden. Eine Socke fehlt, sie liegt irgendwo im Zimmer. Nur die gestreifte Hose ist ordentlich in Falten gelegt und hängt über der Rückenlehne des Stuhles.

Gestern Mittag erst bin ich in der Stadt angekommen und habe das Gepäck gleich bei den Schließfächern am Bahnhof eingestellt, meinen Kofferrolli, eine abgenutzte Plastiktragetasche und die große, unhandliche Zeichenmappe. Als zweites habe ich am Kiosk eine billige Fotoromanza erstanden und bin, den Kopf in die aufblätternden Seiten gesteckt, über den Vorplatz der Bahnstation geschlendert. Die Sprechblasen tanzten vor meinen Augen. Die Fotogeschichte lässt mich den Sinn des modischen Italoslangs in den Fumetti mehr erraten als wirklich lesen und verstehen. Ich bin jedoch froh, meine Unsicherheit im neuen Lebensabschnitt hinter diesen belanglosen Heftseiten verbergen zu können.

Das Gässchen, das ich einschlage, führt in vielen Serpentinen zur Unterstadt. Es ist ein enger, abschüssiger Fußweg, teilweise als Treppe angelegt, mit nicht sehr hohen, aber langen Stufen und mit klein behauenem Kopfsteinpflaster bestückt. Der Weg kreuzt mehrmals über Brücken die schmale Bahntrasse einer Standseilbahn, der Funiculare, wie sie hier sagen, deren obere Station ich in der Halle des weiten Bahnhofgeländes zuerst nicht wahrgenommen habe, das heißt, ich dachte nicht mehr daran, denn ich wollte zu Fuß ins Basso. An der Talstation komme ich kurz darauf vorbei. Die Pflästerung des Wegs, der Gassen und kleinen Plätze hat mich fortwährend am Lesen gehindert. Immer wieder habe ich mit den Schuhspitzen oder Absätzen angeschlagen, bin schräg aufgetreten und über die glatten, ausgetretenen Pflastersteine hinweggerutscht, so dass ich das eben gekaufte Heft beim nächsten Papierkorb entsorge.

Ich halte in den Gassen Ausschau nach einem Straßencafé, aus purer Lust, im Freien zu sitzen. Die Tage sind noch nicht wirklich heiß, obwohl die Sonne am Himmel steht, denn ein zu dieser Jahreszeit ungewohnter, zügiger Nordwind kühlt die Luft, und als ich unter den steinernen Arkaden ein kleines Café im Halbschatten entdecke, zwischen dem Rathaus, einer Pasticeria und der städtischen Sparkasse gelegen, lasse ich mich in einen der Korbsessel fallen, froh, die warmgelaufenen Füße ausstrecken zu können und bestelle ein Glas Wasser mit Eiswürfeln, ein Gebäck und hinterher einen Espresso. Hungrig und müde, voller Unruhe in Erwartung dessen, was mich hierher geführt hat.

«Isabelle Malavou, Galeria» steht auf der Visitenkarte. Der Name hatte mir wirklich nichts bedeutet, als ich die kleine Karte mit einem Begleitbrief vor einigen Wochen erhielt. Er tönte «welsch». Ich ziehe die Karte hervor und studiere die

Adresse. Es muss ganz in der Nähe sein, in einer der Gassen, die vom Hauptplatz aus parallel zur Seepromenade verlaufen. Malavou. Seltsamer Name. Halb italienisch, halb französisch, irgendwie fremd jedenfalls. Der Norden, das bin ich. Seit langem, denn ich habe keinen Kontakt mehr zu dieser Stadt im Süden. Ich bin korrekt, mit manchen irrationalen Hoffnungen groß geworden und dennoch immer auf der Hut. Alessandro Loreto. Voller Skepsis, gepaart mit einer Portion antrainierten Lebensmutes, zurückhaltend und doch stets in der Erwartung, dass mein Leben endlich jenen wilden Verlauf nehme, den ich mir seit meiner Jugend so brennend wünschte, ein Relikt meiner Tessiner Ader, für dessen Erfüllung ich aber niemals das Notwendige unternommen hatte.

Nun also bin ich hier und lasse mich durch nichts mehr zurückhalten. Angereist mit wenig Gepäck, bereit, den warmen Teil des Jahres, und das ist weit mehr als die Hälfte, in diesem vermeintlich bevorzugten Klima unter Palmen zu verbringen. Ein Sommer im Süden! Ich war zuhause in Zürich an einem Punkt angelangt, an dem eine radikale Veränderung meiner durch Gewöhnung eingefahrenen, erstarrten Lebensumstände dringlich erschien, bevor mich mein eigenes Dasein endgültig anödete.

Wenn ich's bedenke, habe ich noch nichts Rechtes zustande gebracht, kein Palmarès, nicht einmal eine lausige Studienreise kann ich vorweisen. Dieser Abstecher in den Süden ist zur richtigen Zeit gekommen. Doch es ist bei mir nicht eine existentielle Frage der Lebensmitte, auch steht keine Trennung von Frau und Familie bevor. Ich habe keine.

Einen älteren Bruder, ja, der in schwierigen Lebensumständen einen mir fremden Weg eingeschlagen hat, einen scheinbar leichteren und doch schmerzvollen. Mit ganz anderem gesellschaftlichen Hintergrund. Wir hatten uns früher oft gestritten, obwohl wir uns sehr nahestehen. In letzter Zeit aber hat er mir immer wieder mal Gedichte geschrieben, die in berührender Weise seine Lebensproblematik darzustellen versuchen. Sie sind offensichtlich auch als Botschaften und Fragen an alle gedacht, denen er persönlich begegnet.

Für mich ist mein Bruder ein erstaunlicher Mensch. Einerseits sind seine Gespürigkeit, seine Verletzbarkeit wach wie bei einem Adoleszenten, andererseits hat er, auf einer anderen Ebene, in seiner Beziehung zu den Leuten in all den Jahren resigniert, aber tapfer und mit Anstand sein Leben durchzustehen versucht. Er floh, weil er es nicht mehr aushielt, in ein Traumreich. Das seiner Sucht. Der illusorische, trügerische Teil dieser Fluchten ist ihm durchaus bewusst, aber er hat in seiner zerstörten Lebenssituation nicht mehr die Kraft, ohne professionelle Hilfe herauszufinden. Doch in seiner inneren Welt existieren, als substantieller Teil, psychische Resourcen, sein Idealismus, der auch der Realität standhält, Tiefe, Echtheit und eine unerbittliche Ehrlichkeit sich selber gegenüber.

Da sind außerdem ein paar Freunde und Bekannte, denen ich, wenn sie es wünschten, und das taten sie immer mal, aufrichtige Anteilnahme, sogar Fürsorge zukommen ließ und mich, zumindest in unseren Gesprächen, sehr geduldig, ja rücksichtsvoll zeigte. Ich war stets angenehm freundlich zu allen, was die lockeren Beziehungen erträglich machte.

Niemand engte mich ein. Eher litt ich, wie viele meiner Zeitgenossen, an der Abwesenheit erhabener Gefühle. Das ist zwar keine Tragödie, aber irgendwann hat mich die Erkenntnis beschlichen, dass mir etwas Wesentliches, Großes fehlt: echte Tränen, reale Trauer, nicht nur nach TV-Tragödien und Tagträumen – Angst, Verzweiflungsschreie, Wut, Zorn – und Liebesgefühle. Allein das vage Wissen, dass es das wirklich gibt und die unbestimmte Sehnsucht danach, haben mich nie verlassen.

Ich bin ein seltsamer Typ. Dieses Warten, dieses Lauern auf den Durchbruch als Künstler liegt mir wie ein Klumpen auf dem Magen. Aber wenn ich mit der Ausstellung meiner Bilder wieder mal nicht reüssierte, schrieb ich das weit mehr meiner Bequemlichkeit als widrigen Zeitumständen oder Ungereimtheiten zu, die einem Erfolg im Wege standen. Als dann eines Tages der schriftliche Bescheid eintraf, ich könne ein angefangenes Projekt, einen größeren Bildzyklus, hier in Lugano, der Stadt meiner Kindheit, bei einem berühmten Kupferdrucker vollenden, mit der grandiosen Möglichkeit einer anschließenden, umfassenden Ausstellung in der angegebenen Galerie und dem Angebot, im Hause der Galeristin zu wohnen, sagte ich sofort und ohne weitere Bedenken zu. Schwierig war es, später feststellen zu wollen, wie und wann ich in diese Geschichte hineinschlitterte. Nicht ohne mein unbewusstes Dazutun, mein Einverständnis, sicher. Aber ich war der festen Überzeugung, dass das Kommende dem natürlichen Lauf der Dinge entsprach, dass es so sein musste, wenn die Sache erst einmal ins Rollen geraten war, im kecken Willen, dabei zu sein, die Sache testen und ausloten zu wollen. Ich war sicher, meine zurückhaltende, oberflächliche Art würde mich kaum tiefer in etwas hineinziehen, wenn ich es aus Schutzgründen innerlich ablehnte. Ich habe mir stets viele Türen als Fluchtmöglichkeiten offengelassen, und wenn ich mich in einem Raum aufhielt, stellte ich mich jeweils so hin, dass ich ihn überblickte und den Fluchtweg im Rücken wusste.

Der lombardische Dialekt der Gegend mit seinen singenden «üs» und «ös», der vom klassischen Italienisch stark abweicht, war mir aus der Jugend vertraut, ich verstand ihn, ohne ihn selbst fließend zu sprechen. Ich hatte einen großen Teil meiner frühen Jahre in dieser Stadt am See verbracht und grenze mich deshalb bewusst von den hergereisten Touristen ab, behalte auch meine gewohnte Stadtbekleidung bei, verzichte auf jegliche modische Allüren, das ganze dämliche Ferien-Outfit, schlüpfe niemals ohne Socken in die Schuhe, halte das Hemd geschlossen bis zum zweitobersten Knopf, obwohl es bald Sommer ist, denn ich hasse jegliche Anbiederung.

Der schwarze Kaffee aus der dickwandigen kleinen Espressotasse ist so, wie ich ihn mag. Genießerisch stecke ich zuerst die Zungenspitze hinein, um die Süße des Schäumchens auszukosten, und trinke ihn dann in wenigen Schlucken, heiß, kurz, süß, und bestelle gleich einen zweiten. Der Zucker aus dem Säckchen bleibt einen Moment lang auf dem Schaum liegen. Ich schaue zu, wie er einsinkt. Nur nicht umrühren, Alessandro! Geschehen lassen. Warten können. Angenehm bitter ist der Espresso beim schnellen Runterschlucken, wenn der Kaffee sich noch nicht mit dem

Kristallzucker vermischt hat. Der bleibt am Tassenboden liegen und kommt erst mit dem letzten Schluck rüber. Ich fahre mit der Zunge Gaumen und Lippen entlang und koste die langsam sich einstellende bittere Süße. Dann lege ich Geld in die Untertasse, wie stets etwas zu großzügig und überquere den Hauptplatz, hin zum Palazzo Municipio, dem Rathaus der Stadt.

Im Schatten des Stadthausdurchganges zum See ist es erfrischend kühl. Überrascht bleibe ich vor einer Lücke stehen, wo seit meiner Kindheit eine mannshohe Marmorfigur die Passage bestimmte. Sie stand doch immer hier, links in einer Gebäudenische! Ein Schreitender auf einem Steinsockel, finster und bedrohlich dreinblickend. Er jagte mir Angst ein, damals. Die Figur war nackt bis auf das Lendentuch, die geballten Fäuste seitlich am Körper angelegt, sich selber blockierend. An den Füßen gesprengte Sklavenketten, über seinem gedrungenen Nacken ein vorgereckter Kopf, rollende Augen und ein stechender Blick, kurzes gekraustes Haar, ein Entschlossener halt, dessen Name und Bezug zur lokalen Geschichte mir schon damals nicht einleuchtete. Dieser steinerne Spartacus, im neunzehnten Jahrhundert von einem bekannten Tessiner Bildhauer geschaffen, in hellem Marmor, war als Manifestation der mit dem Leben Unzufriedenen gedacht, die Huldigung eines biederen, in Sicherheit lebenden Schweizers an den italienischen Freiheitskampf gegen das von allen verhasste Österreich, das damals die Lombardei besetzt hielt.

Jetzt ist die Nische leer. Die Marmorskulptur steht nicht mehr an ihrem gewohnten Platz. Wahrscheinlich zum

Schutze vor Sprayereien oder den Dreckpartikeln in der Luft, die aus dem Industriegroßraum Mailand stammen. Sicher in ein regionales Museum gebracht, wo sie Garibaldi und anderen vergessenen Politgrößen und idyllischen, weiblichen Nacktheiten Gesellschaft leistet. Freiheit und versuchter Aufbruch zu Neuem waren der Statue ins Gesicht geschrieben, nichts blieb dabei in der Schwebe, kein Zweifel, keine Anfechtungen querten ihren Lauf. Nur Aufbegehren als einzigem Lebensinhalt. Bloß der leere Sockel in der Stadthauspassage und das verblichene Namenstäfelchen sind davon geblieben.

In meiner Wohnstadt Zürich hat die Regierung vor kurzem einmal, in Zusammenarbeit mit den neuen Dadaisten und der Kulturabteilung, den Versuch gewagt, einige Denkmäler der Zürcher Größen von ihren gewohnten Standorten zu entfernen und für eine kurze Zeit anderswo aufzustellen – den gestrengen Reformator Huldrych Zwingli, im Talar, mit Bibel, Schwert und seinem markanten Hut, bisher unter Bäumen vor der Wasserkirche an der Limmat stehend, vorübergehend neu an einem stark befahrenen Verkehrsknotenpunkt der Außenstadt platziert, zwischen Straßenbahngleisen, Fußgängerstreifen, unter den Betonbrücken der Stadttransversalen – und Johann Heinrich Pestalozzi, Philosoph, Verhandlungspartner der helvetischen Republik von Napoleons Gnaden, Waisenvater und Pädagoge, bisher auf der idyllischen Wiese vor einem der Konsumtempel an der unteren Bahnhofstraße, auf Zeit beim glamourlosen Zubringer zur Autobahn im Industriegebiet abgestellt, inmitten einer Allerweltssiedlung – auch den

Söldnerführer Hans Waldmann traf es, hoch zu Pferd und beliebtes Fotosujet, Renaissance-Haudegen und rabiater Ratspräsident, der das europäische Mittelreich der Burgunder zu Fall gebracht hatte und den sie wegen seiner Anmaßungen auf einer Wiese vor der Stadt köpften. Er wurde entfernt von seinem Sockel gegenüber dem Fraumünster, an der Limmat, neu präsentiert vor dem städtischen Schlachthof. Das hat viele Bewohner der Stadt irritiert. Sogar Alfred Escher auf dem Bahnhofsplatz, Gründer der ETH und der Crédit Suisse, Initiator und Financier der Gotthardbahn, hatte die Kunstkommission gewagt, vor einem Multiplex-Kinopalast aufzustellen. Das Ganze erntete Protest, war aber nicht ohne Charme und hatte seinen eigenen geschichtlichen Reiz.

Man identifiziert sich also nicht allein mit der realen Figur oder mit irgendeiner Person, sondern eher mit dem Ort, wo sie gerade steht, wo sie durch ihre Ausstrahlung lebt und ihre Bedeutung steigert. Vielleicht sind wir selber viel stärker an den Raum gebunden, in dem wir leben. Denke ich an meine permanenten Unsicherheiten, amoralischen Verwirrungen, kann ich jedoch bei mir keine «schmerzenden Ketten» ausmachen. Wenn man mich fragen würde, wozu ich auf der Welt sei, hätte ich kaum eine einleuchtende Antwort geben können, jedenfalls keine in Marmor darzustellende. Auch keine Qualen des Daseins sind von mir zu reklamieren, frühe rheumatische Attacken einmal ausgenommen, die allein von der Zugluft im Atelier herrühren und die mich Jahr für Jahr mehr heimsuchen. Nun bin ich also wieder hier, im Süden, und wundere mich, wie der Lebensort auf mein Wesen wirken wird.

Unvermittelt trete ich aus der schattigen Stadthauspassage heraus, bin jetzt nahe beim See, wenn die viel befahrene Uferstraße nicht wäre, und bleibe im schräg einfallenden Sonnenlicht stehen, nur kurz zum Aufwärmen, bevor ich mich rückwärts in eine Gasse wende und mich erneut dem Gewoge der Leute aussetze. Die Galerie muss hier in der Nähe sein. Löffelgeklapper und das Geschepper von Tellern und Tassen erfüllen die Gasse, Stimmengewirr in allen Sprachen, der heiße Duft, der von den Espressomaschinen aufsteigt, ein Hauch von Vanille und Mokka und kaltgeschäumter Milch strömt aus dem offenen Eingang einer Gelateria, vermischt mit dem Gestank von Spülwasser. Die Kellner der Cafeteria in der Via Nassa stecken in langen grünen Schürzen und weißen Hemden. Sie bedienen die Gäste im Freien, Stadtbummler, Müßiggänger, Touristen – das übliche Sommervolk der Städte.

Plötzlich entdecke ich in der Gasse einen hellen, breitkrempigen Leinenhut und die Frau, die ihn trägt. Sie unterscheidet sich durch ihre stetige, zielgerichtete Bewegung vom Strom der Passanten. Aus der Tiefe der flanierenden Menge treibt sie auf mich zu, schaut im Vorübergehen wie von ungefähr in meine Richtung, ohne mich mit den Augen zu treffen. Sie trägt ein elegantes, altmodisches Sommerkleid in hellem Kobaltblau mit feinen weißen Punkten. Ich nehme an, dass sie mich bemerkt hat, obwohl ihr Gesicht, von der breiten Hutkrempe verdunkelt, keine Eindeutigkeit zulässt. Sie ist auf eine strenge Weise schön und gehört zu einem blauen Nachmittag wie diesem mit seinen warmen Schatten und weichen Häuserkanten. Als sie an mir vorüber ist, bleibe ich unschlüssig stehen, drehe mich halb nach ihr um, ohne ihr zu folgen. Ich mache ein paar Schritte in die andere Richtung und ziehe wieder die kleine Karte aus der Jackentasche hervor: «Isabelle Malavou, Galeria». Daran bin ich offenbar doch vorbeigegangen, ohne es zu bemerken. Der schmale Eingang zur Galerie ist mir vorher nicht aufgefallen.

Ich mache kehrt, dann stehe ich nach ein paar Metern davor. Links und rechts des Eingangs sind zwei hohe, beleuchtete Fenster, moderne Aluminiumfassung mit tiefer Auslage. Ein aufgeklapptes Buch liegt auf dem Sims, dahinter der weiß gestrichene Ausstellungsraum, hell ausgeleuchtet. Da drin steht die Frau, schlank, hat den Rücken dem Fenster zugekehrt und unterhält sich mit einem großen, massigen Mann. Sie mag nahe der Vierzig sein, vielleicht wenig darüber. Ihr schmaler Hals, biegsam und glatt, wirkt jugendlich, als sie sich zur Seite wendet und auf etwas hindeutet. Sie scheint lebhaft in der Art ihrer Bewegungen, wie sie die Hände beim Sprechen einsetzt. Meine Mutter hätte sich so gekleidet, früher, geht mir durch den Kopf, «alta moda». Top chic. Über den Kragen ihrer Leinenjacke fällt bis zu den Schultern in kurzen Wellen braunes Haar. Plötzlich realisiere ich, dass ich die zwei Personen im Raum anstarre und konzentriere mich wieder auf das Bild im Fenster, über einem Buch in der Hängung ungünstig angeordnet, doch es sollte wohl nur auf die aktuelle Ausstellung hinweisen.

Das Bild zeigt eine dunkle Hafenanlage, einen fast schwarzen Schiffsbauch mit bedrohlich aufgerichtetem Bug, zwei übergroße Lagerschuppen am Ende eines Kais, mit weit aufgerissenen Toren. Die trostlose Mole endet irgendwo in der finsteren Ferne. Am Himmel eine verlorene Wolke, ein unnatürliches Weiß, das den Anschein erweckt, es wäre von einer Hand wegzuschieben wie eine falsch aufgereihte Kulisse. Der Rest der trübseligen Landschaft sind Eisengestänge, Drähte, Gleisstränge, geschlossene Schuppentore und vier Hochkamine. Keine Farbe, nur kohlige Schwärze. Ich habe Ähnliches einmal von weitem gesehen, auf der Fahrt von Apulien nach Kalabrien. Tarantò, endlose Rauchsäulen und ein dichter, schwefelgelber Qualm der chemischen Industrie, darüber ein fiebrig-entzündeter, bleierner Himmel, Hochkamine wie die Reißzähne des Gottes der Unterwelt als Vorboten eines nahenden Infernos.

Kennen Sie den Maler? Ich bin zusammengefahren. Unbemerkt ist die Frau vor die Tür getreten. Nein, das heißt: Ja. Eigentlich ist das kein Maler, möchte ich erklären, um meine Sachkenntnis anzudeuten und mich vom Gelegenheitsbetrachter abzusetzen, vermeide es aber, denn sie wird als Galeristin sicher Bescheid wissen. Eine sehr schöne Radierung! antworte ich. Auch das tönt noch nach Belehrung, denn wer weiß schon, was eine Radierung ist oder eine Aquatinta. Ich bin mit meiner Bemerkung unzufrieden. Ich wende mich wieder dem verquälten Bild zu, spüre meine Unsicherheit. Dann klaube ich die Karte der Galerie hervor.

Ah, Sie sind es also. Ich hätte es mir denken können, Sie sind mir bereits in der Seepassage aufgefallen. Sie tut keineswegs erstaunt. Kommen Sie, treten Sie ein! und dabei fasst sie mich am Arm und führt mich hinein in ihre Galerie.

Sie spricht leise ein paar Worte mit dem Mann. Es macht den Anschein, als wären sie sich uneinig gewesen vorher.

Dann stellt sie mich vor. Es ist ihr Lebenspartner. Der schaut mich kaum an und grüßt zurückhaltend. Offenbar erwecke ich kein Interesse. Dann reden sie wieder miteinander, es geht sehr schnell, in einem Dialekt, den ich nicht verstehe, weil er nicht von hier ist. Der Mann verlässt die Galerie. Im Türrahmen dreht er sich nochmals um und nickt mir zu, winkt herablassend mit halberhobener Hand und geht. Nun stehen wir allein im Raum. Sie bringt zwei Gläser und setzt sich an den kleinen Tisch bei einem der Galeriefenster.

Bitte, setzen Sie sich zu mir. Sie trinken doch ein Glas? Wo haben Sie ihre Sachen? Ich bin gespannt, wissen Sie. Ohne meine Zustimmung abzuwarten, schenkt sie zwei Gläser ein. Aha, Piemonteser, nicke ich anerkennend. Dann reden wir kurz über meinen Aufenthalt hier, und sie erklärt mir den Weg zu ihrem Haus. Die Galerie sei bis sieben Uhr abends geöffnet, ich solle doch unterdessen meine Sachen zum Haus bringen. Sie schiebt mir einen Zettel mit ihrer Privatadresse hin, nimmt ihn nochmals zur Hand und zeichnet auf der Rückseite den Weg ein. Ich kenne die Stadt, und, wie ich jetzt realisiere, das Haus und den Weg dahin. Seit meiner Kindheit. Ich könnte es ihr sagen, erwähne es aber nicht, um nicht vorzuprellen.

Und so gleite ich unmerklich auf dem Fluss des Geschehens dahin, plaudernd, ohne die sich häufenden Anzeichen einer Tiefe, die sich unter mir auftut, wahrzunehmen. Ich hatte gelernt, mich nach Bedarf zu häuten statt mich zu hüten. Immer darauf aus, den Forderungen locker Genüge zu tun und mich der Situation vordergründig anzupassen. Schwierig wäre es, im Nachhinein erkennen zu wollen, inwieweit ich ein Verhängnis geradezu anziehe, es irgendwie heraufbeschwöre. Das ist nicht zuletzt in meiner Art begründet, immer nonchalant über den Dingen stehen zu wollen, den gehörigen Abstand zu wahren, mich in nichts verwickeln zu lassen. Alles elegant überspielend.

Also, Sie werden bei uns wohnen. Das ist gut. Genügend Raum zum Arbeiten finden Sie bei uns im Haus. Es liegt oben im Besso. Das ist ein ruhiges Villenquartier. Wir haben viel Platz. Ein Garten rund ums Haus gehört dazu. Tagsüber ist es still, da sind Sie ungestört. Mein Mann, das heißt, verheiratet sind wir nicht, korrigiert sie sich, also, mein Lebenspartner führt eine mechanische Werkstatt unten in der Vorstadt, pröbelt zur Zeit an kleinen, aber wichtigen Maschinenstücken, Ventilen, Verschlüssen, Düsen und Sprühteilchen zum Markieren herum, fragen Sie mich nichts Genaues! Er arbeitet dort den ganzen Tag. Sie können ja mal hingehen und zuschauen. Die Werkstatt befindet sich in der Nähe der Kupferdruckerei, wo Gianni Ihre Arbeiten drucken wird. Sie kennen sich ja, wie er mir sagte.

Aha. Sie hat bereits mit dem Kupferdrucker gesprochen. Auch gut.

Das hier ist meine Galerie. Sie läuft ordentlich, je nach Art der Ausstellung sehr gut sogar. Ich habe mir ein großes Netz von Kunstinteressierten und Käufern aufgebaut. Einige Ihrer Arbeiten habe ich in Fachpublikationen gesehen. Ich bin an Ihrem Schaffen interessiert und dachte mir, eine Ausstellung Ihres Werkes wäre nicht schlecht. Ich kann mir vorstellen, dass es hier Anklang findet! Zuerst einmal finden Sie die Ruhe, um daran zu arbeiten.

Der Ruf der Galerie, die sich allerdings als nicht sehr geräumig erweist, war mir höchstens indirekt zu Ohren gekommen. Jeden Monat blättere ich das Kunstbulletin durch, begierig nach Möglichkeiten, an guten Orten auszustellen, aber kaum sind Kontakte geknüpft, schrecke ich zurück, aus Angst, ich müsste mich festlegen, misstrauisch auch, es gehe gar nicht um die Werke, sondern mehr um Galerieprozente und Vermarktung.

Ich kenne brave Kollegen, die sich mit Ausstellungen überbieten und jede Gelegenheit ergreifen, sei es auch nur in der kühlen Empfangshalle eines Küchenherstellers, im Schauraum eines Industriebetriebes oder in den Fenstern einer Bank. Sogar vor dunklen Wänden in Restaurants schrecken sie nicht zurück. Ihre Bilder, ob gute oder schlechte, werden missbraucht als billiger, geliehener Wandschmuck. Doch sie nehmen alles in Kauf, aufgemotzte, in schreienden Farben als kaum verhüllte Werbung zurecht gebogene Vernissagekarten, Business & Protz Ltd., dann die herbe Enttäuschung, wenn nach der Eröffnung niemand mehr der Bilder wegen die Räume aufsucht. Und wenn sie anrufen, sich höflich nach Verkäufen erkundigen, nehmen sie die verschleierten oder offen despektierlichen Anspielungen von subalternen Sekretärinnen oder unmaßgebenden Angestellten über Wert und Rolle des künstlerischen Wandschmuckes hin wie ein abschließendes, vernichtendes Urteil. Am Ende sind sie stolz auf den einen Werkankauf der Firma. Sie werden es in ihrer Vita als Triumph verzeichnen, und die eigentlich wohlwollende, aber unbeholfene Besprechung im Lokalanzeiger zeigen sie herum wie ein summa cum laude. Zurück aber kommen verrauchte, lädierte, ausgeschaute Bilder. Dabei sind es keine schlechten Künstler. Nur vom Set Gemiedene.

Wirklich gut geleitete Galerien mit einem Programm gibt es nur wenige, darüber täuschen auch die vielen Galerienamen im Ausstellungskalender nicht hinweg. Zu oft sind sie von willigen, kunstinteressierten Partnerinnen geführt, deren Männer im Wirtschaftsleben eine bedeutende Stellung einnehmen und ihre Gattin beschäftigt sehen wollen. Sie möchten sich selbst nicht mit dem anrüchigen Dunst des Kreativen belasten, gleichzeitig lässt sich die Frau auf dem Weg der Selbstverwirklichung als Unruhepotential ruhig stellen. Die Vernissagen sind entsprechend, ein trendiges Publikum aus dem Geschäftsumfeld des Mannes, die ewig gleichen Leute. Man muss hingehen, denn man kennt sich, steht herum, grüßt sich leutselig. Und man weiß, wie man sich mit wem zu unterhalten hat, wie man sich hinstellt, ins Bild drängt, wenn der Fotograf in der Nähe ist, was man sagt und was man zu sagen vermeidet.

Ich erinnere mich an eine meiner Ausstellungen, zusammen mit Bildern von Ruben Gregorovich, in einer auf Druckgrafik spezialisiertern Galerie in der Züricher Altstadt. Seine Arbeiten hingen im ersten Stock, meine im Erdgeschoss. Gregorovich lebte schon damals nicht mehr. Vor dem Weltkrieg, in den Dreissigerjahren und später, nach dem Krieg in den Fünfzigern, schuf er viele sozialkritische Radierungen, kleine Formate, meist in Schwarz-Weiß. Meine druckgrafischen Arbeiten der Neunzigerjahre sind farbig-abstrakte Blätter, Aquatinta-Radierungen in kleinster

Auflage, sie werden im Grafikarchiv der ETH für die Nachwelt gesammelt.

Am Tage der Ausstellungseröffnung erschienen mehr Leute als gewohnt, in dunklen Anzügen, schwarzen, hohen, breitkrempigen Hüten, weißen Hemden mit offenem Kragen, die Ärmel zurückgekrempelt, schweißigfette Hände, pomadisierte Haare und noble Blässe. Mit und ohne Bart. Wie ein nicht abreißender Ameisenzug gaben sie sich nacheinander die Türklinke in die Hand, nickten uns, den unten Anwesenden flüchtig zu, stiegen die schmale Holzstiege empor in den oberen Raum, zu ihrem Gregorovich. Dort vollzogen sie zwei oder drei Ehrenrunden am Vernissagenbuffet vorbei. Dann kamen sie wieder herunter und verließen die Galerie. Aha, dachte ich, sie wollen unter sich bleiben, in ihrem erlesenen Kreis. Es gibt, von ihrer Warte aus gesehen, offensichtlich nur ihresgleichen. Alle andern sind irrelevant oder besser gar nicht vorhanden, jedenfalls zu vernachläßigen. Die Ausstellung, als interessanter Vergleich zweier Radierer sehr unterschiedlicher Zeiten, mit ihrer je eigenen Technik und formalen Bildsprache konzipiert, war von der Galeristin sicherlich gut gemeint, stieß aber auf keinerlei Resonanz. Ein voraussehbarer Reinfall. Und Abend für Abend dieselbe Parodie. Gregorovich war eben ein Anderer. Einer von ihnen.

Ich verlasse die Galerie und Isabelle Malavou im Gefühl, etwas Wichtiges habe nun seinen Anfang genommen und ich hätte endlich den entscheidenden Schritt getan. Ich hätte zwar vieles am liebsten noch in der Schwebe belassen, meiner Art entsprechend, die eher dem genauen Beobachten als dem Handeln zuneigt. Analytisch nicht unbegabt, aber jedwelche gesellschaftspolitischen Betrachtungen, auch in der Malerei, sind mir ein Gräuel. Dafür präge ich mir Konstellationen ein, Bilder von Situationen, ich liebe unaufgeregte Ordnungen, Schwarz-Weiß-Filme und die Bilder von Morandi. Seine Stillleben und seine Landschaften sind mir gleich lieb, sie schaffen durch das simple Darstellen der Dinge und ihrer angedeuteten Schatten ein Geheimnis und geben es nicht preis.

Isabelle hat mich auf Französisch angesprochen, die Leute reden hier einen lombardischen Dialekt. Darum bin ich auf ihre Sprache nicht vorbereitet gewesen, wahrscheinlich habe ich sogar Fehler gemacht. Manches an ihr verwirrt mich, dann sagt sie unvermutet etwas in einer Vertrautheit, die erst unter langjährigen Freunden üblich ist, bietet mir aus heiterem Himmel das Du an. Ich habe sie überrascht angeblickt und sie hat meinen Blick erwidert, ruhig, sicher. Keine Frage, alles ist klar. So bin ich zu meinem neuen Zuhause gekommen.

Der Hunger meldet sich erst, als der Abend sich breitmacht mit andern Geräuschen und andern Gerüchen. Die Stadt beginnt zu leuchten. Die bewaldeten Bergkuppen in einer diffusen Ferne wirken wie ruhende, blaue Elefantenrücken im afrikanischen Abendhimmel. Das wärmende Licht des Tages ist noch da, warm auch in den violetten Schattenwürfen der Gebäude. Die Hauswände glimmen von innen heraus, strahlend und ockergelb, sie verströmen verhalten die gespeicherte Gluthitze des Tages. Die Menschen gebrauchen abends andere Wörter, leichtere, cremige oder knallige, laute.

Ich esse an einem Schnellimbiss-Stand, genehmige mir ein Dunkles, dann noch eins. Selten habe ich mich so unbeschwert gefühlt. Die Leute um mich herum haben ihre Arbeit beendet und schwatzen drauflos. Ich trage noch die leichte Reisejacke, obwohl der Nachmittag sehr warm gewesen ist, fische aus der Seitentasche Kleingeld, lege es zum überfüllten Aschenbecher und kehre zum Bahnhof zurück. Wie immer mache ich an der Mittelstation, in halber Höhe über der Altstadt, einen Abstecher zu San Lorenzo. Vom Vorplatz der Stadtkirche aus hat man eine wunderbare Aussicht über die Unterstadt, die sich, eingebettet zwischen zwei markanten Hügeln, in einer Senke schräg zum jetzt bleiig-silbern da liegenden See ausbreitet. Die Wasserfläche spiegelt matt das Schimmerlicht des frühen Abends. Jenseits der weiten Bucht liegt Campione, Italien, der verrufene Ort mit dem Spielkasino, dessen italienisch ausgesprochene Bezeichnung «Casino» je nach Betonung auf der ersten oder zweiten Silbe Spielhölle, Unordnung oder gar Bordell bedeutet.

Wenn mein Onkel früher, als er noch lebte, alle paar Freitagabende den nicht aufzuhaltenden Rappel hatte, fuhr er von seinem Wochenendhäuschen mit dem Boot schräg hinüber zum Casino unter dem Damm durch. Er stand hinten beim Außenbordmotor und winkte über die Schulter mit eingewinkeltem linken Unterarm jovial zurück. Dann drehte er sich nochmals um und lachte mir zu, die Taschen seines Abendanzugs prall gefüllt mit Geldscheinen, und in überquellender Lebensfreude sang er mit seiner weittragenden Stimme sein «questa o quella». Das Lied hing noch in der Luft, wenn der übermütige Sänger mit dem kleinen Boot hinter der nächsten Landzunge längst entschwunden war.

Die Rückkehr am andern Morgen gestaltete sich dann weniger triumphal. Um Geld zu sparen oder seine Rückkehr so geheim als möglich zu halten, benutzte er nun nicht mehr den Benzinmotor, sondern näherte sich leise, im Boot sitzend und mit hängenden Schultern rudernd. Die Krawatte fürs Casino hatte er abgelegt. Ich hörte die müden Ruderschläge, und wenn ich ihn, in der kühlen Frühe aufgestanden, von der Veranda aus sah, lief ich die steinernen Stufen hinunter zum Wasser, ihm entgegen. Oft verschwand er ohne Gruß im Bootshaus und machte Kescher und Fischerruten bereit, die er ins Boot warf, irgendwas Essbares musste ja am Wochenende auf den Tisch. Dann fuhr er schweigend wieder hinaus auf den See.

Manchmal durfte ich ihn begleiten, ertrug den wortkargen Mann, indem ich es ihm mit Rudern recht zu machen versuchte, senkte gleichmäßig und langsam die Ruderblätter, zog sie schräggestellt und knapp unter der Oberfläche durchs Wasser, jede hastige Bewegung und jedes laute Geräusch vermeidend. Nur das Knirschen der Bootsplanken und das Quietschen der Ruderstangen in den eisernen Scharnieren waren zu hören. Er saß hinten und ließ den Faden mit dem Senkblei und den aufblitzenden Angeln am Silch von der großen Rolle durch die Hände in die Tiefe gleiten, hielt ein Reststückchen Silch um den Zeigefinger gewickelt und achtete auf den leisesten Ruck. Ich bewegte das Boot ruhig und gleichmäßig vorwärts. Er blickte nach oben in den Himmel, prüfte mit dem Finger durch langsames Ziehen und Nachgeben des Fischerfadens, ob ein schwerer

Brocken angebissen hatte. Dann zischelte er durch die Lippen. Die gefangenen Fische nahm er vorsichtig, fast liebevoll von der Angel und ließ sie in der Bootsmitte in den Fischkasten gleiten.

Na, Kleiner, meinte er jeweils nach der Fahrt, wenn du sie fängst, musst du sie auch töten! Er nahm einen heraus.

Warum, Onkel?

Aus Respekt. Um ihrer Schönheit willen! Er seufzte. Schau, es wären nie mehr dieselben, auch wenn du sie zurück ins Wasser wirfst. Er zeigte es mir. Und ich tat es ihm mit dem Knüppel nach. Das Leben macht keine Geschenke, meinte er nachdenklich und klopfte mir mit seiner breiten Rechten anerkennend auf die Schultern. So war mein Onkel.

Auf dem Heimweg markieren die ersten Lichter der Dörfer am gegenüberliegenden Ufer die italienische Enklave. Die Trasse-Spuren der zwei Bergbahnen auf dieser Seite der Bucht sind farbig beleuchtet, die eine auf den Monte Brè, die andere auf den San Salvatore, sie schimmern wie kitschige Glühgirlanden und winden sich den Hang hinauf, spiegeln sich bunt im Seebecken, und als die Glocken im Turm von San Lorenzo einsetzen, ihr Klang scheppernd, im Ton müde und verschleppt, hüllen sie die Altstadt mit einer kläglichen, traurigen Melodie ein, deren Tonfolge von ferne an das Geläute einer versprengten Geisterherde erinnert.

Diese Erinnerungen durchschneiden meine Gedanken wie das Messer eine Crèmeschnitte. Millefeuille. Aus tausend feinsten Blättern der vergangenen Zeit steigt links und rechts die süße, gelbe Vanillecrèmefüllung früher gelebter Jahre hoch. Der Zuckerguss der glorifizierten Jugend fließt dick und weiß über die Deckschicht. Voller Sehnsucht nach einer andern Art zu leben, fühle ich etwas Dunkles, Wehmütiges aus jener fernen Epoche herüberkommen, die ich längst vergangen und vergessen wähnte.

In der Gepäckannahme löse ich Koffer, Zeichenmappe und Plastiktasche aus, benutze die Gleisunterführung und wende mich dann nach links. Ein Treppenweg führt sanft ansteigend zwischen Gärten mit über den Mauern hängenden, blauen und dunkelvioletten Hortensien zu einer oberen Quartierstraße ins Besso. Behäbige Stadtvillen stehen hinter geharkten Kieswegen, diskret beleuchtet, inmitten englischen Rasengrüns, umgeben von Magnolienbäumen. Birnenspaliere den Hausmauern entlang, Quittenbäume und einzelne Palmengruppen setzen Akzente in den stattlichen Gärten. Die Hausnummer ist an der steinernen Umfriedung angebracht.

Ich schiebe das schwere Tor auf. Es knirscht in den Angeln. Das Haus steht hinter Obstbäumen in der Dämmerung. Unter der Markise suche ich den Namen, finde aber wie früher nur die drei leeren Schildchen. Ich drücke probehalber die unterste Klingel. Zuerst regt sich nichts, dann wird im Hochparterre der Laden handbreit aufgestoßen und Isabelle, deren Stimme ich sofort erkenne, heißt mich eintreten. Die Tür ist unverschlossen. Als ich die ersten Stufen nehme, habe ich den unbestimmten Eindruck, jemand schaue mir von oben her zu und beobachte mich. Auf dem Treppenabsatz beim ersten Stockwerk entdecke ich eine Alte, in der Tür stehend, dünn in ihrem grauschwarzen Kittel, der ihr bis zu den Füßen reicht. Sie zieht sich ertappt zurück, als im Korridor das Licht angeht.

Isabelle empfängt mich, freundlich gelassen wie am Nachmittag. Wir stehen auf roten Steinfliesen in ihrer Wohnung. Linkerhand ist der Korridor breit und lang. Er führt zu zwei Kammern vorne. Dazwischen, mit einer hohen, doppelten Glastür, vermutlich der Terrassenaustritt. Mein Zimmer liegt vorne rechts, davor legt Isabelle meine Tasche hin, die sie mir aus der Hand genommen hat, und ich stelle Koffer und Mappe daneben. Rechterhand, hinter einer hellen Tür mit kleinunterteilter Milchglasscheibe, vermute ich den Baderaum. Zwischen diesem und meinem Zimmer befinden sich noch zwei Räume, deren Türen geschlossen sind, und ganz rechts um die Ecke gehts zur Küche.

Ein offener Kamin nimmt breiten Platz ein im Vorraum zur Küche. Davor steht ein Tisch, von Geschirr und Essensresten verstellt, darauf eine fast volle Flasche und zwei Weingläser, die benutzt scheinen. Ihr Mann sitzt beim gusseisernen Zimmerofen, die Beine von sich gestreckt; er erhebt sich nicht, als wir eintreten, er brummt mir nur etwas zu und blickt versonnen vor sich hin. Sie haben bereits gegessen und sind jetzt beim Gebrannten. Isabelle schiebt Teller und Schüssel weg, wischt mit einem Lappen ein Stück Tischplatte sauber und stellt eine Tasse und ein frisches, schmales Glas hin. Von der Anrichte reicht sie in einer Blechbüchse kleine, süß-bittere Biscotti di Mandorle zum Kaffee und ich lasse mich gerne auf dem angebotenen Stuhl nieder. Dann trinken wir zu dritt vom Grappa, einem Moscato, bis die Flasche leer ist. Ihr Mann redet fast nichts. Er siniert, fährt sich mit der Hand über den Kopf und seufzt. Dabei erfahre ich wenig über meine Gastgeber, gerade so viel, dass ich mir eine Beziehung zusammenreime, auf zufälliger Begegnung und einsichtiger Partnerschaft aufgebaut. Sie sind ein Paar, dessen Logik des Zusammenlebens ich aber nicht recht durchschaue. Fast neidisch muss ich eingestehen, dass es so offensichtlich auch geht. Doch stelle ich erstaunt fest, dass ihre Wärme und Natürlichkeit ungespielt sind und auf mich abstrahlen, was mich veranlasst, im Laufe des Abends einiges von mir preiszugeben, mehr als ich möchte. Es sieht so aus, als hätten die zwei gerne Gäste, als befürchteten sie fast ein leeres Haus. Ich schiebe die Beine unter den Tisch, strecke mein Glas hin und Ermanno schenkt erneut ein und prostet mir zu. Salute! Draußen entlädt sich ein südliches Gewitter.

Bald höre ich Isabelles Stimme nur noch von weither und Weniges fehlt, dass ich den Kopf auf die verschränkten Arme lege, müde wie ich bin. Hier möchte ich gerne bleiben und eine zeitlang Fremdheit und Fürsorge genießen, ohne dafür wie im Hotel bezahlen zu müssen. Die Rolle, die da für mich geschrieben wird und die zu spielen ich mich entschlossen habe, wird wohl den Ausgleich zu meiner Arbeit in Zürich schaffen, so hoffe ich.

Früher, auf der täglichen Fahrt zur Akademie, überfiel mich ab und zu plötzliche Angst vor dem Gewöhnlichen. Panikartig. Der stets geregelte Tagesablauf machte mir Mühe. Da sitzen oder stehen sie. Jeden Morgen dieselben langweiligen Gesichter in der Straßenbahn, die vom ersten Tag an nichts Aufregendes ausstrahlen. Sie hinterließen bei mir von Anfang an ein Gefühl der Lustlosigkeit. Sollte das alles sein, dieses Immergleiche? Mit Studentinnen meines

Kurses hatte ich selten bis nie Kontakt. Zwar hatte ich fortwährend imaginierte Geschehnisse im Kopf, die ich herbeiführen würde, böte sich nur Gelegenheit. Da sich diese aber kaum von selbst einstellte, ließ ich's bleiben. Vermied so, mir unweigerlich Verpflichtungen aufzuladen. Daraus schloss ich, das Leben biete nur jenen etwas, die das Gewöhnliche vermieden und sich nach dem Außerordentlichen streckten. Ich nahm mir vor, wenigstens im Studium einer jener Auserwählten zu werden, von denen die Dozenten an der Kunstakademie in späteren Jahren zu berichten wussten. Bald einmal wähnte ich, genug Farben gemalt zu haben, zu Übungszwecken in Vierecken, drei auf drei Zentimeter, Seite um Seite gefüllt im Arbeitsheft mit dem grauen Einschlag. Ich mochte keine öden Blau-, Rot- oder Gelbabstufungen mehr sehen, weder bei gezeichneten Türdurchblicken noch bei inszenierten Stillleben im Atelierschulraum.

Ich möchte genial sein! Der Satz scheint mir, laut gedacht, herausgerutscht zu sein. Hat sich da etwas manifestiert? Weil Isabelle keine Regung zeigt, ist es nicht klar, ob sie den Satz wahrgenommen hat oder ob dieser von allen bisherigen losgelösten Wortbrocken nur in meiner Einbildung Lautgestalt angenommen hat. Denn ich habe, mindestens über weite Strecken, an der Unterhaltung nur noch als Zuhörer teilgenommen, bin abgeschweift, habe Eigenem nachgehangen, habe ab und zu genickt, um den Faden nicht abreißen zu lassen. Jetzt passt die Erkenntnis aus meiner Studienzeit nicht hierher, und ich muss nachträglich schmunzeln über das Malheur. Offensichtlich macht sich der Alkohol bemerkbar.

Es wurde sehr spät an diesem Abend. Am Ende mochte niemand mehr. Die Unterhaltung war eingeschlafen. In meinem Dämmerzustand vermeinte ich zu spüren, wie Isabelle mit der Hand durch mein Haar fuhr. Ich roch ihren Duft. Sie flüsterte mir etwas zu, das ich aber nicht verstand. Ich fragte sie verwundert, was sie meine, aber eine raue Männerstimme drang darauf aus einer unbestimmten Ferne in mein verworrenes Inneres, und einmal, wahrscheinlich bereits in der Tagesfrühe, erwachte ich noch einmal an meinem stoßweise gehenden, rasselnden Atem.

Ergeben lauschte ich dem strömenden Regen und zog die Decke ganz über den Kopf. Dann, endlich, fiel ich in einen unruhigen Schlaf.

Ich habe ihn nicht gestoßen! Kalter Schweiß steht mir auf der Stirn. Auf dem Bett liegt zerdrückt das nasse Kissen. Ich stütze mich auf den linken Ellbogen. War das wirklich ich? War es meine Stimme, so jämmerlich gekrächzt? Offenbar träumte ich schlecht. Der Schrei hallt noch in den Ohren nach. Oder meine ich bloß, geschrien zu haben? Vom Traum hab ich keine Ahnung mehr. Wo bin ich überhaupt? Das Kreuz schmerzt. Immer, wenn ich lange Zeit steif auf dem Rücken liege, habe ich verdammte Schmerzen im Kreuz. Ich bin in einem fremden Zimmer, in einem fremden Bett. Die Decke ist noch halb zur Schulter hinaufgezogen. Normalerweise kann ich so gar nicht schlafen. Ich schlafe nie auf dem Rücken. Ich liege so wie auf einem Brett, unbequem. Hände, Arme und Beine fühlen sich nach kurzer Zeit taub an. Was ist nur los mit mir? Die Erinnerung an die seltsamen Umstände des Zubettgehens will sich nur nach und nach einstellen, doch die halbblauen Geräusche im Haus, die plötzlich da sind und zunehmen, bestehen darauf, dass ich endlich in den Tag herüberkomme. Ein Heizungsrohr knackt. Beim Fenster. Aha, es steht offen. Irgendwo geht eine Dusche. Im oberen Stockwerk fällt eine Türe ins Schloss. Das Haus lebt also – nur ich habe noch Mühe.

Das Zimmer, für wenige Monate mein eigenes, ist ein hoher Raum, mit schweren, dunklen Gardinen an Holzringen, tapetenlosen, weißen Wänden, Stuckaturen an Decke und Wand. Die zunehmende Helle macht ihren Anspruch geltend. Das Tageslicht legt sich mir breit auf die zerquollenen Lider, fordernd stiehlt es sich in die Augenwinkel und kitzelt die Pupillen. Es nützt nichts, jetzt «dunkel» zu denken. All die gleitenden Übergänge vom Schlaf in den Tag sind durch die Fülle des hereinbrechenden Lichts verblasst.

Ich setze mich auf, rutsche langsam in Richtung Bettkante. Nichts überstürzen. Schön langsam, Sandro! Von der Straße her das Geräusch eines fahrenden Autos. Es hält irgendwo, fährt wieder an, stoppt keine hundert Schritte entfernt. Und dann nochmals. Blechgeschepper. Genau, der Milchmann. Den gibt's bei uns gar nicht mehr. Dass der hier noch seine Tour fährt! In der Großstadt kaum denkbar. Er ist früh dran. Oder spät? Wie viel Uhr ist es eigentlich? Jemand harkt den Kiesweg im Garten. Doch es sind nicht mehr vereinzelte Frühmorgentöne, die mich einstimmen. Längst hat der Vormittag sein eingespieltes Programm begonnen. Ohne mich. Doch die nächtliche Anderswelt verflüchtigt sich nur langsam. Ich hinke der fortschreitenden Zeit hinterher, bin noch zwei, drei Schritte neben dem Schuhwerk. Schwebende, undeutliche Traumfetzen versuchen mich zurückzuholen, eindringlich und verführerisch mich erneut einzulullen. Halt, du springst uns jetzt nicht in den Tag davon, wir brauchen dich noch!

Eine miserable Nacht liegt hinter mir, als Übrigbleibsel davon hab ich schlechten Geruch im Mund. Nein, nicht nur dort. Die Zunge ist halb geschwollen und fühlt sich pampig an, grau belegt. Gibt's hier einen Spiegel? Im Schrank, wahrscheinlich. Aber dort ist zu wenig Licht. Der schwere Kopf ist immer noch benommen vom süßen Traubentrester und von Zigarettenqualm. Glieder und Muskeln ziehen. Der schale Atem brüskiert meine eigene Nase. Grässlich. Erschreckt schließe ich den offen stehenden Mund. Ich bedürfte jetzt dringend eines Bades.

Nichts unterscheidet das heutige Aufwachen so radikal von dem an anderen Morgen als meine Erwartungen an den Tag. Stimmt. Doch dieser ungeschützte Moment des ersten Wachseins könnte mich leicht wieder unter die warme Decke kriechen lassen. Dagegen hülfe jetzt nur entschlossenes Morgenturnen. Doch das lass ich lieber. Ich muss mich aber zuerst ganz finden. Langsam strecke ich die Füße auf dem Boden aus. Vorsicht! Hier fehlt ein Teppich. Werde es Isabelle melden. Es ist kühl außerhalb des Bettes. Vielleicht auch nur unangenehm feucht.

Meine Hose hängt, ordentlich in den Falten, aber im

Schritt verrutscht, wie hingeworfen über der Stuhllehne, die Armbanduhr liegt auf dem Hosenbund. Nachschauen, wie viel Uhr es ist. Was, schon so spät? Ein Blick in den Spiegel der Schranktür erübrigt sich. Die Haare stehen auf der einen Seite des Kopfes wild weg, auf der anderen Seite sind sie verklebt und unangenehm anzufassen. Mein zerwühltes Kissen. Die Ohrmuscheln tun weh vom langen Draufliegen. Wie sehe ich aus, mit diesen Wäschefalten im Gesicht, tief in die Haut eingedrückt! Älter jedenfalls, als mir lieb ist.

Mit nackten Füßen kauere ich mich vor dem geöffneten Koffer am Boden nieder und überschaue unschlüssig meine Habseligkeiten. Viel ist nicht drin. Keine Luxusausstattung. Ich bin zum Arbeiten hier. Sicher habe ich wieder etwas vergessen. Ich fasse mich an der Nase. Aber was? Okay, ich werde sparsam mit der Wäsche umgehen müssen, in den ersten Tagen zumindest, bis ich einen Waschsalon gefunden habe. Und heute alles in den Schrank ordnen.

Doch am liebsten würde ich mich wieder davonschleichen. Was tue ich hier eigentlich? Mit einer Hand wühle ich lustlos in meinen Sachen und ziehe schließlich eine feste Arbeitshose und ein Hemd hervor, ein nicht allzu neues, frische Unterwäsche, lege alles über den Arm und mache die paar Schritte zum Toilettenraum, wo Licht brennt. Es ist ein bleierner Vormittag, in dessen Rhythmus ich mich nun einfinde.

Jemand duscht ausgiebig. Im Baderaum, hinter den matten, leicht angeschlagenen Milchglasscheiben, huschen schattenhafte Bewegungen wie ein Film über einen alten Bildschirm, mit schräglaufenden Störungsstreifen, flimmerndem Gries, grauen Flecken und unvollständigem, hohl und hallend verzerrtem Rauschton. Drinnen wird jetzt der Wasserstrahl abgestellt, der Duschvorhang zur Seite geschoben. Die kleinen Glasscheiben der Badezimmertüre sind plötzlich von warmem Dunst belegt. Alles untrügliche Zeichen, dass die Person sich dampfend vor den Spiegel gestellt hat und dass ich bald dran bin. Ich bleibe wartend bei der Tür stehen, auf den kalten Fliesen des Korridors, mit meinen frischen Sachen, der Toilettentasche und einem Stück eingewickelter, angebrauchter Seife in der einen, die frischen Kleider in der andern Hand.

Mich friert. Die Wohnzimmertür in meinem Rücken steht heute Morgen offen. Zwei kurze Schritte mache ich unwillkürlich rückwärts hinein und stelle mich mit meinen nackten Füßen auf den Teppich. Fuselig und warm. Es duftet stark nach verblühten Gladiolen im Raum. Inzwischen hat der Regen nachgelassen. Das Rauschen stammt von der Brause im Baderaum. Jetzt reinigt sie die Wanne. Wenn das Bad nicht bald frei gegeben wird, hab ich Probleme, denn die Blase drückt.

Die feuchte Luft hält den schweren, fauligen Geruch der Blumen im Salon fest. Die Läden sind noch halb geschlossen, die Terrassentür steht zum Lüften angelehnt. Etwas Helligkeit fällt in den Raum. Ich stecke den Kopf ungern in fremde Dinge. Aber wenn ich hier länger stehen bleibe und mich umschaue, dringe ich in etwas ein, was mich nichts angeht. Ich tu's aus der Not des Wartenden. In der Trambahn oder im Aufzug stellt sich oft dieser verdeckt prüfende Blick ein, wie jetzt, absichtslos, weil es nichts Besseres zu tun gibt und weil die ungesuchte, unvermittelte Nähe nur hinter diesem gelangweilt-registrierenden Schauen Schutz bietet, dabei ohne den Drang, die einfließenden Bilder für später zu speichern.

Auf dem Tisch steht die Vase mit den Gladiolen. Sie sind verblüht. Sie stehen nicht mehr, eher hängen sie, einzelne Stängel geknickt in einer altmodisch geschliffenen Kristallvase. Man hätte die Blumen vor Tagen ersetzen müssen mitsamt dem Wasser, das sich vom matten Bordeau-Brokat der Tischdecke trüb und grünlich abhebt.

An einer Wand, über einem altmodischen Gläserschränkchen, hängt eine gerahmte Schwarz-Weiß-Fotografie. Sie zeigt das Bild einer Person, in ein dunkelgraues Passepartout-Oval gefasst, auf einem vergilbten Chamois-Papier hinter Glas, versehen mit einem schräg aufliegenden, schwarzen Trauerbändel in der linken, oberen Ecke. Es ist das Bildnis eines sehr jungen Mannes, der das Haar, von Brillantine gebändigt, in der Art der Fünfzigerjahre glatt nach hinten gekämmt trägt, mit einem scharf gezogenen Scheitel in der Mitte. Sanfte und doch forsch blickende Augen. Aber vielleicht rührt dieser Eindruck von der ältlichen Studioaufnahme her. Der Ansatz eines schmalen Oberlippenbartes über weichen, geraden Lippen. Die Person trägt ein weißes Hemd. Ein steifer Kragen mit abgerundeten Spitzen umschließt locker den dünnen Hals. Die breite, nach alter Sitte leger gebundene Fliege endet vor dem Einschnitt des Gilets unter dem dunklen Frack und wird von einem

Perlmutt-Steckknopf verziert, der einen einfachen, schmücken-
den Akzent setzt. Sicher hängt die Fotografie an einem
Ehrenplatz.

Von irgendwoher in der Wohnung zieht es plötzlich
stark. Lautlos möchte ich die Tür hinter mir zuziehen, denn
mir ist unwohl im fremden Raum. Ich fühle mich hier als
Voyeur, obwohl ich eigentlich bloß auf einem Teppich stehen
wollte. Es knallt. Der Luftzug hat mir die Türfalle aus der
Hand gerissen.

Hoppla. Hast du keinen Bademantel? Guten Tag!

Isabelle schaut mich an in meinen zerknitterten Shorts,
mustert mich und lächelt. Sie erscheint, eingehüllt in ein weißes Frotteetuch, unter der Badezimmertür und duftet nach
Duschfrische und Hautcrème. Ich dagegen halte verschämt
Hose und Hemd vor meinen Körper, mache definitiv keine
«bella figura». Kein Anblick männlicher Strahlekraft.

Guten Tag. Ich bin verlegen, möchte ihre Frage nicht
beantworten. Das war's, was ich vergessen habe – den
Bademantel einzupacken. Die Slippers sind auch im Zimmer
geblieben. Ehe sie weitere unangenehme Dinge an mir
bemerken kann, drücke ich mich durch die Tür, die sie mir
aufhält.

Ich muss mich zum Duschen in eine emaillierte
Blechwanne mit geschwungenen, gusseisernen Beinen stel-
len, deren Füße als stilisierte Löwenpranken etwas ältlichen
Prunk darstellen. Die Wanne ist außen und innen von
Schlagflecken übersät, die kupferne Hahnengarnitur stammt
offensichtlich ebenfalls aus der Frühzeit der Nasszellenkultur.

Wenigstens ist die Brause auf Griffhöhe eingestellt, ausgestattet mit einem roten, schutzlosen, spröden Gummischlauch. Der Duschvorhang fällt teilweise außen herab, er erfüllt nicht mehr den Zweck, für den er einmal gedacht war. Nass und verklebt liegt er am Wannenrand auf. Ich gebe mir alle Mühe, nicht zu sehr zu spritzen und beeile mich, zufrieden, den ausgebleichten Vorhang nicht mit meinem Körper zusammen in der Wanne haben zu müssen, so alt und zerrissen wie das Plastiktuch aussieht. Wo soll ich meine Toilettensachen hinstellen? Das Waschbecken scheint besetzt, ohne Ablageeinfassung, ein Badeschrank ist zwar vorhanden, aber der enthält frische Wäsche. Vorläufig räume ich mein Rasier- und Waschzeug auf das Fensterbord und patsche mit nassen Füßen zurück in mein Zimmer, über die kalten und glatten Steinfliesen des Korridors, meine Schlüpfschuhe holen.

Wie ist das mit dem Frühstück? Isabelle hatte gestern darüber kein Wort verloren. Ich habe nicht daran gedacht zu fragen und auch im Vertrag, den ich zusammen mit ihrer handgeschriebenen Einladung erhalten hatte, stand davon kein Wort. Ich bin mir nicht sicher und bleibe unschlüssig wartend zwischen Zimmer und Küche stehen. Isabelle muss mich wohl gehört haben, denn sie ruft mich. Sie hantiert in der Küche mit der Kaffeekanne.

Magst du heiße oder kalte Milch zum Kaffee? Oder trinkst du ihn schwarz? Mit Zucker? Weißt du, hier gehen die Leute morgens in die Bar, trinken einen Espresso, lesen die Zeitung stehend und ziehen dabei kaum den Mantel aus. Ein Croissant ist das höchste, was sie vor der Arbeit zu sich nehmen.

Das ist ja wie in Paris, bemerke ich.

Ja, möglich, aber ich liebe das nicht, sagt sie. Ich ruiniere mir nicht die Gesundheit auf diese Weise. Außerdem öffne ich die Galerie erst um ein Uhr. Ermanno ist seit sieben in der Bude.

So früh?

Hat er dich gestört? Er geht immer zu Fuß zum Bahnhof und nimmt dort die Standseilbahn und unten in der Stadt den Bus. Wir haben Muße. Wie steht es bei dir? Lass uns das Frühstück genießen! Es ist die einzige Mahlzeit am Tag, bei der ich gerne und ausgiebig trödle. Und nun hab ich auch noch jemanden zum Plaudern!

Sehr charmant. Ich bedanke mich mit einem Lächeln. Sie reicht mir eine Tasse aus dem Geschirrschrank. Jede hat ihr eigenes Dekor, die meine ein breites Rosaband am Tassenrand, das ein filigraner Goldstreifen abschließt. Sie ist hoch, Porzellankörper und Henkel sind leicht gewellt. An einer Tischseite hat Isabelle bereits für mich gedeckt, Brot, Butter, Kastanienblütenhonig stehen bereit, sogar eine Stoffserviette und ein Holzring liegen neben dem Teller. Sie bringt ein Stück Taleggio und schaut mir zu, wie ich ihn aufs Brot zu streichen versuche.

Nimm ihn am Stück und beiß drein, er ist besser so!

Ich bin hungrig und halte mich kaum zurück. Sie hält ihre Tasse in der einen Hand, lehnt sich an die Anrichte, schneidet sich mit der andern stehend ein Stück Käse ab, tunkt ihr

Brötchen mitsamt der Butter in den Kaffee. Mit ihrem aufgesteckten Haar, unter dem Frotteeturban geborgen, den hellen Augen, die mich über den Tassenrand aufmerksam mustern, hat sie heute Morgen etwas Überraschendes, Neues. Ich fühle mich, anders als gestern, in ihrer Gegenwart bedeutend wohler.

Und, wie hast du geschlafen?

Es geht so, grinse ich und deute den Brummschädel an, der mir vom ausgiebigen Grappakonsum geblieben ist. Die üblichen Nachwehen, sag ich, die die Knochen verbleien. Ihr ist nichts anzumerken.

Sie fragt ein paar alltägliche Dinge, über die Umstände, wie ich wohne, wie teuer die Ateliermiete sei, wie viel Raum mir zur Verfügung stehe. Ihre Neugierde ist ungespielt und herzlich, frei von lauerndem, abtastendem Misstrauen oder penetrantem alles Wissenwollen. Die heiße Flüssigkeit des Kaffees nach dem Frühstück erwärmt mein Innerstes. Mein Hunger ist nun gestillt. Ich trinke noch eine Tasse Kaffee. Während ich nach der Zigarettenpackung fische, schiebt sie den Aschenbecher zwischen uns hin und räumt das Geschirr weg.

Ich beginne zu erzählen, von meinen Plänen, erwähne auch, dass es das erste Mal ist, dass mich eine Galerie einer andern Stadt einlädt und freistellt, und dass mir die Reise aus eben diesen Gründen leichtgefallen ist, denn es gibt nichts, was ich nicht «da unten» auch tun kann. Der Süden ist bei uns immer «da unten», was nicht nur mit der Höhe über Meer zu tun hat, eher mit der üblichen Orientierung auf der Karte, Norden oben, Süden unten, jenseits des Gotthards jedenfalls, südlich der Alpen, beinahe schon in Italien.

Ein Glücksfall, dieses Angebot, sage ich. Ich bin sogar froh, für eine gewisse Zeit meine eingefahrenen Kreise zu Hause auflösen zu müssen.

Stört dich was bei dir zu Hause?

Nein, nur so. Ich bin froh, dass ich weg konnte, wiederhole ich.

Was wirst du denn hier beginnen? fragt sie. Hast du größere Projekte?

Ich habe genügend Ideen, wie ich angefangene Arbeiten weiterführen will, und wenn ich damit fertig bin und die Bilderreihe zum abschließenden Erfolg gebracht habe, ergeben sich vielleicht Kontakte nach Mailand oder Bologna. Ich bemerke das nicht ohne Stolz und in der Erwartung, dass sie meine Ideen gut findet. Aber ob ich danach hierbleiben oder wieder in meiner alten Wohnung in Zürich leben möchte, steht in den Sternen. Vielleicht breche ich auch die Zelte im Norden ganz ab. Was dann sein werde? Ich wisse es noch nicht.

Sie hat ein paar Fragen zu meinem Vorgehen, hört interessiert zu, wie ich meine Verhältnisse, meine kleinen Sorgen und Wünsche vor ihr ausbreite. Meinen Drang nach dem Süden aber teilt sie nur bedingt.

Ja, ja, die berühmten Papierschöpfer und Drucker, das ist schon was. Der Kunstmarkt allerdings, der spielt sich hauptsächlich in Mailand oder Rom ab. Die andern Orte sind okay für die Touristen. Venedig, Florenz zählen höchstens noch dazu. Die Südschweiz und der Rest des italienischen

Nordens, das bedeutet in Sachen zeitgenössischer Kunst tiefste Provinz, vom Mezzogiorno ganz zu schweigen.

Ist denn nach Morandi, de Chirico nichts Nennenswertes mehr entstanden?

Kaum. Doch, vielleicht dieser und jener. Aber die Preise für Kunst sind überall am Boden, außer bei den ganz großen Namen. Nur, die Lebenskosten sind für mich hoch, in Italien seit der Einführung des Euro ebenso. Das weiß jeder hier, da spielt der Unterschied nicht, Norden oder Süden, es ist alles gleich teuer. Aber das Geld, zumindest jenes, das die Leute für moderne Kunst auszugeben bereit sind, das liegt bei dir oben, im Norden eben, wie du dich ausdrückst. Da sind auch die wichtigen Messen. Überlege es dir gut! Natürlich hat das noch Zeit, du bist ja erst angekommen.

Über ihren weit geschnittenen Leinenhosen trägt sie eine tiefblaue Bluse. In weichen Wellen fließt der Stoff über Schultern und Oberarme. Sie lassen die Halspartie frei, verändern das Faltenspiel und bringen ihren schmalen Oberkörper zur Geltung. Die hellen Augen, die mich über den Tassenrand mustern, geben Isabelle etwas Frisches, Unerwartetes. Wenn sie einen Schluck nimmt, den Kopf zurückbiegt oder die Asche abstreift, raschelt der weiche Seidenstoff ihrer Hemdbluse über dem Arm, rutscht zurück, verändert das Schattenspiel bei der leisesten Bewegung. Sie hat feingliedrige Hände und weiche Arme. Die dunkelblaue Seidenbluse steht ihr gut, die leichte, sportliche Leinenhose auch. Die Haare stecken noch unter dem Frotteetuch.

Ich erwähne die Fotografie des jugendlich wirkenden

Mannes im Wohnzimmer, und dass sie der Person auffallend ähnlich sei, was ich als Kompliment verstehe. Ich weiß gar nicht, warum mir diese Bemerkung herausgerutscht ist. Das ist sicher etwas Privates.

Tut mir leid, entschuldige ich mich sogleich, was sie aber mit ihrem verhaltenen Lächeln quittiert, ohne im leisesten überrascht oder gar verletzt zu wirken. Im Gegenteil, sie scheint sogar erfreut, dass meine Beobachtung ihr Anlass gibt, von ihrem Vater, denn das sei die Person auf der Fotografie, zu erzählen.

Sein Scheitel in der Mitte – ist er dir auch aufgefallen? Das hat mich an Papà immer beeindruckt, diese bestimmte Art sich zu kämmen, auch die pomadisierten, eng anliegenden Haare. Brillantine. Dadurch vermittelte er mir anfangs etwas unnachahmlich Strenges, nein, eher Würdevolles und Galantes, aber auch das beruhigende Gefühl, er finde sich in der großen Welt zurecht, und ich bräuchte mich nur bei ihm anzulehnen, um von seiner Kraft zu schöpfen. Später dann hat er die Haare lockerer getragen, doch der Scheitel in der Mitte, vom gewohnten Frisieren her, ist geblieben.

Irgendetwas fasziniert mich an der fotografierten Person, erwähne ich und bin im Nachhinein überrascht, dass ich nicht weiß, warum ich mich von ihr angezogen fühlte. Vielleicht war's der Blick. Oder die Kleidung. Nein, eher der Ton, den der Anblick in mir zum Schwingen brachte.

Seine Aura ist es, die er ausstrahlte und in der er wirkte, erzählt Isabelle. Es war die der ehemaligen Palace-Hotels, diese aus dem späten neunzehnten Jahrhundert stammenden großartigen Residenzen berühmter Reisender, Hotels, von denen es damals in Lugano noch einige gab. Du hast ja ein paar gesehen an der Promenade. Das schönste ist zwar seit Jahren hinter Baubrettern eingeschalt, das mit den Säulen unter dem Dach. Das stete Kommen und Gehen, diese «Arrivées» und «Départs», die zelebriert wurden, die glanzvoll aufgetakelten Hoteltaxis am Bahnhof oben, auf Ankommende wartend, ihre livrierten Fahrer, rauchend und miteinander plaudernd, mit ihren Käppis, auf denen in einem schmalen Metallband über dem Mützenschirm der Name des Hotels eingestanzt war, ein leuchtendes Schriftband auf ihrem farbenfrohen Képi, das Splendide Royal, das Grand Palace, das Paradiso und wie sie alle hießen. Nur schon ihre klingenden Namen faszinierten mich. Und natürlich diese undurchschaubare, bizarre Geschäftigkeit, ein ameisenhaftes Hin und Her des vielzähligen Hotelpersonals in den berühmten Häusern.

Ankommen und Weggehen. Wenn Papà zu Hause erzählte, wirkte das in unserem abgeschiedenen Tal wie eine Verheißung. Man ging bei uns über Jahrhunderte in den Krieg oder wanderte aus. Das war das Los der Menschen in unserer Gegend. Zurückkommen tat man selten. Es gab zu wenig Arbeit.

Im Hotel die Stille in den Salons, mit Zigarrenrauch und Hüsteln und Blättern in abgelegten Zeitungen. Vom heute üblichen Internetzugang war noch jahrzehntelang keine Rede. Telefonate, internationale Verbindungen wurden an der Rezeption getätigt. Es war ja noch nicht die Handy-Generation. Im Restaurant, im hohen Saal mit den holzverkleideten Säulen, herrschte schon vormittags verhaltenes Klappern und Gemurmel der Kellner mit Besteck und Geschirr, die fast wortlose Mise en Place für das Déjeuner, den Lunch, wie man heute sagt. Und erst die Köche, erhaben wie edle Schwäne! Ihre hohen, weißen Mützen, die «Toques», anstelle von Kronen aufgesetzt, dabei waren sie reizbar und eitel mit der Anmaßung von Primadonnen.

War dein Vater Chefkoch?

Nein, er arbeitete im Service. Er leitete damals eine Brigade. So nennt man das in der Hotelsprache.

Hört sich militärisch an. Ich musste schmunzeln.

Ja, vielleicht. Diszipliniert ging's jedenfalls zu. Das stimmt. Stell dir vor, die Gestalt und Grandiosität eines Patrons, den es in jener Zeit so noch gab. Das war ein gestrenger, gnadenloser Diktator, oft sogar herrschsüchtig, cholerisch, unberechenbar und mitunter auch wie ein Vater, aber unnahbar. Der tauchte plötzlich im entferntesten Winkel des Betriebes auf – dem Personal, auch dem geringsten Commis und seiner Arbeit brachte er Achtung entgegen, dennoch Distanz wahrend, stellte Fragen zur Tätigkeit, beobachtete alles genau, griff hier und da bei einem Arbeitsablauf korrigierend ein, und warum? Weil er selber alles von der Pike auf gelernt hatte – dann verschwand er wieder irgendwo in den Fluchten des Hotels.

So hätte ich niemals arbeiten können, wende ich ein, eine Schreckensvorstellung – außer ich hätte selber ganz oben gestanden. Diese Rädchen, die alle ineinander greifen und das Ganze zum Laufen bringen. Ich bin nicht gern Teil eines Riesendings.

Du bist ja auch Künstler. Musst dich niemandem unterordnen, teilst deine Arbeit selbst ein, nicht? Aber es war ein wahrhaft beeindruckender, lebendiger und wegen der filigranen Auffächerung kaum überschaubarer Betrieb. Dennoch funktionierte der Mikrokosmos dieser Hotelresidenzen.

Existiert diese Art zusammenzuarbeiten heute noch? Das waren ja in ihrer Art Mammuthaushalte.

Heute? Kaum. Isabelle redet und redet. Höchstens Food and Beverage-Management, meint sie verächtlich, alles veramerikanisiert durch die großen, internationalen Hotelketten. Die ehrwürdigen Chefs de Cuisine in ihrer freien Kreativität zurückgebunden, geleitet und geführt vom konditionierten Anspruch einer sogenannten Allerwelts-Haute-Cuisine nach immer währender, garantiert gleichbleibender Qualität mit höchstens regionalen Extras.

Und was ist aus den Chefs geworden? Wenigstens gibt es doch die noch, die mit den Gault-Millau-Punkten?

Ja und nein. Sicher nicht mehr so wie damals. Von den ganz Großen einmal abgesehen. Die andern sind ihrer Genialität, Launenhaftigkeit und «Grandezza» beraubt worden, sind keine edlen Schwäne mehr, nur noch kontrollierte, strukturierte, einfache Schaffer. Sie brauchen auch keine Kreativität mehr, denn sie müssen bloß noch den vorgegebenen Standard halten. Im schlechtesten Fall sind sie zu ausführenden, gelenkten Organen verkommen, als willige Kontrolleure der ganzen Küchenmaschinerie. Ist ja kein Wunder, wenn die Zubereitung vorgefertigter Fabrikprodukte heute mit Infrarot geschieht statt von Anfang an am ehrlichen Herd. Da kommen dann Potages, Gratins, Gemüsebouquets auf den Tisch, an denen sich der Gast zur Krönung des Abends den Mund verbrennt. Saucen, Jus, alles ohne die von den gelernten Sauciers fein abgestimmten Geschmacksnuancen, deren Begleitung zu Fisch und Fleisch eine Beleidigung für verwöhnte Zungen und Gaumen ist.

Isabelle erzählt aus dem Hotelleben ihres Vaters, als sei sie Teil davon gewesen. Sie habe an seiner Seite einige Chefs in ihrer Glanzzeit erlebt, wie sie widerborstige, kreischende Küchenburschen fluchend und tobend mit dem blanken Tranchiermesser oder mit der Vorlegegabel durch die Küche trieben, um den mächtigen, zentralen Herd und die Anrichten herum, und wenn sie den Flüchtenden nach der Hatz erwischten, steckten sie ihm die Spitze dahin, wo das Sitzen in den nächsten Tage mit Schmerzen verbunden war. Und wie sie, Jahrzehnte später, nach mehrfach erfolgtem Umbau der Küche und einer alles Gewachsene außer Acht lassenden Modernisierung des Betriebes im «Garde-Manger» endeten und um den Erhalt ihrer Anstellung sogar bitten mussten. Sie waren jeglichen Berufsstolzes beraubt, weil sie sich den neuen Begebenheiten nur schwer anpassen konnten. Mit den Infrarot-Aufbereitungsanlagen, Dampfgarern und multiplen Steamern wussten sie nichts mehr anzufangen, denn die neue Zeit hatte sie gnadenlos überholt.

Isabelle hat sich in Eifer, in fast wehmütigen Zorn geredet. Sie lehnt an der Anrichte und raucht. Die Erinnerung macht ihr sichtlich zu schaffen.

Ihr Vater sei damals in den Fünfzigerjahren aus dem Aostatal herübergekommen, erzählt sie weiter, auf Arbeitssuche, denn die Hotellerie in der Schweiz erlebte, nicht lange nach dem Krieg, ihren ersten leichten Wiederaufschwung. Die internationale Klientel, Kriegsflüchtlinge und Künstler lebten hier. Amerikanische Soldaten kamen von ihren Stützpunkten in Italien und in Deutschland auf Urlaub, die unermüdlich reisenden Engländer waren wieder da, gestrandete, immer noch großmäulige Anhänger des besiegten Reiches, Verfolgte und andere mit ziemlich dunkler Vergangenheit, die sich in der Schweiz verkrochen hatten und mit ihrem gehorteten Vermögen so lange unbehelligt «überwinterten», bis sie sich dann, als die Zeiten ruhiger wurden, ganz legal mit einem «Laissez-passer» des Heiligen Stuhls oder den leicht zu erhaltenden Personaldokumenten des Roten Kreuzes nach dem sicheren Südamerika absetzten. Wäre sein Leben nicht leichter gewesen, wenn er im Tal geblieben wäre? War nur so eine Frage, sage ich.

Nein, es tönt traurig, meint sie. Zu tun gab es in unserer engen Heimat wenig, weder in seinem angestammten Beruf noch sonst wo. Außerdem vergiftete die Suche nach den ehemaligen Parteigängern des Duce und nach Kollaborateuren das Klima. Dabei wäre ohne politische Anpassung, vor allem in diesem Bereich, vor und während des Krieges gar nichts gegangen, denk nur an die Zuteilung der Rationierungsmarken, an die nicht registrierten und auf entlegenen Bauernhöfen im Versteckten geschlachteten Tiere, ohne deren bei den Bauern erschlichenes Fleisch auch der ranghöchste «Camicia nera» keine Bistecca auf den Teller bekommen hätte. Nach dem Krieg hat sich natürlich der überwiegende Teil der Bevölkerung schon immer auf der Seite der Partisanen befunden oder zumindest in der inneren Haltung mental an der plötzlich richtigen Stelle gestanden. In jeder Stadt, in jedem Dorf, bis in die hintersten Winkel sind jahrzehntelange Freundschaftsbande, Familien, Beziehungen kaputt gegangen, jeder wusste ja von jedem, was der gedacht, getan, unterlassen und verschwiegen hatte in jener dunklen Zeit. Und so viel Widerstand, wie behauptet wird, außer während der letzten Kriegswochen und Tage, hat es gar nicht geben können, sonst wären die Schwarzen von Beginn weg auf größere Probleme gestoßen. Alles, was fast zwei Generationen lang gegolten und Bestand gehabt hatte, ist damals in die Brüche gegangen.

Anfang der Sechziger war ich noch zu klein, holt Isabelle aus. Später, als Schülerin, blieb ich drüben im Tal und sah deshalb meinen Vater, außer an religiösen Festtagen, selten. Den Winter über arbeitete er im Engadin, im Sommer in der Südschweiz und nur in der Zwischensaison weilte er für wenige Wochen bei uns. Er hatte bald keine Beziehung mehr zu unserem Tal. Ich weiß nicht, ob Angst über sein Verhalten der Sippe gegenüber im Spiele war, dass er sich selten zeigte, oder ob ihn nur ein schlechtes Gewissen plagte wegen seiner zurückgelassenen Familie, die eigentlich nur aus ihm, meiner Mutter und mir und wenigen Verwandten bestand. Er hat nie dazugehört und vermutlich ist er durch seine Arbeit ganz entwurzelt worden. Dieses Leben in der Fremde hat ihm eben gefallen, er suchte keine Jahresstelle, er scheute feste Bindungen und Verpflichtungen. Nein, das Unstete hatte ihn mit großer Kraft angezogen. Das ist es gewesen.

Du sprichst mit Bewunderung von ihm, fällt mir auf!

Ja, natürlich. Ist was falsch daran? Magst du noch einen Kaffee, nachher zeig ich dir den Raum für dein neues Atelier. Isabelle gießt zwei neue Tassen voll, ohne meine Antwort abzuwarten.

Papàs Erfahrung, die Intensität seiner Beziehungen selber auswählen zu können, das war schon viel nach der bedrückenden Zeit, die von Speichelleckern und Kriechern nur so wimmelte. Diesem oder jenem zunicken, sich ohne innere moralische Zerwürfnisse und Angst vor Rache wieder ganz zurücknehmen, den permanenten Loyalitätsansprüchen und ungebührlichen Forderungen elegant ausweichen zu können, die täglichen Gegebenheiten leichter ertragen, denn er ging ja irgendwann wieder weg und vergaß uns, das war sein Leben. Vielleicht mit diesem Geplagten ein paar Worte wechseln, den Schein einer Anteilnahme vermittelnd und wieder Distanz nehmend, dabei Herr der Lage bleiben: der geborene Chef de Service. Und er war gesucht. Ja, das war er.

Wenn er heimkam, was denkst du – Isabelle nimmt einen tiefen Zug aus der Zigarette, blickt dem Rauch nach, wie um die richtigen Worte zu finden – so zwischen hinein ging das gar nicht, dann tauchte er unerwartet auf. Und genauso verschwand er nach wenigen, für mich immer zu kurzen Wochen wieder. Es gab bei uns noch nicht viele Privatautos, kein Telefon, nur ab und zu kam mal ein Brief, er schrieb nicht gern und als die Verbindungen eingerichtet waren, wann hätte ich ihn anrufen sollen? Morgens, wenn ich in der Schule war, schlief er noch, über Mittag war er im Service, dann hatte er Zimmerstunde bis fünf, und wenn ich von der Schule nach Hause kam, arbeitete er wieder im Service, oft bis spät nach Mitternacht. Er war für mich der große Abwesende. Wie meine Mutter das aushielt, weiß ich nicht. Dabei liebte, bewunderte, ja vergötterte ich ihn. Ich brauchte nur in den Spiegel zu gucken, so war ich von Stolz ergriffen, denn ich war sein pures Ebenbild. Das hast du richtig bemerkt. Seltsam ist, in meinem Innersten, in meinen Gedanken, wenn ich mit den Freundinnen sprach und mit ihm renommierte, in meinen Jungmädchenträumen, da ist er nie gealtert. Er war ein Gott. Meiner.

Ich äußere mich nicht, muss zuerst alles runterschlucken, was Isabelle erzählt.

Also, wenn er zwischendurch heimkam, erzählt Isabelle weiter, die Taschen für uns vollgestopft mit echter Schweizer Schokolade, geräucherten Würsten, Salsiz oder Salami und für die ehemaligen Kollegen im Dorf mit amerikanischen Zigaretten, verschwand er bald im Weinberg oberhalb der Häuser, am Sonnenhang. Wir hatten dort ein paar Rebstöcke, um die er sich besser kümmerte als um seine Frau, meine Mutter. «Da 'n tera an pianta», von der Erde in die Pflanze, sang er scherzend, wenn er in magischen Ritualen den Boden beschwor, «o che bon vin di tera». Es war ein altes Winzerlied. Was für ein guter Wein aus dieser Erde, aber man müsse ihn auch zu pflegen und zu trinken wissen. Ich war glücklich, wenn er bei uns war. Er lachte, kaum sah er mich, hob mich hoch und wirbelte mich herum.

Ja, aber das konnte doch nicht ewig so gehen, warf ich ein. Irgendetwas braute sich da zusammen.

Sie habe, als die Volksschulzeit vorüber gewesen sei und anschließend eine ungeliebte, einfache Berufsausbildung bevorstand, zu ihm hinüber in die Schweiz gewollt. Unbedingt. In die Stadt am See. Es sei wie ein innerer Drang gewesen, denn es habe sie wie ihn nicht gelitten in der Enge und Abgeschiedenheit des Tales. Ein schrecklicher Ort, erfüllt von den stummen Klagen der verzweifelten Alten, diesen ewigen Vorwürfen, vom Schatten der Vergangenheit, von religiösem Sektierertum und dem Hass auf die Jungen verfolgt, die es jetzt besser hatten als ihre Mütter und Väter, diese verlorene, missbrauchte Generation.

Isabelle Malavou. Sie redet, es sprudelt aus ihr heraus. Irgendwo, irgendwie habe ich bei ihr einen wundersamen Knopf betätigt. Als sie das Frühstück endgültig abräumt, trage ich ihr die paar Dinge in die Küche nach und helfe ihr beim Aufräumen.

Gestern abend hatte sie längere Zeit kein Wort gesagt. Und wie sie schwieg! Es wirkte geradezu verletzend. Ermanno, ihr Lebensgefährte, war mehr und mehr in sich zusammengesunken, denn er hatte sich kurz zu Isabelles Vater geäußert, der seiner Ansicht nach viele Chancen vermasselt hatte. Stille. Gereizte Stimmung zwischen den zweien. Zuletzt hatte Ermanno vor sich hingestarrt, die Hände auf der Tischplatte, mit seinem Glas spielend, das er bis auf den letzten Tropfen leergetrunken hatte. Da ich müde war und ins Bett wollte, Ermanno keinen Anlass mehr zu reden gab und alle nur noch tranken, sprach zeitweise gar niemand. Ja, getrunken hatten wir, diesen dickflüssigen, süßlichen Grappa aus Muskateller Trauben. Ermanno war plötzlich schwerfällig aufgestanden und aus der Küche davon gewankt, ohne «Gute Nacht» zu sagen. Bis ich erstaunt feststellte, dass nur noch wir zwei dasassen, war mein Glas erneut randvoll.

Wenn zwei allein und angetrunken am Tisch sitzen, gibt das nicht mehr viel her. Da sind wir wie Nackte, verletzlich, und unsere Wünsche und Sehnsüchte wachsen ins Unermessliche. Was, wenn ich mich verliebte? Isabelle war plötzlich hinter mich getreten und hatte mir mit der Hand durchs Haar gestrichen, mit den Fingern sanft darin gewühlt, den Hals massiert, hatte sich an mich gelehnt und etwas auf Französisch oder in ihrem Dialekt geflüstert, was ich nicht verstand. Der Schnaps brannte auf meiner Zunge, schoss als glühende Lohe durch den Rachen und hinein in den Hals, bis er im Magen ein einziges wildes Feuer entfachte. Ich hätte am liebsten so verharrt, Isabelles Finger in meinem Haar, ihre Arme auf meinen Schultern, den Ansatz ihrer Brüste spürend und alles Unausgesprochene in der Schwebe gelassen, doch der schwere Kopf war mir fast auf die Tischplatte gesunken. Nur mit Mühe kam ich auf unsicheren Beinen in mein Zimmer, ich glaube sogar, sie musste mir dabei unter die

Arme greifen.

Beim Frühstück heute Morgen sitzen wir wieder am Tisch, und alles ist ganz anders. Wir reden, breiten unser Leben, unsere Gedanken über die Dinge des Lebens, unsere alltäglichen Regungen voreinander aus. Ich berichte ihr von meinem Bruder und seiner Drogenabhängigkeit. Sie stutzt einen Augenblick, erzählt dann von ihrer Bewunderung für die Art ihres Vaters. Wir vertrauen uns mit einer Leichtigkeit Dinge an, die wir uns selber nicht so frei eingestanden hätten, von denen wir zwar wissen, dass sie existieren und unser Handeln insgeheim mitbestimmen, denen wir aber nur mit Scheu begegnen.

Ich schaue ihr unentwegt ins Gesicht. Sie hat graugrüne, helle Augen, Schatten über hohen Wangenknochen. Etwas Berglerisches ist an ihr haften geblieben. Eine schmale Nase, weiche, gerade gezogene Lippen. Die ersten trockenen Haare rutschen ihr unter dem Frotteeturban hervor, verleihen ihrem Gesicht etwas Verwegenes. Isabelle weicht meinem Blick nicht aus, verhält sich jedoch so, als sei gestern Nacht nichts Nennenswertes vorgefallen, außer vielleicht einer leichten Trübung der Sinne, aus der Verirrung betrunkenen, nächtlichen Sich-gehen-Lassens geboren. Messe ich alltäglichen Ereignissen ein unübliches, subjektives Gewicht bei oder überrumpelt mich bloß ihre Gelassenheit?

Zurück in der Kammer, stoße ich die Jalousien auf, hänge die Arretierungsstäbe auf halber Distanz ein. Der Regen hat unterdessen ganz aufgehört. Die Sonne ist zwar noch nicht durchgebrochen, aber die Wärme hat etwas Tropisches. Auf den Steinstufen der breiten Freitreppe, die vom Austritt neben meinem Zimmer zum vorderen Teil des Gartens hinunterführt, verflüchtigt sich die Nässe. Nur ein paar Pfützen bleiben. Ein Regenwurm krümmt sich, streckt sich lang, um zurück ins Feuchte zu gelangen. Er hat wohl den rettenden Abgang ins Erdreich verpasst, denn Sekunden später pickt ihn eine Amsel weg. Die hellen Trockenstellen auf den Steinplatten vergrößern sich, es riecht wieder intensiv nach frischem Lorbeer, nach Kirschbäumen, Magnolien, nassen Kieswegen, nach Wiesengras und feuchtem Erdreich.

Jemand reinigt den Weg mit dem flachen Rechen. Kratzende, schleifende Geräusche. Als ich mich über die Fensterbrüstung hinausbeuge, sehe ich in einer Gartenecke die Alte von gestern Abend, die mich vom oberen Treppenabsatz her belauert hatte. Sie ist schwarz gekleidet, eine Schürze als Hausrock, die fast bis zum Boden reicht. Sie trägt Zoccoli und schlurft in ihren Holzschuhen über den Boden. Bei jedem Schritt zieht sie die Füße nach, ihre grauen Altweiberstrümpfe sind bis über die weißen Fußknöchel hinuntergerollt. Ihr ist wohl bei der Arbeit zu warm geworden. Den langen Rechen schleppt sie hinter sich her, zupft ab und zu Grashalme aus dem Kiesbett des Weges. Dabei dreht sie den Kopf nicht zu mir. Und doch habe ich den unbestimmten Eindruck, sie habe mich schon lange wahrgenommen und verharre in ihrer gebückten Haltung, um mich besser belauern zu können.

Isabelle ruft mich. Sie will mir den Raum zeigen, der mir

fortan als Atelier dienen soll. Sie hat einen einzelnen großen Bartschlüssel bei sich und steigt die Treppe voran zum Dachboden hoch. Wie elegant und leicht sie sich bewegt! Sie öffnet eine einfache Holztüre und knipst das Licht an. Luftig, weiträumig, unerwartet hoch in der Mitte. Ich hab den Raum so nicht mehr in Erinnerung, obwohl wir als Kinder damals an Regentagen hier spielten. An einer Wand befinden sich wenige abgestellte Möbel, zwei Matratzen liegen in einer Ecke am Boden, in Plastik eingehüllt. Eine alte Kommode, ein leerer Tisch stehen in der Mitte des Raums. Hellblau getönte, schmale Fenster entlang der halbhohen Dachstützmauern und vier breite Schrägfenster im Dach geben genügend Helligkeit. Ich drehe mich, schaue mich um, ein Wasseranschluss ist vorhanden, der Boden mit Riemenbrettern belegt. Jetzt bin ich mehr als zufrieden.

Hilf mir, sagt sie, wir schieben den Tisch unter eines der Schrägfenster, so hast du das Licht auch von oben. Die blauen Bodenfenster sind von früher her, ich hoffe, das stört dich nicht. Sie lassen zwar etwas weniger Helligkeit durch, aber weil es im Sommer recht heiß wird unter dem Dach, haben wir den Anstrich so belassen. Man könnte den Dachstock ausbauen, ich weiß, aber das hat keine Priorität mehr.

Was heißt «keine Priorität mehr»?

Irgendwann ziehen wir weg.

Der leichte Blauschimmer wirkt zauberhaft unwirklich, er verleiht dem luftigen Dachraum zusätzlich etwas Himmlisches, Schwebendes. Der schräge Lichteinfall genügt vollauf zum Arbeiten. Vielleicht muss noch ein zusätzlicher

Tisch her für mehr Abstellfläche.

Ich richte den Dachstock so ein, wie du ihn brauchst, sagt Isabelle und übergibt mir den Schlüssel. Ich drehe ihn in der Hand und überlege, wo ich ihn hinstecken soll.

Isabelle hats bemerkt. Wenn du hier bist, hängst du ihn am besten ans Nagelbrettchen bei der Tür. Und wenn du gehst, schließt du ab. Dann kann niemand rein.

Was ich noch wissen möchte, sage ich, wie seid ihr eigentlich zu diesem Haus gekommen? Das interessiert mich doch sehr.

Seltsame Frage, konstatiert sie. Es war im Verlaufe meiner Ausbildung. Das Liceo in Lugano musste als Vorwand herhalten, dass ich mich aus dem Tal absetzen konnte. Anfangs wohnte ich bei einer Schlummermutter, dann in einer Studentenpension. Bald darauf sind Papà und ich zusammen in eine kleine Wohnung gezogen. Neben dem Musikstudium habe ich die zwei Zimmer instand gehalten, den Haushalt für beide gemacht und gekocht. Das ging mir leicht von der Hand. Ich habe kein großes Kochwissen gebraucht, denn oft brachte Papà Reste aus der Hotelküche nach Hause oder aß auf einfache Art Zubereitetes. Jedenfalls ist er mit meinen Menükünsten stets zufrieden gewesen. Er hat dann doch in der Stadt eine Dauerstelle angenommen, weil er mich nicht mehr allein lassen wollte. Ein Jahr später fanden wir dieses Haus. Ich spielte ein Instrument und brauchte Platz. Das war die schönste, gemeinsam verbrachte Zeit.

Und deine Mutter, blieb sie im Tal?

Nein, sie ist später, sehr viel später nachgekommen, und das nur des dummen Geredes wegen, nachdem sie sich lange Zeit gesträubt hatte. Was die Leute so munkelten! Dabei verkörperte die Mutter schon immer die «Mamma», erdverbunden, und die Stadt blieb ihr fremd. Sie war nicht die verführerische Frau für einen Mann, sie war robust und mächtig, willensstark, zäh, bäuerisch stur, «un donnone», wie man bei uns sagt.

Papà ist in seinem Herzen und Gemüt ein Grenzgänger geblieben, ein streunender Wolf von jenseits des Passes. Kein Bergler. Die Mutter aber, strenggläubig, alten, fast heidnischen Traditionen und Ritualen verhaftet und tief verwurzelt in ihrem Tal, war von Anfang an auf sich selber gestellt, sie wollte das so. Stolz und verschlossen, gebieterisch bis zur Rechthaberei. Intolerant. Was sie sagte, hatte zu gelten. Wie aus einer jahrelang verinnerlichten Bosheit heraus hat sie ihren Mann immer Emilio genannt, obwohl er, wenn amtliche Papiere zu unterzeichnen waren, französisch mit Malavou Emile unterschrieb, wobei er das «L» in einer weiten Schlaufe ins «e» hinüberzog, dem Aufstrich des letzten Buchstabens Länge verlieh und dann das Papier gelassen dem Empfänger hinstreckte. Warum die zwei geheiratet hatten, ist mir ein Rätsel geblieben.

Stört es dich, wenn ich so viel erzähle?

Nein, fahr fort. Bremsen lässt du dich sowieso nicht und mich interessieren Familiengeschichten. Vor allem, wenn sie nicht alltäglich sind.

Auch mich hat die Mutter immer bei meinem italienischen Namen gerufen, bis heute, wie um mich für irgendetwas büßen zu lassen, dabei steht im Geburtsschein und im Pass Isabelle. Sie hat nie Zuneigung zu mir, der Tochter, empfunden. Mir war's egal. Für die Mutter verkörpere ich das Übel, den Makel des Andenkens an ihren Ehemann, seine schamlose Leichtigkeit, die sie in mir weiterleben sah, was aber so nicht stimmt, denn eigentlich bin ich als Kind sehr scheu gewesen. Die Mutter wohnt noch heute in diesem Haus, in der Wohnung über uns. Du wirst ihr bestimmt einmal begegnen, vielleicht wirst du sie sogar kennen lernen, hören tust du sie sicher zu jeder Tages- und Nachtzeit, mindestens ihre schlurfenden Schritte, wenn sie herumrumort. An manchen Tagen arbeitet sie auch im Garten, denn damit möchte ich, ja, vielleicht auch aus Trotz, wirklich nichts zu tun haben. Aber sie ist nicht mehr, was sie einmal war. Im Alter ist sie schmächtig, fahrig geworden, vornüber gebeugt, eine verschlossene, greise Frau, zänkisch, ohne mir je mehr Angst einflößen zu können. Doch das Unheimliche und Mürrische eben, das hat sie beibehalten. Nur ihre Enkelin, die vergöttert sie.

Isabelle hat eine Tochter. Mehr verrät sie nicht. Sollte ich ihr jetzt aus Anstand weitere Fragen stellen? Ich verschiebe es auf später einmal.

Ach ja, da, sie weist auf den kleinen Verschlag links hinter dem Treppenaufgang hin. Dazu existiert kein Schlüssel, im ganzen Haus nicht, ich habe auch nie herausgefunden, was darin sein soll. Eine Rumpelkammer am ehesten. Aber wahrscheinlich ist sie sogar leer. Wenn da etwas aufbewahrt wird, wenn überhaupt, stammt es jedenfalls nicht von uns, eher von früheren Besitzern. Dieser Verschlag war immer schon verschlossen, ich habe auch nie versucht, mir Einblick zu verschaffen.

Sie sagt das so bestimmt, als wolle sie mich hindern, je einen Blick hineinzutun, falls er zufällig doch einmal offenstehen sollte.

Nimm es, wie es ist, diese kleine Kammer kommt dir kaum in die Quere, meint sie unbestimmt.

Ich schiebe eine Dachluke auf und strecke mich bis in die Zehenspitzen, aber ich bringe den Kopf zu wenig hoch, blicke nur über die Fensterfassung bis zum gegenüberliegenden Stadthügel, der mit Villen überbaut ist. Sie alle versinken im Grün der Gärten und Palmwedel, außer einem lang gestreckten Herrschaftshaus, dessen seitlich angebaute Flügel dem Ganzen das Äußere einer Privatklinik verleihen. Aus der Ferne der Stadt dringt undeutlich Verkehrslärm herauf, ein stetes, undefinierbares Summen und Brummen.

Führt hier in der Nähe die neue Autobahn durch oder ist es nur ein Zubringer? Meine Frage verhallt ungehört im Raum. Isabelle hat mich mittlerweile allein gelassen.

Der Holzriemenboden scheint mir doch gefährdet, wenn ich mit der Säure hantiere oder die Druckplatten wässern will. Ich werde zwischen dem Tisch und dem Spülbecken ein breites Stück Boden mit Plastikbahnen, noch besser mit Linoleum abdecken müssen. Neben das Spülbecken kommt ein weiterer Tisch, auf den kommen die Säurewanne zu stehen, Trockenständer für Kupferplatten und Pinsel, auf dem

Tisch unter dem Fenster Abdecklack und das Radierwerkzeug. Reinigen kann ich die Platten auf der alten Kommode. Ich werde sie mit Karton schützen müssen, aber eigentlich ist es um die nicht schade. Die Schubladen sind tief und leer. Terpentinersatz und Azeton in den flachen Kanistern hätten jedenfalls dort Platz. Vorsicht ist trotzdem geboten, wenn ich nicht riskieren möchte, den ganzen Plunder eines Tages in Brand zu stecken. Mit großem Kraftaufwand ziehe ich das wackelige Möbelstück unter das nächste Fenster, unterlege einen Fuß mit Zeitungsschnipseln, die ich in einer Ecke finde. Die andere Luke lässt sich vorderhand nicht leicht öffnen, die blecherne Einfassung ist zu stark verzogen, verstaubt und verklebt. Frische Luftzufuhr kommt jedoch genug vom Treppenhaus her, wenn ich die Tür offenstehen lasse. Ich lehne mich an eine Tischkante und überblicke mein neues Reich. Auf einem Fetzen Papier notiere ich mir: zwei Ätzwannen, fünf oder besser zehn Liter schwache Salpetersäure, Reinigungsmittel, Vernis mou, Stahlwolle. Den Rest habe ich. Halt, ich brauche außerdem zwei Geißfüße, so groß, dass ich Kupferplatten drauflegen kann, zwei, drei Patronen Campinggas samt Bunsenbrenner, Asphaltstaub oder Kolophonium – das war's. Das Atelier hat mich in Besitz genommen.

Ich könnte natürlich auch in der Kupferdruckerei bei Gianni arbeiten, das wäre wahrscheinlich einfacher, aber es reizt mich, in der Abgeschiedenheit dieser blau schimmernden Dachkammer, meines neugefundenen Refugiums, auszuprobieren, was ich hier zu Stande bringe. Außerdem, und vielleicht ist das der wahre Grund meines Hierseins, arbeite ich gerne in der Stille, vor allem jetzt, da ich nur langsam vorankomme. Aus den Kupferplatten muss erst noch etwas werden, bevor ich zu Probedrucken bereit bin.

Daheim hätte ich mich in jegliche Ablenkung gestürzt. Hier bin ich gezwungen, mich der Situation zu stellen. Ungewohnte Räume beflügeln mich, andere Gerüche, neue Einsichten, ein anderes Licht, andere Bodenwege, neue Handgriffe und Bewegungsabläufe werden bei mir ungeheure Energien freisetzen, hoffe ich. Alte Denkmuster, die mich bis in die Träume hinein begleiteten, lösen sich auf und legen ungeahnte Schichten frei.

Wenn ich, was manchmal vorkam, spät abends im Atelier in Zürich noch arbeitete, so dass es sich nicht lohnte, nach Hause zu gehen, legte ich mich auf der einfachen Liege hin und lauschte beim Einschlafen verwundert den anderen Stimmen und Geräuschen des nachts unbekannten Hauses. In der Weinhandlung unter mir blieb es lange unruhig. Andere Bewohner kannte ich nur von den Namensschildern an den Briefkästen. In der Nacht krochen alte Geheimnisse aus Mauerritzen und Böden. Elektrische Leitungen und Röhren brachten fremde, leise summende Töne hervor und breiteten vor mir andere Bilder, Geschichten aus, ohne dass deren Erkennen und Orten eine Klärung der geheimen Quellen oder gar Erleichterung verschaffte. Vielleicht berauschten mich auch einfach die Ateliergerüche, Harze, Leinöl, kräftig duftendes Nelkenöl, Terpentinersatz, Firnisse und Farben. Farben! In der Dunkelheit, wenn das Licht fehlte, ahnte ich sie in ihrer Struktur und Konsistenz auf der Leinwand, in ihrem wollüstigen, nächtlichen, tröstlichen Grau. So glitt ich jeweils unmerklich in den Schlaf. Am Morgen, wenn ich inmitten der liegen gelassenen Arbeiten erwachte, meist schlief ich gut und hatte keine Erinnerung an die schlafend verbrachten Stunden, traute sich mein traumwandelndes Seelchen nur langsam zurück in den gewohnten Leib, wollte auch gar nichts berichten, kein Traumgesicht mir hinterbringen, als hätte es unerkannt und unbeaufsichtigt in andern Sphären geweilt und fände nur widerwillig heim.

Beim Hinausgehen drücke ich die Klinke der Abstellkammer. Verschlossen. Neugier treibt mich immer, aber mein Schlüssel bleibt drin stecken, macht keine Drehung, die Tür gibt nicht nach. Irgendwie beruhigt mich das. Ich verlasse den Dachboden, verschließe hinter mir die Tür und stecke den Schlüssel ein. Das ist jetzt mein Reich.

Meine Schuhe müssen auf der Steintreppe geklappert haben. Die Alte nimmt die Überwachung offensichtlich ernst. Sie hat mich gehört oder belauert, denn als ich auf dem Treppenabsatz drehe, bewegen sich die Vorhänge hinter den Türscheiben im Luftzug. Sie steht dort und hat die Tür einen Spalt breit geöffnet. Ich schaue zurück und grinse zu den kleinen Glasfenstern hinauf, grüße lässig im Vorbeigehen mit der Hand die dahinter Verborgene, um ihr zu zeigen, dass ich sie entdeckt habe und dass ich mich aus Spaß auf ihr Spiel einlasse. Vielleicht gefällt's ihr ja sogar.

Plötzlich aber ist mir der aufkeimende Verdacht unangenehm, dass doch jemand außer mir Zutritt zum Atelier haben könnte. Möglicherweise gehört der Nebenraum ihr, vielleicht hat sie den passenden Schlüssel dazu, obwohl Isabelle das anders erwähnt hat, aber meiner geht offensichtlich nicht ins Schloss. Ich hole in meinem Zimmer meine Jacke, sorge für Kleingeld und Zigaretten und stecke das Mobiltelefon ein. Ich muss Isabelle unbedingt nochmals darauf ansprechen, doch die Wohnung ist jetzt leer. Längst ist es Mittag vorbei. Sie ist bestimmt schon in ihrer Galerie.

Falsch. Sie erwartet mich unter der Markise.

Kommst du mit? Ich muss noch schnell mit dem Wagen weg. Du solltest dich zuvor vielleicht nochmals umziehen. Ich treffe ein paar Leute.

Also, ab ins Zimmer. Was sie von mir will? Wohl kaum Begleitschutz. Im Koffer liegt die gebügelte Sommerhose, ein leichtes, anständiges Hemd. Ich hätte beides an den Bügel hängen sollen. Für den Augenblick aber muss es genügen.

Mit Leichtigkeit fährt sie den schweren Wagen rückwärts aus der Einfahrt. Das Sträßchen ist eng. Hier ein Mauervorsprung, dort ein Toraustritt, ein Scharreisen, eine Wasserrinne. Auf dem Plätzchen am Fuße des Hügels kurvt sie den Wagen in einer Spitzkehre um den Zierbrunnen, dann beschleunigt sie und folgt einem schattigen Taleinschnitt, der uns zur Stadt hinausbringt. Zuerst noch durch vornehme Quartiere, dann, nach dem letzten Haus, tauchen einzelne Gehöfte auf, eine Wegkapelle, ein schmales Bahngleis. In weiten Kehren senkt sich die Straße zum See hin, der hier in einer seiner Buchten endet. In der Ebene liegt ein kleiner Flugplatz mit ein paar Gebäuden und einem Kontrollturm.

Wir verlassen die Hauptstraße linkerhand und fahren entlang der Seebucht.

Siehst du die Einfriedung dort, dahinter die Villa am Seeufer? Natürlich. Der Name steht im Zusammenhang mit einem bekannten Zürcher Kunstmaler. Er ist schon lange tot. Das dort war sein Mäzen. Er hat ihn viele Jahr im Stillen gefördert.

Ich hab keinen, schmunzle ich, weder lebendig noch tot.

Niemand hat es damals gewusst, betont sie. Der Mann hatte mit Sammeln der Bilder begonnen, als noch keinem der Name des Malers etwas sagte.

Das wäre mir egal. Von mir aus dürften es alle wissen. Keiner überlebt auf dem Kunstmarkt ohne jemand Zahlkräftigen im Hintergrund. Das wissen alle. Es ist doch wie eine Art Verschwörung – von Arrivierten, Kritikern, Kunstvermittlern und Konsumenten, die sich darauf versteifen, die außerordentliche Bedeutung eines Werkes müsse metaphysisch begründbar sein. Ausstellungskataloge und Fachpublikationen strotzen vor Fremdwörtern, die außer den Eingeweihten sowieso keiner versteht, falls die bedeutungsschwangeren Texte überhaupt gelesen werden. Je größer ein angebliches Geheimnis um den Künstler gemacht wird, sei's seine Herkunft, das familiäre Umfeld oder gar eine schlimme Krankheit, desto verworrener ist der Kreis der selbst ernannten Kenner. Wenn das Werk als Zeuge des Abnormen nicht mehr durchschaubar ist, nehmen die Worthülsen ihrer Erklärungen einen solchen Umfang an, dass einem die Schamröte ins Gesicht steigt.

Du übertreibst, meint sie.

Meinst du? Als seine Frau starb –

Wer?

– eben die des Künstlers mit dem Mäzen, war's mit dessen Schaffenskraft plötzlich vorbei, und kein Mensch konnte ihn mehr dazu bewegen, Stift und Pinsel zur Hand zu nehmen. Nicht mal der Psychiater und auch nicht sein Förderer. Er dämmerte darauf in einem Heim vor sich hin. Merkst du was?

Isabelle sagt nichts mehr. Wir fahren auf einen Privatparkplatz hangseits eines Häuschens, wo bereits ein anderer Wagen steht. Zwei Männer im Anzug warten und begrüßen Isabelle. Wir gehen über das Sträßchen zum Wochenendhaus. Neben dem Haus türmen sich Abfälle, die ganze Böschung ist übersät davon. Sie schließt auf. Zwei Räume ebenerdig, eine Toilette beim Eingang, ein Balkon über dem Wasser. Ein Bootshaus, zu dem wir hinuntersteigen. Die zwei Fremden nehmen das Boot in Augenschein, ein Ruderboot mit Außenbordmotor. Sie nicken einander zu. Ein einsetzbarer Segelmast liegt auf dem schmalen Betonsteg, darüber hängen Segelutensilien und Fischerware an der Wand. Eine kleine Kammer liegt direkt über dem Wasser. Die zwei bemängeln die Baufälligkeit des Hauses. Isabelle zeigt ihnen die Bootsanlegestelle bei der Terrasse, den Steintisch und die Bänke im Freien. Im Haus ist nur in der Küche fließendes Wasser, zusätzlich eine Pumpe für Seewasser über der Spüle, eine in der Toilette. Im Schlafraum sind zwei Betten, ein Schrank, ein Tisch und ein Stuhl. Dann treten wir auf die Veranda hinaus, die die ganze Seeseite einnimmt. Wir setzen uns auf Campingstühle, einer der Männer bleibt, an die Wand gelehnt, stehen. Man geht eine Liste durch, Isabelle erbittet sich eine Zigarette und nennt den Preis des Anwesens. Der scheint keine Rolle zu spielen. Isabelle händigt ihnen Papiere aus.

Auf der Rückfahrt erklärt sie mir, dass Ermanno neue Pläne habe, die Wochen hier seien für ihn gezählt. Ich denke mit Schaudern an die Fische, die im See gefangen werden. Man müsste sie eine Woche lang in frischem Wasser halten, bis sie den fauligen Geruch verlören und genießbar würden.

Giannis Kupferdruckerei liegt unten in der Vorstadt, im nördlichen Industriegebiet. Gegen Mittag mache ich mich auf den Weg zu ihm. Ich kenne ihn seit einem Symposium zum Thema «Der Künstler und sein Kupferdrucker», das vor Jahren dem anregenden Zusammengehen zwischen alteingeübtem Handwerk und zeitgenössischer Bildauffassung im künstlerischen Tiefdruck gewidmet war, mit einer anschließenden Präsentation einiger Arbeiten im Grafikkabinett der ETH. Was Rang und Namen hatte, erschien und zeigte sich. Gianni ist ein Meister seines Fachs, mit einem gehörigen Schuss Kreativität, wenn es um das Druckprozedere, um delikate Farbmischungen oder um das Arbeiten mit den Säuren geht. Wir haben uns einige Male in Zürich getroffen, an der Kunstmesse oder wenn ich eine Ausstellung hatte, die er sich unbedingt anschauen wollte. Dann sind wir nachher ins Restaurant Federal im Hauptbahnhof gegangen, wo noch ungewohnte Gerichte wie Kalbskopf, Milkenpasteten, Schweinemagen oder Luganighe zu haben sind. Ebenfalls eine große Auswahl an Bieren vom Fass, der wir gerne zusprachen. Es ist zwar lärmig dort drin, doch weil der Raum hallenartig hoch ist, stört es kaum. Außer wenn die Fangruppen der städtischen Fußballvereine aneinander geraten. Tische und Stühle sind einfach zu ersetzen, die Bedienung bleibt freundlich und die Atmosphäre der leergeräumten Bahnhofshalle unterstreicht das eigene Cachet.

Meine unterwegs erstandene Eiswaffel beginnt sich zu verflüssigen, das Erdbeereis und die Schokolade tropfen mir bereits über die Finger. Seit dem Frühstück habe ich nichts mehr gegessen und meiner Lust nicht widerstehen können. Aber keine Imbissbude war weit und breit zu sehen. Die öffnen erst am späten Nachmittag. Stattdessen dann im Vorbeigehen die Eiswaffel, ungeachtet der transgenen Fette, angebliches Urübel alles Schlechten, das auf mich wartet. Auf halbem Weg in die Unterstadt ist mir der Kirchenvorplatz von San Lorenzo als Schleckort gerade recht gelegen. Warm geworden ist es. Ich suche den Schatten des steinernen Portals, flüchte mich vor der mittäglichen Schwüle zu den Heiligenfiguren im Torbogen der Kathedrale.

Vor Jahren auf Mallorca stellte ich mich auch in eine schützende, weibliche Pforte. Allerdings war sie aus Kunststoff. Vor dem weißen Museumsgebäude in La Palma war es, als sich mir Joan Miròs Gesamtkunstwerk einer Polyester-Vulva darbot. Ich habe davon sogar eine Foto nehmen lassen: ich, aufrecht stehend in den aufgeblätterten rosa

Bögen zur innersten Weiblichkeit. Der Einblick in den Intimbereich, in die imaginierte weibliche Scham aus grellfarbigem Plastik, schaffte gleichzeitig einen Durchblick zum letzten Atelierhaus des Künstlers. Im hintersten Teil der Museumsanlage gelegen, zeigte es den Arbeitsraum, wo alles, leere Leinwände und Bilderrahmen, begonnene und letzte große Arbeiten, Leitern, Pinsel, Papierplanen, Farbpaletten, Lappen und Staffeleien so stehen und liegen gelassen wurden, als trete der Meister jeden Augenblick aus dem Garten zur Tür herein.

Ach, diese alten Kirchenportale mit ihren schrittweise ins Innere führenden Bögen! Sie öffnen sich verlockend und geheimnisvoll dem Suchenden. Man bleibt stehen und betrachtet die steinernen Heiligenfiguren, die seit Jahrhunderten hier stehen. Doch in der Kirche drin empfängt den Gläubigen keine feuchte, wohlige Wärme, sondern nur heiliges Halbdunkel und modrige Kühle. Andächtiges, inbrünstiges Gebetsgeflüster aus unbequemen Kirchenbänken und vor Marmor-Altären füllt den Raum. Auf gehäkelten Spitzentüchern stehen verblühte Lilien- und Gladiolensträuße in Silberkübeln. Geschnitztes altes Chorgestühl und den Wänden entlang leere Beichtstühle. Aus einer Regung heraus entzünde ich drei Kerzen, eine für meinen Bruder, eine für mich und eine für irgendwen. Ich denke oft an Giorgio, auch ohne Kerzenlicht. Mein Bruder hätte ein bisschen Wärme bitter nötig.

Draußen lehne ich mich an den rauen Sandstein des Portals und blicke über die Mauer des Vorplatzes hinaus, über Stadt und Seebucht zum Monte Brè hin. Hinter mir der abbröckelnde Reigen der Heiligen von San Lorenzo und über allem ein windiger, warmer, grauweißer Südhimmel. In Gedanken versunken, streiche ich mit der Hand über den bröckelnden Sandstein der Statuen. Auch sie haben im Laufe der Jahrhunderte gelitten. Hier ist ein Stück des Mantels eines Apostels weggebrochen, da fehlen ganze Teile eines Beins, von einem Arm ist nur der Stumpf geblieben, doch die Positionen der Gliedmaßen sind noch einigermaßen zu erkennen. Mit ihren kalten Steinaugen blicken die Heiligen auf mich herunter. Mustern sie mich oder lächeln sie allwissend und stumm?

An der Steinbrüstung des Platzes steht ein Mann angelehnt, der mich schon längere Zeit beobachtet hat. Er schält umständlich eine Banane und winkt mich zu sich heran. Als ich zu ihm trete, bietet er mir ein Stück seiner Frucht an. Aus dem Mundwinkel läuft ihm schleimiger Saft übers Kinn. Es graust mich, und doch nicke ich, als der Mann ein Stück Banane abbricht und mir hinstreckt. Reden kann er nur stockend, er ist nicht mehr richtig im Kopf. Die Geschichte, die er mir erzählen möchte, stand in der Zeitung. In einem Artikel des Corriere aus dem vergangenen Jahr. Er klaubt den Zeitungsabschnitt aus der Jackentasche hervor und breitet ihn sorgfältig auf der Steinbrüstung aus, indem er mit der flachen Hand fast zärtlich darüber streicht. Das erste, was ich sehe, ist ein Bild. Das Foto einer Gruppe von Polizeibeamten, die offenbar einen Drogenfund dem Reporter präsentieren. Der mittlere auf dem Pressebild ist unverkennbar der schmächtige Mann, der neben mir steht und zu erklären versucht, was mit ihm geschehen ist. Ich bringe es nicht über mich, die braune Banane hinter der Brüstung klammheimlich verschwinden zu lassen. Ich muss sie essen, vor seinen Augen. Widerwillig schiebe ich das matschige Stück in den Mund. Er war bei der Zollpolizei, erzählt er. Auf dem See patroullierten sie frühmorgens zu dritt, als sie ein Fischerboot kontrollierten. Der mächtige Außenbordmotor war ihnen für ein einfaches Fischerboot verdächtig vorgekommen. Die zwei Männer im Boot sprachen zwar Italienisch, aber nicht den hiesigen Dialekt. Anstatt der Fischerei-Ausrüstung hatten sie Ware an Bord, am Boden unter den wie hingeworfenen Netzen versteckt. Tage später wurde der Polizeibeamte der Guardia di Finanza von einer ihm fremden Männergruppe attackiert, als er am Sonntag, ohne Uniform, mit der Familie in den Colli unterwegs war. Vor den Augen seiner Frau und der Kinder hatten sie brutal zugeschlagen. Auch als er bereits am Boden lag. Seither lebt er von der Sozialfürsorge. Mir erzähle er dies, wie er sagt, weil ich so unglücklich aussehe. Er faltet den Zeitungsartikel zusammen und steckt ihn wieder in die obere Jackentasche.

Irgendwie fühle ich mich tatsächlich geistig erschöpft. Auch mein Körper spürt die Ablagerungen der verflossenen Jahre. Das tägliche Abmühen um den Sinn des Ganzen. Meine verwitterten Ideentrümmer – sind sie nichts als von grauen Flechten überwachsene, erstickte Träume? Von ernüchterter, leiser Trauer getragene falsche Hoffnungen und billige Seelentröstungen? Schicksal sei unter der südlichen

Sonne leichter zu ertragen als in der Kälte des Nordens, dachte ich. Mindestens sang das einer mal in einem Lied, das ich seit der Jugend kenne. Ich weiß nicht, ich weiß nicht. Es gibt keine Sonnenstube des Lebens. Nirgends. Trotzig pfeife ich beim Weitergehen die Melodie.

Einsichtig und ruhiger geworden, nehme ich mir ernsthaft vor, nach dem Abstecher in die Stadt meiner Kindheit die bisher innerlich abgelehnte, verhasste Halbtagesstelle in Zürich endlich zu akzeptieren, definitiv verbindlich, einem gesicherten Auskommen zuliebe. Ich habe diesen längst fälligen Entscheid lange vor mir hergeschoben, weil ich ihn vorerst dem Gedanken opferte, ich bräuchte nur in den Süden zu reisen und mein verschüttetes, vergeudetes, wenig beachtetes Talent würde von selbst neu zu sprießen beginnen. Jahrelang hatte ich die Illusion gehegt, je mehr ich arbeitete, desto höher seien meine Chancen veranschlagt, bald den Durchbruch als Künstler zu schaffen. Ich habe mich getäuscht. Pure Verblendung. Muss ich wirklich lernen, die kalte Angst vor dem Nichts auszuhalten? Ich – wirklich ein Niemand? Keine Spur von mir wird zurückbleiben. Nirgendwo. Meine Bilder – hundertmal besser gemalt vor mir – durch andere. Meine Ideen – viele Male bereits gedacht, erwogen, verworfen oder vollendet – von andern. Meine Einfälle – weggeschoben, belacht, fallen gelassen, und endlich vergessen. Die angeblich ureigensten Farben – tausendmal anders gesehen und ausprobiert von ungezählten Meistern in allen Jahren und Jahrhunderten zuvor. Meine Werke werden nicht enthusiastisch erwartet – ah, Alessandro Loreto richtet wieder eine Ausstellung – weder bestaunt noch beklatscht. Niemand braucht sie. Sind es denn nichts als überflüssige, nutzlose Produkte? Im Trend der aktuellen Kunst liegen sie schon gar nicht. Einen neuen Wagen braucht man, einen Fernseher, etwas zu essen, eine neue, saubere Klobrille. Aber Bilder? Mich wundert, woher ich Tag für Tag den Mut aufbringe, ernsthaft weiterzuarbeiten.

Der Galerist in Zürich, der meine Arbeiten in regelmäßigen Abständen ausstellt, kennt meine depressiven Anwandlungen auch von andern Künstlern. Er ist aber mit meiner desillusionierenden Ansicht über die Dinge des Lebens gar nicht einverstanden. Wenn er mich im Atelier aufsucht, sprechen wir darüber bei einem Glas Roten, nachdem er sich die Arbeiten eines langen Jahres angeschaut hat. Dann redet er mir ins Gewissen. Er spricht niemals laut, aber eindringlich.

Du musst die Kraft aufbringen, so weiterzumachen, Sandro. Genau so. Niemand wird dich anspornen, außer du selbst. Wenn du das nicht aushältst, geh halt ins Büro. Aber deine Arbeiten sind gut. Das bist du! Du machst dir unnötige Gedanken, stellst zu vieles und vor allem dich selbst dauernd in Frage, meint er dann. Schau, diese ständige Angst, nicht gut genug, nur gängiges Mittelmaß zu sein, treibt viele zur Anpassung an irgendwelche Moden. Oder zu Auswüchsen, nur um auf Teufel komm raus auf Beachtung zu stoßen.

Ja, ich weiß, aber wenn ich über Jahre keinen Erfolg habe, dann denken doch die Leute, ich sei ein Arschloch und selber schuld.

Möglich, meint er, aber falls der Erfolg sich einmal einstellt, bist du plötzlich ihr Idol. Sie werden sich um dich reißen, hängen ihr Ego an deine Person und deinen temporären Ruhm und benützen diesen Glanz, um selber ein bisschen strahlender zu erscheinen, allerdings auf Kosten eines sehr kurzen Verfallswertes. «Shooting Star» nennen «hipe» Sammler und Kritiker diese Kunstschaffenden großmäulig. Ich kenne das!

Soll das jetzt ein Trösterchen sein?

Nein, holt mein Galerist aus und genehmigt sich einen Schluck, denn besuche er in Köln, in Basel, in Venedig oder New York und neuerdings auch in Dubai und Miami eine Ausstellung, was immer seltener vorkomme, stehe er überall vor den gleichen Bildern, denselben sinnentleerten Leinwänden, Skulpturen, Objekten, die man kaum mehr als solche zu bezeichnen wage, bedeutungsschwangere Pseudoinstallationen, die vorspiegeln oder vorgaukeln, müsste er sagen, das angeblich festgefahrene Seh- und Denkverhalten der Menschen zu beeinflussen, ihnen eine Bedeutung, einen Sinn zu eröffnen, sie in ihrem Wesen zu verändern, ihre Seele zu berühren, vielleicht auch nur das Leben zu verschönern.

Das ist doch alles Quatsch! Schau, fährt er fort, die Resultate dieser grotesken Anmaßung sind die sattsam bekannten Kribbeleien, Kritzelzeichnungen wie von Kleinkindern, seismographischen Irrgärten verrutschter, gequälter Seelen, aber mit dem Anspruch auf jugendliche, ungestüme Genialität, lachsrot eingefärbt oder grau besprayt, übermalt, überzeichnet und mit Bedeutungsschwere fälschlicherweise aufgemotzt. Ein brauner Fetzen belangloses Packpapier, bekritzelt, mit Nadeln an die Galeriewand geheftet, Vergänglichkeit bedeutend, in Wahrheit aber nur einen eklatanten Mangel an überzeugender Idee und fehlendem Können beweisend. Oder eine simple Leuchtschrift, irgendwo beginnend, irgendwo endend, Bruchstücke von aufgemalten Sätzen, Wörter an einer Wand, ein Menetekel – angebliche Denkanstöße beinhaltend, eigentlich aber nur Pseudoinhalte hinlügend.

Aber die Leute wollen doch genau das sehen, das widerspiegelt unsere Zeit, erwidere ich. Genau das! Sie wollen diese manipulierten Fotografien, beliebig austauschbare Objekte, deren Bezug zur Tragik des Menschseins keiner mehr versteht. Oder aber mit Fachausdrücken vollbepackte Phrasen und Theorien wohlfeiler Weltkritiker, seitenweise Unverständliches, mit Fremdwörtern gespickt, in teuren Kunstbulletins von Schriftgelehrten frisch von der Universität zelebriert, die nichts anderes als die Überflüssigkeit des Werkes beweisen, das man großkotzig zu erklären sich bemüht. Neue Medien, ausprobiert, x-fach wiederholbar und letztlich belanglos. Doch, ja, das sind sie, muss ich neidvoll gestehen: von der Presse hochgejubelt. Dann erst stürzen sich Leute darauf. Jene, die Geld besitzen und die richtigen Kleider tragen, die das «Kunstwerk» letztlich haben wollen, um sich darin zu sonnen, um als Sammler ernst genommen zu werden und so Beachtung zu finden, meist nur innerhalb der eigenen Gruppe einen Ruf zu generieren, eine

Identifikation allenfalls unter Gleichgesinnten. Have a nice art fair! Die andern machen gedankenlos mit, um darüber plappern zu können, denn ihre Gespräche, wenn man sie überhaupt als das bezeichnen mag, bar jedwelchen tieferen Inhalts, sind banal, austauschbar, tausendmal repetiert, überflüssig, überall dasselbe, sie sind hohl und leer und zeigen nichts als die Angst vor dem nahenden Lebensende. Es ist zum Kotzen! Wie kannst du da ernsthaft noch Galerist sein?

Ja, eben, das frage er sich manchmal auch, denn die Welt sei zum Schmierenschauplatz verkommen. Nur sterben wollen die Leute ihren ganz eigenen Tod, privat und intim. Und bitte nicht spektakulär. Neunundneunzig von hundert möchten ihn zu Hause erleiden, kaum auf der Straße als blutige, schleimige Spur enden oder als Notfall zwischen zwei Paravents, an Schläuche gelegt. Beim persönlichen Sterben höre der öffentliche Spaß auf. Exit, sauber, wenn möglich schmerzlos und gefälligst im eigenen Bett, ohne Kamerabegleitung. Tomasi di Lampedusa habe am Ende seines großen Romans «Der Gattopardo» den Fürsten von Salina in seinem Palazzo in Palermo vor dem Bild eines Sterbenden über den Tod sinnieren lassen, über das falsche, gefältelte hellweiße Krankenhemd, über die sauberen Bettlaken. Der Fürst, der die verborgenen Tapetentüren des Lebens und Leidens und der abgrundtiefen Qualen kannte, wusste, dass es niemals so enden wird. Die Kraft entflieht Jahr für Jahr dem Körper, zurück bleiben Schmerz, grässliche Angst, Schmutz, Schweiß und Exkremente.

So hab ich dich ja noch nie gehört! Der Galerist nickt. Du

kennst mich nicht wirklich. Trinken wir noch einen Schluck, bevor ich noch eins draufgebe?

Aber auch diese Zeichen des Leidens und Sterbens, die Bilder dazu, sind heute zur internationalisierten Kunst erhoben: dieselben Farben, Striche, Formate und Konturen, sogar bis hinein in das Verbrechen oder in die Sexualität, frei und für jeden zugänglich ins Netz gestellt. An Auktionen angebotene, in Büchsen abgefüllte und mit dem bekannten Namen des Spenders angeschriebene Scheiße, ein diamantenbesetzter Totenschädel, aus farbig-eloxiertem Blech ausgestanzte Mickey Mouse-Figuren. Und die Linken wagen schon gar nicht mehr, sich kritisch dazu zu äußern, nachdem ihr Kunstverständnis im real existierenden Sozialismus nach siebzig Jahren ad absurdum geführt worden war.

Ja, das ist richtig, stimme ich ihm zu. Vielleicht hab ich dir das schon mal erzählt: Ich habe mich mal in einen Streit eingemischt, der auf der Leserbriefseite einer wichtigen Zürcher Tageszeitung geführt wurde. Der eine Briefschreiber bezeichnete Koons Kunst kurzerhand als Kitsch, was ihm von einem Entzürnten den Vorwurf einbrachte, er urteile aus der völlig unmaßgeblichen Perspektive eines respektlosen Banausen, eines bedepperten, spießigen Würstchenbudenbesitzers. Ich habe damals als Künstler angemahnt, man solle doch einmal zuerst ernsthaft prüfen, wer diese Werke kaufe und sammle und damit nicht nur dessen Sicht der Welt billige, sondern ganz bewusst seinen Marktwert in die Höhe treibe, was wiederum die Besitzer der Werke erfreue. Ein raffiniertes Spiel und es seien die ewig gleichen Kreise. Man brauche bloß die

Besitzerkärtchen neben den Werken zu Rate zu ziehen. Da habe ich aber in ein Wespennest gestochen! Ich muss lachen, wenn ich daran denke. Eine Organisation, die sich persönlich und ihr ganzes Glaubensvolk angegriffen fühlte, hat sich sofort in der Zeitung zu Wort gemeldet und meine offenbar «rassistische Haltung» angeprangert. Ich bin mit der Keule des Antisemitismus regelrecht mundtot gemacht worden.

Die Kirchen, wirft der Galerist ein, waren doch früher ein einziger Ort praller Bilder an den Wänden und über den Altären, die die Fragen, auch die der Kinder, zu den letzten Dingen ermöglichten und erleichterten. Die Kirchen, mindestens die offiziellen, sind heute halbleer. Niemand kümmert sich mehr um Transzendenz. Maßloses Geschnorre ist im Gange, von allem zu viel. Zu viele Wege stehen zu vielen offen. «Jeder ist ein Künstler» – so eine Anmaßung! Ready made, alles geht, alles ist möglich, alles und ganz schnell. Wie war das mit den schönen, einsamen, edlen Sterbenden, den mit Pfeilen gespickten wächsernen Körpern der Märtyrer, den Gepfählten, den aufgeschlitzten Bäuchen, den brechenden Augen, den zuckenden Schößen? In unserer Zeit hundertfach zelebriert bis zum Gehtnichtmehr, jeden Tag serviert auf irgendeinem Kanal. Hängungen, Exekutionen im Iran, eine um ihr Leben zappelnde Frau, mitsamt ihrem Kopftuch am Strick von einer Baggerschaufel hochgezogen. Heute auf YouTube, morgen als Foto in irgendeiner In-Galerie, übermorgen bereits als Endlosschlaufe zelebriert auf den maßgebenden Kunstmessen, den großen Jahrmärkten der Eitelkeit. Basel, Düsseldorf, Kassel, New York, Venedig, Miami, Dubai

– überall dieselbe medial aufbereitete Kacke. Und überall dieselben Leute! Mach du das, was du bis jetzt getan hast und lass dich nicht davon abbringen. Nicht entmutigen lassen, Sandro!

Mein Freund und Galerist hatte sich in heiligen Zorn geredet. Ich habe im Sinn, hier im Süden schwere, dunkle Radierungen zu schaffen, auf weichem, saugfähigen Bütten, das die Kupferdruckfarbe richtig einzieht, mit wenigen, herauspolierten Hellstellen. Eine Person tut etwas mit einer andern, eine dritte schaut überrascht und erschreckt hin, weil eine geheime, behütete Ordnung vor ihren Augen auseinanderbricht. In einem Garten, in einem Haus, in einem Zimmer vielleicht. Zwei stehen am offenen Fenster, er in ihrem Rücken, vom Bildbetrachter abgewendet. Jemand überrascht sie, in der Tür stehend. Sie warten auf irgendwas, das niemals eintreffen wird. Ein Fenster der Sehnsucht. Eingeschlossen sein. Helldunkel, ein Akt, ein verlorener Traum. Das sind meine Themen.

Schon als Kind hatte ich es genossen, vom Dunkeln ins Helle zu treten, hinaus auf die lichtüberflutete Terrasse, wo die plötzliche Lichtfülle Mauer, Eisengeländer, Topfpflanzen und Fliesen einschloss, klar umriss und in die Augen drang, die sich rasch schließen mussten, um den grellen Schmerz abzuwehren, der in alle Fasern des Körpers schoss und mich mit Leben erfüllte. Es war wie beim Kinderspiel, die Hände vors Gesicht haltend. Siehst du mich? Und sie wegnehmen und strahlen! Dieser erhöhte Sonnenplatz war meine Terrasse bei der Nonna, gleich einem Altar im Freien, von gusseisernen Säulen abgestützt, die den lichtüberfluteten Spielort mit der darunter liegenden offenen, kühlen Veranda verbanden. Diese, gedeckt und rundum von aufschießendem Lorbeer abgeschirmt, lag auch tagsüber in grünem Halbschatten. Dort studierte mein Cousin in den Semesterferien Maschinenpläne und Berechnungen und ließ sich durch nichts ablenken.

Von der Veranda bis zur Grundstückmauer erstreckte sich der Hühnerhof. Oben, an der Sonne, war mein Ort: gleich einem blanken Schiffsdeck in blauer Luft lag er da, von mediterranen Düften und Gerüchen wie von Meerwasser umspült, irdene Gefäße mit Kapuzinerkresse, Thymian, Salbei, Rosmarin, Rosenlorbeer und wilden Nelken entlang der grell beschienenen Backsteinmauer und der Brüstung aufgereiht, außen herum auf der Terrasse ein doppelt fußbreiter Absatz und eine Regenwasserrinne. In der offenstehenden Tür zum Wohnzimmer bewegte sich der durchsichtige Vorhang im Wind.

Die Erziehung meiner Person bestand darin, dass man mich machen ließ. Ich wurde kaum beachtet. Ich war einfach da, und wenn die Nonna mich brauchte, rief sie vom Garten herauf, falls ich zum Essen von ihrem frischen Salat wünsche, müsse ich aus dem Keller im Tonkrug neuen Weinessig bringen, vom roten. Und schließ die Klammer am Schlauch ordentlich, sonst läuft der Essig aus! Oder ich hörte ihre Stimme aus der Küche, das Tessinerbrot sei ausgegangen, ich solle doch zum Broggi gehen, welches holen. Schon der Weg dorthin war ein Erlebnis, die Gärten, die Weinhandlung, ein Kiosk. Oder sie drückte mir ein Geldstück in die Hand und sagte, verlauf dich nicht in der Stadt. Dann war ich bis zum Abendessen frei.

Einmal lockte ich die kleine Nachbarin, ein munteres, rötliches Kraushaar auf die Terrasse. Zum Wettpinkeln, wie ich ihr beschwörend und lüstern zuflüsterte. Sie war für mich der Inbegriff der Wohlanständigkeit. Ihr Großvater, ein ehemaliger Botschafter, lebte im Ruhestand und widmete sich seinen Altersstudien. Der Vater war die längste Zeit abwesend, Geschäften im Ausland nachgehend. Nur die Mutter, eine vielbeschäftigte Übersetzerin lyrischer Werke, hatte ein wachsames Auge auf das Mädchen. Nur an diesen wenigen Tagen des Sommers war alles anders.

Das Mädchen erschien am Vormittag im hellen Kleid zwischen den Palmen und ihr blauer Ball, den sie sorgsam zwischen den Händen hielt, verließ selten die bemessene, kontrollierte Flugbahn, außer er prallte von einem unebenen Stück Mauer ab. Dann stellte sie sich an den Zaun und blickte ohne ein Wort zu mir herüber. Es war klar, ich sollte ihr den Ball zurückgeben. Ich bückte mich nach dem Spielzeug und reichte es hinüber. Sie war stets sauber gekleidet, befolgte einen mir unbekannten, geregelten Tagesablauf, wovon ich nur die Übergänge vom Vormittag zum Nachmittag, vom frühen Nachmittag zum späten mit den längeren und kürzeren Pausen wahrnahm, wenn sie mich mit ihrem Blick streifte und dann im großen Portal verschwand, von unsichtbarer Dienerhand ins Innere des Hauses geleitet. Dann blieb ich wartend beim Komposthaufen an der Gartenmauer stehen, dessen Vorhandensein nicht ein aufklärerischer Geist bewirkte, sondern das einfache Bedürfnis meines Onkels, für die Fischerei immer über genügend Maden und Würmer verfügen zu können. Wenn ich die leichte Bewegung der Vorhänge am Eckfenster des ersten Stockwerkes bemerkte, wusste ich, dass sie dort hinter dem Fenster stand und von Zeit zu Zeit ihre Haarschleife neu band, um meine Aufmerksamkeit auf sich zu ziehen. Winken wollte ich nicht, nicht das leiseste Zeichen geben, denn in der Mitte des Nachmittags war sie erneut im Freien, ohne Ball, und bestaunte den englichen Rasen, den ein Gärtner auf Knien, Grasbüschel um Grasbüschel setzend, pflegte und erneuerte. Vielleicht achtete sie auch nur auf ihre schwarzen Schuhe mit dem feinen Lederriemchen über dem Rist, dass der Verschluss auf den weißen Socken nicht unordentliche Rümpfe hinterließ. Es kam vor, dass ihre Mutter sie von der Veranda aus rief. Sie ging dann langsam auf dem geharkten Kiesweg dem Haus zu, wo ihr beim Gartenaustritt ein Glas Limonade gereicht wurde, mit einem Röhrchen, so dass es schien, das Trinken dauere und dauere.

Aber die Kleine zeigte sich hell begeistert von meinem Vorschlag, und alles ging leicht vonstatten. Wir schlichen durchs Treppenhaus, ich öffnete mit Herzklopfen die Wohnungstür, versicherte mich, dass die Nonna nicht da war und dann traten wir auf die Terrasse. Während ich meinen Pimmel aus der kurzen Hose hervornestelte, war ich fest entschlossen, die aufgestellte Regel der Nonna, die schützende

Terrassenbrüstung niemals zu überklettern, ungern aber dennoch einzuhalten und trotzdem Spaß zu haben. Also pinkelte ich zum ersten Mal zwischen den Gitterstäben von der Sonnenterrasse hinunter. Leider reichte mein Strahl nur gerade bis auf die jenseits des Geländers hervorstehenden Fliesenplatten, wo der Regen die gelbe Spur wieder wegspülen würde, ohne verräterische Flecken zu hinterlassen. Das Mädchen schaute fasziniert meinem Treiben zu, wie ich meinen schwachen Strahl zwischen den Stäben des Terrassengeländers empor zu richten versuchte, so weit ich konnte und zwar so keck, dass ich sicher war, die Kleine, wenn nicht in der Weite, so doch in der Höhe mit Leichtigkeit zu übertreffen.

Doch als wir beide den in der Sonne wie flüssiges Gold funkelnden Pinkelbogen sahen, wußten wir, es war nicht allein das, wonach uns die Sinne standen. Dennoch trommelte ich mir auf die Brust und schrie «Gewonnen!». Ich brauchte die Kleine nicht anzustacheln, dass sie sich auf den Wettkampf einließ, damit sie wenigstens einmal mich besiegte und ich, sozusagen als Gegenleistung, zu bestaunen bekam, was sie bis jetzt geheimnisvoll unter der weißen Wäsche vor meinen Blicken verborgen gehalten hatte. Sie entledigte sich flink ihres Höschens und überkletterte trotz meines Protestes die Brüstung. Sich mit einer Hand am Geländer festhaltend, stellte sie sich so nahe als möglich ans Terrassenende, damit ich nichts erspähen konnte und hatte doch den Mut, vor mir ihre Beine zu spreizen, den Rock anzuheben und ihren Strahl nach vorne zu richten, indem sie den schlanken Körper durchbog, während ich glücklich und gebannt ihr Gesäß betrachtete und mich dabei erregte. Nun gab es ein aufgeregtes Gegacker von unten herauf, denn die Hühner im Hof waren dem zittrigen Wässerchen von oben ausgesetzt.

Doch als plötzlich die Stimme der Nonna aus einer Ecke des Gartens erscholl, was wir da oben trieben, rettete die Kleine sich hastig wieder hinter die Brüstung und blickte unschuldsvoll in den Garten hinunter. Der helle Rocksaum stand ihr am Rücken noch hoch und enthüllte mir die kindlichen Rundungen eines straffen Hinterns, und ich zeigte ihr als Gegenleistung meinen Kleinen, der noch immer aus dem Hosenschlitz hervorlugte, senkrecht wie eine Segelrahe. Sie kreischte und klatschte Beifall und hörte nicht auf zu gaffen. Während sie sich nach vorne beugte und mir ihren kleinen Arsch entgegenstreckte, lehnte sie sich weit über die Brüstung hinaus, schaute zu den Hühnern nach unten und beruhigte mit netten Worten die Nonna. Da trieb es mich zu ihr hin. Sie ließ sich von hinten umarmen, stieß mit den Händen vom Terrassengeländer ab und stemmte sich mit aller Kraft mir entgegen. Dabei spreizte sie leicht die Schenkel und ich spürte, wie mein Glied den spärlichen Flaum dieses mit Tropfen benetzten Geschlechts berührte. Obwohl ich mich heftig zwischen ihre Pobacken drängte, ging's irgendwie nicht weiter. Nach kurzem Zucken und mit einem heißen, fremden und verwirrenden Gefühl in den Lenden kam ich zum Stillstand. Noch heute erregt es mich, an diese kleine Begebenheit zu denken.

Aber wir hatten die Rechnung ohne die Mutter der Kleinen gemacht. Die stand am geschlossenen Fenster der Nachbarvilla und überwachte durch eine Vorhangspalte mit dem Feldstecher das Tun ihrer Tochter. Mit Zureden und durch mütterlichen Druck brachte sie später aus dem Mädchen alles heraus, was sie aus ihrer Perspektive nicht hatte beobachten können.

Am Abend dann nahm das Verhängnis seinen Lauf. Die Nonna und ich saßen am Tisch vor dem großen Kamin, auf dem Teller Tessinerbrotscheiben, dick mit Mettwurst bestrichen, für mich ein Glas Himbeersirup, für sie roten Wein dazu. Man hörte schwere Schritte von unten, wie sie sich im Treppenhaus näherten. Dann flog die Türe auf. Die Pranke des Onkels legte sich auf meine Schultern, krallte sich fest und zog mich empor. Es knallte, bevor ich was sagen konnte. Dann setzte er mich unsanft wieder hin und ging. Einfach so. Gesagt hatte er nichts. Die Nonna, obwohl sie wahrscheinlich im Bilde war, machte mir keine Vorwürfe. Ich musste die klebrigen, mittlerweile eingetrockneten Stellen auf der Hose selber auswaschen und die Sache war erledigt. Sie brachte mir danach eine Extrascheibe Panchetta und wortlos aßen wir weiter.

Den Rest des Weges zu Gianni in die Stadt hinunter laufe ich mit schnellen Schritten. Ich erreiche ihn am Handy und lasse mir die Straße beschreiben. Die Druckerei scheint nicht mehr weit zu sein. Sie liegt in der Gewerbezone östlich des Bahnhofs, in der Talsenke zwischen der Zufahrtsstraße zur Nord-Süd-Autobahn und einer Flanke des Berges, der wie die Miniaturausgabe des Zuckerhuts aussieht. Nachts leuchten entlang der Trasse der Zahnradbahn farbige Lampen, der Lichterwurm kriecht in zwei leicht gestreckten Halbbogen den Hügel hinan zum hell erleuchteten Hotel, das in seiner bengalischen Pracht der Bergkuppe ein falsches Krönlein aus Pyrit aufsetzt und der darunterliegenden Stadt einen halb mondänen, fremdartigen Anstrich verleiht.

Die Stadt hat in den Sechziger- und Siebzigerjahren viel von dieser gelebten Eleganz verloren. Man hat modern gebaut, durchaus nicht nur zu ihrem Vorteil. Banken, Versicherungen, Kaufhäuser. Die Vorstädte sind gewachsen, der Stadtfriedhof, der früher am Ende der Stadt lag und nur mit einer altertümlichen Trambahn zu erreichen war, liegt nun im Schatten hoher Häuser an einer viel befahrenen Durchgangsstraße, mitten in den Siedlungsquartieren. Wenn ich an die neuen Beton- und Marmorpaläste denke, die sich in ihrer nüchternen Funktionalität als Verwaltungsgebäude oder Geschäftshaus zwischen die verspielt wirkenden alten Palazzi und Hotels drängen, hätte ich gerne einige altehrwürdige Architekturelemente, auch wenn sie kitschig wirken, in die glatte und kühle Moderne hinübergerettet, mitsamt dem rotgepflästerten Corso am See, der in einem Anfall städtebaulichen Wahnsinns, des Autolärmes und reklamierender, betuchter Gäste wegen, mit schwarzem Asphalt überdeckt worden war. Für mehr Ruhe hatte man entschieden. Seither liegt das malerische Kopfsteinpflaster darunter verborgen und niemand weiß mehr, wie das farbliche Ambiente der Seepromenade einmal wirkte und die Menschen bezauberte.

Die Straße, in der die Druckerei liegt, hab ich schnell gefunden. Sie verläuft zwischen Werkhallen des Kleingewerbes, einer Marmorschleiferei, einem Pneulager, umsäumt von pseudobarockem Geländer mit steinernen Eckpfeilern und üppig geschwungenen Terracottavasen darauf, in denen verzettelt ein paar Geranien oder Kakteen wachsen. Einige Maler-, Schlosser-, Schreiner- und andere Kleinbetriebe, sogar ein Grabbildhauer haben da ihre Ateliers. Auch Ermannos Werkstatt liegt in der Nähe.

Plötzlich wird der Weg holprig. An einer Biegung der Straße stoße ich auf die Marmorschleiferei. Eine Frau stellt im Ausstellungsraum Fragen an die Besucher. Es sind nur wenige, wie ein Blick durch die Fensterscheibe zeigt. Die Ausstellungsobjekte sind einfach, Würfel, Platten in verschiedenen Größen, Maserungen, Farbschattierungen.

Auf dem Gehsteig probiert ein Arbeiter ein Spritzgerät auf Rädern aus, weiß und gelb verfärbte Grasnarben zeugen von zahlreichen früheren Versuchen. Aggregate, Motorenteile, Riemen, Wellen und Räder liegen ausgebreitet auf Mauerresten oder lagern auf Holzpflöcken. Die Straße ist mit Ölspuren und Farbstreifenproben verschmiert, fehlerhafte, halb ausgebleichte Markierungen, versuchsweise aufgespritzte Sicherheitslinien dicht an dicht, Verkehrszeichen, Randstreifen, im Eingang zur Werkstatt stapelweise neue und alte Signaltafeln, einzelne mit Draht am Tor befestigt, zur Probe Licht, Luft, Regen, Hitze und Kälte ausgesetzt, andere verpackt und bis zu ihrem Versand mit Plastikbahnen abgedeckt.

Ich folge der ockerrosa Mauer, die im grellen Nachmittagslicht liegt. Sie ist höher als ich, ein Baum dahinter lässt seine Äste mit roten Beeren daran herüberhängen. Ein Gehsteig der Mauer entlang fehlt hier. Kleine Flächen mit Straßenkieseln, niedergetretene Grasnarben und aufgesprungene Betonplatten machen den Weg uneben. Am Rande der Straße gehe ich bis zu einem Tor, das den Durchgang öffnet zu zwei der Mauer angebauten Gebäuden. Man gelangt von der Straße her durch das halb geöffnete Tor auf den Vorplatz. Hier geht der Asphalt ganz in löchrige Sandflächen über, Kies-, abwechselnd mit Grasstellen und wild aufschießendem Kerbel.

Ein grauer Lieferwagen versperrt die Zufahrt zum Innenhof. Das Verdeck ist über den Holzaufbau des Wagens zurückgeschlagen. Ich zwänge mich am Lastwagen vorbei auf den kleinen Platz der Fattoria.

Die Anlage mochte einst ein Fabrikationsbetrieb gewesen sein, wie man sie auch heute noch in den Vorstädten findet, aneinandergebaute Hausteile um einen quadratischen Innenhof angeordnet. An der hintern Seite steht ein gemauerter Hochkamin, baufällig bereits, daneben führt eine blau bemalte Eisentüre in eine Remise. In den Fensternischen der Gebäude links und rechts des Hofes, im Erdgeschoß, lagern Holz, Papier und etwas abgesondert aufgeschichtete, nicht brennbare Abfälle. Der Innenplatz ist uneben, teils überwuchert, teils mit einzelnen Platten ausgelegt oder mit Kies bestreut, darüber hängen von Hauswand zu Hauswand Girlanden farbiger Glühbirnen. Wie zu einem Fest, denke ich.

Zwei lange Holztische, einzelne Gartenstühle stehen auf dem Kiesplatz, im Gras liegt ein Dreirad. Giannis Familie bewohnt den linken Gebäudeteil. Ein grün gestrichenes Eisentor, der obere Teil mit kleinen Fensterscheiben dient als Zugang zur Wohnung. Eine in die Mauer eingelassene, frei stehende Eisentreppe mit Geländer führt rechts zum oberen Stockwerk, zur Druckerwerkstatt. Sie befindet sich über dem Hof, ein offener Abstellraum liegt darunter.

Von unten sieht die schmale Eisenstiege aus, als führe sie auf einem klapprigen Dampfschiff zur Kommandobrücke hinauf. Oben geht die Tür nach innen auf. Ich mache mich mit einem Hallo! bemerkbar. Es zieht im Raum. Alle Fenster stehen offen. Gianni, der Drucker, kommt mir mit geschwärzten Händen entgegen und hält mir zur Begrüßung einen Ellbogen hin. Den drücke ich lachend mit beiden Händen.

Wie geht's? Er strahlt. Bist du immer noch dran? Wir haben uns längere Zeit nicht mehr gesehen. Seine Hände und Arme sind über und über mit schwarzer Kupferdruckfarbe verschmiert. Es riecht nach Nelkenöl und Farbe im Raum, nach Schweiß und Terpentinersatz. Über allem schweben die beißenden Salpeterdämpfe.

Schön hast du's hier! Für drei, vier Monate bin ich in Lugano. Nein, es sind keine Ferien. Drum komme ich zu dir. Allerdings nicht zu Besuch, sondern zum Arbeiten. Ich nenne ihm den Namen der Galeristin, die mich ausstellen will. Gianni kennt sie natürlich. Er nickt und meint, ich hätte auch bei ihm wohnen können, Platz sei genug vorhanden. Das wäre vielleicht sogar besser gewesen.

Ein Künstler aus Mailand ist auch da, erzählt er. Da könntet ihr euch austauschen! Wir sind an einem großen Zyklus. Wir drucken für ihn, er korrigiert spontan die Platten gleich nach den Probeabzügen. Seine Arbeiten sind für die nächste Druckgrafik-Messe in Mailand bestimmt. Laufend experimentieren wir – ein Sammler seiner Werke ermöglicht die ganze Druckauflage. Großzügig, nicht?

Ich musste schmunzeln. Da war sie wieder, die Frage nach dem Mäzenatentum. Wir begeben uns zur großen Presse. Eine Gehilfin färbt auf einem der Tische die Kupferplatten mit einer Gummiwalze ein. Zwei Platten liegen schon bereit. Gianni macht sich wieder an die Arbeit und gibt mir ein Zeichen, näher zu treten. Ich schaue den beiden zu. Die junge Frau steht daneben und verfolgt die Bewegungen des Druckers. Mit einem Stück Rebgaze streicht er über die eingefärbte Platte und entfernt die aufliegende Farbe. Dann wischt er mit glattem, dünnem Papier darüber, herausgerissen aus alten Telefonverzeichnissen, und zuletzt wischt er in raschen Bewegungen mit dem Handballen letzte Farbwolken und Unreinheiten weg, hält die Platte schräg gegen das Licht, prüft, wischt nochmals, jetzt mit der flachen Hand. Schnell. Sanft. Sicher. Dann legt er die eingefärbte Platte auf den Drucktisch. Es scheppert leicht. Metall auf Metall. Die Gehilfin hat mit Hilfe zweier gefalteter Spielkarten dickes, angefeuchtetes Papier von einem vorbereiteten Stapel abgehoben und legt das schwere Blatt über die Kupferplatte, indem sie auf die Passer achtet.

Ich schaue den beiden zu, wie sie mit eingespielten Griffen einander in die Hände arbeiten. Sie deckt nun mit zwei dicken Filztüchern das Papier, legt eine Gummimatte darüber und der Drucker beginnt, gleichmäßig am großen Schwungrad zu drehen. Der Drucktisch fährt unter der oberen Walze durch bis zum Anschlag. Matte, Filz und Büttenpapier werden sorgfältig, eins nach dem andern, oben über das Walzengestänge zurückgeschlagen. Dann wechselt Gianni die Platte auf dem Drucktisch aus, die Gehilfin legt das Papier, die Filzdecken und die Plastikmatte wieder darüber und der Druckvorgang beginnt erneut, diesmal in umgekehrter Richtung. Noch einmal geht's so hin und einmal her. Nach dem dritten Durchgang schlägt die junge Frau Matte und Filze weit über das Walzengestänge zurück und Gianni zieht das bedruckte Blatt langsam von der Platte. Er legt es vor mich hin auf den Fußboden. Zusammen betrachten wir den fertigen Probedruck. Drei Farben sind übereinander gedruckt. Mischtöne sind entstanden, jede Platte war Träger einer Farbe. Die Arbeit gefällt mir, sie hat etwas Frisches an sich. Der Mailänder kommt heran und lässt das Resultat auf sich wirken. Gianni macht uns bekannt: Aldo Rizzi. Der nickt, sagt nichts und reibt sich die Nase. Der Probedruck wird mit zwei Wäscheklammern an einer Kartonwand an der Mauer befestigt. Für heute ist damit Schluss.

Gianni holt eine Flasche Roten. Druckeröl, meint er scherzend. Er schenkt drei Gläser ein. Die junge Frau trinkt nicht mit. Sie reinigt sich in einer Nische am Waschbecken

Arme und Hände. Sie reibt zuerst eine rötliche, seifige Flüssigkeit ein und spült sie dann unter dem Wasser weg. Ohne sich um uns zu kümmern, zieht sie ihr T-Shirt aus und hängt es über einen Haken. Mit den Händen wäscht sie sich die Achselhöhlen und den Oberkörper, trocknet sich und zieht ein frisches Hemd über, das sie in die Jeans stopft. Gianni sagt etwas zu ihr zum morgigen Tag und verabschiedet sie. Ciao, Roberta! Sie nickt in seine Richtung. Dann verlässt sie den Raum. Ich blicke ihr nach, bis sie auf der Metallstiege verschwunden ist.

Hör mal! wiederholt er. Er reinigt gerade einen Teil der Presse. Ich habe da ein paar alte Platten, ausgedruckte, von einem Amerikaner, der letztes Jahr hier war. Der holt sie nicht mehr ab. Du kannst sie haben. Schau sie dir an, vielleicht siehst du etwas, das dich zu Neuem führt. Überarbeite sie, mach etwas anderes draus, schaff daran! Es müsste doch spannend sein, von Vorgefundenem aus weiterzugehen. Vielleicht verführt dich das zu ganz neuen Bildideen. Er sagt etwas zu einem Mann, der hinter den Gestellen am Zuschneiden von Rebgazestücken arbeitet und den ich bisher gar nicht bemerkt habe. Der junge Mann geht zu einem hohen Gestell, angelt ein paar alte Kupferplatten hervor und bringt sie zum Tisch. Dabei zieht er kaum merklich einen Fuß nach. Er hinkt ein bißchen. Mehmet, sagt Gianni, an mich gewandt. Er arbeitet ab und zu hier. Er wohnt im Asylantenheim. Auch ab und zu. Gianni grinst.

Er nimmt einen Schluck aus dem Glas. Die Platten sind, wie gesagt, von einem Amerikaner, weißt du. Der arbeitete vor einem halben Jahr hier. Jetzt ist er wieder drüben und hat das meiste bei mir liegen lassen. Die schweren Stücke wollte er nicht mitnehmen, seine Arbeit ist abgeschlossen. Nun stehen die Platten im Gestell und sind mir im Weg. Wenn dich die Linien und Zeichen drauf nicht irritieren, wenn sie dich im Gegenteil ansprechen, umso besser. Es ist nicht viel zu sehen, ein paar Flecken und Kratzer, dunkel geätzte Partien, einige Hellstellen, wenige tiefe Striche, die dich kaum stören werden. Der Drucker reicht sie mir, eine um die andere, in die Hand. Sie sind groß und schwer. Ich taste mit Augen und Händen das Gewirr der geätzten Linien und Flecken ab und versuche, im Spurennetz eine Ordnung, eine neue Struktur einzubringen. Giannis Idee gefällt mir, ich sehe bereits Möglichkeiten des Eingreifens. Wir machen ab, an welchen Tagen, zu welcher Zeit ich in der Druckerei arbeiten werde, ohne Rizzi in die Quere zu kommen.

Ich kann mir so Zeit nehmen für dich, sagt Gianni, für deine Probeabzüge. Auch die werden wir bereits auf dem richtigen Papier drucken. Dann siehst du auch gleich ein brauchbares, unverfälschtes Resultat, von dem du ausgehen kannst. Du arbeitest in deinem Rhythmus, ich bin dir beim Drucken behilflich. Wenn du's aber selber machen willst, wird Roberta dir allenfalls zur Hand gehen. Sie ist gut und eingeübt, das hast du sicher feststellen können. Werkzeuge sind vorhanden, Platz ebenfalls, ich mach dir gleich einen Tisch frei für übermorgen.

So. Roberta heißt sie. Es war mir angenehm gewesen, ihr Rückgrat zu betrachten, das sich beim Arbeiten unter dem

Hemdstoff abgezeichnet hatte, die kleinen Brüste, als sie sich über die Tischplatte beugte, ihre Haut zu riechen in all den Düften von Farben und Ölen und Reinigungsflüssigkeiten, ihre schmalen Hände zu sehen.

Ich nicke zerstreut. Ich werde langsam vorgehen, sage ich zu Gianni. Überrascht von meinen abschweifenden Gedankengängen, wickle ich die Platten fest in altes Zeitungspapier. Mehmet trägt sie zur Tür, stellt sie am Boden für mich bereit.

Die Flasche Rotwein ist bald geleert. Gianni erzählt, wie er die kleine Fabrik lange Jahre nach dem Krieg übernommen hatte. Sie war heruntergekommen, verlottert, nachdem sie während des Krieges zeitweise zur Gewinnung von Ersatzbrennstoff gedient hatte. Als wieder Erdöl in unbeschränkter Menge zur Verfügung stand, rentierte der Betrieb nicht mehr. Zu aufwändig. Das Rohmaterial, ölhaltiger Schiefer, wurde aus der Gegend des Monte San Giorgio hierher gebracht, zerkleinert und verrieben. Durch Erhitzen habe sich aus dem Schiefer das Öl verflüchtigt, sei in riesigen Glaskolben abgefangen und gekühlt worden, ein umständlicher Prozess, der sich nur während des Krieges gelohnt habe, als das Land über zu wenig Treibstoff verfügte. Später, als das Erdöl in großen Mengen wieder im Rotterdamer Hafen eintraf, sei die Schieferölgewinnung eingestellt worden. Und heute, da man daraus wie am Achensee marktgerechte kosmetische Produkte herstellen könnte, müsste zu viel Geld in die Anlage gesteckt werden. Das im Tirol, das sei ein Familienbetrieb. Es sei hier zwar alles noch vorhanden, der Kamin, die

Gerätschaften, die Räume und auch vom Ölschiefer seien genug Lagerstätten verfügbar. Badezusätze, Shampoos, Seifen und Massageöle wären kein schlechtes Geschäft. Aber Geld investieren? Keine Bank wolle das Risiko auf sich nehmen. Auch nicht für die modische Lotion- und Duftkultgesellschaft. Gianni gestikulierte und schnaubte. Doch nicht er! Davon verstehe er rein gar nichts. Nicht sein Metier. Er habe sein Auskommen und solange keine Bank Geld vorschieße für das Wiederankurbeln der Destilliererei, wohne er hier mit der Familie idyllisch. Kaufen könne er das Ganze leider nicht, der Komplex sei zu groß, aber er habe seine Arbeit und sein Auskommen. Das reiche, mehr wolle er nicht. Der Ort habe auch so seinen Reiz behalten und das erst noch mitten in der Stadt. Und die Miete sei bis heute bezahlbar geblieben.

Im Hof brennen jetzt die farbigen Lämpchen. Der Zauber der Lichtgirlanden tut mir wohl. Es ist offenbar wie für ein Fest gerichtet und hat dennoch die melancholische Ambiente eines mitten im Hochsommer zu früh hereinbrechenden Herbsttages, der zwar tagsüber dieselbe Wärme, aber abends eine ungewohnte Kühle ausstrahlt. Gianni lädt mich zum Abendessen mit der Familie ein. Ich lehne höflich ab, denn ich bin noch zu neu hier. Mit den bereitgestellten Kupferplatten unter dem Arm verlasse ich die Werkstatt. Ich nicke Anna zu, der Frau des Druckers, die im Hof einen der Holztische herrichtet und mache mich auf in die Innenstadt. Bei Franchini kaufe ich ein halbes Kilo frische Ravioli. Das ist sicher zu viel für ein Nachtessen, nehme ich an. Ich lasse mir getrocknete Pilze und eine Büchse geschälter Tomaten mit einpacken. Dazu einen Merlot, aber keinen billigen «del Piave». Vollbepackt wie ich bin, werde ich den Weg hinauf ins Besso, in die Oberstadt, wohl nur mit Anstrengung schaffen.

Ich schleppe alles zur Standseilbahn, muss an der Kasse anstehen, denn eine Dauerfahrkarte hab ich noch nicht. Der Wagen ist voll besetzt. Im ersten Abteil drücke ich mich gerade noch an die Wand, will meine Pakete auf den Boden stellen und sie mit dem Körper stützen, um die Hände frei zu haben. Aber das geht nicht mehr, der Wagen hat sich zu schnell gefüllt, alles strebt nach Hause, die Leute drängen gegen einander, engen meinen Platz ein, ich muss das Zeug in den Händen behalten.

Zuhause in Zürich hätte ich das sicher gemocht, dieses Feierabendgedränge. Den Körper der Frauen durch die Stoffe spüren. Als Junge achteten wir schon beim Einstieg in den Tramwagen, in welche Richtung wir uns schieben lassen wollten und stemmten uns gegen jedes Abdrängen in langweilige Nischen. Dann, wenn wir uns neben oder hinter der Erwählten hatten postieren können, besorgte die Masse der Mitfahrenden und Nachrückenden den Rest. Keine unnötigen Worte, keine um fade Entschuldigung heischenden Blicke. Man wurde durch höhere Gewalt herangeschoben und genoss es. Geradeaus schauend nahmen die Frauen gelassen hin, was sich ihnen aufdrängte. Das Geschiebe und Gemenge geilte alle auf, je näher und unpersönlicher, desto schamloser. Und ebenso plötzlich war's vorbei, wenn die Frau an einer Haltestelle den Wagen verließ, vielleicht noch einen schnellen prüfenden Blick zurückwarf, um sicher zu sein, dass man ihr nicht folgte.

Die Funiculare fährt zuerst im Dunkel eines Tunnels hinauf unter der ersten Häuserzeile durch. In der Streckenmitte kreuzen sich das talwärts mit dem bergwärts fahrenden Bähnchen, die Zugseile quietschen bei der Ablenkung von der geraden Strecke in den Führungsrollen. Den kurzen Tunnel erhellen wenige Lampen. Vor mir, leicht erhöht im übernächsten Abteil, erblicke ich von schräg unten den Haarschopf einer jungen Frau, eine Bewegung des Hinterkopfs, die feine Linie eines Profils, halb verdeckt. Sie kommt mir bekannt vor. Ich kann sie aber vorerst nicht einordnen, verliere sie im Gedränge wieder aus den Augen, als an der Bergstation fast alle gleichzeitig aussteigen wollen und hinauf zu den Bahnsteigen oder zur Bahnhofsunterführung eilen.

Ich packe meine Sachen fester, gehe langsam, gemächlich, nehme die hinterste Treppe zur Gleisunterquerung, wende mich dann nach links und folge dem eingezäunten Bahnhofsgelände. Die Arme und Hände sind fast gefühllos geworden vom Fassen und Halten der schweren, einschneidenden Metallplatten. Ich stelle die Pakete zum Ausruhen kurz auf den Boden, reibe die geröteten Handflächen und blicke zurück. Jetzt erkenne ich die Junge. Sie hat jedoch eine andere Richtung eingeschlagen. Schade. Ich marschiere wieder drauflos, bis ich die breite Treppe finde, die das Villenquartier oben mit dem Bahnhofsplateau verbindet. Ich bin jetzt fast am Ziel. Da taucht sie plötzlich aus einem

Nebensträßchen auf, geht keine fünfzig Schritte vor mir her. Sie hat offenbar den schmaleren Treppenaufstieg genommen, den kürzeren Weg. Und jetzt weiß ich's. Die Bewegungen ihres Rückens. Roberta aus der Druckerei. Ob ich mich bemerkbar machen soll? Sie geht schnell und biegt in die Straße ein, wo ich seit vorgestern wohne. Sie schaut nicht zurück, obwohl sie mich bemerkt haben muss. Rufen wäre unangebracht. Ich mustere die Häuser und Gartenmauern. Als ich die Gartenpforte aufstoße, höre ich, wie die Tür zum Haus ins Schloss fällt. Ich schreite mit schweren Schritten über den Kiesweg. Beim Hauseingang lass ich die Platten langsam zu Boden gleiten und suche unter der Lampe der Markise den Schlüssel. In meinem Zimmer stelle ich die schweren Kupferplatten gegen die Wand, lege die Werkzeuge daneben und trage die Tasche mit den Esswaren in die Küche.

Isabelle ist noch nicht zurück. Die Galerie, das weiß ich, hat diesen Abend zwei Stunden länger geöffnet. Ich schaue nach einer Schürze zum Umbinden, lasse Wasser für die Ravioli in die große Blechpfanne einlaufen. In einer kleineren muss ich aber zuerst die Tomatensauce hinkriegen. Die ist misslungen, bevor ich begonnen habe, das ist mir klar, denn meine Nonna ließ die sonnengereiften Tomaten jeweils auf kleinstem Feuer einen langen Tag an frischen Kräutern ziehen. Den Knoblauch habe ich auch vergessen, finde aber im Vorratskasten, was ich brauche. Zufrieden pfeife ich beim Vorbereiten vor mich hin, versuche, die Sauce zur Salsa al Ragù hinzukriegen, indem ich die Flüssigkeit eindicken lasse.

Der Fruchtzucker der Tomate hätte jetzt Zeit zu karamelisieren – dem helfe ich mit einer Messerspitze normalem Zucker nach. Dann gebe ich die Teigwaren ins brodelnde Wasser, etwas Salz dazu, stufe das Gas zurück und lasse sie nur noch wenige Minuten ziehen. Endlich eine befriedigende Arbeit mit brauchbarem Resultat.

Isabelle steht in der Tür. Ich hab sie vor lauter Geschäftigkeit nicht kommen hören. Sie schaut mir zu, als ich die Fleischtäschchen mit Butterflocken und geriebenem Parmiggiano überziehe und die dampfende Schüssel zum Tisch trage. Sie nickt anerkennend. Wir setzen uns müde und zufrieden an den Tisch, und ich berichte ihr von der Druckerei, von der Arbeit, die ich jetzt klar vor mir sehe. Wir sind beide hungrig und lassen nichts übrig. Der Wein tut gut. Ich spüre immer noch die eingeschnittenen, schmerzenden Rillen in den Händen und knete die Handflächen.

Isabelle ist nicht so glücklich mit ihrem heutigen Tag. Keine Verkäufe. Doch, doch, Leute hätten schon reingeschaut, aber die Üblichen. Sie kommen halt auf einen Schwatz, sagt sie, bleiben sitzen, schütten ihr Herz aus oder tratschen und trinken den Weißwein weg. Und die Arbeit bleibt liegen. Das sind Tage zum Vergessen, sagt sie.

Später, als wir auf der Freitreppe im Garten beieinander stehen, liegt friedvolle Stille über den Bäumen und der Wiese. Die Espressotasse in der Hand und die Luft tief einziehend, höre ich über uns ein Geräusch. Ein Fensterladen wird zugezogen, der Haken eingeschlagen, die Jalousien leicht verschoben. Das Holz quietscht.

Wohnt da noch jemand, außer deiner Mutter? frage ich, nur um sicher zu gehen, dass ich mich nicht getäuscht habe. Ja. Hab ich es dir nicht gesagt? Meine Tochter. Du hast sie wahrscheinlich gesehen heute. Sie hilft an manchen Tagen Gianni beim Drucken und verdient so etwas dazu. Daneben studiert sie Musik. Du wirst sie sicher hören, wenn sie Geige übt. Wenn's dich stört, musst du mit ihr einen Wochenplan ausmachen, damit sie dich mit ihrem Instrument nicht zermürbt. Sie ist zwar keine Anfängerin mehr. Spielt Violine im Radioorchester. Ich bin von diesem Instrument nicht mehr begeistert, habe es zwar selber einmal erlernt und weiß, welcher Aufwand dahinter steckt. Aber sie will es so. Meine Mutter wäre sonst allein in der großen Wohnung. Sie hört nicht mehr sehr gut, dann geht das schon. Oft essen die beiden zusammen. Roberta sorgt ein bisschen für ihre Nonna. Roberta hat zwei Räume, einen fürs Studium, den andern zum Wohnen.

Ist Ermanno ihr Vater? Sie gleicht ihm gar nicht. Entschuldigung, vielleicht geht das zu weit, füge ich hastig an. Bist du geschieden?

Nein. Robertas Vater ist gestorben. Schon lange. Sie ist drüber hinweg. Ich nicht. Aber das ist eine lange Geschichte, die ich dir heute nicht erzählen möchte. Irgendwann wirst du sie erfahren.

Tut mir leid, sage ich. Sie schweigt. Sie schüttelt meinen Arm nicht ab, als ich ihn ihr Trost gebend um die Schultern lege. Sie kuschelt sich an. Vielleicht ist ihr auch nur kalt. Reglos und stumm schauen wir in den nächtlichen Garten, wo die Hortensienblütenstände im Mondlicht zu atmen scheinen. Jeder ist in seine Gedanken versunken. Später nimmt Isabelle beide Tassen und dreht sich zur Tür. Ich ziehe meinen Arm zurück.

Bleibst du noch? Sie schaut mich von der Seite her an.

Ja, ich rauch noch eine. Oder soll ich dir beim Abwaschen helfen?

Nein, meint sie, es ist okay. Bleib nur, ich komme vielleicht nochmals raus. Und sonst, gute Nacht, schlaf gut! Dann geht sie ins Haus. Ich höre sie noch in der Küche hantieren, dann wird's still. Jemand schließt jetzt oben die Jalousien.

Ich bleibe, rauche stehend eine Zigarette und noch eine und weiß, ich habe mich nicht getäuscht. Im Wagen, im Gemenge der Heimkehrenden bin ich noch unsicher gewesen. Sie wohnt also hier, im selben Haus, stelle ich fest. Ob ich mich jetzt freuen soll? Mal sehen.

Als ich endlich hineingehe, ist es in der Küche bereits dunkel, nirgendwo brennt mehr Licht. Ich tappe zu meinem Zimmer. Irgendwie scheint der vergangene Tag gelungen und morgen werde ich in meinem neuen Atelier mit dem Arbeiten beginnen.

Nach zwei Wochen habe ich mich im Atelier und in meiner neuen Lebenssituation so weit eingelebt, dass ich einen Tagesrhythmus einhalte, der mir entspricht. Am Morgen erwache ich von den Geräuschen des Tages und weiß dann auch, wo ich mich befinde. Gelöst döse ich darauf noch fast eine Stunde. Manchmal schlafe ich auch nochmals ein und schrecke plötzlich auf, wenn Isabelle an meine Zimmertür klopft und sie leise einen Spalt breit öffnet, ohne etwas zu sagen. Bald darauf zieht der Duft des frisch aufgegossenen Kaffees von der Küche ins Zimmer und verdrängt den Lorbeergeruch aus dem Garten. Das bringt mich aus den Federn. Ich kann es kaum erwarten, mit ihr am Tisch zu sitzen und das Frühstück zu genießen. Zuhause geht mir das ab. Es sind diese Morgenstunden zu zweit, die den Tag angenehm beginnen lassen. Die Zeitung bleibt unbenutzt an der Tischecke liegen. Wir verplempern auf angenehme Art die Zeit mit Schwatzen. Oftmals ertönt vom oberen Stockwerk her ganz fein Robertas Geigenspiel dazwischen und während ich versuche, der hüpfenden Melodie zu folgen, die sie immer wieder abbricht und neu ansetzt, drückt Isabelle die Zigarette aus und beginnt mit Aufräumen. Sie fängt heute früh an mit Üben! meint sie, und deutet nach oben. Wir nehmen es als Signal, den Tag nun selbst auch in Angriff zu nehmen.

Mit meinen neuesten Versuchen, den vorgezeichneten Platten des Amerikaners, habe ich vor einigen Tagen begonnen und komme mit der Arbeit zügig voran. Diese ungewohnte Leichtigkeit plötzlich! Warum ist mir das in Zürich nie so von der Hand gegangen? Probehalber fahre ich mit der fetten Zeichenkreide über eine Kupferplatte. Sie nimmt den Strich an. Die Augen gleiten über die Fläche. Ich versuche, hier eine Bewegung festzuhalten, fortzusetzen, dort eine Raustelle einzufangen. Ich will einfache, klare Linien. Im

Umriss ein Haus, Pinien, eine Zypresse, Lorbeerbüsche an der Mauer. Auf dem Kiesweg ein Paar, festlich gekleidet, er im Abendanzug, sie im langen Hellen. Halten sie sich umschlungen? Es sind Augenblicke, da die Zeit sich dehnt. Vom Fenster fällt ein heller Lichtkegel auf Busch und Weg, schimmert auf seinen Schultern und ihrem Hals. Ihr Kleid sticht heraus. Ist sie jung? Was sie einander zu sagen haben, gesagt haben könnten, entfällt, bleibt der Fantasie des Betrachters überlassen. Hinter dem Paar die Schwärze der Nacht, dann das Grau der Mauern. Keine Farben. Sie lenken nur ab. Wenn ich eine scheinbar einfache Szene darstelle, soll jede Romantik, die sich ins Bild einschleichen könnte, vermieden werden.

Geschichte reiht sich so an Geschichte. Bilder um Bilder entstehen nahtlos aus den vorhergehenden und nehmen nach Tagen auf den Kupferplatten in geätzter Form Gestalt an. Einige Probeblätter mit dem «Gut zum Druck» belegen bereits einen aufgestellten Karton an der Wand. An ihnen orientiere ich mich.

Unter einem Dach zu arbeiten, ist anders als in den gewohnten Räumen meines Ateliers daheim. Endlich ist für all den Kram genügend Platz vorhanden. Die längeren Gehwege von einem Arbeitsplatz zum andern verschaffen mir Zeit, mich auf die nächsten Schritte zu konzentrieren. Die benötigten Geräte liegen geordnet nebeneinander auf den Tischen. Kein kreatives Durcheinander, sie stapeln sich nicht kreuz und quer und bleiben immer griffbereit. Ich muss auch nicht dauernd etwas wegräumen, kann am Abend alles stehen und liegen lassen, und trotzdem herrscht keine Enge hier. Genügend Licht ist auch vorhanden. Das Licht von oben ist sogar besser, weil es die Motive anders modelliert. Der Giebelraum hallt unter meinen Schritten und vermittelt mir ein Gefühl der Weite.

Ich mag das Handwerkliche, den Umgang mit dem Kupfer der Druckplatten, das Metall und die Holzgriffe der Werkzeuge. Putzen, schaben, anreißen, kratzen, abdecken, ätzen, wässern, polieren, einfärben, drucken. Und das Ganze wieder von vorne. Und noch einmal. Jeder Probedruck dazwischen, den ich bei Gianni an der großen Presse mache, steuert und beflügelt das weitere Vorgehen, ergibt eine Bildatmosphäre von ganz hell über viele Nuancen Grau bis hin zu tiefstem Lampenschwarz. Daneben hab ich vorsichtig auch mit Farbplatten begonnen. Niemals zu viele Farben, damit die Motive nicht schmieren, ins Kitschige abgleiten. Ein Magenta vielleicht, ein Indischgelb, einem leichten Rebenschwarz unterlegt.

Im Unterschied zur Arbeit mit den Druckplatten stürzt mich eine leere, weiße Leinwand beim Ölmalen jeweils in abgrundtiefe Qualen. Keine Erleichterung ist in Sicht, aus bereits Vorhandenem etwas Neues zu schaffen. Nicht ein einziger vorgefundener Pinselstrich, und wäre er auch noch so zaghaft und klein, führt mich in die Bildebene hinein. Skizzieren tue ich nicht gerne, ich möchte direkt drauflos schaffen. Wenn aber keine verführerischen matten Stellen sichtbar sind, auch noch so zufällige, wenn keine kleinsten Farbflecken zum endlichen Beginn animieren, erschwert es mir ein schnelles Vorgehen. Horror vacui, die Angst vor der Leere dieser Leinwände und nirgends Hilfe für einen Einstieg ins Geschehen. Vor nackten Leinwänden stehe ich allein mir selber gegenüber, bin mir restlos ausgeliefert. Keine Idee, nichts, niemand leitet mich. Ich, wirklich ganz allein. Ein erster Schritt, eine vage Kohleskizze, dann vielleicht der Ansatz eines Pinselstrichs, wenn auch noch so dünn, lasierend aufgetragen, werden entscheidend sein, diktieren den weiteren Verlauf, bestimmen vielleicht sogar im Anfang das Ende mit.

Schon das Bereitlegen der Pinsel, das Aussuchen der Farben aus der ganzen Tubenfülle – meist beschränke ich mich beim Malen auf neun Töne, Schwarz und Weiß dazu, die Anordnung auf der Palette – das ist ein liebevoll eingeübtes Ritual, eine Hilfe, die die Angst vor dem Nichts, vor dem Anfangenmüssen vermindern soll. Jede Verhinderung wäre mir nun ein willkommener Aufschub. Ein plötzlicher Anruf, ein unangekündigter Besuch, noch eine Zigarette und noch eine. Ehrlich, jetzt die letzte.

Oben übt Roberta auf der Violine. Das Stück kommt mir bekannt vor. Ein Wälzerchen, aber von wem? Nein, nicht ein süßliches, galantes aus Wien. Eher eines mit einem jazzigen, tragischen Unterton, etwas repetitiv Erzähltes. Der Klang dringt zaghaft vom Treppenhaus her bis zu mir herauf. Anfangs dünn noch im Ton. Aber die Melodie entfaltet sich langsam, wird wieder unterbrochen, neu begonnen. Zuerst leise, dann immer kraftvoller. Es ist, als wolle sie Kontakt aufnehmen. Während ich zu arbeiten beginne, breitet sich der

Klang aus, ergreift unbewusst Besitz von mir.

In meinem Arbeitsraum in Zürich schaue ich beim Malen, auf jede Ablenkung erpicht, durchs Fenster den Frauen nach, die vorne auf der Straße vorüberziehen wie in der Kulisse eines Puppentheaters, unterhalb meiner Augenlinie, auf dem Weg zwischen den Häuserblocks. Sie sind nur kurz zu sehen, dann sind sie weg, von einem Mauervorsprung verschluckt. Manche schleppen sich durch den Tag, und es dauert, bis sie meinen Blicken entschwinden. Andere gehen beschwingt und sind außer Sicht, kaum habe ich sie wahrgenommen. Im Sommer kleiden sie sich leicht, oder sie tragen ein Kopftuch, einen graubraunen Regenmantel, der sie hässlich macht. Einige schieben den Kinderwagen vor sich her wie Verurteilte ihr Kreuz tragen. Oder sie schleppen an beiden Händen schwere Tüten nach Hause. Oder sie rauchen. Die Gesichter oft frustriert. Der Ehemann schreitet voraus. Er trägt – sichtbar – nichts. Außer seinem Hut. Oder das Mobiltelefon in der Hand oder eine Murmelkette mit Quaste, die er in der Hand spielen lässt. Ich blicke wieder zur Staffelei hin. Auch Wasserlassen verschaffte mir jetzt den erlösenden Aufschub vor dem Beginnenmüssen. Es gibt Momente, da schmisse ich am liebsten alles hin. Schlimm ist dieser Zustand nach zu Ende gegangenen Ausstellungen, vor allem, wenn sie erfolglos geblieben sind und die unverkauften Bilder unter meinen Augen wieder im Atelier stehen wie Varus' geschlagene Legionen.

Doch mein ungewohnter Arbeitsort hier in Lugano verströmt bereits die aphrodisierenden Gerüche der Zuversicht.

Vernis mou, der Abdecklack, Terpentinersatz und Azeton, das penetrant süßliche Nelkenöl, weiche Stahlwolle, die Zauberwatte zum Reinigen und aus der gelben Plastikwanne steigen die Dämpfe der Salpetersäure. Ich mag es, wenn man riecht, dass hier gereinigt, poliert, geätzt und blankgeputzt wird. Ich müsste zwar einen Dampfabzug installieren lassen. Weil aber beide Dachlucken und die Tür zum Treppenhaus weit offenstehen, herrscht immer leichter Zugwind und das sollte eigentlich genügen. Wieder die Walzermelodie. Dann abrupter Abbruch. Darauf lange still. Nichts mehr. Was macht sie? Ich merke, wie ich mit den Gedanken in zwei Räumen weile.

Vom Treppenaufgang her dringen plötzlich Geräusche. Ein Poltern, Kratzen und Quietschen. Jemand schiebt, rutscht, hebt und schleift etwas Schweres über die Steinstufen mit Gepolter die Treppen hoch. Im Türrahmen taucht Robertas Rücken auf. Sie seufzt. Kurze Atempause. Mit beiden Händen hält sie ein Unding von Möbel fest, zieht es in den Raum, stellt es hin und dreht sich zu mir. Sie grinst. Keine Scheu mehr wie bei Gianni.

Schau nicht so entgeistert, es ist für dich, sagt sie, noch außer Atem. Wo willst du es hingestellt haben? Sie blickt sich um im Raum. Ich schaue verdutzt zu. Es ist ein altertümliches Liegebett aus Peddigrohr.

Und was soll ich damit?

Dich ab und zu hinlegen, dich entspannen. Du kriegst noch einen Haltungsschaden, so wie du dastehst, mit krummem Rücken über die Platten und den Arbeitstisch gebeugt und das den ganzen langen Tag!

Ich bin überrascht. Hast du deswegen an mich gedacht?

Ja. Die Liege stammt aus dem ehemaligen Sanatorium in Agra. Collina d'Oro. Sie deutet vage in eine Richtung jenseits des Daches. Eine Lungenheilstätte. Damals.

Die Liege muss aber sehr alt sein!

Na und? Sie erfüllt den Zweck. Ich habe zwei dieser Dinger im Keller gefunden. Sie waren schon vorhanden, als wir einzogen. Eine steht seither bei uns auf der Terrasse, die andere ist jetzt hier. Die hat jemand ergattert, als die Klinik geschlossen wurde. Komm, wir stellen sie dahin. Wieder rückt sie am Möbel und zieht es in eine Ecke. Zum Ausruhen perfekt, meint sie. Du musst es nur noch benutzen.

Dazu hätte es ja die zwei Matrazen in der Ecke am Boden, wende ich ein. Dort. Sie sind zwar noch in Plastik eingehüllt, wären aber okay. Genau das Richtige.

Nein, sagt sie, die sind neu und gehören eigentlich nicht hierher.

Die kommen bald weg?

Ja, sie sind fürs Wochenendhäuschen am See bestimmt, dort wird ein weiteres Zimmer eingerichtet, weil es verkauft wird. So komm, hilf mir doch! Ein Fußteil zum Einhaken und zwei Kissen gehören ebenfalls zur Liege, aber die sind noch unten.

Ich folge ihr in den Keller, blicke mich neugierig um. Ich weiß, was hier einmal war. Aus jener Zeit ist jedoch nichts mehr erhalten geblieben. Außer meiner Erinnerung. Roberta ahnt nichts, sie kommt aus einer ganz anderen, einer neuen

Welt. Sie nimmt das Fußteil von der Wand. Ich verspüre plötzlich das Bedürfnis, ihr jetzt einige Dinge zu diesem Haus und seiner Geschichte zu erklären, einen Schlüssel zu liefern, aber würde sie überhaupt zuhören? Das ist doch alles längst vergangen.

Die Kissen sind oben bei mir, damit sie nicht feucht werden. Nur keine Bange, die Nonna ist nicht da, sie ist in der Stadt, beruhigt sie. Roberta glaubt, den Grund meines Zögerns erkannt zu haben.

Ich fühle mich von der Signora beobachtet, überwacht, erkläre ich ihr. Ich kann keinen Schritt tun, ohne dass sie nicht irgendwo auftaucht. Kein sehr angenehmes Gefühl, kannst du mir glauben.

Lass sie ruhig, sie tut dir nicht weh.

Was will sie von mir?

Keine Ahnung. Nichts. Mach dir keine Sorgen! Komm jetzt! Wir gehen in ihre Wohnung. Im Zimmer drückt sie mir die Sitzkissen in die Hände.

Wo hast du dein Instrument?

Im Übungsraum. Warum? Störe ich dich?

Überhaupt nicht. Ich hörte dich vorhin spielen. Ich mag dieses Stück. Es klang sehr schön. So leicht, aber ein bisschen schwermütig. Was war das?

Hat's dir gefallen? Schostakowitsch. Der Walzer aus seiner Jazz-Suite.

Schwierig zu spielen, nehme ich an.

Es geht. Wenn du Zeit hast, spiele ich dir das Stück später vor.

Unter dem Dach steckt sie die Teile zusammen und zeigt

mir, wie die Kissen drauf gehören. Blauweiß gestreift, gebraucht, verwaschen. Und mit den Bändeln am Gestell festbinden, wenn die noch dran sind. Schau! Sie legt sich hin, kreuzt die Beine und lagert sie hoch. Jetzt hast du auch eins. Tut doch gut, oder nicht?

Mir geht plötzlich die lange, hölzerne Liegehalle, damals im Kindersanatorium, durch den Kopf. Als ich neun war, erzähle ich ihr, hatte der Stadtarzt einen Schatten auf einem meiner Lungenflügel entdeckt.

Was ist denn das? Hast du geraucht? Sie lacht schallend.

So ein Quatsch, mit neun! Schulklasse um Schulklasse wurde damals in Reihenuntersuchungen auf beginnende Tuberkulose überprüft. In den grauen Hinterhöfen der Stadt war zu wenig Licht und Sauerstoff. Wir merkten das nicht, wir spielten. Autos verkehrten zwar noch nicht so viele wie heute, aber die Luft war vom Ruß der Kohleheizungen und vom Industriestaub geschwängert – es waren die Jahre nach den großen Epidemien, bevor die Tbc-Impfung generell eingeführt wurde.

In endlosen Reihen wartete man, in den Unterhosen auf langen Bänken sitzend, im Korridor vor der Kammer mit dem Schirmbildgerät. Es roch nach Desinfektionsmitteln. Man drückte die schmale Kinderbrust an die kalte Röntgenplatte und musste kurz den Atem anhalten. Dann surrte irgendetwas. Als meine Eltern bald darauf den positiven Befund der Diagnose erhielten, änderte sich mein junges Leben von einem Tag auf den andern. Sofort wurde ich vom Schulunterricht dispensiert, nein, eigentlich ausgeschlossen.

Man mied mich. Auch im Hinterhof, wo wir spielten, wollte niemand mehr mit mir etwas zu tun haben. Ich durfte kein Seil, keinen fremden Ball mehr berühren. Die Eltern der Spielkameraden hatten ihnen eingebläut, Distanz zu mir zu halten, eine Berührung mit mir unbedingt zu vermeiden und meinem Atem auszuweichen. Wenn ich die Treppe runtersprang, kam hinter meinem Rücken eine Nachbarin und reinigte schnell das Geländer und die Türklinken mit einem Lappen. Die beginnende Krankheit bei mir hatte sich offenbar schnell herumgesprochen. Nicht mal die Hand wollte mir der Lehrer zum Abschied reichen. Auch er hatte Angst, denn die Krankheit ist hoch ansteckend.

Das ist ja wie in einem Ghetto. Wie hast du das nur ausgehalten?

Ich schämte mich. Ich hatte keine Ahnung, woran ich litt, war höchstens oft müde. Wenige Tage später reiste ich in Begleitung meines Vaters in die Berge. Das Verlassen der Familie fiel sehr schwer. Im Kinderheim einer städtischen Fürsorge-Organisation, in einem Dorf unterhalb von Davos gelegen, kurierten Jugendliche aus Zürich mit diesem Befund ihren im Anfangsstadium erkannten Tuberkelbefall. Das große, braune Holzhaus mit der angebauten Liegehalle steht noch heute, direkt an der Haltestelle der Rhätischen Bahn.

War das eine Klinik?

Nein, aber hier wurden wir Kinder Monat um Monat betreut. Man ließ uns über die Dauer des Aufenthalts absichtlich im Ungewissen. Leichtes Essen und viel Bewegung an der frischen Bergluft war vorgeschrieben.

Ebenfalls jeden Nachmittag, nach dem Essen, für alle die Liegezeit.

Aha, das mit dem Liegebett ist dir also eingefahren. Aber kannst du's trotzdem benutzen, ohne innere Widerstände, wenn ich schon die Idee hatte? Roberta schaut gewollt bekümmert drein.

Ja, ja, aber bitte nicht jeden Tag wie damals. Da mussten wir täglich zwei Stunden nachmittags, in Wolldecken gehüllt, eingepackt wie Mumien, unbeweglich in der Bergkühle ruhen. Wir schliefen natürlich sofort ein, so erschöpft waren wir von der ungewohnten Luft. Durch schräggestellte Holzlamellen wurde das gleißende, aufreizende Sonnenlicht weggeblendet. Neun Monate musste ich zur Kur bleiben, bis die Lunge auskuriert war. Ohne Kontakt zu daheim.

Das ist sehr lang, das wäre heute für Jugendliche undenkbar, sagt sie. Kein Handy, keine SMS? Oh Gott!

Ja, und telefonieren nur für die Heimleitung. Ein einziger Apparat war vorhanden, im Büro. Auch kein Fernsehen, kein Radio – kannst du dir das vorstellen?

Nein, schlichtweg nein. Wo blieben da die Kinderstunde, die Spielshows, die Vorabendserien, all der Schrott, ohne den es angeblich nicht geht?

Nichts davon. Fernsehen gabs noch nicht. Lesen, ja. Lesen. Bücher aus der Bibliothek. Oder zeichnen, basteln, spielen. Jede Woche während einer gemeinsamen Schreibstunde einen Brief an die Eltern aufsetzen. Einen von daheim empfangen dürfen. Die Briefe wurden heimlich von der Hausleitung gelesen, kritische Stellen gestrichen und abgedeckt. Besuche waren wegen der Gefühlslage der Kinder, besonders bei Abschiedszenen, unerwünscht. Einmal, im Sommer, durften wir am Berghang der Schatzalp Alpenrosen pflücken und, in feuchtes Zeitungspapier eingewickelt, den Angehörigen nach Hause schicken.

Meinen Erinnerungen nachhängend, halte ich immer noch eine Kupferplatte in den Händen. Ich muss mich erst wieder finden, um weiterarbeiten zu können.

So geht das nun fast jeden Tag. Ich höre Roberta spielen und plötzlich erscheint sie, stellt Fragen, verwickelt mich in Diskussionen. Und verschwindet wieder, wie es ihr beliebt.

Sag mal, woran arbeitest du? Sie kommt näher, schaut mir über die Schultern, stubst mich an, aber ich bin in Gedanken ganz woanders. Sie beobachtet, plötzlich ernsthaft geworden, wie ich die Arbeit des Amerikaners unter dem Licht drehe und ankippe, um die eingeätzten Linien mit den Augen zu verfolgen, wie ich die eingeschwärzten Stellen begutachte und mir die Einbettung meiner Ideen überlege. Ich zeige ihr die begonnene Arbeit.

Zuerst schaue ich, was auf der Platte drauf ist, erkläre ich ihr, und prüfe alle eingeätzten Stellen, wie ich sie nutzen könnte. Die Platte selbst ist für mich der Anreiz zu einem Bild. Alle unpolierten Kupferplatten weisen vom Zuschneiden, vom Transport und von der Lagerung her feine Haarrisse, Flecken, Verletzungen auf. Von diesen vorgefundenen Spuren oder eben von den früher geätzten Stellen eines andern lasse ich mich nun leiten, von Linie zu Linie. Wenn ich beginne, bilde ich zunächst einmal nichts ab. Das Motiv entsteht langsam aus sich selbst – ein halb zufälliger, halb gelenkter Prozess.

Ja, aber gehst du so nicht das Risiko ein, dass nichts entsteht?

Doch. Das könnte geschehen. Tut es aber nicht.

Und warum?

Es ist wie mit den Wolken. Hast du nicht schon oft Gesichter, Gestalten darin gesehen, die es eigentlich nicht gibt? Für Minuten stehen sie am Himmel, ganz klar, und dann setzen sie sich neu zusammen oder lösen sich wieder auf. In Luft. Genauso gehe ich vor. Ich lege die Platten vor mich hin, taste sie lange mit Händen und Augen ab. Wo ich hängenbleibe, verweile, orientiere ich mich, suche Verbindungen zu anderen Stellen. Mit verschiedenen Werkzeugen verdeutliche ich die Spuren und weite sie aus zu einem Liniengespinst, in dessen Verläufe Bündelungen, Strahlen und Mulden sich langsam zu Gestalten, zum Figuren- oder zum Landschaftsnetz verdichten.

Siehst du, da, diese Linie begrenzt das Halbrund, das mir den Raum hergeben wird für meine Idee. Es wird ein Fest im Freien sein. Übrigens, der Eindruck des Innenhofs bei Gianni mit den Glühgirlanden blieb bei mir haften. Ich speichere laufend, was ich sehe. So geht's mir mit den Bildideen. Plötzlich tauchen sie auf wie aus dem Nichts. Aber sie waren schon lange da, erscheinen von irgendwoher. Die auf der Platte vorgefundene Linie umrundet den nächtlichen Festplatz. Ich zeige ihr die vielen Spuren, die der andere hinterlassen hat.

Ich sehe nichts, sagt sie und guckt etwas ratlos.

Doch, da, am Rande, siehst du, das wären die Bäume vor dem Nachthimmel, in der Mitte die Szene, wo sich das Geschehen abspielt. Natürlich muss ich das alles noch herausarbeiten. Die hellen Stellen, den Lichtkegel der Lampen oder den Eindruck eines weißen Kleids erreiche ich, indem ich das aufgeraute Kupfer mit dem glatten Stahl so lange herunterpoliere, bis sich beim Einfärben nur noch wenig schwarze Farbe drin verfängt, worauf es im Druck hell bis hellgrau erscheint, fast weiß. Es soll dann ähnlich aussehen wie die Erinnerung an Giannis Lichtgirlanden, die über den ganzen Platz gespannt sind. Oder schaut's bei ihm nicht aus, als fände jeden Abend eine Gartenparty statt?

Ja, das ist bei uns im Süden halt so – ein bisschen mehr Tralala als bei euch lacht sie. Diesen farbig-fröhlichen Touch, den lieben wir, auch wenn der graue Alltag so gewöhnlich ist wie im Norden. Das bringt uns bei euch in Verdacht, wir seien leichtlebig, immer am Scherzen und Trinken, stets ein Lied auf den Lippen, amore, amore, dem Kitsch verfallen, jedenfalls zu wenig ernsthaft. Vielleicht aber ist es eine Projektion, wie ihr uns gerne haben wollt.

Ich muss ihr Recht geben. Es ist unser falsches Bild vom Leben im Süden. Seltsamerweise stört es uns, wie das Land, «unser Tessin, unsere Sonnenstube», heute überbaut ist. Die Collina d'Oro zwischen Lugano und Agra treibt mir Tränen in die Augen. Zwar wurden Gesetze erlassen, um den Verkauf des einheimischen Bodens, oder der Grotti, zu regeln. Aber jeder ist doch versucht, sie zu umgehen. Dann gibts wieder mal einen exemplarischen Prozess und danach ist alles wie zuvor.

Weißt du, wie das früher hier ausgesehen hat? frage ich sie, fast ein wenig vorwurfsvoll.

Und, hat's was gebracht? fragt sie. Roberta bleibt skeptisch. Hatten die Leute genügend Arbeit? Sie kenne die Gegend, wie sie heute ist. Nichts mehr von Idylle, dafür industriell entwickelt. Der ehemals kleine Flughafen ausgebaut, den heutigen Bedürfnissen angepasst.

Agno. Die Ebene. Hier habe ich doch früher Fußball gespielt. Fast melancholisch werde ich, wenn ich daran denke. Ich war ungefähr dreizehn. Unser Platz lag hinter der Casa Coray, nicht weit vom See. Was blinkte, war die Seeoberfläche, das Wasser. Es spiegelte in der Sonne. Wir hatten kein Flutlicht. Drum war am Abend Schluss mit dem Training. Dann wurden eh Spiele an der Tivu gezeigt. Gleich jenseits der schmalen Straße lag der kleine Flugplatz. Von da starteten Maschinen nach Mailand und nach Turin. Wenn eine ging, schaute ich jedesmal hinüber, wie sie abhob.

Alfredo, das war mein Cousin. Er leitete bei uns das Training. Nicht professionel, klar. Er war schon ein bisschen erwachsen. Studierte. Seine Freundin hieß Bianca. Sie hatte dunkle lange Haare und fuhr eine Lambretta. Mit ihr kam sie am frühen Abend oft auf den Platz. Alfredo ging dann mit den Kollegen ein Bier trinken. Bianca durfte nicht mit. Sie störte die Männer. So war das halt. Er ließ sie in meiner Obhut. Gab uns den Ball. Wir sollten zu zweit den Ball abgeben üben. Ich war dreizehn, sie eine Klassefrau! Ich war stolz.

Sie spielte. Mit mir!

Das kann man ja auch zweideutig verstehen, gibt Roberta zu bedenken.

Klar. Sie war ja achtzehn. Manchmal trug sie ihren weißen Badeanzug. Super! Aber sie ging damit nicht ins Wasser, vermutlich, weil man dann alles hätte sehen können. Sie blieb lieber bei mir.

Wird das jetzt eine Liebesgeschichte?

Ach was, wo denkst du hin! Sie schoss mir ganz brav den Ball zu. Ich fing ihn auf. Mit dem Oberkörper. Bog mich rückwärts, ließ ihn über die Brust rollen, über die Leiste, den rechten Oberschenkel zum Knie. Dann ließ ich ihn springen, von einem Knie aufs andere, hin und her, auf den Kopf und den Rücken runter. Mit der Ferse gab ich ihm einen Kick, so dass er hochsprang, bis über meinen Kopf und runter wieder auf den Fuß.

Die Brasilianer machen das perfekt. Du scheinst ja ein Talent gewesen zu sein, meint sie.

Nein, nur halb so wild. Wir spielten einfach, jeder probierte was aus. Aber zu wenig konsequent, mehr spielerisch. Sonst wäre ich vielleicht Fußballer geworden.

Da hättest du sicher mehr verdient!

Ja, aber ich war stolz, kannst du mir glauben. Bianca schaute mir zu. Sie lächelte. Vielleicht bewunderte sie mich sogar ein wenig. Ich mag das, wenn mir jemand bei meinen Kunststücken zusieht.

Das hast du offenbar noch nicht verloren. Du, mit deinen vielen Ausstellungen.

Das klingt jetzt aber ein wenig zynisch.

So war's nicht gemeint, beschwichtigt Roberta.

Wenn ich Bianca den Ball zuspielte, ließ sie ihn oft zwischen den Händen durchfallen. Sie tat überrascht, dass er plötzlich bei ihr war. Dann rannte sie dem Ball hinterher und bückte sich. Ihr Badeanzug spannte. Ich schaute genau hin, ohne es mir anmerken zu lassen.

Ja, das kann ich mir vorstellen. Etwa so wie bei Gianni, als ich mich nach der Arbeit wusch und das Hemd wechselte.

He, jetzt bin ich aber beschämt. Hast du mich etwa aus dem Augenwinkel beobachtet und die Wirkung abgeschätzt?

Sie grinst. Sagt aber nichts.

Ich wusste, was Alfredo mit Bianca anstellte. Sie umarmten und küssten sich hinter der Umkleidebaracke. Ich habe natürlich weggeschaut, doch man hörte es. Dann war ich doch neugierig. Er schob seine Hände unter ihren Badeanzug, und sie ließ ihn gewähren. In meinen Augen sah Alfredo blöd aus, wenn er das tat. Er war mein Cousin. Mein Trainer.

Warum? Er war sicher auch achtzehn.

Sogar ein oder zwei Jahre älter. Aber es genierte mich. Er hatte mir etwas voraus. Ich ahnte zwar, was es war, aber ich war noch nicht soweit, damals.

Später rief er uns von der Terrasse etwas zu. Man verstand ihn nicht. Die Worte verwehten im Wind. Seine Freunde lachten schallend. Bianca wandte den Kopf nicht zu ihnen. Sie tat beleidigt.

Sie hob den Ball auf und warf ihn zu mir. Sie blickte mich dabei unverwandt an. Vielleicht erwartete sie von mir etwas, das ich ihr nicht bieten konnte. Ich weiß es nicht. Sie war sehr schön, wenn sie so dreinschaute. Ich stoppte den Ball aus dem Flug mit der Schulter. Ich trug nie Fußballschuhe. Niemand bei uns hatte welche. Wir spielten alle barfuß oder in normalen Turnschuhen. Ich kickte den Ball weg. Er flog nicht weit, aber Bianca holte ihn nicht mehr. Ich musste es tun. Ich rannte dem Ball nach. Ich ahnte, ich hatte etwas vergeigt.

Wäre was geworden aus euch zwei?

Keine Ahnung. Sie glich dir. Um die Augen herum. Die Kopfform. Nein, nicht der Körper. Du bist viel schmaler. Doch plötzlich pfiff Alfredo zwischen den Fingern durch. Er konnte das. Ich bring's nicht zustande. Niemand hat es mir beigebracht.

Muss man das können?

Weiß nicht, jedenfalls wirkt es männlich.

Alfredo pfiff und sie hielt inne. Dann verließ Bianca den Platz und ging zu den jungen Männern. Sie blickte nicht zurück. Als sie mit Alfredo wegfuhr, saß er vorne. Sie setzte sich hinten auf den Sozius und schlang die Arme um ihn. Dabei war's ihre Lambretta. Ich blieb zurück mit dem Ball. Fertig gespielt.

Endet richtig traurig, deine Geschichte.

Findest du?

Ein Stück Kreide ist mir aus der Hand gefallen, zerbröselt am Boden. Mit dem bloßen Fuß zerdrücke ich die Reste, hebe Kreidestaub auf und zerreibe ihn mit etwas Terpentin auf der Platte. Zwischen die Finger klemme ich ein Kohlestück und fahre damit den äußeren Spuren der Reibestellen nach. Mit der Kohle lege ich fest, wo die Dunkelstellen zum Tiefätzen sein sollen. Ich stelle die Platte flach an eine Dachstütze und decke mit Lack die ersten Flecken ab. Die bleiben hell. Das erste Mal ätze ich drei Sekunden, zähle sie aus, denn ich habe meine Uhr im Zimmer unten vergessen. Dann setze ich Kolophoniumstaub ein, erwärme die Platte und fahre mit Ätzen weiter. Abdecken und wieder ätzen, bis ich genügend Abstufungen von hell bis ganz dunkel erreicht habe. Ich arbeite sehr konzentriert, komme mir aber eher als Handwerker denn als Künstler vor. Anschließend reinige ich die Platte und besehe mir die Ätzstufen. Wenn ich weitermache, könnte ich leicht eine Gestalt einbringen. Ich sehe sie als vagen Umriss auf der Liege, eine Liege mit Überwurf oder ein Fauteuil, eine halb ausgestreckte, halb kniende Person. Ich arbeite jetzt verbissen, überziehe alles wieder mit einem feineren Korn, Asphaltstaub diesmal, wieder zeichnend abdecken, erneut ätzen. Ziehe verbindliche Linien, vertiefe bewusst die Schattenstellen. Leider ist der Frauenkörper auf der Liege nicht so leicht hinzukriegen. Roberta stellt sich neugierig hinter mich, blickt mir über die Schultern. Ich nehme ihren Geruch wahr, scharf von etwas Frechem, das in die Nase sticht.

Was tust du jetzt? Geht's nicht ohne den hingehauchten Akt? Sieht ein wenig verdreht aus. Anatomie mangelhaft!

Stimmt. Habe ich befürchtet. Sie analysiert meine Idee.

Wenn ich zu genau sein will, wird's problematisch. Je länger ich an der Platte herumwerkele, ändere und zu verbessern versuche, desto mehr geht die Ursprünglichkeit verloren.

Zurück bleibt ein vermurkstes Bild, angewiesen auf Erklärungen, Deutungen. Was ich am Anfang eigentlich beabsichtigte, ist und bleibt schwierig auszudrücken. Eine Stimmung einfangen. Klar, aber wie? Ein Akt, von einem Betrachter beobachtet, der von vorne links schräg ins Bild kommt und von hinten gesehen wird durch einen unsichtbaren Dritten, den Zeichner, der die Szene als voyeuristische Intimität darstellt, was aber vom realen Bildbetrachter, quasi in der dritten Dimension, kaum als pornografisch gedeutet werden kann, weil alles, was abläuft, im Kopf des Betrachters geschieht. Und der würde das Pornografische als Gedanke sicher weit von sich schieben.

Wie könnte es weitergehen? Roberta, gespannt. Sie deutet auf eine Stelle hin.

An diesem Punkt, erkläre ich, sollten die Fantasien mit dem Betrachter durchbrennen. Das sag ich so, als hätte die Welt keine anderen Probleme.

Gib doch dem ganzen Zeugs wenigstens eine ironische Note, die es verdient, meint sie spöttisch. Dreh das Ding so, bis die Dargestellte der Welt, dem Zuschauer, den Hintern zukehrt! Punkt. Bieg ihr den Rücken durch, hoch den Arsch, den Kopf schräg betten, dass sie die Wirkung, die sie hervorruft, mitverfolgen kann.

Das sitzt. Auf den Punkt gebracht.

So. Roberta geht zur Mauer, wo die Liege steht, streift

ihr T-Shirt über Kopf und Arme und steht im Slip vor mir.

Ich werd verrückt. Das ist ja wie beim Hummeressen, schießt es mir durch den Kopf. Der Ober zeigt der Tischgesellschaft das Tier, von allen Seiten, lebend. Ob es recht sei. Alle nicken. Minuten später wirft man es in kochendes Wasser, dann, rosarot, wird es auf dem Teller angerichtet.

Roberta lässt sich auf der Liege auf die Knie nieder, schiebt den Oberkörper vor, beugt ihn durch. Die Unterarme legt sie flach auf den Boden, bettet den Kopf in die Hände. Sie blickt mich von unten her schräg an. Eine Haarsträhne rutscht ihr in die Stirne. Sie streicht sie nach hinten.

Los! Worauf wartest du? Zeichnen, Maestro!

Ich zeichne. Konzentriere mich auf das Liniengewebe, auf die Schattenmulden, die Glanzstellen. Sie lässt mich nicht aus den Augen. Verfolgt mich mit dem Blick. Dann langt sie mit einer Hand nach hinten, streift den Slip runter bis in die Kniekehlen. Sie tut es mit einer fast rührenden Gebärde. Ich blicke auf die Schattenstelle, die Scham. Das Zeichnen hab ich eingestellt, kein Kratzlaut ritzt mehr die Stille.

Bist du nun zufrieden?

Sie richtet sich auf. Später würde ich mich an die Flecken im Verputz der Mauer erinnern. Dieser Augenblick höchster Konzentration war gepaart mit Wahrnehmungen von Äußerlichkeiten. Dass eine Fliege mir über die Hand spazierte. An das Dröhnen eines Flugzeugs hoch oben auf dem Kurs nach Süden.

Roberta sagt unvermittelt, Isabelle sei ihre Mutter und sie wundere sich, dass ich nicht selbst drauf gekommen sei.

Sie wohne bei der Nonna im ersten Stock und wahrscheinlich sei's das Zimmer über meinem. Ich halte beide Hände vor Nase und Mund und lasse den Atem zwischen den Fingern durch entweichen. Das tue ich immer, wenn ich überrascht bin und mich zu sammeln versuche. Die Handballen werden warm vom Dreinschnaufen.

Am Morgen bin ich meistens im Studium, fährt sie weiter, und am Nachmittag arbeite ich oft bei Gianni. Ich schulde nichts für die zwei Zimmer bei der Nonna, und weil wir manchmal gemeinsam kochen und essen, vor allem abends, hat die Nonna Unterhaltung und ich komme mit meinem kleinen Lohn zurecht. Du kannst Konzertkarten haben für den Freitag übernächster Woche, wenn du willst. Isabelle kommt sicher auch. Heute Abend gehe ich in die Disco. Da möchte ich dich lieber nicht dabei haben, das ist sicher nicht so dein Geschmack. Aber wenn du ins Konzert kommst, freue ich mich.

Sie spielt unverhüllt auf mein Alter an. Übrigens, erwähne ich, hab ich in der Druckerei nicht gewusst, dass du Isabelles Tochter bist, sonst hätte ich dich doch angesprochen.

So, hättest du? Roberta geht drüber hinweg. Sie meint, sie habe nur gehört, dass einer aus der Nordschweiz komme, einer, der ein größeres Projekt vorhabe, und dass der Mann bei ihrer Mutter wohne. Das habe sie neugierig gemacht.

Hast du mich in der Funiculare nicht erkannt? fragt sie. Nein? Nun flunkerst du aber. Ich habe nach der Unterführung kurz gewartet. Hättest du doch gerufen!

Was, so quer durch das Bahnhofsgelände?

Natürlich, warum nicht? Ich hätte dir geholfen, sicher, mit all deinen schweren Platten. Ich hab mich nach dir umgedreht, aber plötzlich warst du weg. Du hast offenbar einen andern Weg genommen. Nicht den kürzesten.

Ich kenne eben die Stadt, das Haus hier, den Weg. Ich wollte mit den schweren Sachen den bequemen, breiten Treppenaufgang nehmen, nicht den steilen kürzeren auf der Rückseite der Häuser.

Wie das? Du kennst unser Haus? Roberta mustert mich ungläubig.

Ich war schon mehrmals hier. Früher. In meiner Jugend. Mein Onkel hatte hier gewohnt. Und meine Nonna. Jeder Winkel des Hauses ist mir wohl bekannt.

Was, ist ja toll! Wart ihr unsere Vorgänger?

Nein, wahrscheinlich nicht, ihr seid sicher später eingezogen. Aber das ist eine lange Geschichte. Mein Onkel war Müller. Im Molino Maroggia. Bis er dann zum Erfinder mutierte.

Erfinder? Eigenartig, wie wird man überhaupt Erfinder? Was hat er denn erfunden? Maschinen? Konnte man sie gebrauchen?

Ja. Zur Straßenmarkierung. Es gibt eine Foto von ihm mit seinen Söhnen auf der Piazza di Riforma, wie er der Stadtverwaltung die Spritzmaschine vorführt. Stolz. Mit Hut. Die Männer trugen damals noch Hüte. Da bin ich auch drauf als Junge mit abstehenden Ohren. Ich erzähl's dir später, sag ich und blicke wieder auf die Kupferplatte. Hier kommen die runden Tische hin, erkläre ich ihr, weiß gedeckte, und Kerzen. Und überall ein paar verstreut Sitzende, Beobachtende, Schwatzende. Dahinter tanzende Pärchen, Lampions, Lichtgirlanden in den Bäumen und davor, mit dem Rücken zum Betrachter einer, der das Fest erst betritt, als es bereits läuft. Sein Rücken nimmt breiten Platz im Vordergrund ein, die Gestalt ist angeschnitten wie bei einer Filmaufnahme. Kommt dir das bekannt vor? Ich erscheine auch immer viel zu spät an Einladungen zu Feten, sage ich nebenbei, so vermeide ich den ganzen Quatsch bei der Begrüßung. Alle stehen rum und glotzen. Ich mag das nicht. Ich fühle mich nur allein relativ sicher. Wenn die Leute draußen auf der hellen Terrasse tanzen oder plaudernd unter den Gartenleuchten beieinanderstehen. Wenn ich ankomme, kann ich mich ohne aufzufallen unter die Anwesenden mischen. Oder im Haus drinbleiben, ohne vereinnahmt zu werden.

In der flackernden Dunkelheit der festlich geschmückten Innenräume duftet es stimmungsvoll nach Wachskerzen, nach aufdringlichen Parfums, Schweiß und kurzen Umarmungen, nach aufgeschnittenen, überreifen Melonen und feuchter Unterwäsche. Hier fühle ich mich wohl. Oft allerdings riecht es auch nach alten verfilzten Teppichen auf Holzstiegen, nach versteckten, schattenhaften Winkeln, wo verbotene Spielchen stattfinden. Kurze, heftige Begegnungen. Ein frecher Griff in den Schritt im Vorbeigehen. Eine Hand schiebt sich unter dem Saum ins Höschen. Die Gefahr des Überraschtwerdens lauert im plötzlichen Aufflammen des Lichts, falls jemand reinkommt und mit dem Arm oder dem Rücken unabsichtlich den Elektroschalter streift.

Seltsame Feste besuchst du, meint Roberta.

Halbschattige halt, Künstlerfeten. Da komme ich erst richtig in Fahrt. Wie du in der Disco. Im Schutze dieses Halbdunkels verbirgt und enthüllt sich gleichzeitig unsere unendliche Sehnsucht, unser Leiden und Schmerz, die Gewalt und die versteckten Wünsche nach körperlicher Nähe. Überdeckt von grellem Gelächter. Was zusammen mit dem gleißenden Licht plötzlich ins Bild geholt wird, das sind der kalkulierte Abstand zum Geschehen und ein erhabenes, moralisches Ruhen in sich selbst. Nachher geht's wieder los mit Reiben und Drücken. Ich mag eben dieses Geheimnisvolle, Aufwühlende und arbeite drum gerne in Mezzotinto, einer Drucktechnik, die mir Möglichkeiten des Hell-Dunkels aller Schichtungen bietet.

Hier, schau, diese vier Leute! Zwei Pärchen, die da um einen Tisch sitzen. Sie erzählen sich Geschichten, schwatzen, brüsten sich mit ihrem angeblich Erlebten und kontrollieren auf den Knien die eingegangenen SMS ihres Handys. Der Vorplatz ist schummrig beleuchtet. Plötzlich wird eine Tür aufgestoßen. Die Gestalt, die hereintritt, steht im Gegenlicht. Es ist eine Frau. Zwei am Tisch blicken nicht auf, schwatzen weiter, die beiden andern starren die Fremde an. Eine Person scheint zu fragen: Meinst du mich? Hinter dem Drama dieser Frage steckt die Angst, den Schutz der Dunkelheit verlassen, sich zeigen zu müssen. Solche Feste sind voller Theatralik. Die Akteure enthüllen sich, indem sie sich verbergen. Die sogenannte Realität unseres Taglebens ist doch nichts als

eine Anhäufung von Lügen, Halbwahrheiten, heftigen, uner-
füllten Wünschen und viel Überflüssigem.

Vielleicht wär die Disco doch was für dich. Sie kichert.

Nein, ist schon gut. Geh nur. Sonst stehe ich nur rum,
inmitten der Gäste, mit einem Glas in der Hand und erkläre
dutzende Male, wer ich bin und warum du mich hergebracht
hast. Und was soll ich dazu sagen? Dort kennen sich doch die
meisten. Das ist wie in den Psychogruppen. Jeder soll sich
mal vorstellen, sein soziales Umfeld skizzieren, wie er heißt,
was er ist, was er tut und warum er glaubt, zur Gruppe zu
gehören, einfach das ganze blöde Psychoritual. Wenn
jemand neu dazu stößt, fängt's von vorne an.

Alles deine Erfahrung?

Ich nicke. Geschult in sechs Jahren Gruppentherapie.
Das reicht. Ich habe eine große Lust nach Fremdheit. Da, am
Rande des Festplatzes, schau genau hin, da wird es erst interessant, ein Einbruch ins Alltägliche. Die Frau da im langen,
weißen Kleid, ihre Haare trägt sie offen, die Arme sind am
Körper angelegt wie das Abbild einer Priesterin, das Gesicht
hat sie dem Spätankommenden zugewandt. Sie überblickt
den ganzen Rummel, hat nur auf ihn gewartet, auf den
Mann, den Unbekannten, den sie nicht einordnen kann und
der ihr Leben vielleicht verändern, in Unordnung bringen
wird.

Roberta sieht nichts wie vorher, was ich ihr natürlich ver-
zeihen muss, denn es ist auch noch nichts Sichtbares auf der
Platte drauf. Es entsteht erst. Nur in meiner Fantasie füllt sich
der imaginäre Raum.

Über alle Anwesenden hinweg hat der Spätankommende die Frau erblickt, bleibt an ihrem Antlitz, an ihrer Gestalt hängen, bewegt sich nicht und lauert. Er wartet.

Und worauf wartet er?

Ich weiß es nicht. Dass etwas in Bewegung gerät, dass sich etwas tut. Vielleicht, dass eine Geschichte ins Rollen kommt.

Wer soll etwas tun? bohrt sie weiter. Sie?

Ja, klar. Ich nehm's an. Sind es nicht immer die Frauen, die die Änderung einer eingefahrenen Situation wünschen?

Du hast ein merkwürdiges Frauenbild, meint sie.

Nein, ich habe nur eine Vorliebe für hängende Partien, keine Gewinner, keine Verlierer. Patt. Ich lass mich nicht gern in etwas verwickeln. Beide könnten sich vom Fest wieder davonstehlen, unbemerkt von allen andern, enttäuscht vielleicht, doch ohne sich eine Blöße gegeben zu haben. Nur die zwei wissen es. Sie sind in ihrem Innersten berührt worden. Wahrscheinlich haben sie kein Wort miteinander gewechselt, aber sie haben sich taxiert und die Möglichkeiten erkannt. Vielleicht ist das der Beginn einer alles verzehrenden Liebe, auch wenn sie, oder eher, weil sie nie zueinander finden werden. Königskinder eben.

Ja, meint sie nachdenklich, das ist typisch, nur keine Fehler machen, keine Entscheidungen treffen, dann bleibst du unbefleckt. Immacolato. So kommst du nicht durchs Leben. Sich davonschleichen. Unbeschadet. Dass ich nicht lache! Das ist mir zu romantisch, sieht aus wie bei Caspar David Friedrich, Bilder des tiefsten, vorletzten Jahrhunderts! Sie schnaubt verächtlich. Hast du nicht ein wenig den

Anschluss an unsere Zeit verloren? Die short cuts – du kennst den Film sicher – aber bei dir vollführt die Zeit offenbar mehrere Schlaufen.

Ich verhehle ihr nicht, dass ich eine gewisse Affinität zu Caspar David Friedrich verspüre, aber noch mehr zu Balthus. Der hingegen ist ihr zu wenig bekannt. Doch, sag ich, Balthus macht genau das, was ich auch mit meinen Bildern aus drücken will: Eine Zeit darstellen, deren Zwischenräume, das Nicht-Gesagte, das Ausgelassene zum Spiegel der Seele wird. Und bitte keine billigen, pseudopathologischen Deuteleien, was bei Balthus immer mal zu erotischen Spaziergängen auf Nebenpfaden verführen kann, denn er stellt seine Modelle, meist Mädchen, nicht mehr Kind und noch nicht Frau, in verfänglichen Posen dar. Das nur Angedeutete, aber Unausgesprochene als das Wesentliche, das sich im Kopf des Betrachters vollendet. Warum fühle ich mich in meinen Erklärungen von Roberta wie ertappt?

Ein paar Tage später stelle ich mir die Szene beim Heimgang abends auf der Straße nochmals vor, möchte herausfinden, was sie sich gedacht hat bei jener Begegnung und spreche Roberta darauf an.

Du hast gar nicht reagiert, das erste Mal auf dem Nachhauseweg. Ich versuche, dem Gespräch von Anfang an eine unverfängliche Richtung zu geben. Hätte ich dir damals nacheilen, dich anrufen sollen? Auf dem Sträßchen gingst du wenige Schritte vor mir her, ohne dich auch nur einmal nach mir umzudrehen. Ich bin sicher, du hast es gespürt.

Was soll ich gespürt haben?

Dass da einer hinter dir geht. Du hast es gewusst. Ich sah es deinem Rücken an, wie du dich bewegtest, wie du vor mir hergingst. Unnahbare Lady, würde ich sagen. Oder hast du das nur gespielt?

Nein, ich war einfach zu müde, entgegnet sie und weicht meiner Frage aus.

Also sind wir quitt, schmunzle ich.

Nein, so leicht ziehst du den Kopf nicht aus der Schlinge. Wenn du was von mir willst, musst du dich bemühen.

Ihre Augen blitzen. Ihre Haltung gleicht der Gottesanbeterin. Sie lauert auf ihr Opfer, weicht einen Schritt zurück und blickt mich mit schrägem Kopf an. Von unten herauf. Ich bin nicht sicher, ob jetzt eine nächste Attacke erfolgt. Doch sie schweift plötzlich mit den Augen ab, über bereitgelegte Kupferplatten, über Skizzenblöcke und Arbeiten, die ich vorläufig beiseite gelegt habe.

Und was ist das? fragt sie und nimmt ein Probeblatt zur Hand, das sie unter dem Stapel alter Drucke entdeckt hat. Das gefällt mir. Sie studiert das Blatt eingehend. Es ist eine Art südliche Landschaft, aufgebaut als Triptychon wie ein mittelalterliches Altarbild. Die linke und die rechte Bildtafel nehmen Bezug auf die sizilianische Insel, auf die Landschaft, südlich und dennoch rau, meerumtost, jeder Flecken Erde im Terrassenanbau kultiviert, auf der einen Seite Oliven und Wein, der den erdigen, vulkanischen Geruch in sich trägt, hier die hügeligen, windgepeitschten Kornfelder, dazwischen Pinien und Zypressen. Der mittlere Teil des Bildes zeigt, in ihrer stacheligen Schale, eine aufgeschnittene Meeresfrucht, einen Seeigel, den weiblichen Genitalien nicht unähnlich. Ein Fenster zu Düften, Farben und Formen.

Wenn mir dieses Abbild des wirklichen Lebens, der Dörfer, die sich an die kargen Hänge schmiegen, der Gewalt der Natur, die Summe aller Sehnsüchte und Wünsche, wenn mir das einmal wirklich gelingen sollte, sage ich zu Roberta, ist es, als würde ich mich selbst auf einem Hügel inmitten dieses südlichsten aller Paradiese befinden. Sizilien ist magisch, seine Geschichte eine Abfolge von Tragödien. Das Rauschen der Kastanienwälder in ihrer Üppigkeit, die hitzegeprägten Felder oder der Blick auf die Zypressen, die wie mahnende Finger in den windigen Himmel stechen, das Weiß des Raumes durchlöchernd. Ein Bild, das die Wucht des Windes in den zerzausten Kiefern, das Wispern der Blätter, das Tosen der Meeresbrandung in sich trägt.

Und warum hast du das dreiteilig gemacht?

Ich hab diese Art, in mehreren Sequenzen etwas darzustellen, mal von einem Amerikaner abgekupfert. Fünf oder sieben Teilblätter gruppierte er zum Ganzen. Es war eine Szene am Meer: eine weite Bucht, Matrosen an ihrem Urlaubstag, Sonnenbadende, zwei Kinder, ein kleiner, spielender Junge. Und auf dem Hauptblatt der tote Körper eines ertrunkenen Hundes, über den sich ein Knabe beugt. «Year of the Drowned Dog», das Jahr des ertrunkenen Hundes, nannte er es. Aus dem Titel und durch die unterschiedlichen Einzelbezüge zum Kern des Themas gestaltete er das stille Drama, das sich an jenem leichten Sommertag dort am

Strand abgespielt haben muss. Sand, Sommersonne, Segelboote, Flanierende und ein erschütterter Junge machten auf mich einen starken Eindruck. Wir benennen ja oft das Jahr, die vergangene Zeit nach Ereignissen, die sich uns unlöschbar eingeprägt haben.

Stimmt, sagt sie. Das Jahr, als mein Vater starb. Oder so.

Genau. Schau mal hier: Diese grauschwarze Ätzung auf den Kupferplatten enthält noch weitere Vertiefungen, die unerklärbare, unterbrochene Spuren einer vagen Erinnerung an ein Davor darstellen, als schwärzere Radier- und Kaltnadelstriche in die Kupferplatten eingegraben, und in der Mitte des Bildes eben die Tafel mit der aufgeschnittenen Meeresfrucht, dem fleischigen, faltigen Innern des Seeigels wie ein geöffnetes Fenster zu diesen starken Dünsten nach Seetang und Weib, salzigen Gerüchen, in der Hitze des Mittags die Lust der flimmernden Farben und trägen Formen. La noia, nennen die Sizilianer das, das Leiden am Leben.

La noia heißt doch Langeweile, oder nicht?

Nein, Sizilianisch drückt es mehr aus. Aber egal. Das Religiöse und das Geschlechtliche, meine ich, sind eh die beiden stärksten Lebensmächte. Ich rede und rede. Roberta ist mit den Gedanken anderswo. Hört sie mir überhaupt zu? Wer sie zu Feinden macht, lehrt die Zwiespältigkeit der Seele und zerreißt das menschliche Herz. Ist es nicht das zentrale lustfeindliche Charakteristikum unserer drei Buchreligionen, Erotik und Sexualität an die Bedingungen einer Beziehung, einer Ehe zu knüpfen? Roberta hält den Kopf gesenkt, lässt sich nicht in ihre Gedanken schauen.

Ich wollte nur wissen, warum du es dreiteilig machtest, sagt sie.

Ein Frauenkörper, madonnengleich, schwarz verhüllt und dennoch schamlos, legt sich in meiner Vorstellung als Photogravur über einen Textblock aus der Erzählung «Die Sirene», von Tomasi di Lampedusa, des Fürsten von Salina, der mit seinen wenigen Werken literarischen Weltruhm erreichte.

Wow! sagt Roberta, und zum ersten Mal hab ich das Gefühl, dass ich sie mit einer meiner Arbeiten erreicht habe. Sie streicht mit den Fingern über das schwere Blatt.

Dann huscht sie weg und kommt nach kurzer Zeit wieder. Sie bringt ihre Violine und einen Notenständer, legt ein paar Blätter darauf, nimmt das Instrument hervor, stimmt es und fordert mich mit den Augen auf, jetzt wirklich Platz zu nehmen. Auf der Liege. Jetzt bin ich dran, bedeutet sie mir mit dem Geigenbogen. Sie steht im schräg einfallenden Licht des Dachfensters. Von draußen dringen Klänge, Geräusche des Alltags herein. Robertas Gesichtsausdruck hat sich völlig gewandelt. Ernst, fast streng blickt sie auf die Notenblätter, ihre Finger suchen die Position. Und dann beginnt sie zu spielen. Leise, wiegend. Es ist diese Melodie Schostakowitschs, die mir so bekannt vorkommt. Ein Walzer. Getragen, nicht zu schnell schweben die Töne im Raum – diii daaa, da da – dadadii, dadadaa – da diii da – ausklingend im Ende, die ersten zwei Noten gemessen im Tempo, dann drei, vier kurze Hüpfer nach oben, leicht und wiederholt, wieder zwei betonte Striche und ein Ausklingen der letzten Note. Dann das Ganze eine Tonstufe höher. Jetzt erkenne ich sie, es ist die Titelmelodie aus «Eyes wide shut». Nichts Süßliches. Ja, ja, Schostakowitsch, der zweite Walzer aus seiner Jazz-Suite, das Stück, das sie all die Tage geübt hat. Sie spielt es beim zweiten Mal ohne abzusetzen durch, bleibt in Position mit dem Instrument und dem Bogen in der Hand.

Gefällt dir das? Ich nicke. Sie ist barfuß, in einem blauen, langen Jeansrock und einem kurzen Bolero, dessen Knöpfe offenstehen. Wie schön du bist! Sie lächelt und wird gleich wieder ernst. Sie hält immer noch ihr Instrument. So müsste sie den halben Tag hier verweilen, in dieser Position, damit ich verfolgen könnte, wie sich das Licht um sie verändert. Das Licht umspielt und modelliert den Körper, formt ihn zu einer Landschaft mit lichten und verschatteten, dunklen Stellen. Das Dunkel gehört zum Körper, darf nicht künstlich weiß überhöht, aufgehellt werden. Ich bin vorsichtig mit dem Kreidestift, verwende lieber mehr Kohle. Innen und Außen müssen verschmelzen, einen einzigen Raum bilden. Ich bin so vertieft in die Arbeit auf dem Blatt, dass ich gar nicht bemerke, wie Roberta die Geige sorgfältig zurück in den Kasten gelegt hat.

Am Freitag in zwei Woche spielt unser Orchester das Konzert im Musiksaal des Kasinos. Kommst du? Mir zuliebe? Wir könnten anschließend zusammen etwas essen gehen, wenn du magst.

Aber ich hab nichts Rechtes anzuziehen, außer meinen hellen Sommerklamotten, stelle ich bedauernd fest. So kann ich doch nicht hingehen!

Dann kauf dir doch etwas Anständiges, es ist Sommerausverkauf in der Stadt oder frag Isabelle, sie findet sicher einen passenden Anzug. Sie bewahrt noch einiges von ihrem Vater auf. Ich lass dich jetzt wieder arbeiten. Und mach nicht zuviel herum in der Art von Friedrichs zahnloser Romantik, das ist nicht deine Art! Sagt es und verlässt den Raum. Ihr Duft bleibt. Die Geige im Kasten hat sie auf dem Boden liegen lassen.

Ich schiebe den kleineren Tisch direkt unter die Dachluke, steige auf den Tisch und stemme mich so zum Fenster empor, dass ich die Außenwelt sehe. Drüben, am Hügel, inmitten der Häuser dieses lang gezogene, helle Gebäude. Moncucco, in großen Lettern steht es angeschrieben. Sieht immer noch aus wie ein Spital. Die schwarzen Fensterhöhlen des Gebäudes beunruhigen und faszinieren, dahinter steckt verborgen die Sehnsucht der Menschen nach Heilung und die Angst, durch die Krankheit vom Leben abgeschnitten, ausgeschlossen zu bleiben.

Über dem Hügel links dahinter zwei Deltasegler. Sie stehen fast still in der Luft. Wenigstens sieht es von hier so aus. Der Orangeblaue hoch oben, etwas weiter weg der Rote. Sie müssen seit Stunden da oben schweben. Im bläulichen Hügel liegt tief eingeschnitten die Furche einer Talschrunde. Wie eine Wunde. Hellgrün und Gelb huschen als Lichtschimmer drüber hinweg. Unter mir, wenn ich mich weit genug über die Dachluke hinausbeuge, stehen Stadtvillen und eine Weinhandlung dicht an dicht aneinandergereiht mit Gärten und schmalen grauen Stützmäuerchen zu abfallenden

Gässchen, die weiter unten im Gewirr enger Straßen, winziger verwinkelter Plätze und alter Bürgerhäuser enden. Düstere Durchgänge öffnen sich plötzlich zu breit angelegten Innenhöfen der Palazzi, von da oben kaum einsehbar, mit Blindfenstern, sogar aufgemalten Freitreppen, die perspektivisch die Augen täuschen und nirgendwo hinführen, ein verhaltener, verfallener Glanz dahingegangener Epochen. Als ich mich langsam an der Fensterfassung runterlassen will, tasten meine Füße nach Halt, doch da ist kein Tisch mehr. Ich hänge in der Luke, zappele und trete mit den Beinen ins Leere.

Roberta lacht. Sie hat sich angeschlichen, wollte ihr Instrument holen und sieht mich in der Dachluke.

Ich lass dich nur sanft runtersteigen, wenn du versprichst, an mein Konzert zu kommen! Ich verspreche es ihr hoch und heilig und erst da schiebt sie den Tisch wieder hin. Schnell bin ich am Boden. Plötzlich liegt sie mir in den Armen, schmiegt sich an meinen Hals. Aber als ich sie küssen will, entwindet sie sich, fährt mit der Hand über meine Stirn.

Nicht zuviel aufs Mal, Sandro! sagt sie, dreht sich um und will weglaufen.

Warte! ruf ich ihr nach, jetzt zeig ich dir etwas, was ich vorher ausgelassen habe. Sie folgt mir nochmals in den Keller. Da, ich schiebe zwei Türen auf und knipse das Licht an. Die Lattengestelle sind noch vorhanden, dazwischen aus Holz gitterartige Abtrennungen. Alles ist noch wie vor vielen Jahren, nur die Sachen, die hier lagerten, sind nicht mehr da. Schlimm ist es, wenn ein liebgewordenes Haus von allen Dingen leergeräumt wird. Man kommt hinzu und findet plötzlich keine Verbindung zur Zeit nach rückwärts mehr, wie beim Tod alter Verwandter.

Was willst du mir zeigen? fragt sie.

Es ist nicht mehr da. Aber es befand sich einmal hier in diesen Räumen. Ich sollte dir wohl zuerst mal den Zusammenhang mit diesem Haus erklären. Es ist eine lange Geschichte, die in meine früheste Jugend zurückgreift.

Einmal rief mich die Nonna vom Spielen weg. Ich musste ihr aus dem Keller Weinessig bringen, vom roten. Der war in einer Korbflasche auf einem Holzsockel vor den Kellerabteilen. Ein Schlauch hing unten raus mit einer Metallklemme dran. Der Essig war für beide Parteien, für die Familie meines Onkels und für die Nonna. Ich ließ also die mitgebrachte Flasche volllaufen und erschrak, als mir der Essig plötzlich über die Hand rann. Ich klemmte den Schlauch ab. Schnell verschloss ich meine Flasche, stellte sie hin und sah mich um. Im Lattengestell des einen Abteils standen schwarzgraue Leitzordner, einer neben dem andern. Ohne Beschriftung des Inhalts auf dem Rücken, neben Konfitüren- und Gurkengläsern, eingemachten Früchten, eingelegten Tomaten und Artischocken aufgereiht. Ich probierte mit dem Schlüssel, ob sich das Schloss des Abteils öffnen ließ. Neugierig zog ich einen Ordner aus dem Gestell und schlug ihn auf. Es war die Briefmarkensammlung meines Onkels, eine Augenweide für Jungs in meinem Alter. Leider reihenweise ähnliche Motive, die sich nur in der Farbgebung unterschieden. Immer dieser Männerkopf im Profil, grünlich und

grau, der Führer im Profil, von links nach rechts oder umgekehrt, streng blickend. Deutsches Reich. Aber dann die
Olympischen Spiele 1936 in Berlin, Winterspende 1942, ein
Sonderdruck. Helden, meistens in Uniform. Oder muskels-
trotzende Arbeiter und KdF- Frauen. Seite um Seite.

KdF – was war denn das? fragt Roberta.

«Kraft durch Freude». Gar kein so schlechtes Motto –
fürs geplagte deutsche Volk im Krieg geschaffen, war es ein
wichtiger Motivationsschub, mit tollen Ferienprojekten,
Hotelanlagen an der Ostsee, Kreuzfahrten, Freizeitgestaltung
im Schoß und unter Aufsicht der Partei. Und immer wieder
derselbe Kopf von der Seite her und meist in die falsche
Richtung blickend, Schnurrbärtchen, Glotzaugen, gescheitel-
tes Haar.

Dann folgten plötzlich keine Briefmarken mehr. Unter
den Sammelblättern kam etwas ganz anderes zum Vorschein.
Weißes Schreibpapier oder gelbliche Durchschläge,
Rapporte, Protokolle, der Reichs-Doppeladler mit dem miss-
brauchten Symbol in den Fängen, Namen von Personen,
Gauleitungen, Stempel, Kürzel, Unterschriften. Maschinen-
geschriebene Berichte, großspurige Anreden und Grußformeln.
Ich kann nicht mehr ermessen, wie viel ich vom Inhalt ver-
stand. Aber mulmig wurde es mir schon. Die Briefe waren an
Gefolgsleute gerichtet, im Ton barsch, aber kameradschaft-
lich. Einige der Namen hatte ich am Familientisch schon mal
gehört. Die Daten lagen weit zurück, vor und nach meiner
Geburt. Ich las die Aufforderungen, studierte Listen, Pläne,
Zeitangaben. Übernahme der Regierungsgewalt, hieß es.

Das Herz klopfte mir bis zum Hals. Namen aus meiner Verwandtschaft standen auf den Papieren. Ich dachte, dass diese Schriftstücke meine heile Knabenwelt aus den Fugen bringen konnten und ahnte, was der breite Stempel «degradiert» im Dienstbüchlein meines Vaters für eine Bedeutung hatte. Ich las und las und vergaß alles um mich herum. Es waren Briefe an meinen Onkel darunter. Oder Durchschläge seiner Briefe an die damalige Gauleitung in Lugano. Oder an die Botschaft des Reiches. Ich wusste, dass ich auf etwas Gefährliches gestoßen war und wollte es unbedingt der Nonna zeigen. Mit dem Ordner in der Hand und der Essigflasche unter dem Arm verließ ich den Keller. Als ich das Licht ausmachte, rutschte mir die Flasche unter dem Arm weg und fiel zu Boden. Ein penetranter Essiggeruch verbreitete sich schnell im Raum. In Panik rannte ich nach oben. Als ich auf dem letzten Treppenabschnitt war, öffnete sich unten die Tür und die Tante rief, was los sei. Ich komme wieder und putze alles auf, stieß ich hervor und verschwand hinter unserer offenen Tür. Die Nonna stand wartend da, sie hatte den Knall und das Klirren des Glases gehört. Ich zeigte ihr atemlos meinen Fund, aufgebläht von der Wichtigkeit meiner Entdeckung. Sie schluckte leer, wollte gar nicht hinschauen. Sie nahm mir das Corpus delicti ab, schob es in der Stube unter ein Möbel, ging in die Küche und brachte Kübel und Putzlappen. Sie kam mit runter. Das ganze Treppenhaus roch bereits nach Weinessig. Wir machten Ordnung, wischten alles auf. Oben, wieder in ihrer Wohnung, nahm sie mich ins Gebet. Hörst du, das geht niemanden etwas an. Du musst das für dich behalten! Kein Wort darüber, zu niemandem! Das Geheimnis bedrohte mein Spiel auf der Terrasse, so dass ich der Nonna versprach, nichts davon zu erwähnen, nicht mal die Briefmarkensammlung. Ich musste es ihr schwören.

Und dann? fragt Roberta.

Nichts. Die Nonna stellte bei Gelegenheit den Ordner zurück. Wir haben nie mehr darüber gesprochen. Doch es blieb etwas Dunkles hängen über all der Zeit, die ich hier verbrachte. Ich habe es nie vergessen. Offenbar gibt es Dinge in unserer Familie, über die nur ungern gesprochen wird. Oder gar nicht. Anfangs hatte ich Bedenken, nach all den Jahren hierher zurückzukommen. Ich wusste nicht, wie es heute auf mich wirken würde.

Roberta hat noch zu tun. Jeder hat doch seine Geheimnisse, sagt sie. Meines hast du heute auch erfahren!

Hab ich das? Welches? Ich bin ziemlich perplex, aber Roberta geht ohne weitere Erklärungen.

Auch ich habe genug für heute und räume ein paar Sachen weg, decke die Säurewanne mit einer Glasscheibe, der Rest kann liegen bleiben. Im Treppenhaus begegne ich der Alten. Hat sie wieder auf mich gewartet, mir sogar aufgelauert? Ich nicke ihr im Vorbeigehen zu. Sie mustert mich. Nicht unfreundlich, aber distanziert. Sie sagt nichts, schaut mir nach, wie ich die Treppe hinuntereile. Ich spüre ihren Blick im Rücken. Dann verlasse ich das Haus und beschließe, Isabelle in der Galerie aufzusuchen, um mit ihr ein paar Termine und anderes zu besprechen.

Sie trägt heute eine andere Bekleidung, nicht das weiß

getupfte, blaue Kleid, sondern einen eng geschnittenen, gelben Hosenanzug, der ihre kastanienbraunen Haare noch besser zur Geltung bringt und sie jünger aussehen lässt. Ich berichte ihr vom Stand der Arbeit und umreiße vage die Zeitspanne, die ich noch benötige. Sie nickt, doch sie ist nicht bei der Sache. Hört sie mir überhaupt zu? Irgendwie scheint sie völlig abwesend. So kenne ich Isabelle gar nicht. Als wir ein Glas Wein trinken, fällt mir auf, wie unruhig sie ist. Sie wippt mit den Beinen, steht auf, geht umher, holt etwas aus der Kammer hinter dem Galerieraum, trinkt ein Glas Wasser.

Was ist mit dir, fühlst du dich nicht wohl?

Sie setzt sich, streckt sich, weicht mir mit den Augen aus. Woher diese Nervosität plötzlich? Dann trinkt sie noch ein Glas Wasser.

Hör mal, sagt sie, ich erwarte noch jemanden. Könnten wir das auch morgen oder später besprechen?

Klar. Können wir.

Bist du auch am Konzert?

Das überrascht mich. Warum fragt sie das, jetzt? Das Problem meiner unpassenden Kleidung muss ich auf später verschieben. Als ich mich zum Gehen wende, kommt mir unter der Tür der junge Typ entgegen, den ich in der Druckerei gesehen habe. Die Aushilfe. Der Mann hinkt leicht, und jetzt erinnere ich mich an seinen Namen. Mehmet. Er ist auf dieses Zusammentreffen nicht vorbereitet, so wenig wie ich, hat sich aber schneller gefasst und grüßt mich jovial, fast herablassend. Er grinst. Dieser arrogante Schnösel! Wir drücken uns im Türrahmen aneinander vorbei.

Er macht ein paar Besorgungen für mich, höre ich Isabelle im Hintergrund. Er arbeitet nicht jeden Tag bei Gianni. Manchmal kann auch ich ihn hier ganz gut gebrauchen. Das tönt fast trotzig von ihr. Den letzten Satz hat sie mehr gerufen als gesagt, denn ich bin bereits draußen auf der Gasse.

Es geht mich nichts an, aber ich ahne, dass Mehmet diese Rolle besser gefällt als das Zuschneiden von Gaze und anderer Hilfsdienste in der Druckerei. Isabelle hat offensichtlich auf ihn gewartet, und ich war zur Unzeit da und im Weg. Vielleicht begehrt sie ihn sogar. Mir egal. Da schmeißt sie sich aber an einen ran! Ich bin nicht blöd. Mehmet hat sich hereingedrängt und getan, als gehöre die Galerie bereits ihm. Oder eher die Frau. Nichts Unterwürfiges ist mehr an dem Typen wie bei Gianni. Eher hämisch. Das Begehren, die Aussicht auf Erfolg beim andern Geschlecht, verändert offenbar den Menschen. Sofort. Seinen Gesichtsausdruck, die Haltung des Kopfes, die Bewegung der Hände, den Geruch des erregten Körpers, den plötzlichen Schweißausstoß. All das hab ich unter der Tür blitzschnell wahrgenommen. Auch ein gänzlich Unbeteiligter würde mit den Augen und der Nase diese Veränderungen feststellen, noch bevor es die Akteure selber bemerken.

Wenn es sich das erste Mal regt, das Verlangen, wenn es unvermittelt über einen hereinbricht, wird es als das empfunden, was es von Anfang an meint: das Gegenüber zu besitzen. Dieser heftige Wunsch, körperlich zu berühren, ist nichts als das Verlangen, den andern irgendwie in die Hand zu bekommen. Ihn zu haben. Diese Mühe machte ich mir nicht. Doch ich registrierte es bereits verwundert am ersten Abend, als Isabelle mir mit der Hand durchs Haar fuhr. Es war nicht nur aufregend. Es war besitzergreifend. Und es tat gut. So ließ ich es geschehen.

Später, wenn das Verlangen sich wandelt, wird es zum Wunsch, gebraucht, genommen zu werden, sich im heiß Begehrten zu verlieren. Ist nicht jeder Vorgang einer Berührung sexuell aufgeladen, mehr oder minder? Ich leg ihr die Hand auf den Arm. Auf die Schultern. Ich schließe sie in die Arme, neige den Kopf, schiebe die Hand unter ihre Jacke. Die Haare, die Zähne, die Lippen, die Haut reagieren auf die Wärme, die Ausdünstung des Fremden, den Schweiß. Ein Schauer durchrieselt den Körper. Auch wenn verschiedene Stoffe, Pelz und Haut, Lippen und Haar, Zähne und Fleisch, Metall und Blut miteinander in Kontakt kommen, wird es zu einem Akt der Berührung. Das Gesicht strahlt dann einen Ausdruck versunkener Konzentration aus, von Offenheit, Kraft, von geiler Laszivität, Verletzlichkeit, Entschlossenheit, ja Leidensbereitschaft. Alles gleichzeitig. Ein nicht unähnlicher Ausdruck liegt in den Augen der Tiere beim Geschlechtsakt. Und beim Töten. Er schwankt zwischen Genuss und Schmerz, Leidenschaft und Zaudern. Ein Gefühl ganz ohne Schuld. Die absolute Reinheit.

Als ich auf die Gasse hinaustrete, schlägt mir die feuchte Hitze des vorgerückten Nachmittags entgegen. Die Menschen sind unterwegs. Irgendwie ohne Ziel, scheint mir. Sie sind sich fremd, wie nur Tiere sich fremd sein können.

Wie wandernde Herden, zwar einander nahe auf ihrem Gang durch die Gassen der Stadt und doch unendlich fern. In der Hitze der Savanne, auf Nahrungssuche, unterwegs zur Tränke. Immer auf dem Sprung, auf der Lauer.

Warum muss ich immer an Afrika denken, wenn ich hier bin? Vielleicht hat es mit dem Lichteinfall zu tun, der gespeicherten Wärme, die der Boden abends zurückstrahlt. Vielleicht auch liegt es am Gemenge der Menschen, als seien sie auf einem unendlich langen Weg zu sich selbst, vor dem endgültigen Hereinbrechen der Tropennacht, immer bereit zu fliehen oder endlich genommen, gerissen zu werden, Gewalt auszuüben. Lust, Sexualität in ihrer absoluten Schuldlosigkeit. Denn in dieser Welt, so wie sie ist, verheißt Sexualität Vollkommenheit. Nicht Liebe, die nichts als ihre ursprüngliche Grausamkeit kaschiert. Und meistens schlecht. Die Menschen lächeln, zeigen die Zähne und verbergen ihren geheimsten Wunsch. Doch ihre Gesichter sind erleuchtet und offen, eine klaffende Wunde. Sie bieten sich dem Fremden, ihrem Sehnen nach Begehren und Begehrtwerden mit einer fast religiösen Ausschließlichkeit und Wahrheit dar. Sterbende in ihrer klarsten Stunde. Nur, die Haut und das Fleisch des fremden, ersehnten Körpers ist nicht das erträumte Ziel, sondern nur der Aufbruch in eine andere, geahnte Ewigkeit, ein Aufbruch ins Universum.

Morgen werde ich mich endlich um meine neue Kleidung kümmern müssen. Morgen.

Bald ist Wochenende. Am Freitagabend wird das Konzert im großen Musiksaal stattfinden. Versprochen ist versprochen. Ich werde also hingehen müssen, das, scheint mir zumindest, bin ich Roberta schuldig. Etwas Anständiges anzuziehen habe ich aber immer noch nicht. Ein Blick in meinen Koffer erübrigt sich. Da ist nichts Feines drin. Die männlichen Konzertgänger tragen doch sicher alle irgendetwas Dunkles, wenn sie ins Konzert gehen. Ich bin unsicher, aber wahrscheinlich passe ich in meinen hellen Sommerklamotten nicht so recht an diesen Ort der kulturellen Erbauung. Es sähe extrem salopp aus und negativ auffallen möchte ich nicht, schon ihretwegen, denn sie wird sich festlich kleiden. Das lange Schwarze wie die andern im Orchester.

Ich kann nicht wählen, ich muss mich also in verhasstes, luxuriös Textiles stecken und mich so den Blicken, dem Erkennen und dem Taxieren der Leute preisgeben.

Ist es das Zusammenspiel von Kleidung und Bestimmung der Person durch ein außergewöhnliches Kleid? In ganz besonderer Weise versetzt es mich zwar in die Lage, für ganz kurze Zeit ein Anderer zu sein, und zugleich bleibe ich ein Gefangener der Tradition, der Konventionen. Das ist die auffälligste Verbindung der Verkleidung mit einem festlichen Anlass, die stille Übereinkunft, dass es so sein muss. Bei Männern unseres Kulturkreises geht das meistens nur in feierlichem Schwarz. Das senkrecht gebügelte Schwarze steht in untergründigem Gegensatz zu den wilden Farben eines Festes – da wäre ich ein Rabe unter Flamingos, aber für ein Konzert ist es okay. Und doch empfinde ich's als zielgerichtete Verstellung, eine Rolle so zu spielen. Sie hat jedoch ihre Grenzen, denn die Verkleidung lügt nicht. Ich selber weiß immer, wer dahintersteckt. Ich bin ich. Bleibe im Innersten die Person, die ich schon immer war. Höchstens, dass ich mich unwohler fühle oder überdreht oder besser, wenn ich es weit genug treibe.

Gestern tigerte ich deshalb den ganzen Nachmittag unten durch die Stadt, paradierte gassauf, gassab vor den einschlägigen Geschäften. Berühmte Modehäuser mit klingenden Namen gibt's hier offenbar mehr als alles andere. Wie in jeder Stadt, die ins Blitzlicht der Finanzmärkte geraten ist. An den Schaufensterauslagen mit den Designerstücken guckte ich mir die Augen aus dem Kopf und konnte wenigstens ein Paar halbwegs passende Schuhe, italienische Mode, ergattern, die vom Preis her gerade noch drin lagen. Mit der Abendgarderobe gestaltete es sich schon schwieriger, die Preise bewegten sich in Kategorien jenseits meines geringen Budgets. Ein einziger Anzug, der mir auf den ersten Blick gefiel, hätte mich ruiniert. Es war ein dezent dunkler mit einem Schimmer von Grau drin, sehr leichter Stoff und sehr teuer, doch ein paar Anpassungen wären nötig gewesen. Im Sommerausverkauf liegt das zeitlich offenbar nicht drin, bedeutete man mir mit großem Bedauern. Ich wollte es erst nicht glauben und insistierte, versuchte es mit Charme, appellierte an das gefährdete Renommee des Geschäfts, wenn sie mich ohne dunklen Anzug wegschickten, aber ich konnte nichts ausrichten. Die Verkäuferin zuckte mit den Schultern, es wurde ihr peinlich, meine Person tat ihr offensichtlich leid. Sie schwieg, verschwand im Hintergrund durch eine Tür und ließ den Chefverkäufer die Sache ausbaden. Der gewiefte Rayonchef versuchte mich mit seinem öligen Wortschwall auf später zu vertrösten, versprach mir Extras, aber ich brauchte den Anzug sofort. Ziemlich verärgert verließ ich das Geschäft. Sie haben einen Kunden verloren! sagte ich, über die Schulter zurückgewandt, war mir aber nicht sicher, ob das den gewünschten Eindruck hinterließ. Eher war er froh, mich losgeworden zu sein.

Isabelle weiß um das Problem. Roberta hat's ihr bereits gesteckt. Ich bin damit vorhin bei ihr hereingeplatzt. Sie steigt aber nicht auf meine Empörung ein. Drum setze ich mich etwas beleidigt an den gedeckten Frühstückstisch. Es duftete bereits im Korridor nach Kaffee und frischem Brot, kaum hatte ich meine Kammertür ganz geöffnet. Sie hat heute außerdem Croissants aufgebacken und Kastanienhonig bereit gestellt. Ich zeige ihr die erstandenen Schuhe, stolz auf meinen Geschmack, denn sie findet sie auch sehr modisch. Aber diese Schuhe ohne einen entsprechenden Anzug, das geht nicht.

Warte doch mal! meint sie, wir werden eine Lösung finden, sicher. Ich habe noch ein paar schöne Sachen von Papà. Wir schauen nachher bei mir im Schrank nach, was sich da entdecken lässt. Vielleicht hat's etwas darunter, das dir wie angegossen passt. Und sonst, für den einen Abend geht das zur Not, greife sie selber zu Schere und Nadel, verspricht sie und fügt an, sie wisse selbst auch noch nicht, was sie für den Abend anziehen werde. Nichts Großartiges, Pompöses, denn sie werde direkt von der Galerie kommen.

Wir treffen uns dann am besten vor dem Konzert im

Entree. Außer, und das sagt sie mit neckischem Unterton, begleitet von einem hinreißenden Augenaufschlag, du möchtest mich in der Galerie abholen. Doch, das würde mich freuen! Es geschieht nicht oft, dass ich von einer eleganten, männlichen Person abgeholt werde. Sie lächelt unergründlich.

Das hat sie charmant hingekriegt. Wir werden also zusammen hingehen wie ein stolzes Elternpaar, das am illustren Auftritt und am künstlerischen Erfolg der Tochter teilnimmt, sie an den Event begleitet und sich gelassen unter die Konzertbesucher mischt.

Nachher führt sie mich in ihr Zimmer, öffnet einen der Schränke und zeigt mir die Anzüge ihres Vaters, die sie hier aufbewahrt. Sie hängen an Bügeln an der Kleiderstange, nach ihrer Art in einer Reihe geordnet, in dünnes Plastik gehüllt – Rabenvögel, auf einen rechten Brocken wie mich wartend – daneben, als Kontrastprogramm, aus der Mode gekommene farbige Sachen von ihr. Isabelle sucht ein Paar schwarze Hosen ihres Vaters heraus und reicht sie mir.

Probier die mal an! Und das hier auch. Sie drückt mir einen Veston in die Hand, den Sakkoaufschlag mit Samt überzogen. Eine Weste? Ja?

Nicht unbedingt. Aber lass mal sehen. Ich lege alles sorgfältig über den Arm und verschwinde damit in meinem Zimmer.

War da nur ein Bett bei ihr drin? Aus dem Augenwinkel ist es mir aufgefallen. Oder täusche ich mich? Alles moderne Möbel, helle Gardinen. Die Gedanken schweifen. Wie leben die zwei zusammen, ihr Partner und sie? Wie stehen sie überhaupt zueinander? Jeder hat offenbar seinen eigenen Raum. Stimmt, das Zimmer, das zwischen meinem und dem Salon liegt, wird es sein. Na, kann mir ja egal sein. Nein, eigentlich geht es mich gar nichts an.

Vor dem Spiegel probiere ich die Hose an. Vielleicht ist sie ein Weniges zu lang, aber im Bund sitzt sie perfekt. Ich suche mein einziges weißes Hemd hervor und schiebe es in die Hose. Das Gilet lasse ich besser. Das Jackett ist ein Traum. Ich hab noch nie so was Feines, Weiches getragen. Könnte es mir auch gar nicht leisten. Maßkonfektion. Zwei legere Knöpfe schließen das Jackett und betonen perfekt meine Taille. Sehr elegant. Ein prüfender Blick in den Spiegel, von vorne, von hinten, von der Seite, ein paar Schritte, Wendungen – ich gefalle mir, echt.

Künstler und Kellner, wie Ganymed, Götterbote und jugendliche Heilsgestalt. In dieser Rolle sähe ich mich gerne. Meine Affinität zu dieser Doppeldeutigkeit ist nicht weit hergeholt, denn diese zwei Posen liegen, unabhängig und nur von den Äußerlichkeiten her betrachtet, nicht sehr weit auseinander. Beide, Kellner und Künstler, spielen ihre schillernden Aspekte als Boten zwischen den Welten, einerseits als Sklave der Gesellschaft und Diener der Götter, aber auch als Vertrauter und auserwählter Mundschenk der Olympier, Hofnarr und Geliebter des Zeus – ein Mythos. Kein Wunder, dass Ovid in seinen Metamorphosen diese antike Geschichte einer Verwandlung erzählt. Auf römischen Gräbern hat man die Gestalt des Götterlieblings als Symbol für die Erhebung der menschlichen Seele über das Irdische gefunden. Und in meiner Stadt ziert sie auf einem Sockel, mit Zeus zu Füßen, in einen Adler verwandelt, der ihm aus der Hand zu fressen scheint, die Kanzel der Seeuferpromenade bei der neuen Schifflände.

Mein neues Outfit gefällt mir. Welche Rolle spiele ich nun? Ausgiebig bewundere ich mein ungewohntes Spiegelbild. Man fühlt sich wie verwandelt, wenn man so was trägt. Alles wäre plötzlich möglich. Das Baur au Lac statt der Eckkneipe. Mit den dunklen Schuhen zusammen sieht es total abgehoben aus. Wenn sich statt des Ledergürtels in einer Ecke des Schranks Hosenträger finden ließen, säße die Hose auch in der Länge wie extra für mich zugeschnitten. Aber das ginge dann nur zusammen mit einer Weste, um die Hosenträger abzudecken. Lieber also die Hosenbeine von Isabelle etwas kürzen lassen. Den saloppen Touch, den ich unbedingt beibehalten möchte, den hol ich mir, wenn ich statt der Krawatte ein kleines Tuch einstecke. Kann auch ein farbiges sein. Ein bisschen Unangepasstheit muss her und tut wohl.

Stehen dir die Sachen? Isabelle ruft von draußen. Sie wartet vor der Tür. Ist sie ungeduldig? Oder klingt da noch etwas anderes mit? Irgendetwas mit ihrer Stimme ist nicht wie immer und lässt mich aufhorchen. Eine irritierende Schwingung des Tons, höher als sonst. Als ich die Tür öffne, geht sie im Korridor auf und ab und mustert mich sprachlos. Plötzlich wird sie aschfahl im Gesicht. Langsam lässt sie die Arme zum Körper sinken. Sie starrt mich an und schluckt. Sagt immer noch kein Wort. Was ist mit ihr? Ihre Augen werden feucht. Dann wendet sie sich abrupt ab und läuft davon, in ihr Zimmer. Ich folge ihr überrascht und ratlos, aber sie schlägt die Tür vor mir zu. Und jetzt? Vermutlich hätte ich das voraussehen können. Oder sollen. Oder müssen. Das war zu erwarten gewesen nach meiner Verwandlung. Soweit sehe ich klar. Von drinnen ist unterdrücktes Schluchzen zu hören. Ich warte und klopfe leise. Mehrmals.

Isabelle! Was ist? Geht's dir gut? Tut mir leid, wenn ich dich verletzt habe. Überflüssige, dumme Fragerei. Warum suche ich eigentlich stets bei mir eine Schuld? Habe ich mich denn schuldig gemacht? Nur dadurch, dass ich einen Anzug ihres verstorbenen Vaters trage? Da ist nichts weiter, ich habe ihr nichts angetan. Sie selbst hat es mir doch angeboten! Allerdings habe ich nicht bedacht, was das Bild, ich im Anzug ihres Vaters, auslösen könnte. Nun komme ich mir seltsam vor. Als wäre ich der Täter und hätte mich danebenbenommen, in einer alten Wunde gestochert.

Von drinnen noch immer keine Antwort. Kann ich reinkommen? Ohne die Antwort abzuwarten, drücke ich vorsichtig die Klinke. Die Tür ist nicht abgeschlossen. Isabelle sitzt verkehrt rum auf einem Stuhl in der Mitte des Raumes, die Arme hängen über der Lehne. Sie zittert. Ihr Gesicht ist nass und leer. Die Haare wirr. Ein Schmerz, der sie irgendwie von tief innen her verstört hat. Die Hände flattern, sie hat sie nicht unter Kontrolle. Es schüttelt sie. Ich gehe zu ihr hin, lege eine Hand auf ihre Schulter. Sie weist mich nicht zurück. Langsam fasst sie sich, wird ruhiger.

Was war das? Betreten. Warum hat es dich so getroffen?

Ich suche einen Stuhl, finde aber keinen. Stockend beginnt sie zu reden, mit tonloser Stimme, macht lange Pausen, hält den Kopf gesenkt.

Du gleichst Papà. Endlich ist aus ihr herausgebrochen, was lange zurückgehalten wurde.

Aha. Das ist es also. Aber der Anzug allein kann es kaum ausgelöst haben. Das muss tiefer liegen. Vermute ich richtig?

Ja, ja. Nicht nur dein Aussehen ist es, fährt sie fort. Auch deine verdammte Art. Alles gleitet irgendwie an dir ab. Du nimmst das gar nicht wahr. Es scheint, als stehst du außerhalb des Geschehens. Oder darüber. Und ich hab's geahnt. Nein, gewusst. Vom ersten Tag an. Es überrascht mich nur, wie sehr du ihm gleichst.

Und was kann ich dafür?

Nichts. Aber genau so ist er in meiner Erinnerung geblieben. Ich habe ihn nicht vergessen. Nein, nie. All die Jahre seither war er anwesend geblieben. In mir. Je mehr ich's verdrängte, desto stärker wurde es. Sein Bild. Es lebt. Tief drinnen. Nicht wegen der Fotografie im Salon. Die ist verblichen. Die schaue ich auch kaum mehr an. Es ist seine seelische Anwesenheit – sie trägt und bedrängt mich gleichzeitig.

Warum denn nur, wage ich zu fragen.

Für mich war und ist er der ewig Jugendliche. Das klingt sehr seltsam. Findest du nicht? Es sind doch Jahre vergangen seither. Ich hätte das überwinden müssen. Aber das sagt sich so leicht.

Ich glaube nicht, dass wir über alles hinwegkommen, Isabelle. Die Zeit heilt Wunden – das ist doch dummes

Geschwätz. Die Zeit heilt keine Wunden, sie deckt sie nur zu. Überwunden. Geht doch nicht. Über Wunden. Ein Trauma bleibt eine seelische Verletzung, auch wenn der Anlass, der dazu führte, verkrustet, verschüttet, überdeckt wird. Wenn ich dich nach deinem Alter fragen darf?

Warum willst du das wissen? Ich bin bald einmal vierzig. Ich stelle das erstaunt fest, jeden Tag. Ich brauche keinen Spiegel dazu. Nur, die Erinnerung altert eben nicht. Das sind unsere inneren Bilder. Wir nehmen sie am Ende mit, frisch und unversehrt, wenn wir gehen müssen.

War es nur meine neue Kleidung, die das auslöste?

Auslöste? Vielleicht ja. Aber ich habs zu lange weggesteckt. Als ich dich zum ersten Mal sah, damals in der Gasse, als du die Galerie suchtest, bin ich zusammengezuckt. Irgendwas in mir klang an.

Hab ich nicht bemerkt. Du trugst einen breitkrempigen Sommerhut. Dein Gesicht lag im Schatten.

Man kann auch innerlich zusammenzucken. Die plötzliche Gewissheit, dass da jemand erscheint, der dir vielleicht den Schein der verlorenen Zeit wiederbringt, fährt dir echt in die Glieder. Plötzlich, wie ein Schemen, taucht die Gestalt des Menschen auf, den du liebtest.

Was war's denn, dass du ihn mehr als bewundertest?

Ein Joker zwischen den Welten. Das war mein Vater. Nicht einfach nur jung, bloß unnachahmlich leicht. Meine Mutter hasst ihn deswegen noch heute. War er leichtfüßig? Ja, sicher. Überheblich manchmal. Arrogant gegen andere. Vielleicht sogar unmoralisch? Egal. Ließ er die andern seine

Anmaßung, seine Kraft spüren? Möglich, dass es so gewesen ist. Isabelle ringt nach Worten, die zu erklären vermögen, was zu erzählen sie drängt.

Aber dieses eigene, betörende Bild seiner echten oder gespielten Leichtlebigkeit, das war seine ganz eigene Art der Arroganz – ein Wahnsinn, das! Isabelle lässt den Satz im Raum nachklingen. Sie wartet, spürt der Wirkung nach, nimmt den Faden wieder auf. Seine ungebundene, freche Nonchalance gegenüber den täglichen Zermürbungen! Seine umwerfende Lebensfreude als Antwort auf die für alle abfallenden Beleidigungen des Lebens – dem bin ich stets hinterhergelaufen. Das war eine Art Sucht. Ich hatte nur ihn in der Stadt. Andere Männer ließ ich nicht an mich heran. Sie hätten es schwierig gehabt mit mir. Niemand entsprach meinem gehüteten Bild. Konnten sie gar nicht, denn ich gab ihnen keine Chance. Sie ließen mich kalt. Und jetzt sehe ich ihn wieder vor mir stehen! Durch dich. Ich hätte mich darauf vorbereiten müssen. Ich hätte mich schützen sollen.

Siehst du nicht etwas in mir, das vielleicht gar nicht so ist, das du eher hineindeutest? Ich merke, ich möchte nicht in den Sog ihrer Erzählung geraten und dem Bild entsprechen müssen, das sie sich von ihrem Vater, von mir und von sich selber macht. Ihr nicht verfallen. Ich hab keine Lust drauf. Soll sie doch einem Toten nachtrauern! Eh nicht mein Ding.

Isabelle hält einen Moment inne, nestelt an ihrem Kleid, fährt sich durch die Haare. Dazwischen mustert sie mich. Es sieht aus, als ob es ihr schwerfallen würde fortzufahren.

An all jenen Abenden der Woche, wenn ich nach meinen

Musikkursen und Übungsstunden früher fertig war, ging ich zu ihm ins Hotel. Ich trug dann die blaue Bluse, die ich von ihm zu meinem Geburtstag erhalten hatte. Wie ein Erkennungszeichen meines geheimen Einverständnisses und um ihm eine Freude zu bereiten.

Blau steht dir gut. Du hast sie ja immer noch.

Es ist nicht mehr dieselbe, nur ähnlich. Ich wartete oben im Vestibül des Restaurants, bei der Garderobe, bis er seinen Dienst beendet hatte. Ich wusste ja, an welchen Tagen er früher dran war mit dem Abendservice. Von Weitem sah ich ihm zu, wie er zwischen den Tischen durchging. Eleganz? Ist zu wenig. Seine Bewegungen hatten etwas rhythmisch Anmutiges. Die Arbeit war bei ihm nie nur das eine. Er ließ sich von ihr nicht kleinkriegen, er lebte sie. Das verlieh ihm die Aura eines Unverletzlichen.

Er war ein Künstler, ein Magier, der die Welt um sich herum und die Menschen verzauberte und zurechtbog, wie es ihm beliebte. Die kleinste Kleinigkeit formte er nach seinem Willen, gab ihr Sinn, Bedeutung und Würde. Wenn er sich umwandte, sah es aus, als nehme er aus dem Unsichtbaren ein Ding, stellte es an seinen richtigen Platz, rückte hier an einem Besteck, da an einem Glas, ordnete neu, gab einem Gast Feuer und erntete stets einen dankbaren Blick. Er reichte den Wein, fasste den Stuhl und rückte ihn zur Seite, wenn jemand sich erhob. Er lächelte zuvorkommend, half hier einem Gast sich zurechtzufinden, wechselte dort ein paar Worte, wenn er einem andern seine Aufmerksamkeit zukommen ließ, anerkennend im Tonfall, mit strahlendem

Gesicht. Für ihn schien das Leben ein Spiel. Dabei machte er auf mich den Eindruck, als werde er gar nicht müde. Diese gleichsam rituellen Vorgänge reizte er wahrlich aus. Er beherrschte sie so perfekt in seiner zuvorkommenden Gelassenheit, dass sie etwas Schwebendes und doch Grandioses an sich hatten.

Isabelle erzählt stockend. Sie wird mit jedem Satz ruhiger. Die Bilder aus der Tiefe verlieren langsam ihre quälende Macht. Doch ihre Stimme klingt immer noch aus einer unendlichen Ferne, die zu erreichen mir unmöglich ist. Sie erzählt jetzt sogar mit abweisendem, fast strafenden Unterton. Ich fühle mich durch ihre Direktheit wie auf die Seite gestellt, gemaßregelt.

Die Angestellten erkannten mich und meldeten es ihm jedesmal. Emile, deine Schöne ist hier! Sie sprachen seinen Namen französisch aus. Dabei betonten sie «deine Schöne» so, als wäre ich seine Geliebte. Er kam dann kurz zu mir her und meinte, es lohne sich nicht auf ihn zu warten, es werde heute sicher spät, oder er sei gleich fertig, müsse nur noch den Tronc, das Trinkgeld abrechnen. Seine Gäste brachen nach und nach auf. Sie verabschiedeten sich herzlich, drückten ihm die Hand. Das Abtischen und Aufräumen überließ er an diesen Abenden den Kellnern der Brigade.

Vor dem Hinausgehen standen die Gäste wartend im Vestibül bei der Garderobe. Ich lehnte mich unterdessen halb sitzend an die Kante eines Beistelltisches, bemüht, dem Servicepersonal nicht in den Weg zu geraten, und blickte in Gedanken versunken auf die herumstehenden Personen, die mir eigentlich gleichgültig sein konnten. Ich sah sie zwar, doch mein Blick ging durch sie hindurch. Ich wartete ungeduldig auf ihn, dass er seine letzten Verrichtungen und Verpflichtungen beendete.

Die Leute nahmen ihre Schirme, Jacken, Hüte, Seidentücher und Mäntel in Empfang. Dann erhob ich mich dienstfertig. Sie sollten endlich gehen! Ich reichte ihnen wie selbstverständlich die bereitgelegten Kleidungsstücke vom Garderobentisch und auch die männlichen Gäste hatten jetzt überhaupt nichts dagegen, wenn ich ihnen in den Mantel half. Die Damen standen schon schwatzend unter der Tür, während ihre männliche Begleitung noch versteckt ein Münzenstück oder einen Geldschein in der Hand bereitmachte und mir beim Gehen das Trinkgeld in die Brusttasche meiner Bluse steckte – die sich exakt am rechten Ort befand – verstohlen, damit es ihre Frauen nicht bemerken sollten, begleitet von plumpem Streicheln und Drücken mit den Fingerkuppen, oder sie ließen es in der breiten Gesäßtasche meines Jupes verschwinden, nicht ohne mit der schlaffen Hand wie nebenbei meine Porundung nachzuzeichnen.

Das hast du dir alles gefallen lassen? Ich musste über das Verhalten meiner Artgenossen schmunzeln.

Hör zu, fährt Isabelle fort, ich hatte absolut nichts dagegen, wirklich nicht, denn das waren für mich nur kleine, belanglose Dienstleistungen gegen nicht zu knappes Entgelt. Ich freute mich sogar über diese harmlosen, versteckten Zudringlichkeiten, die mich sexuell überhaupt nicht stimulierten. Sie bedeuteten doch nur, dass mein jugendlicher Körper, vielleicht auch bloß mein Duft, in ihnen ein schlummerndes, unerlöstes Verlangen erweckte, ein Verlangen, über das sie nie zu reden wagten, weil ihre Gattinnen nicht mehr zustande brachten, es wach werden zu lassen. Ihre Frauen waren im Leben weitergeschritten, und vielleicht bemerkten sie sogar das vage Herüberkommen aufgesparter und nie eingelöster Wünsche ihrer Männer, gespiesen von unerfüllter Sehnsucht nach der entschwundenen Jugend. Sie konnten schon lange nichts mehr damit anfangen, waren vernünftig geworden, belächelten es höchstens und taten es als vernachlässigbare Verirrung der Natur ab, die da noch ein paar Spättriebe hervorbrachte.

Wenn wir endlich das Hotel verließen, mußten wir schauen, dass wir noch die letzte Funiculare erwischten. Ich hängte mich bei ihm ein, wir liefen durch die Gassen, doch beim großen Brunnen drehten wir wie immer ausgelassen eine Runde, lachten, spritzten einander an wie Verliebte und wenn dann die Bahn doch weg war, hatten wir die breiten Treppen vor uns, die hinaufführten in unser Viertel. Manchmal blieben wir stehen und schauten zurück auf die Stadt, die sich zum Schlafen anschickte und uns ein paar müde Seufzer hinterherschickte.

Hier setzt Isabelle eine Pause. Sie zögert.

Alessandro, du wirst es nie kapieren, meint sie. Aber darüber schweigen sollst du. Versprich es mir! Vorwürfe oder gar psychologische Belehrungen brauche ich keine. Schon gar nicht von dir.

Keine Bange, Isabelle. Ich bin kein Apostel einer heilen Welt.

Sagt dir «Zärtlich ist die Nacht» etwas?

Nein. Nie gehört.

Es ist ein Roman.

Kann sein. Ich kenne ihn nicht. Nie gehört. Ich weiß natürlich, was es heißt. Aber was es bedeutet, kann ich nur ahnen. Ich verkneife mir ein anzügliches Grinsen.

Nichts ahnst du! In einer dieser Sommernächte stand ich am offenen Fenster in meinem Zimmer. Ich war noch in den Kleidern. Die Tageshitze hatte sich in den Ästen und Blättern der Bäume nur langsam verflüchtigt. Der Garten lag im Dunkeln. Im Himmel über der Stadt schien ein diffuses Schimmerlicht. Sterne waren keine zu sehen. Als er hereinkam, leise, wie er es an vielen Abenden getan hatte, um zu schauen, ob ich schon schlief, drehte ich mich nicht um. Ich roch sein Acqua di Parma, ein flüchtiges, teures Parfum, als er die Arme um mich legte.

Und? Atem anhalten. Auf ihr Bekenntnis bin ich nicht vorbereitet. In Gedanken betrachte ich das Puzzle, das ich mir von seiner Gestalt zurechtgelegt habe. Zusammengesetzt aus der Fotografie im Salon und den bisherigen Schilderungen ihres Lebens mit einem Idol. Ich versuche, es mit dem in Übereinstimmung zu bringen, was mir Isabelle eben erzählt.

Ja, siehst du, die Wahrheit ist, ich habe auf ihn gewartet. Viele Abende jenes Sommers habe ich darauf gehofft, dass er sich zu erkennen gibt. Mir allein. Und bitte, alles, was du je darüber gelesen hast, zu wissen meinst und zu verstehen glaubst – vergiss es. Sofort! Es bleibt ein Geheimnis. Es lag über mir wie ein Bann.

Mir war kalt und doch glühte ich am ganzen Körper. Mehr gibt es nicht hineinzudeuteln. Weißt du, was es heißt, von einem aus der Ferne geliebten Menschen plötzlich berührt zu werden? Ohne Befürchtung vor Beschimpfungen, ohne Schmach, ohne Angst, etwas falsch zu machen oder belächelt, kritisiert oder verhöhnt zu werden. Nicht zu genügen? Nicht Berührung als Hilfe, caritativ wie die bestens eingeübten, unpersönlichen und meist falsch verstandenen Griffe bei einer Krankheit oder die der verfehlten, hässlichen Pose des geilen Eroberers.

Fass mich an, habe ich dort am Fenster geflüstert und führte seine Hand an meinen Busen, an die Brust, die er fest unter der blauen Bluse spüren musste. Mit dem Ärmel des andern Arms fuhr er sich übers Gesicht, als ob er alles wie einen Traum wegwischen wollte. Ich drehte mich zu ihm hin, stand ruhig in seiner Umarmung und schaute ihn an. Ich bin glücklich, raunte er, maßlos glücklich. Das kam jetzt aus einer Tiefe herauf, die mir an ihm unbekannt war. Eine ganz andere Seite seines Wesens hat sich mir in dieser Nacht aufgetan.

Und ich wünschte, mir bliebe dieses große Gefühl jenes Abends für immer erhalten, zumindest um dem lauernden, existentiellen Schmerz, der unendlichen Trauer über das Leben und der Freude daran zugänglich zu bleiben.

Er wandte sein Gesicht ab. Er weinte. Worüber, konnte ich nur ahnen. Egal. Ich spürte das Pochen der Adern an seinen Schläfen, als ich ihm übers Gesicht strich. Sie schwollen unter der Anstrengung, die Hand, bedeckt von der meinen, auf meiner Brust zu lassen um der Verwirrung Herr zu werden, die sich seiner bemächtigt hatte. Weder seine Gedanken, noch die Zunge, weder die Sprache noch sein Körper gehorchten ihm. Wir gingen zum Bett, und ich setzte mich an die Kante. Als er meine Anspannung wahrnahm, ließ er sich zu mir hinab. Am liebsten hätte er den Kopf zwischen meine Beine in meinen Schoß gelegt. Er stützte sich auf meine Knie, auf meine Schenkel, und jetzt, da er endlich etwas tun wollte, aber nicht wagte, öffnete ich behutsam für ihn meine Bluse. So verharrten wir, bis die letzten Lichter der Stadt erloschen waren, die Dunkelheit uns beide umhüllte und uns über ein scheues Reiben der Gesichter aneinander einen schwierigen Weg offenstellte.

Ich hab einen trockenen Hals. Gebannt habe ich Isabelle zugehört. War er der erste Mann in deinem Leben? Kaum ist die dumme Frage raus, bereue ich sie bereits.

Es reicht! Wie kannst du nur! Sie schüttelt verächtlich den Kopf. Du begreifst aber gar nichts! Darum geht's doch nicht. Isabelle erhebt sich und drängt mich sanft, aber bestimmt zum Zimmer hinaus.

Am Freitagabend habe ich Isabelle pünktlich zum Konzert abgeholt. Ich fühlte mich wohl im Anzug. Sie trug wieder das Blaue mit den feinen weißen Punkten. Sie sieht schön aus in ihrem Kleid, die Haare elegant zurückgesteckt, hinten von einer Perlmuttspange gebändigt und gehalten. In aufgeräumter Stimmung sind wir die Uferpromenade entlang unter den Platanen zum Kongresshaus geschlendert. Die

Wellen des Wassers ließen die befestigten Boote an den Metallpfählen reiben. Isabelle hat sich bei mir eingehängt. Gesagt hat sie nichts mehr. Nichts mehr von ihrem Vater.

Nun sitzen wir nebeneinander im Saal, etwas nervös unter all den andern Konzertbesuchern. Wir haben einen Platz in der Mitte. Sie sucht nach der Lesebrille, um das Programm studieren zu können. Der Abend ist ausverkauft. Verstohlen hält sie meine Hand. Will sie sicher gehen, dass ich sie nicht verurteile?

Roberta gehört zur zweiten Reihe der Streicher. Sie sucht uns nicht mit den Augen. Sie ist weit weg, gehört zu einem andern Körper, der kompakt aus Rhythmus und Klang besteht. Der gleiche Bogenstrich, dieselben Griffe. Sie blickt konzentriert zum Dirigenten, der das Orchester ruhig, ohne affektierte Bewegungen führt. Die Einsätze, fast scheint es so, gibt er mit den Augen. Von hier aus nicht zu sehen.

Im ersten Teil des Konzerts, bis zur Pause, erklingt die dritte Symphonie von Górecki. Isabelle flüstert mir den Namen zu. Kenne ich nicht. Sie hakt nach, aber nicht mal der volle Namen sagt mir etwas. Irgendwie fremd diese Musik. Östlich. Sie kommt breit, schwer und dunkel daher. Langsam, getragen. Die Sopranistin singt polnisch. Gewisse Worte werden fast rezitativisch wiederholt. Wovon handelt der Text? Scheint etwas Religiöses zu sein. Ich müsste den Programmzettel lesen können, um mich zu informieren, was da geboten wird. Aber meine Brille steckt in der Innentasche des Jacketts. So unterlaße ich jede störende Bewegung. Die dunkle Musik trägt mich fort. Immer weiter weg. Eine unheimliche Trauer baut sich aus den Klängen auf. Düster schweben die Tonwolken vom Orchester über die gebannt dasitzenden Zuhörer. Über drei lange Sätze hin erfolgt keine Erlösung. Nicht eine Spur von Hoffnung. Irgendwo hab ich den dritten Satz schon mal gehört. Die Musik hatte mich schon damals ergriffen. Einsam und glasklar in der Höhe die Sopranstimme, wie ein Vogel, der versucht, sich von der schweren Erde zu lösen, sich endlich aufzuschwingen, um dem vorbestimmten Tod entgegenzufliegen. Ganz am Schluss ertönt, als wundersamer Trost und vielleicht auch als Einverständnis mit dem Schicksal gesetzt, eine einfache, süßliche Melodie. Vermutlich ein polnisches Volkslied.

In der Pause stehen wir abseits des Buffets. Die gedrückte Stimmung ist noch zu spüren. Niemand von uns redet, wir hängen den schweren Klängen nach. Ich brauche kein Sektglas in den Händen zu halten, um beim Cüpli-Geplauder der andern mitreden zu können. Essen mag ich jetzt auch nichts. Reden schon gar nicht. Also stehen wir einfach da und warten, bis Roberta sich zu uns gesellt. Sie möchte wissen, wie es war. Bedrückend, aber schön, sagen wir beide. Aufwühlend. Sie nickt.

Plötzlich entsteht in einer Ecke ein Tumult. Stimmen, die nach jemandem rufen. Eine Person ist dort hinten zusammengebrochen. Zwei Konzertbesucher knien sich eilig neben die Person am Boden, öffnen ihr den Kragen und tun etwas. Mehr ist nicht zu sehen, denn die Masse der Leute hat sich dazwischen gedrängt und glotzt. Wie ein Reigen schieben sich die Leute an der Stelle vorbei. Jeder wagt, unauffällig oder ungeniert, einen Blick, bis Angestellte der Musikhalle eilig einige Paravents bringen, um das Geschehen vor den neugierigen Augen des Publikums zu schützen. Einige versuchen gar, durch die Schlitze der Stoffwände einen Blick zu erhaschen. Man bittet darauf die Leute zurückzutreten. Bald nachher erscheinen Rettungssanitäter und kümmern sich um die am Boden liegende Person.

Roberta erklärt mir den Hintergrund der Symphonie. «Je vous salue, Marie», der Beginn des Gebetes «Salve Regina, gegrüßt seist du, Königin». Daran muss ich fortan denken. So steht es auf einem der Glasfenster von Notre Dame en haut, Corbusiers Kirche in Ronchamps, die auf einem der hart umkämpften Hügel des Weltkrieges errichtet worden war. Und so stand es, mit den bloßen Fingernägeln in die Wände der Todeszelle eingekratzt von einem polnischen Mädchen, das auf seine Hinrichtung wartete. Das zum Hintergrund der Symphonie Henryk Góreckis. Ich bin stets froh um solche Gedankenstützen, vor allem, wenn ich die Wucht der eben gehörten Musik in Erinnerung behalten will. Dann schrillt die Pausenglocke. Die Person liegt noch am Boden, als die Leute sich zurück in den Saal begeben.

Der zweite Teil des Konzerts erlöst mich von aller lastenden Trauer und den düsteren Gedanken. Es folgen Stücke aus Schostakovitschs Jazz- Suite, fulminant gespielt, darunter der kleine Walzer Nr. 2 mit den synkopischen Hüpfern, den Roberta in den vergangenen Wochen eingeübt und mir vorgespielt hat. Das Orchester beginnt in verhaltenem Walzertakt. Ein Bläser intoniert die Melodie, eine Klarinette baut sie schaukelnd aus, dann setzen Streichinstrumente ein und langsam kommt die Musik in Fahrt, wie bei einem Sommer-Promenadenkonzert in der italienisch angehauchten Stadt am Ufer der Newa oder am Strand von Odessa. Dann stimmen andere Register ein, wiederholen die Anfangsmelodie. Erst das Tutti des Orchesters steigert sich mit dem Refrain zum vollen Klang, nimmt die Eingangsmelodie wieder auf, repetiert sie in den Registern und klingt aus mit einem letzten neckischen Dreher. Lang anhaltender Applaus. Als letzte Zugabe, durch frenetisches Jubeln und Klatschen herausgefordert, nochmals das Wälzerchen. Der dräuende erste Teil des Abends ist wie frisch weggeblasen. Beschwingt und glücklich erheben sich die Leute, streben dem Ausgang zu. Jetzt erst blickt Roberta zu uns. Sie lächelt und bedeutet uns, draußen auf sie zu warten. Es vergeht eine Zeit, bis sie endlich zu uns stößt. Sie kommt ohne ihr Instrument.

Wohin gehen wir? Sie wirkt energiegeladen, aufgedreht. Wir könnten ins Da Angelo gehen. Es ist gar nicht so übel.

Wir machen uns zu dritt auf den Weg. Unglaublich, wie viele Menschen nachts noch unterwegs sind. Natürlich ist bei Angelo kein Platz mehr frei. Das Restaurant wird belagert, auch die Bar ist überfüllt. So suchen wir weiter. Vor einer Pizzeria stehen Gruppen lärmender junger Männer herum. Darunter Mehmet. Wir haben ihn gleichzeitig entdeckt. Isabelle löst sich von uns und geht auf ihn zu. Sie spricht mit ihm, weist auf uns und gibt uns mit der Hand ein Zeichen. Was will sie? Uns herwinken? Ich geh zu ihr hin, frage, was jetzt sei. Sie möchte, dass wir uns den Jungen anschließen. Doch die kommen aus einer ganz anderen Sphäre und passen nicht in unseren angebrochenen Abend.

Etwas ratlos gehe ich wieder zu Roberta und berichte ihr. Ich hab jetzt keine Lust auf laute Unterhaltung, sag ich. Isabelle kannst du jetzt eh vergessen, sagt Roberta enttäuscht. Meine Mutter ist komplett auf den Typen eingeschnappt. Wir warten unschlüssig noch ein paar Minuten, versuchen sie herbeizurufen, aber Isabelle hat sich von uns abgewandt und redet und redet auf Mehmet ein, bis er ihr den Arm um die Hüfte legt, sich lachend wegdreht und sie mitzieht. Okay. Abhaken.

In der Nähe der großen Piazza vorne liegt das Ristorante Al Lago, gehobene Klasse, vielleicht finden wir auf der Terrasse einen freien Platz. Roberta hängt sich bei mir ein. Du siehst total cool aus! sagt sie anerkennend, ich hab gar nicht gewusst, dass Künstler so umwerfend elegant aussehen können! Sie schmunzelt und drückt meinen Arm.

Ich muss meine weit ausholenden Schritte verkürzen, denn Roberta trägt immer noch das lange Schwarze, das sie jetzt beim Treppensteigen behindert. Der Chef de Service empfängt uns und begleitet uns zu einem Tisch an der Brüstung. Er reicht uns die Karte. Vor uns liegt schwarz der See. Unter uns die Quaistraße. Es ist trotz des Verkehrs friedlich und immer noch angenehm warm im Freien. Ein Kellner serviert uns Weißwein und ein «amuse gueule» als kulinarischen Gruß aus der Küche.

Wochenlang war diese dritte Symphonie in den französischen und englischen Charts, erzählt Roberta. Sie ist ganz in Fahrt. Niemand wusste, warum. Gòrecki ist bei uns im Westen aus dem Nichts aufgetaucht. Plötzlich war sein Name da und nicht nur bei den Kennern. Kein Mensch hatte vorher mit dem Namen etwas anzufangen gewußt. Nicht wie bei Arvo Pärt, dessen Stücke auch von den selbst ernannten Mystikern der aktuellen Esoterikwelle mitgetragen werden. Immerhin hat Zinman in Zürich kürzlich mit dem Tonhalle-Orchester eine CD von Gòreckis Dritter eingespielt. Ich bevorzuge jedoch, sagt Roberta, die ältere Aufnahme mit den Warschauer Symphonikern. Die ist authentischer.

Kennst du «Police»? fragt sie mich plötzlich.

Nein, um Gottes Willen, das ist wahrscheinlich eine Rockgruppe oder so was. Das ist weniger mein Revier.

Ja, die mit Sting hießen so, schon möglich. Aber die meine ich nicht. Ich meine den französischen Kriminalfilm mit diesem Originaltitel, einem «film noir» mit Gérard Depardieu. Den solltest du eigentlich kennen.

Tu ich ja. Den Schauspieler mindestens.

Er spielt darin einen Pariser Kommissar, der es mit einer Drogenbande aus der Banlieu zu tun bekommt. Diese Leute stammen alle aus dem Maghreb oder aus Schwarzafrika. Er verliebt sich in die jüngere Schwester eines jugendlichen Bosses. Nachdem Depardieu in ihrem Appartement auftaucht, spielt sie ihm eine Sporttasche zu, gefüllt mit dem Geld vom Verkauf des Stoffs, damit der Kommissar die Bande in Ruhe lässt. Ihr Bruder hatte sie zur Sicherheit bei ihr deponiert. Es funkt zwischen dem Polizisten und der Dealerin. Sie schweigt zwar, aber Strich für Strich kann er mit ihrer passiven Hilfe den Verteilplan der Drogenkuriere rekonstruieren. Depardieu bumst sie beim Verhör auf dem Kommissariat. Da bleibt bei ihr etwas hängen, eine seelische Verletzung. So sollte es eigentlich nicht sein zwischen ihnen. Auch er zeigt plötzlich Gefühle und merkt, dass er menschliche Makel und Defizite hat. Depardieu als Kommissar macht, um ihre fragile Beziehung zu retten, mit ihrem Bruder ab, das Geld der Bande zurückzugeben. Einige der Gang sind nicht einverstanden, befürchten einen Polizeitrick. Das Mädchen wartet bei der Rückgabe draußen im Auto des Kommissars. Sie hat Angst. Um sein Leben. Und um ihres. Knisternde Hochspannung bei der Übergabe am Sitz der Bande. Abmachung war, man sei unbewaffnet. Ohne fiesen Hinterhalt.

Und, erinnere ich mich, sie haben sich alle dran gehalten. Nicht auszumalen, wenn nur einer falsch spielte! Das hätte eine Gewaltszene gegeben, wie wir sie von Schimansky gewöhnt sind.

Ja, und dann kommt dieser abgefuckte Polizist wieder raus und setzt sich wortlos in den Wagen. Er hat Mut bewiesen, sich allein den Typen zu stellen. Seinen Teil des Deals hat er eingehalten. Ohne Mätzchen. Er hat ihren Bruder geschont. Für sie. Vergebens. Beide wissen es. Er blickt sie an, sie schaut zurück. Sagt etwas. Es geht einfach nicht. Keine Zukunft für die zwei. Nicht einmal Trost. Nirgends. Sie steigt aus. Ohne Hast. Er weint, über das Steuerrad gebeugt. Eine dunkelgraue Betonmauer entlang, mit in Fetzen von der Wand herabhängenden Plakaten, entfernt sie sich Schritt für Schritt vom Auto. In ihrem weißen Regenmantel wendet sie sich immer wieder nach ihm um. Ihr schwarzes Haar wird zuletzt eins mit der Mauer. Sie hält unschlüssig die Schritte an, dreht den Kopf nach ihm. Am Ende leuchten nur noch der Mantel und ihr Gesicht und langsam verschwindet sie vollends in der Schwärze der Nacht. Dazu läuft dieser schwermütige, trostlose dritte Satz von Góreckis Symphonie. Jetzt weiß ich auch, warum mir der eine Satz bekannt vorgekommen ist.

Das geht gewaltig unter die Haut! sagt Roberta. Und auf diesem Weg ist er bekannt geworden, sein Name stand im Abspann.

Und wer spielte schon wieder ihre Rolle?

Dreimal raten! Sie spielt die Rolle nicht, sie ist sie!

Ja, aber wer?

Sophie.

Marceau. Stimmt. Jetzt erinnere ich mich. So was kann nur sie. Ich muss den Film unbedingt haben. Sofort. Ich hab den Streifen mal im Fernsehen gesehen. Verrückt. Mein Bruder. Ich werde nachdenklich, denn plötzlich kommt er mir in den Sinn.

Was ist mit deinem Bruder?

Nichts. Doch, halt. Aber es gehört nicht hierher.

Bist du sicher?

Lass uns zuerst etwas essen, ja? Hast du auch Hunger?

Nicht viel. Bestell du. Etwas Kleines.

Wir öffnen den Fisch, entfernen die Gräten, trinken vom trockenen Weißen. Der Fisch schmeckt wunderbar. Aromatisch ist er. Leicht. Der See glänzt glatt und dunkel. Ein paar Fischer sind in ihren Booten unterwegs, man sieht ihre Positionslampen vorschriftsgemäß beleuchtet. Die Boote liegen ruhig im Wasser. Es sind nicht mehr die flachen Barken mit den runden Dachstangen, den Bögen, die von Alters her «barche ad arcioni» hießen, auf deren bogenförmigen

Metallgestellen schützende Blachen zu liegen kamen. Diese Schiffe existieren kaum noch. Sie hatten sanfte Linien und einen nicht allzu tiefen Kiel, damit es dem Fischer möglich war, das Boot beim Auswerfen der Netze mit einem Ruder im Kreis zu bewegen.

Vor uns, auf der rechten Seite, stehen dunkel die steilen, bewaldeten Flanken des San Salvatore. Vulkanisches Urgestein, brüchig. Der Berg scheint in der Nacht zu atmen. An seinem Fuß schlängelt sich der Verkehr über die Uferstraße um die Bergflanke herum, bis sie dahinter verschwindet, um weiter vorn auf dem Damm als schwache Lichterkette der Autos nochmals aufzutauchen. Auf der andern Seite der Stadt die grellen Beleuchtungen am Monte Brè, dem Hügel am andern Ende der Luganeser Bucht. Sie wirken dagegen wie ein kitschiges, bengalisches Feuerwerk.

Roberta legt ihr Besteck kurz hin, gestikuliert, will etwas sagen, der Kellner kommt und nimmt ihr den Teller weg. Halt! Sie wehrt sich. Ich bin noch nicht fertig! Er entschuldigt sich, blickt erstaunt und stellt ihr verlegen den Teller wieder hin. Er entschuldigt sich nochmals. Sie ist sauer.

Ich muss lachen. Ich hab noch nie einen überraschteren, empörteren Gesichtsausdruck gesehen.

Was war denn das? Er hat doch gesehen, dass ich noch nicht fertig bin, meint sie entrüstet.

Ja, aber er war schon richtig mit Abräumen. Er dachte, du hättest genug – du hast ihm eben das falsche Signal gegeben.

Was hab ich? Was für ein Signal? Womit? Der wollte

doch bloß abräumen, damit er schneller fertig wird!

Sicher nicht. Ich zeige ihr, wie man das Besteck hinlegt, wenn man weiter essen möchte, und wie es aussieht, wenn man das Essen beendet hat.

Wer hat dich das gelehrt, fragt sie.

Ich kann's nicht sagen. Niemand. Ich habe mir das mit der Zeit abgeguckt. Während des Studiums, in den Semesterferien, da habe ich in verschiedenen Hotels gearbeitet. Wir hatten nicht sehr viel Geld daheim und es war angenehm, auf einem ganz anderen Gebiet sich Wissen anzueignen. Einmal arbeitete ich einen Sommer lang im Perronmagazin des Hauptbahnhofs in Zürich, tief unter dem Boden, wo sie die Zwischenverpflegungen für die Bahnhofskioske und die Getränkewagen in den Zügen vorbereiteten. Täglich hunderte von Schinkensandwiches, das längliche Semmelbrot aufgeschnitten, mit Butter bestrichen, die Schinkenscheibe gefaltet und reingelegt, Brotdeckel drauf, in Tüten verpackt. Alles mit Plastikhandschuhen angefasst, Bostitch, fertig. Das nächste.

Ein andermal war ich Kellner in einem Hotel am Fluss, habe alles gelernt, von der Pike auf. Wenn ich die Bestellung des Gastes halblaut wiederholte, mir einprägte und dem Blick des Gastes begegnete, schaute mehr Trinkgeld heraus, als wenn ich's nur kurz auf einem Zettel notierte. Das hab ich bald herausgefunden. Die Mise en place und das ganze Drumherum hatte ich schnell intus. Probleme gab's einmal, als ich den bestellten Champagner selber im Keller holen wollte und den Moët & Chandon vor lauter Vorfreude auf das Trinkgeld in der Hand schlenkerte.

Champagner! Sag mal!

Tja, nicht der Rede wert. Wir nannten es Nuttendiesel.

Beim Öffnen am Tisch hatte ich dann die Bescherung! Aber als ich begann, in der Freizeit mich unter die Gäste auf die Terrasse zu setzen, den Skizzenblock zückte und zeichnete, wurde mir das strikte verboten. Ich musste zum Chef. Das war's dann. Als kleine Rache habe ich von meinem Dachzimmer aus mit dem Zimmerkollegen ganze Serviceteile wie beim Diskuswerfen in den Fluss befördert. Wir hörten das Aufklatschen im Wasser und klopften uns lachend auf die Schultern.

So hat sich mein Weltbild verändert, im Guten wie im Schlechten. Die kleinen Dinge des Lebens, die habe ich alle nebenbei aufgelesen. Aber dir hätte es doch Isabelles Vater beibringen können. Der war ja vom Metier!

Ich hab ihn nicht gekannt, erwidert sie und zuckt die Achseln. Meine Kindheit, wenn ich sie rückwirkend betrachte, geschah ohne ihn. Man hat es mir nie richtig erklärt. Er war einfach nicht mehr da. Ich habe auch keine Erinnerung an ihn.

Aber wer er war, das ist dir bewusst?

Ja. Ich nehm's an. Ich bin nicht von gestern. Mit der Nonna kann ich leider nicht darüber reden. Sie lehnt alles ab, was ihren Mann, Isabelles Vater, betrifft. Keine Andenken. Nichts. Emilio ist aus unserem Leben verschwunden.

Und wie ist das bei Isabelle, deiner Mutter?

Sie sagt mir nichts, sie leidet. Darüber wird nicht gesprochen. Entweder wimmelt sie die Fragen ab, die ich hätte, oder sie beginnt zu heulen. Irgendwann hab ich's begriffen. Es gibt keinen Vater in meinem Leben, wird nie einen geben.

Ich erzähle Roberta, wie ich zu meinem Anzug gekommen bin. Was das auslöste und welche Rolle ich dabei nicht zu spielen gedenke. Schau mich an! Nur die Schuhe und das Hemd gehören mir. Das andere ist von ihr, das heißt, von ihm. Siehst du in mir einen Vater?

Roberta blickt übers Wasser. Nein. Von Anfang an nicht. Für mich bist du jemand Fremder. Ich möchte das so in der Schwebe belassen. Von Zeit zu Zeit gehe ich auf den Friedhof. Besuche das Grab. Auf dem Stein ist dasselbe Foto wie im Salon bei Isabelle. Er scheint nicht alt geworden zu sein. Ich weiß es nicht.

Vermisst du ihn?

Sie bleibt still.

Tut mir leid, sage ich, ich wollte nicht neugierig sein.

Lass mich einfach, sagt sie, ich komme schon klar damit.

Lange Zeit verharren wir so in Schweigen. Die Kellner räumen nun wirklich ab. Andere stehen sich die Beine in den Leib, ihre Tische sind schon lange leer. Die Chefs de Service beugen sich über die Kasse. Man möchte endlich abrechnen. Es ist spät geworden. An einigen Tischen werden bereits die Stühle hochgestellt. Nicht sehr galant und fein, aber wirkungsvoll. In Kürze sind wir die letzten Gäste. Den Espresso können wir auch unterwegs in einer Bar trinken. Wir gehen. Unsere Schritte hallen auf den nächtlichen Gassen.

Bei einer Bar unter den Arkadenloggias trinken wir stehend einen Corretto im Freien. Und noch einen. Wir plaudern über den Abend, über dies und das, über ihre Arbeit im

Orchester, über Isabelles abruptes Weggehen. Ich berichte ihr von Mehmet, und was ich von ihm halte, seit ich ihm in der Druckerei das erste Mal begegnete. Über die Szene in der Galerie, als er sich an mir vorbeidrängte. Ich lästere über seine Person, die ich bei meinem Besuch letzthin so ganz anders als in der Druckerei erlebte. Roberta zeigt sich wenig erstaunt über meine Beobachtungen. Sie erzählt, was zwischen Mehmet und Isabelle läuft.

Er bringt ihr den Stoff, den sie benötigt. Koks, klärt sie mich auf. Sie ist unruhig. In der Galerie läuft einiges. Hast du bemerkt, wie Isabelle zittert, wenn sie sich unbeobachtet fühlt?

Ich kenne das von meinem Bruder, bestätige ich ihr. Er hat stets Durst. Alkohol aber trinkt er praktische keinen. Er lebt in dieser Szene. Hab ich schon angedeutet. Das bereits seit ein paar Jahren.

Dealt der auch? Roberta fragt ganz direkt. Ich nicke.

Wie lange das mit Isabelle schon so geht, weiß ich nicht. Mehmet war eines Tages da, tauchte bei Gianni auf und fragte ihn nach Arbeit. Er behauptete, er sei Asylsuchender, aber das stimmt wahrscheinlich kaum. Er kam aus Zürich. Ich rede in diesen Sachen Gianni sicher nicht drein. Aber er ist drauf eingegangen. Ich hätte kein Vertrauen zu dem Kerl. Doch in der Druckerei macht er seine Arbeit ordentlich, obwohl er oft nicht bei der Sache ist. Und bei den Vernissagen hilft er in der Galerie aus. Was er sonst noch tut? Roberta lacht, hebt vielsagend die Achseln.

Dann bittet sie mich, ihr morgen beim Transport der zwei Matratzen vom Atelier ins Fischerhäuschen zu helfen.

Vielleicht fährt Ermanno uns hin, meint sie. Er verbringt oft das Wochenende dort. Sein Wagen ist groß genug.

Ich dachte, ihr wollt es verkaufen.

Schon. Doch es gehört Ermanno. Die Matratzen müssen da hin.

Unterdessen ist die letzte Bahn weg. Wir nehmen die Treppen. Roberta hebt ihr Kleid hoch über die Knie. Ihre Waden leuchten hell. Ich trage ihr die Schuhe nach. In den Villen längs des Weges verlöscht Licht um Licht. Die Häuser verlieren ihre Geschichten. Als wir über den Kiesweg zum Haus gehen, knirschen die Steine unter unseren Schritten. Roberta sucht unter der Lampe der Markise den Schlüssel aus der Tasche hervor.

Kaum sind wir im Treppenhaus, zerreißt ein Schrei die Stille. Wir schauen beide erstarrt nach oben. Auf dem obersten Treppenabsatz beim Zugang zum Atelier steht die Alte wie eine Furie und schüttelt wild die Hände gegen mich. Sie hat dort offensichtlich auf unsere Rückkehr gewartet. In ihrem langen Nachtgewand, die grauen Haare offen herabhängend und strähnig, hat sie sich wie eine Rachegöttin da oben hingestellt, eine helle Silhouette gegen die dunkle Öffnung zum Dachraum. Die Betthaube hält sie mit der einen Hand fest, sie ist ihr nach hinten gerutscht. Barfuß steht sie dort und schreit entsetzlich.

Emilio! Nun reckt sie die rechte Hand nach mir aus, spreizt drei Schwurfinger ab. Emilio! schreit sie, ich verfluche dich auf ewig bei den drei Heiligen Namen! Ihre Stimme, aus der Tiefe ihres rachitischen Brustkorbes und aus ihrer gequälten Seele, hat so was Dämonisches, Verzweifeltes, dass es mir kalt den Rücken runterläuft. Sie schleudert mir Verachtung, Hass und diese Flüche entgegen, die allerschlimmsten. Wir überspringen die letzten Stufen in Sätzen. Die alte Frau reißt die Augen auf, blickt mich jetzt entgeistert an, begreift nicht, wer sich ihr da nähert. Sie heult markerschütternd auf, denn sie sieht wohl in mir einen Wiedergänger aus dem Totenreich. Hat die Zeit sie verrückt gemacht? Kann sie sich wirklich so getäuscht haben? Dann schaut sie ihre Enkelin an. Ihr Blick irrt zwischen uns zweien hin und her. Sie zittert am ganzen Leib und weint.

Ruhig, ruhig, Nonna, es ist nicht Emilio. Nicht dein Mann, nicht Isabelles Vater. Siehst du? Es ist doch nur der Künstler, der diesen Sommer bei uns lebt und arbeitet. Er sieht ihm vielleicht ähnlich in diesem Anzug. Aber er ist es nicht, hörst du, er ist es wirklich nicht. Wir waren zusammen im Konzert heute Abend. Hab keine Angst mehr! Beruhige dich! Komm, wir bringen dich jetzt ins Bett. Beschwichtigend redet Roberta auf die Nonna ein, wiederholt immer wieder dieselben besänftigenden Worte, als sei die Alte ein Kind.

Hilf mir mal, sagt sie zu mir. Sie fasst liebevoll die alte Frau unter der Schulter, legt ihren Arm über sich und hält ihn fest. Ich stütze sie am linken Ellbogen, so gut ich es vermag. Sie lässt sich leicht führen und gemeinsam bringen wir sie, Schritt für Schritt, die zwei Treppen hinunter zu ihrer Wohnung, in ihr Zimmer. Sie ist schweißnass und murmelt in ihrer Sprache unverständliches Zeug. Sie blickt mich fortwährend von der Seite her an, schüttelt irritiert den Kopf, als zweifle sie immer noch. Wir schlagen die Bettdecke zurück und legen sie aufs Bett, decken sie sorgsam zu. Roberta bringt ihr ein Glas Wasser. Einen Waschlappen. Ich halte der Frau den Kopf, stütze sie, während Roberta ihr die Stirne kühlt und das Glas zum Trinken an die Lippen setzt. Langsam, Schluck um Schluck leert sie das Glas. Dann lässt sie sich ermattet nach hinten in die Kissen sinken. Roberta? fragt sie und dann fallen ihr die Augen zu. Die ganze Anspannung ist weg. Ihr Atem geht jetzt gleichmäßig.

Ich lass heute Nacht zur Sicherheit die Zimmertür offen, meint Roberta, dann hör ich, wenn etwas sein sollte. Aber ich glaube, du kannst jetzt gehen.

Auf der Freitreppe zum Garten hocke ich mich müde auf die zweitunterste Stufe, setze die Füße auf den Kiesweg, scharre mit den Schuhen in den Steinen, um mich abzuregen und rauche eine Zigarette. Mich schlafen zu legen, hätte gar keinen Sinn, ich würde mich doch nur im Bett hin und her wälzen. Ich würde mir den Kopf zerbrechen über das Erlebte, klare Gedanken zu fassen versuchen, einen geheimen Zusammenhang in der Geschichte sehen wollen, den es nicht gibt. Da ich ziemlich durcheinander bin, gebe mir bewußt einen Ruck, mich wieder einigermaßen zusammenzukriegen. Es war zuviel heute, auch für meine Nerven. Langsam aber beginne ich zu ahnen, dass dieses Haus allmählich ansetzt, seine Geheimnisse, was über die Jahre hin alles geschehen sein muss, preiszugeben.

Unwillkürlich muss ich an den Kaktus auf dem Fensterbrett in meinem Atelier denken. Eine Souvenir an meine Reise in die Staaten. Ich hab ihn aus der Wüste Nevada mitgebracht. Warum erscheint dieses Erinnerungsbild gerade jetzt? Jahrelang genügte ein täglicher Blick, einmal in der Woche besprühte ich ihn mit Wasser, ab und zu gab ich ihm etwas Dünger. Ein- bis zweimal im Jahr füllte ich Erde nach, vermischt mit Sand. Ich konnte mitverfolgen, dass er lebte, weil die Erde abnahm, langsam und unsichtbar. Der Kaktus sank immer tiefer in den Topf ein. So konnte ich verfolgen, wie sie aufgebraucht wurde. Er wuchs also wirklich, obwohl an ihm nichts sichtbar war. Lange Zeit nichts. Bis plötzlich an der Kappe sich etwas vorzubereiten begann. Die Farbe der Stacheln dort veränderte sich zu Hellgrün und eines Morgens war da ein neues Köpfchen, über Nacht gewachsen, ein schmales, neues, kleines Kaktusnadelkissen. Dann gab es Zeiten, da sackte der Kaktus in sich zusammen. Das stellte ich fest, wenn er im Lavabo wieder unter den Wasserhahn passte – der Vorgang ist wie ein Bild, auch für mein Leben, das lange Zeit vor sich hin bröselt. Die kleinen Veränderungen sind kaum wahrnehmbar. Und plötzlich geschieht etwas. Wir tun in solchen Momenten überrascht, weil wir die Zeichen nicht wahrgenommen haben.

Wenn wir unser Dasein, statt es in kontinuierlicher Folge zu leben, in großen Jahressprüngen erkennen, verarbeiten und akzeptieren müssten, wären wir eher bereit, es aus Einsicht eines Tages selber zu beenden. Denn all die Kränkungen, der Verlust der Kraft, der Gesundheit würden dann erst offenbar. Dann aber mit Wucht. Wir hätten es eben von den alten Tanten lernen können, wenn sie ausriefen: Nein, wie du wieder gewachsen bist! Dabei haben sie uns monatelang nicht mehr gesehen. Ich glaube, man erleidet alles nur so hoffnungsvoll, weil es kaum merklich geschieht, in kleinsten, gerade noch erträglichen Schritten.

Weil uns das Leben in minimalsten Giftdosen verabreicht wird, die wir gerade noch hinnehmen, mit genügend Ablenkungen und immer in der falschen Erwartung, es werde eines Tages schon wieder besser. Diese elenden, saft- und mutlosen Tröstungen, fernab jeder Wirklichkeit – wie ich das hasse!

Der Garten liegt im Dunkeln. Der Boden atmet. Die Lorbeerbüsche verströmen ihren ledernen, penetrant stechenden Geruch. Rabenschwarz stehen die Äste und der Stamm des Quittenbaumes gegen den Nachthimmel. Die Blätter grau und silbern. Sie rascheln und fächern leicht in der Nachtluft. Sterne sind keine auszumachen, der Himmel scheint ausgeräumt und leer. Hinter mir hör ich die angelehnte Terrassentür gehen. Leichte Schritte auf den Stufen.

Psst! Nicht umdrehen, Sandro! Bitte! Roberta setzt sich hinter mich, nimmt mich zwischen ihre Knie und lehnt den Kopf an meine Schultern. Mi saress innamura da ti, anca! flüstert sie.

Wärst du, oder bist du?

Ach, du ewiger Zweifler! Musst du das so genau wissen? Genügt es nicht, wenn ich es dir andeute?

Ich spüre die Wärme ihres Körpers, ihren Atem im Nacken. Mit der Nase streicht sie durch meinen Haaransatz, stupst mich zärtlich an. Sie wendet den Kopf seitlich und reibt eine Wange an meinem Hals. Dann drückt sie die Lippen auf meine Haut, legt die Arme um mich. Ich berühre ihre Hände, spiele leicht mit ihren Fingern, streichle die Arme bis hinauf über die Ellbogen, schiebe sie unter die Ärmel ihres Kleids. Nicht umdrehen, sagt sie nochmals leise. Der Duft ihrer

Haare, ihr Geruch aus den Achselhöhlen erregen mich, doch sie gebietet meinen tastenden Händen Einhalt. Danke, flüstert sie. Danke, Sandro, für alles! Schlaf gut. Bis morgen! Eine letzte Berührung ihrer Lippen, ein Hauch, dann zieht sie sich leise zurück. Ich horche ihren Schritten nach. Unbemerkt hat der Mond sich hinter einer Wolke hervorgeschoben. Büsche, Bäume und Gräser erhalten magisch Kontur.

Gestern, als wir im frühen Schein des Abends plaudernd auf dem Balkon des kleinen Fischerhauses saßen, glitten meine Blicke über die Wasseroberfläche des ruhig daliegenden Sees und folgten, ohne sich an etwas festbinden zu lassen, der jenseitigen Uferlinie und den Lichtern, die als Leuchtgirlanden sich am See aufreihten. Pfeilend und flatternd, wie der Flug der Fledermaus, entfernten die Blicke sich zu den Hügeln dahinter und in den noch blauen Himmel darüber, wo die ersten Sterne aus weiter Höhe zu blinken begannen.

Was ich an Bildern zu schaffen gedachte, hat nichts mit den Menschen und der Gegend hier zu tun. So dachte ich. Das Absurde meines Wunsches, meine bisherige künstlerische Arbeit im weiten Spannungsbogen der letzten drei, vier Jahre während meines Aufenthaltes im Süden abschließen zu können, geht mir durch den Kopf. Doch meine Bilder gehören nicht hierher. Nicht in den Süden. Ich bin weder Tourist, noch fühle ich mich als ausgewanderter und zurückgekehrter Einheimischer. Das ist zwar eine eher traurige Erkenntnis, aber mir sind Gegend und Leute hier fremd geworden. Alessandro Loretos Seele hat sich aus seiner ursprünglichen Heimat davongestohlen und anderswo ein Zuhause gefunden. Nur, jedesmal, wenn ich da unten bin, rührt etwas vom Verlorenen an dunkle Stellen, die dann aufbrechen, schmerzen und die ich dann schnell zudecken möchte. Ich habe meine Arbeitsweise zwar der neuen Situation angepasst und verfeinert. Das war nicht schwierig, doch der Zauber unbelasteter Tage ist in Gefahr, sich zu verflüchtigen.

Die Tage kommen und vergehen, alte Kontakte werden nur noch spärlich wieder geknüpft und lassen ein vages Gefühl des nicht mehr Dazugehörens zurück und aktuelle sind noch schwieriger und bleiben oberflächlich. Verwandte leben kaum mehr in der Gegend, Besuche erübrigen sich. Die meisten Freunde, die die Verbundenheit mit meinen Jugendjahren hätten wiederherstellen können, sind wie ich schon lange fortgezogen. In den Norden. Und doch fühle ich mich wohl hier. Nein, das ist kein Widerspruch, denn die Magie einer Schau des melancholischen Lichts, und das ist's, was ich stets suche, wirkt durchaus weiter.

Vor allem die Bildthemen aber haben gar nichts mit diesem Ort zu tun. Oder höchstens indirekt. Durch und durch Städter geworden, bilde ich, aus falsch verstandenen Kompensationsgelüsten des Städtischen, das mir anhaftet, auch keine Landschaften mehr ab. Südlicher Kitsch interessiert mich nicht im geringsten, und auf mediterrane Strand- und Palmenbilder, auch wenn sie wie von Dufy gemalt daherkommen, leicht und locker in hellen Blau- und Grüntönen hingetupft, reagiere ich allergisch. Eher bin ich zufällig auf achtlos aufgegebene Spuren meiner frühen Jahre geraten und dadurch von etwas berührt worden, von Geschichten, die plötzlich ausgreifen und mich unerwartet von einer Seite her attackieren, auf der ich ungeschützt bin.

Der Tag, da sich dann endgültig alles auf den Kopf stellt, wird sich allerdings nur unwesentlich von den vorangegangenen und den folgenden unterscheiden. Ein Tag wie jeder andere, aber ich hätte noch Zeit mich zurückzunehmen.

Isabelle saß an der Brüstung, Oberkörper und Kopf in einer Drehung abgewendet wie eine Statue, die man zwar gerne von vorne her betrachten würde und doch nur seitlichen Zugang findet, weil der frontale Weg durch die Haltung des Körpers verbaut ist. Sie murmelte vor sich hin und starrte dabei über das Balkongeländer auf das Wasser, so dass niemand reagieren mochte, weil es unklar war, an wen ihre Worte gerichtet waren. Unsere Gläser standen leer getrunken auf dem gewürfelten Wachstuch des Tisches. Die überall achtlos abgestreifte Zigarettenasche sog die roten Weinflecken auf und blieb am Ärmel kleben, wenn man die Arme auf den Tisch legte. Ein ungebrauchtes Messer war beim Abräumen vergessen worden. Leicht gekrümmt lag es zwischen uns auf der Tischplatte. Jeder spielte damit, versetzte es durch einen Anschubs mit den Fingern in eine Drehung und wartete, bis es stillstand. Die Messerspitze zeigte unvermittelt auf jemanden oder blieb stehen, in den leeren Raum gerichtet. Nur ein Spiel aus Langeweile, doch wenn die Messerspitze einen anvisierte, fühlte man sich bemüßigt, die irreale Attacke durch Weiterdrehen des kreisenden Messers zu parieren oder mit dem Stuhl etwas zur Seite zu rücken. Ermanno, im Zorn über den verpatzten Tag, war später mit seinem Wagen weggefahren, wahrscheinlich ins Casino jenseits der Grenze. Wir andern warteten in der hereinbrechenden Dunkelheit, ohne zu wissen, worauf.

Neben Isabelle hatte sich Mehmet, den sie mitgebracht hatte, im Stuhl geräkelt, auffällig bemüht, unablässig launig gedachte Bemerkungen von sich zu geben, um ein Gespräch am Laufen zu halten, das gar keines war. Offenbar ertrug er die Stille nicht. Er hatte das eine Bein mit seinem malträtierten Fuß unter dem Tisch ausgestreckt, das andere lässig abgewinkelt und das bewegte er unruhig hin und her. Mit der linken Hand nestelte er fortwährend zwischen den Beinen und mit der rechten gestikulierte er und spielte ungefragt seine Rolle als Animateur. Nebenbei erzählte er wahre Wunderdinge von seinem älteren Bruder, auf Türkisch nannt er ihn Abi, der ihn aus der unwürdigen Situation als Mädchen für alles bald herauslösen werde. Hinter dem Tisch, als unfreiwillige Zuhörer, Roberta und ich. Wir hielten uns bei den Händen und schwiegen und schauten aufs Messer.

Der Geruch des Sees, des Schilfgürtels und der Algenteppiche bei den Abwasserrohren stieg penetrant in die Nase. Es war ein Wochenende, das sich in seiner Verfahrenheit als Fessel um uns legte. Man hörte dem Knarren und Knirschen des Ruderbootes zu, das im Bootshaus in seiner leichten Aufhängung schaukelte und unablässig daran riss. Ermanno hatte es fest gemacht, nachdem er ohne Fang enttäuscht vom Fischen zurück war. Die leisen Wasserbewegungen verursachten ein eintönig einschläferndes Plätschern an der hölzernen Bootswand, die zwei Aufhängebügel zupften und zerrten an den dünnen

Stahlkabeln und an den Rollen an der Decke.

Über der Dämmerung des Sees erschien plötzlich der kreisende Lichtkegel des Zollbootes, stetig die Wasseroberfläche abtastend, als folge es einer unsichtbaren Spur und suche nach etwas ganz Bestimmtem. Es war die erste Abendpatrouille und unwillkürlich fragte man sich, was es da zu suchen gebe. Wir blickten hinüber, außer Mehmet, der in seinen Gedanken anderswo zu weilen schien. Es war noch nicht ganz dunkel. Die Nacht wartete hinter der Collina d'Oro, der Hügel schattete langsam ein, ohne vorerst gegen das Leuchten über dem See viel ausrichten zu können.

Waren wir glücklich? Oder nur müde vom vergangenen Tag? Nach dem Abendessen, der Tisch war noch nicht abgeräumt, blieben wir sitzen. Mehmet warf Brocken von den Tellern ins Wasser und ins Schilf am Ufer.

Lass das! Du fütterst nur die Ratten. Die huschen bei den abgebrochenen Zweigen vor dem Schilfgürtel umher. Man sieht ihre grauen Leiber, wie sie sich um die weggeworfenen Speisebrocken balgen. Ermanno schimpft leise vor sich hin.

Ich dachte, das sei gut für Hechte! wehrt sich Mehmet.

Zum Anfischen, ja, aber doch nicht so. Und kein Brot. Hechte sind Raubfische, du Dödel.

Wußte ich nicht.

Ermanno würdigt ihn keines Blicks. Er beobachtet die Wasseroberfläche. Dann geht er ins Zimmer und kommt mit seinem Kleinkalibergewehr zurück. Mehmet blickt unsicher um sich.

Keine Angst, das Gewehr ist nicht für dich! Ermanno verzieht verächtlich das Gesicht, hält die Waffe fest in den Händen und stützt sich am Geländer auf.

Schau! Er winkt mich zu sich heran, deutet wortlos mit der Hand auf die glatte Seeoberfläche. Siehst du sie? Wir lehnen uns beide über die Brüstung, er locker, ich konzentriert. Im silbernen Lichteinfall des Abends müsstest du ihre Bewegungen wahrnehmen, meint Ermanno. Immer zur selben Zeit ist sie da. Man könnte die Uhr nach ihr richten.

Ich weiß nicht, was genau ich erkennen soll. Was beobachtet er, wo ich nichts ausmachen kann, auch wenn Ermanno mit dem ausgestreckten Finger präzis auf eine Stelle hinweist und ich mit den ungeübten Augen seinem Hinweis zu folgen versuche?

Dort! Fünfzig Meter gerade aus, dann Richtung ein Uhr. Kannst du die Bewegung des schrägen Strichs verfolgen, der wenige Zentimeter aus dem Wasser ragt? Jetzt erst entdecke ich, was er meint. Eine Schlange. Sie schwimmt schnell, den Kopf leicht abgewinkelt. Ihre rhythmischen Bewegungen unter Wasser bringen sie voran, erstaunlich gradlinig und zielstrebig. Kopf und Hals aus dem Wasser streckend, sind die Auf und Abs im eigenen Kielwasser gut sichtbar. Psst! Er öffnet den Lauf, schiebt eine Patrone ein und nimmt das Gewehr locker in Anschlag. Es hat geklackt. Hat sie diesen leisesten Laut gehört? Sogleich ist sie weg, abgetaucht. Aber nach kurzer Zeit streckt sie den Kopf wieder aus dem Wasser und schwimmt weiter. Ich beobachte ihre Bahn. Ermanno legt an, zielt.

Isabelle wird laut und vorwurfsvoll. Das war absolut

geschmacklos, das mit deiner Bemerkung zum Gewehr! Lass doch das Tier! Kannst du nichts anderes als Tiere töten?

Mehmet schwatzt weiter. Er merkt nicht, dass es bei diesem Hickhack nicht um ihn, sondern um ganz andere Dinge geht, als was in seinem Kopf vorgehen muss. Ermanno versucht, über Kimme und Korn dem Tier zu folgen. Der Schuss kommt zu spät. Isabelle hat sich ruckartig erhoben. Ihr Stuhl ist rückwärts auf den Boden geknallt. Die Schlange ist untergetaucht. Ermanno hat sich uns zugewandt und blickt ungläubig zu Isabelle hin, schluckt aber, was er sagen will, hinunter. Er richtet sich auf und versorgt in stiller Wut das Gewehr in der Kammer. Bald darauf steht er in Hemd, Krawatte und Jacke unter der Tür.

Ich geh' dann mal! sagt er. Scheißabend! Und schon ist er draußen. Er schlägt die Türe hinter sich zu. Man hört den Motor anspringen. Isabelle unternimmt nichts, ihn zurückzuhalten. Mehmet glotzt blöd. Er verzieht sein Gesicht zu einem schiefen Lächeln und sieht sich wahrscheinlich als kampflosen Sieger.

Was erwarte ich von diesem Abend? Ich wünschte mir, dass das Erlebnis des Nachmittags mit Roberta sich in irgendeiner Art fortsetzt. Habe ich mich verliebt? War es auf der Bootsfahrt? Mich erstaunt die Leichtigkeit, die sich zwischen uns ergeben hat. Plötzlich stehen nicht mehr meine Arbeiten im Zentrum meiner Gedanken, sondern sie. Ich muss ihr nichts mehr erklären. Die in Aussicht gestellte Bilderpräsentation in Isabelles Galerie – ist sie es wert, nur deswegen zu bleiben? Ich bin mir da plötzlich nicht mehr sicher. Kann sein, dass die Ausstellung, um die sich bei mir bis dahin alles drehte, sogar zum Fiasko wird. Mir ist es egal. Weil Ermanno seine Verbindungen zur Geschäftswelt sicher nicht mehr spielen lassen wird, kaum meinetwegen jedenfalls, werde ich an der Vernissage vielleicht als Einziger in der Galerie stehen. Auch egal. Das beschäftigt mich im Augenblick gar nicht. Mein einziger Lichtblick an diesem Tag ist die gewonnene Vertrautheit zu der jungen Frau an meiner Seite.

Entspannt saß ich im Boot und dachte nicht mehr an die vergangenen Wochen. Ich bin mir nicht einmal im Klaren, ob ich mich im raschen Verlauf der vergangenen Tage und Wochen als selbständig Handelnden oder als Getriebenen wahrgenommen habe. Erstaunt und hingerissen betrachtete ich die schattenhaften Spiegelungen auf der Wasseroberfläche, wie sie in schnell verfließenden Bildern, hell und dunkel, durcheinanderliefen, ständig in Bewegung, ständig neue Liniengebilde hervorrufend und durch nichts aufzuhalten waren.

Während ich mit den Fingern leicht durch das Wasser strich und die tänzelnden und verzerrt erscheinenden Muster fortlaufend zerstörte, schaffte das Licht sie ebenso prompt wieder neu aus dem Nichts der Spiegelung. Eins ums andere erschien für Augenblicke, veränderte sich, kombinierte sich neu und reihte die stetig ineinanderfließenden Teile, aus denen mein Leben zu bestehen scheint, zu einer Bildkette auf, die zwar ebenso vergänglich ist, aber geschwind erzählt, wie es gewesen sein könnte. Wenn ich nur den Faden fände!

Vielleicht bin ich bisher, ohne nachzudenken, den Bruchstücken meines Lebens hinterhergelaufen, spielerisch von einem Stück zum andern eilend. Das ist wahrscheinlich diese Art von Leichtigkeit, die Isabelle meinte und mir zum Vorwurf machte. Dass alles an mir abgleite, war, was sie mir am meisten ankreidete. Nun werde ich versuchen, wenigstens die Teile im Nachhinein einzusammeln und zu einer Geschichte, zu meiner Geschichte zu ordnen, ein Ganzes herzustellen wie ein Panoramabild. Auch war ich bis jetzt eher gleichgültig den Mitakteuren gegenüber, höchstens im Verlauf des Geschehens beinahe manisch darauf bedacht, dies und das, was für alle hätte ungut enden können, zurechtzubiegen, zu verschweigen, zu vertuschen, zu glätten, zu überspielen oder aufzuhalten, oder dem Lauf der Dinge eine ungefährliche Richtung zu geben. Ungefragt brachte ich mich bei den andern in die Rolle des Erklärenden ein, warum es sich so abspielte und nicht anders, um sie zu trösten, ruhigzustellen. Auch um stets wie nebenbei zu beteuern, dass es niemals eine Frage der Schuld sei, denn die lade jeder Mensch auf sich, sobald er handle, indem er sich für dieses und damit unweigerlich gegen jenes entscheide. Aber Ordnungen haben stets die Tendenz, sich in Chaos aufzulösen. Nun denn, doch wenn ich es Drama nennte, klänge das zu stark. Eher steuert unser Leben untergründig einem Verhängnis entgegen, das wir nicht kennen und dem wir kaum ausweichen können.

Am Morgen war der Tag noch in Ordnung. Erwachen ist jeden Tag ein anderer Akt als in der Vorstellung. Ich erwachte – doch in Wahrheit bin ich verzögert ins Leben getreten, in ein Leben, das sich lange schon entfaltet hat. Wie bei meiner Geburt, die vierzehn Tage nach dem Termin stattfand – ich bin ein Leben lang ein Zuspätgekommener – alles war immer schon da. Die Kleider und Schuhe des älteren Bruders, die ich austrug, der Schatten auf der Lunge, als die Epidemien bereits am Abklingen waren, der erste Kuss jenes Mädchens, das ihn zuvor schon an andere verschenkt hatte, die Nonna, die die zubereiteten Brotstücke für mich aufaß, damit der Onkel nicht länger auf den Träumer warten musste und endlich der Kaffeegeruch aus Isabelles Küche. «Et quand je ne délire pas j'en arrive à me dire qu'il est plus humiliant d'être suivi que suivant...». Überhaupt, die Welt der Gerüche als erste Wahrnehmung! Jemand ist bereits wach und hat den Kaffee zubereitet. Vor mir. Die Helligkeit des Tages ist weit fortgeschritten – alles ist bereits geschehen, es gibt nichts dazuzufügen oder wegzunehmen. Was mir bleibt, ist, mich endlich zu erheben, ans Fenster zu treten und nachzuschauen, ob das draußen Geschaute mit der reinen Vorstellung übereinstimmt.

Wir sind zu dritt in Ermannos Buick aufgebrochen, einem aufpolierten Oldtimer mit fantastischen Beschlägen, ein pink und dunkelblau lackiertes 58er Modell, das er von Hand im Leerlauf aus der Garage rollt, als wäre es eine Staatskarosse. Am liebsten hätte er vermutlich Marschmusik dazu eingeschaltet. Pomp and Circumstance oder so, wie er es zelebriert, dieses Hervorholen des Wagens. Wenn er aufgeregt und stolz ist wie jetzt, züngelt seine Zunge vor und zurück, und mit den Händen fasst er zärtlich an das blinkende Metall.

Die zwei eingepackten Matratzen vom Dachboden werden im Kofferraum zwischen den majestätischen

Heckflossen festgezurrt, der Kofferdeckel bleibt offen, doch so weit als möglich heruntergeklappt und an der Stoßstange festgebunden. Ermanno setzt sich auf die Bank hinters Steuer, lenkt den Amischlitten, es war einer der ersten mit Servolenkung, lässig mit zwei Fingern. Roberta und ich nehmen im Fond Platz. Kurz nach Cappella Agnuzzo biegen wir von der Hauptstraße ab, die nach Ponte Tresa führt, und folgen der schattigen Uferstraße, den Kastanienhainen im Osten in Richtung Figino, Morcote, vorbei an der ehrwürdigen Casa Coray, dem villenartigen Anwesen des Kunstmäzens, entlang einer sich hinziehenden grünen Hecke aus Oleanderbüschen und der ersten Wochenendhäuschen, bis wir zum mit Platanen bewachsenen Hang gelangen, an dem seeseits versteckt das kleine Fischerhaus liegt. In meiner Jugendzeit stand es weit und breit allein auf der Höhe der Straße in den See gebaut.

Damals besaß es noch nicht einmal einen Frischwasseranschluss. Die alte Handpumpe förderte Wasser aus dem See herauf, das höchstens zur Klospülung oder zum Vorabwaschen benutzt werden durfte. Für frisches Wasser ging man mit Kesseln zu den nächsten Seeanreinern bei Carabietta, in einem oder zwei Kilometern Entfernung, die auf ihrem Boden eine Quelle besaßen und bat die Glücklicheren, die mitgebrachten Kessel bei ihnen füllen zu dürfen. Die Rückkehr mit den schweren Wasserbehältern wurde zum Leidensweg, doch die Nonna war froh, wenn es wenigstens für einen Tag zum Kochen und Trinken reichte. Am Abend nach dem Einzug gab's jeweils Pancotto, Brotsuppe, einfach, aber nahrhaft. Ein Liter Bouillon wurde aufgekocht, trockenes Brot, in Scheiben geschnitten, beigegeben und eine Stunde auf kleinem Feuer angesetzt, 30 g Butter dazu. Die Brühe von der Herdplatte weggezogen und zwei oder drei Eigelb hinein verklopft, umgerührt, abgeschmeckt und die Suppe in vorgewärmten Tellern angerichtet. Bergkäse gerieben und darauf verteilt, fertig. Die Schmerzen waren vergessen, der Hunger war gestillt.

Es gab damals noch keine Lebensmittelgeschäfte in der Nähe. Einmal in der Woche kam der Händler vorbei, der auf seinem Lieferwagen mit offener Laderampe, herunterklappbaren Seiten, das Nötigste mitführte. Er läutete vor jedem Haus eine mitgeführte Kuhglocke, um seine Ankunft anzuzeigen. Sonst musste alles Essen hergebracht werden. Ich erinnere mich an die schweren Tragetaschen, über die Schultern gehängt oder in den geröteten Händen krampfhaft festgehalten, bis sie fast am staubigen Boden nachschleiften, und wenn wir das Regionalbähnchen bei Cappella Agnuzzo verlassen hatten und auf dem Hinweg beim Hof von Zia Nicoletta den ersten Halt einlegten, kamen noch frische Eier dazu, obenauf gelegt, außerdem frisches Gemüse und weiße Tessinerbrote.

Wir parken den Wagen vor der Garage, die in den Hang eingelassen ist und tragen zu zweit die Matratzen zum Haus. Ermanno weist uns auf die schlafende Kreuzotter unter dem Trittstein hin, öffnet die Tür, holt den Bootshausschlüssel vom Brett und führt uns außerhalb des Hauses die steile Treppe zum Bootshaus hinunter. Hier ist, seitwärts über dem Wasser und dem Boot, eine kleine Kammer für Gäste eingerichtet, und hier laden wir die Matratzen ab. Roberta bringt frische Wäsche und macht die neuen Schlafstellen bereit. Ich werde also die Nacht in diesem Raum verbringen. Ein Fensterchen lässt etwas Luft und Licht ein.

Ermanno hat unterdessen Wasser für einen Kaffee aufgesetzt. Wir setzen uns auf den Balkon. Er möchte das Wochenende wieder einmal mit Fischen verbringen. Er deutet auf die vielen Angelruten, die im wirren Durcheinander der Silchfäden an der Decke hängend aufbewahrt werden. Fischerruten in allen Längen und Arten. Hier müsse er zuerst einmal Ordnung schaffen, das ganze Gerät wieder aufrüsten, meint er, bevor er überhaupt ans Fischen denken könne. Das Boot brauche er darum erst gegen Abend. Außerdem werde er noch eine kleine Einkaufstour ins Nachbardorf machen. Er holt alle seine Utensilien aus der flachen Truhe, die als Sitzbank und Ersatzbett dient und hinter dem Tisch in der Küche steht. Er setzt sich damit ins Freie und beginnt zu arbeiten. Roberta räumt den Tisch ab, dann gehen wir ins Bootshaus hinunter und machen das Boot klar. Wir fahren zu zweit hinaus.

Die glatte Wasseroberfläche spiegelt die Wolken eines hellen Tages und den sanften Hügelkamm der Collina d'Oro.

Dort oben, deute ich mit der Hand, in Agra, am Sasso delle Parole, das war die ehemalige Deutsche Lungenheilstätte. Du kannst sie von hier aus knapp erkennen. Heute ist es nur noch eine Ruine, jedoch ein gesuchtes Fotosujet. Von dort sind die Liegebetten, die ihr habt. Mein Onkel erstand sie, bevor die Klinik endgültig einging. Sie war lange Zeit vor und während des Krieges ein Nazi-Zentrum.

Das hat man durchgehen lassen?

Offenbar. Die Klinikleitung wurde erst nach dem Krieg auf höheren Befehl umstrukturiert. Doch in der Zeit davor war es ein Wespennest der Partei. Leitung, Ärzte und Pflegepersonal gehörten der NSDAP an und es kam vor, dass die Pflegerinnen auf dem Siesta-Spaziergang das Horst Wessellied sangen. Kannst du dir das vorstellen, auf dem Gebäude wehte sogar die Hakenkreuzfahne! Und mein Onkel lieferte für ihre Küche die Fische, die er fing.

Roberta reagiert nicht. Für sie liegt das alles viel zu weit zurück. Vor ihrer Zeit. Sie hat keine Beziehung dazu. Geschichte? sagt sie, das ist tiefste Vergangenheit – sie berührt sie kaum, höchstens in Filmen.

Ich erzähle ihr noch ein kleines Erlebnis aus meiner Kindheit, als ich fast ein Jahr im Lungensanatorium bei Davos verbringen musste. Eine Szene davon ist mir besonders in Erinnerung geblieben. Als ich auf dem gemeinsamen Spaziergang willentlich eine Schnecke mit dem Schuh zerstampfte, wurde ich zur Strafe am Sonntagnachmittag, während die andern spielten, in die Liegehalle befohlen. Zwei Stunden Schweige-Liege, obwohl noch andere Missetäter diese Strafe befolgen mussten. Alles Kinder wie ich und kein Wort durfte gesprochen werden. Eine Schwester saß auf einem Stuhl, las ein Buch und wachte über das Einhalten des Gebots.

Wir haben die Ruder eingelegt. Wenn wir uns über das Geländer des Ruderbootes beugen, verliert sich die Uferlinie in smaragdgrünen Tiefen. Ein Schwarm greller Sonnenbarsche flitzt davon. Das dunkle, abgründige Bild verbirgt die Gestalten einer Erinnerung an all die Sommer, die ich als Kind am See verbrachte. Roberta schaut, ohne sich zu äußern. Mittägliche Sirenengesänge über dem Wasser und heißes Flirren der Sonnenstrahlen täuschen die Sinne. Ich nehme die Stehruder und bewege das Boot langsam auf der Schattengrenze entlang des Hügelrückens. Die schmale Fahrstraße am Hang taucht auf und verschwindet wieder im steil ansteigenden dunklen Kastanienhain.

Auf der flachen Hügelkuppe stehen heute die Villen von Carabietta aneinandergereiht, hinab bis ans Wasser, mit Gärten und schmalen Stützmäuerchen zu abfallenden Gässchen hin, die weiter unten im Gewirr enger Straßen, winziger Plätze und alter Häuser und Hotels enden. Düstere Durchgänge öffnen sich plötzlich zu breit angelegten Innenhöfen der neureich aufgeputzten Palazzi. Zwischen den Dachgiebeln blitzt das Wasser des Sees auf.

Die Verbauung des Seeufers und der dahinterliegenden Hügelflanken stört von Jahr zu Jahr mehr das fein gesponnene Verhältnis von zauberhafter Schönheit der Natur im Wechsel der Jahreszeiten, zerbricht die alten Formen des Zusammentreffens von Land und Wasser, von seichten Uferabschnitten mit breiten Schilfgürteln, den natürlichen Jagdgründen der Hechte. Die visuellen, malerischen Reize, die geblieben sind, überspielen nur vordergründig den biologischen Verfall der Landschaft.

Das Leben vollzog sich damals zwischen Ufer und Ufer, man transportierte Waren, Tiere, Personen auf den Barken. Auch Feste und Prozessionen wurden auf dem See abgehalten. Nur die Ausrichtung der Kirchenschiffe zeugt heute noch davon, wie sich die Portale und der Vorplatz terrassenartig zum See hin öffnen und schmale Steintreppen zum Wasser hinunterführen, wo die breiten, festlich geschmückten Boote anlegten und Priester, Monstranz, Ministranten und ausgewähltes Volk aufnahmen, zum Ave Maria in trasbordo. Von den Fischen kannte man noch die Perioden des Laichens, die Wanderzüge in den Seebecken, die Gewohnheiten zu den verschiedenen Jahreszeiten. Aber das war bereits tiefste Vergangenheit, als ich noch ein Junge war.

Roberta ist ganz erstaunt und unvorbereitet auf die Traumbilder, die sich unter uns auftun, wenn wir die Hände als Blenden zum Abschirmen des Lichts an Wangenknochen und Stirne legen, den Kopf zur Wasserlinie neigen und mit den Augen bis fast hinab zum Grund vordringen, wo die langen Schlingen der Algen und Wasserpflanzen sich dem Licht entgegenstrecken, leicht schwankend in der Tiefe, vielleicht auch nur als Täuschung des Sonnenlichts sich im Wasser wiegen, als würden sie uns zu sich rufen. So zieht uns der feine Zauber des Sees magisch an, der unterhalb der Wasserlinie sein Reich entfaltet, sein mittägliches Gleißen, das dunkle Grün, das Blau und das durchlichtete Schwarz der kühlen Fluten, ein beständiges Raunen, ein unwiderstehliches Locken. Als Roberta im Heck die Kleider ablegt und sich ins Wasser gleiten läßt, folge ich ihr und fasse sie bei der Hand. Die grüne Kühle umfließt unsere nackten Körper. Wenn ich die Beine ruhig halte und mich tiefer und tiefer sinken lasse, winden sich die glitschigen Wasserpflanzen um meine Waden und Schenkel und die Algen lassen das Licht nur noch wie von weit durchschimmern.

An diesem Tag wirft das Wasser bläuliche Wolken zurück. Als wir eintauchen, ist es, als schließe sich die Himmelskuppel über uns. Wir lassen uns tief hinabgleiten, die Farben ändern sich, smaragdgrün, oxydgrün, dunkelgrün, graugrün, bis sie sich endgültig verabschieden. Doch der See atmet, lebt. Eine Mondlandschaft aus Steinen, aus Schlamm, aus riesigen, abgebrochenen, leeren Ästen bildet den Grund. Ein Blatt hat, bevor es sich in Nichts auflöste, im Schlamm den Abdruck seines Geäders hinterlassen. Geheimnisvolle, hinter bleichen Schleiern sanfte Hügel und Täler, unter trüben, lehmartigen Schichten verborgen, verdecken unseren Augen das Darunterliegende, das sich nie enthüllen wird, zu alt und zu fern sind seine Geschichten.

Dann tauchen wir prustend auf, holen tief Luft, lachen, bespritzen uns, worauf Roberta in kurzen Zügen zum Boot schwimmt und sich an der Kante hochzieht, den Körper bis zum Gesäß spannt und sich aus dem Wasser stemmt. Für einen Augenblick Zeitstillstand das Bild einer Sirene, schlank und silbern glitzernd, die Haut von funkelnden Wassertropfen überperlt. Dann schwingt sie sich mit einem kräftigen Ruck ins Boot und schüttelt die Haare wie ein junger Hund, dass das Wasser nach allen Seiten spritzt. Schnell hat sie sich breitbeinig hingestellt, fasst ein Ruder und hält es mir entgegen. Als ich es ergreifen will, zieht sie es wieder zurück, neckt mich, bietet es wieder an, wieder und wieder, weil ich mich auf das Spiel einlasse. Darauf schiebt sie es lachend in die Halterung und legt sich im Heck hin. Sie ruft mich. Sandro! Mein verkürzter Name hat, in ihren Lauten geformt, einen eigenartigen Klang, untergründig, wie von weit her und doch nur von hinter der Bootswand, dass ich mich in einer anderen Dimension wähne. Als ich mich zu ihr lege, ergreift sie meinen Kopf und bettet ihn auf ihre Leisten, streicht mir das nasse Haar zurück und streicht mit einem Finger über meine Lippen. Sie legt die Hand in meine Halskuhle. Ich drehe mich zu ihr.

Nimm mich in die Arme, mir ist kalt, flüstert sie. Und ohne meine Antwort abzuwarten, umschlingt sie mich, drückt ihr Gesicht an meine Schulter. Was ist es, das mich an ihr so verwirrt? Sie tut alles wie zum ersten Mal. Behält die Unschuld der Geste, auch wenn sie sich, oder vielleicht weil sie sich so frei darbietet. Sie verschwendet sich.

Die Sonne erwärmt unsere Glieder. Eng beieinander liegend, lassen wir uns trocknen. Die Ceresio, das Rundfahrtschiff, gleitet geräuschvoll an uns vorüber. Die Menschen winken. Der Käpitän auf der Brücke gibt aus Spaß einen Hornstoß. Wir bleiben liegen, Roberta hebt etwas die Hand und winkt zurück. Ihre Augen lässt sie geschlossen. Es gibt Momente, da möchte man tot sein. Nicht aus Scham. Oder aus Lust auf ein anderes Leben, sondern weil die Reinheit des Glücksgefühls nie größer sein wird als in diesem einen Augenblick. Ausgespart von dem, was war und was kommen wird. Zum ersten Mal fühlte ich mich weder gefordert noch gegängelt. Als ich die Arme um ihren Körper legte, war das Gefühl so stark wie noch nie, einzig auf der Welt zu sein. Ich hätte Jahre meines Lebens dafür gegeben, die Einfachheit dieses Zustandes für immer zu bewahren.

Das Boot schaukelt im Kielwasser, als das alte Motorschiff sich entfernt, nicht ohne nochmals mächtig

Signal zu tuten, bevor es bei Figino hinter der grünblauen Hügelflanke entschwindet.

Als wir zurück sind, übergeben wir Ermanno das Boot. Er sagt, er wolle es heute mit Silchbaum und Lot versuchen, weil die Fische, die er fangen möchte, sich am späten Nachmittag tief unten aufhalten. Er steht aufrecht im Boot und erinnert mich an meinen Onkel.

An einem frühen Abend, nach der Rückkehr vom Fischen, hätte ich die gefangenen Fische aus dem Kasten des Bootes nehmen und töten sollen. Ich kniete auf den Planken, hob den Deckel des Fischkastens an und starrte in den Behälter. Dunkle Enge. Unruhiges Wasser. Da waren sie. Einer neben dem andern. Staunend schaute ich auf die Prachtstiere. Im Fischkasten rieben sich die Leiber auf engstem Raum, im Finstern hin- und herschießend und sich an der Blechbegrenzung ihres nicht mehr langen Lebens stoßend.

Ich mußte mein Grauen überwinden und hineingreifen. Einen glitschigen Körper anfassen, packen und herausnehmen. Der erste Brocken entglitt mir. Der Fisch, noch benommen, schwamm matt ums Boot. Ich blickte über den Bootsrand. Der dunkle Leib glitt über den hellen Sand unter dem Boot durch. Das Tor stand weit offen. So ließ ich ihn entkommen.

Der Onkel hatte vom Steg aus zugeschaut und überschüttete mich mit Spott. Er verhöhnte meine Unfähigkeit, Gewalt anzutun. Angewidert und verletzt griff ich wieder in den Kasten, packte zu und warf das glitschige Tier dem behäbigen Mann vor die Füße. Der wich überrascht einen Schritt zurück, bückte sich und fasste den vom Boden wegschnellenden Fisch. Die Farben blitzten. Das Tier wehrte sich. Weggeschrammte Schuppen blieben auf dem Betonboden kleben. Der Onkel langte hinter sich und ergriff von einem Stapel ein Stück Holz. Mit dem Knüppel schlug er den Fisch hinter den Kopf. Zweimal. Brach ihm das Rückgrat. Zucken. Strecken. Aus. Glasige Augen, Blut ums Maul, der Körper schlaff, nach Tod riechend.

Auf dem Balkon liegen ein paar Essensreste auf dem Tisch. Isabelle war mittlerweile auch eingetroffen. Sie hat die Lambretta genommen, auf dem Sozius Mehmet, der den Korb mit den Waren gehalten hat. Wir machen uns über die mitgebrachten Speisen her, die sie uns übrig gelassen haben, hungrig wie wir sind. Später rufen und lachen die zwei unten auf der Terrasse neben dem Haus. Sie spielen und albern. Isabelle ruft uns, wir sollen mitspielen. Weder Roberta noch ich haben Lust dazu.

Die Nacht ist unterdessen angebrochen. Das Zollboot zieht zu dieser Zeit seine zweite Runde. Man hört die Männer bis hierher miteinander sprechen, einer Lautsprecherstimme in kurzen Sätzen Auskunft geben. Über dem Wasser tragen die Stimmen leicht. Einer raucht. Das Aufglimmen der Zigarette ist hunderte von Metern weit zu sehen. Eine Meldung kratzt aus der Sprechanlage. Ein schnarrender Ton. Sie drehen ab, erhöhen die Geschwindigkeit und entfernen sich in Richtung Grenze, die von hier aus nicht mehr auszumachen ist.

Ermanno hat uns wütend verlassen. Wir bleiben noch

kurze Zeit am Tisch sitzen. Unterdessen ist es dunkel geworden. Isabelle rumort in ihrem Zimmer und Roberta rollt sich auf der breiten Küchenbank zum Schlafen ein. Eine Militärwolldecke zum Zudecken reicht ihr. Mehmet und ich werden uns also die kleine Kammer im Bootshaus teilen. Ein bisschen missmutig schleiche ich die Steinstufen zur Terrasse hinab, Mehmet hinter mir drein. Im Zimmer, dessen muffige Luft sich mit dem Geruch des stehenden Wassers und des Seetangs mischt, öffne ich das Fensterchen. Mehmet pisst im Bootshaus vom Steg ins Wasser, ein harter, fast gerader Strahl.

Warum hinkst du eigentlich? frage ich ihn durch die offene Tür.

Er antwortet nicht. Tut erst so, als habe er die Frage überhört. Er kommt herein, bleibt unter der Tür für einen Augenblick stehen und kratzt sich am Kopf.

Was hast du gesagt? fragt er. Dann setzt er sich auf die Matratze am Boden, wickelt seinen rechten Fuß aus und zeigt mir seine Wunde, die noch kaum am Verheilen ist. Ein violetter, dunkelroter und innen weißlicher Ring liegt um die Wundstelle, ein Ödem, leicht geschwollen. Aus der Tasche zieht er eine Wundsalbe, essigsaure Tonerde. Die Bandage liegt auf dem Boden.

Sieht gar nicht gut aus, gebe ich ihm missbilligend zu verstehen. Zuerst müsstest du das mal sorgfältig reinigen und neues, sauberes Material verwenden. Du schleppst ja dauernd neuen Dreck mit rein, da wimmelt's von Millionen Bakterien, sag ich dir. Sei froh, dass du noch keine Maden drin hast! Und nach dem Pissen die Hände waschen. Gut, das geht jetzt hier nicht. Aber desinfizieren wäre auch nicht schlecht, bevor du dich an eine Wundbehandlung machst.

Tu ich doch. Er zeigt mir ein braunes Fläschchen mit Alkohol. Mit Tupfern versucht er, die Hände und die Wundstelle vom täglichen Dreck zu befreien, reibt mehrmals über die Wunde, wodurch er die zuerst abgeriebenen Bakterien unfreiwillig erneut auf der verletzten Haut absetzt, schmiert dann mit den Fingern das essigsaure Gel ein und umwickelt den Fuß wieder mit derselben, gebrauchten Bandage, die er wohl schon tage-, wenn nicht wochenlang im Gebrauch hat.

Hast du das mal einem Arzt gezeigt? hake ich nach, denn seine nachlässige Behandlung oder eher die Wunde selbst scheinen mir nicht ganz geheuer. Da ist etwas, was mich misstrauisch macht.

Ja, natürlich, braust er auf, was glaubst du, ich bin doch nicht blöd! Langsam wickelt er den Fuß wieder ein. Er habe die Verletzung von einer Schlägerei, ich wisse ja, wie das ablaufe. Er sei gestürzt, als der andere, ein Kosovare, ihm an einer Bar einen Stoß versetzt habe und mit dem Stiefelabsatz auf seinen Fuß getreten sei. Das lasse er sich gar nicht bieten. Nicht von denen. Dann sei alles schnell gegangen. Er beim Tresen am Boden und der andere verschwunden.

Die decken einander. Fuck, Albaner.

So, so. Ich glaub's nicht. Kein Wort.

Wir reden noch lange. Irgendwie finden wir keinen Schlaf. Ich bin unruhig. Vielleicht ist zu wenig frische Luft im Raum, das angekippte schmale Fenster bringt keine

Besserung. Vielleicht haben wir auch zu lange geredet. Noch eine Stunde, nachdem wir das Licht gelöscht haben, wälzt sich mein Zimmernachbar hin und her. Mitternacht ist sicher vorüber. Ich traue ihm nicht, kenne ihn auch zu wenig, aber dass seine Verletzung am Fuß nicht von einem Sturz bei einer handgreiflichen Auseinandersetzung herrühren kann, gefällt mir nicht. Etwas verheimlicht er.

Auf der Straße fährt jemand forsch einen schweren Wagen heran. Der Kies knirscht unter den Reifen, die Lichtstrahlen tanzen aus der Kurve schräg übers Wasser, bevor der Fahrer, ohne die Geschwindigkeit zu mindern, zur Garage eindreht. Bremsen quietschen. Dann wird der Motor abgestellt und die Türe zugeschlagen. Ein dezenter, fast unhörbarer Klick. Natürlich, Ermannos Buick. Er ist zurück. Gleich darauf hör ich ihn oben den Schlüssel drehen, dann schwere Schritte zum Schlafraum hin. Wahrscheinlich steht er jetzt unsicher in der Tür und glotzt sie an. Isabelle wird wach sein, sich im Bett aufsetzen, ihm etwas zuflüstern. Ermanno versucht vergeblich, seine Stimme zu dämpfen. Es gelingt ihm nicht. Er ist angetrunken. Er mault. Lässt sich aufs Bett sinken. Streift die Schuhe ab. Die fallen polternd auf den Boden. Sie reklamiert. Er erwidert ihr etwas. Sein Tonfall drückt Rechthaberei, ja Ärger aus. Sie sagt nochmals etwas, weist ihn mit hoher Stimme zurecht. Er wird lauter, erregter. Isabelle zischt ihn an. Ihre Verachtung ist Wort für Wort herauszuhören, ein seelischer Hieb folgt dem andern. Robertas Stimme dazwischen. Sie ruft ihnen aus der Küche zu, sich zu mäßigen. Jetzt hört man ihn fluchen, Verwünschungen ausstoßen. Isabelle lacht höhnisch. Er geht auf den Balkon, holt einen Gegenstand. Nicht mit der Hand, mit einer zusammengelegten Fischerrute schlägt er ihr ins Gesicht, einmal, zweimal. Es klatscht. Sie kreischt auf. Er brüllt, tobt. Roberta versucht, die beiden zu trennen. Er lässt sich von ihr kaum beruhigen, tobt weiter, bis er das Gerät auf den Boden schmettert und darauf herumtrampelt. Er wirft Isabelle Wörter an den Kopf, die sie noch unflätiger zurückgibt und die ich noch nie von ihr gehört habe. Dann ist sie stumm geworden. Bevor wir beide unten aus dem Bett sind, hat er sich oben wieder angezogen und unter wüsten Beschimpfungen das Haus verlassen. Isabelle weint nicht. Sie wäscht in der Küche ihre Striemen aus. Darauf spricht sie ruhig und langsam mit Roberta. Irgendetwas erklärt sie ihrer Tochter gelassen, ich nehme an, es ist die Geschichte, die Roberta schon kennt. Roberta antwortet zurückhaltend. Den Buick hört man nicht mehr. Dennoch nehme ich an, Ermanno sei mit dem Wagen davongefahren.

Wie gelähmt liege ich auf dem Rücken und starre zur Decke. Was war das denn? Und aus heiterem Himmel? Erst langsam kehren einzelne Gedankenstränge, Erinnerungsstücke an die eigene Vergangenheit zurück. Es scheint so, dass alle Macht und Ohnmacht erzeugenden Bindungen und Beziehungsmuster sich über Generationen erstrecken. Wenn man den in der Familie weitergegebenen Erzählungen folgt, hat es ähnliche und gleiche Situationen schon immer so gegeben. Es ist schwierig, an das Schreckliche, Verdrängte heranzukommen, die Bedingungen, die Strukturen, die dazu führten, überhaupt zu erkennen und anzunehmen. Übrigbleibsel, in ihrer Art seelische Familienerbstücke, weit zurückliegende Grausamkeiten und traumatische Verletzungen, von Generation zu Generation weitergereicht, aber zu lange Zeit unsichtbar geblieben, bis sie aus nichtigem Anlass heraus unvermittelt zu glühen beginnen, brennen, wenn der Hass aufwallt, sich entlädt und das Zerstörungswerk vollendet.

Ist es nicht das Unmögliche an sich, wenn wir unser Leben ändern wollen? Eine herbe Sehnsucht nach ungestillter Erfüllung? Eine bittere Erkenntnis, denn nur der kleinste Teil unseres Erdendaseins lässt sich neu ordnen. Das andere, was ist, bleibt und manifestiert sich in unseren Nachkommen. Vielleicht sollten wir alle einfach schlafen, vergeben und vergessen können. Doch je weniger man als Kind die empfangenen Beleidigungen des Lebens zu vergelten vermag, desto höher schlägt die aufgelaufene Schuld zu Buche. Unbewusst versucht man Jahre und Jahrzehnte später, den Partner zu ändern, zurechtzubiegen, zu benutzen, wenn nötig, durch subtil eingesetzten Liebesentzug zu zwingen, für all die Ungerechtigkeiten geradezustehen, die man früher durchlitten hat. Was natürlich niemals möglich sein wird. Eine der tiefsten Wurzeln sexueller Hemmungen, sich in Extase fallen zu lassen, äußert sich in der Biografie, der ureigensten Unsicherheit, die jedoch gepaart ist von Macht- und Unterwerfungsgelüsten. Wir können, auch wenn das unser aller tiefster Wunsch ist, andere nicht besitzen, ohne von ihnen selbst besessen zu werden. Nur, Anfang und Ursprung von allem ist das grenzenlos Unbestimmbare. Hat Isabelle das ihrer Tochter erklärt? Die Beziehung zu ihrem Vater, die Distanz zur Mutter? In diesem Augenblick bitterster Gefühlsaufwallung?

Mehmet hat das kleine Zimmer verlassen und sich nach oben geschlichen. Er meinte, mich nicht zu wecken. Mit nackten Füßen, einer umwickelt, humpelt er über die Holzgalerie zur schmalen Steintreppe. Eine der Frauen lässt ihn herein. Sie flüstern. Gleich danach steht Roberta neben meinem Bett. Sie weint.

Mach mir Platz unter deiner Decke, sagt sie und versucht, die Stimme unter Kontrolle zu halten. Sie legt sich an den Rand der Matratze und zieht an meiner Decke. Einen Augenblick später steht sie nochmals auf, packt alle Sachen von Mehmet, alles, was herumliegt, auch die Schuhe und wirft sie wütend auf seine Schlafstelle. Sie zieht die Wolldecke darüber, stopft sie an den Seiten unter die Matratze. Dann schlüpft sie wieder bei mir ins Bett. Irgendwann schlafen wir beide ein.

Am späten Morgen, als wir noch unausgeruht nach oben kommen, ist Isabelle bereits am Aufräumen. Wir hörten sie hin und her gehen. Ein strahlender Sommertag, die Luft ist leicht, doch es sieht nach Abschied aus. Die blauen Flecken im Gesicht hat sie abgedeckt. Sie meidet unsere Blicke, gibt sich sehr geschäftig. Sie wirkt unstet, schaut in jedem Kästchen, in jeder Schublade nach und trägt die Sachen zu Stapeln auf dem Küchentisch zusammen. Was von ihm stammt, bestimmt sie, bleibt unangetastet, seine Fischerei-Utensilien, Werkzeuge, seine Wäsche aus dem Schlafraum, sein Kleinkram. Es ist sein Haus.

Bevor wir uns zum Frühstück hinsetzen, meint sie, schaffen wir Ordnung. Ich bringe sonst nichts hinunter.

Mehmet ist nicht zu sehen. Die Waschmaschine mit der Bettwäsche läuft bereits. Roberta holt von unten das andere Zeug rauf, macht den zweiten Waschgang bereit. Dann setzt sie Kaffee auf, kontrolliert, was unbedingt gegessen werden muss, nur was lange hält, Salz, Gewürze, Kaffee, bleibt im Küchenschaft in Frischhaltedosen abgepackt. Sie stellt Teller und Tassen auf den Balkontisch, legt das Besteck hin, nimmt die Milch, Taleggio, Butter und Honig aus dem Eisschrank und schneidet Brot auf. Mehmet kommt aus der Garage, wo er die Lambretta mit zwei Außentaschen bestückt hat. Darauf setzen wir uns zusammen an den Tisch, wie gestern, und essen. Niemand erwähnt die Vorgänge des vergangenen Tages, auch über das Erlebte herrscht Stillschweigen.

Der Aufbruch kommt verzögert, doch ohne Wehmut. Als die Wäsche getrocknet und zusammengelegt ist, verschließen die Frauen alles, schalten zuletzt den Kühlschrank aus. Was mit soll, geht in die Sacochen der Lambretta. Isabelle fährt los, Mehmet hält sich auf dem Rücksitz an ihr fest. Roberta steckt die Schlüssel ein. Dann machen wir zwei uns zu Fuß auf den Rückweg, den Weidenkorb zwischen uns. Er ist leer.

In der Erinnerung ist die Straße lang und staubig. Wenn ein Wagen uns überholte, mussten wir die Köpfe wegducken vor den nach allen Seiten wegspritzenden Kieseln. Als Kind war ich sie viele Male übel gelaunt gegangen, wenn sich das Wetter im Herbst geändert hatte. Verlangsamte trotzig die Schritte, obwohl es nichts nützte, denn die Sonnentage im kleinen Haus am See waren vorüber, der Sommer lange vorbei. Der wehmütige Ton des blauen Bähnchens, wenn es vom jenseitigen Ufer des Sees Signal gab, schnitt mir ins Herz und machte es schwer.

Warum eigentlich hast du Mehmets Schlafstelle zugedeckt?

Sorgsam versuchen wir, uns in einfachen Fragen und Beobachtungen dem Vorgefallenen anzunähern, unsere Wahrnehmungen gegenseitig abzugleichen. «Don't push the river», meint sie, es wird sich alles von selbst ergeben. Es braucht seine Zeit.

Ich weiß, daß ihre Verletzlichkeit sie gerade jetzt daran hindert, vor mir heikle Dinge aufzudecken, die sie selber noch kaum verkraftet haben kann.

Ich mag seinen Geruch nicht, sagt sie. Es ist so, wie es ist. Ich kann ihn nicht riechen. Diese Feststellung kommt zögerlich über ihre Lippen, nach langer Pause. Das klingt sicher nicht nach einem Geständnis. Es kommt ganz simpel daher.

Er ist mir zu dreist, sagt sie ruhig. Zu aufdringlich.

Meinst du seinen Körpergeruch oder ihn selber? Sofort, als ich die Frage stelle, ist die Wahrnehmung seines Geruchs wieder da, unter der Türe in der Galerie, als er sich in der Enge an mir vorbeidrückte. Pheromone. Sein Schweiß. Die Erregung.

Sein Machtgehabe?

Nicht nur, eher seine Ausdünstung. Das sagt sie in aller Bestimmtheit. Er riecht nach Wunden schlagen. Wenn ich zu dir schlüpfe, fährt Roberta fort, ertrage ich keine anderen, offenen Stellen, auch wenn wir zwei bloß den Schlaf gesucht haben. Jedes verlassene Bett ist eine Irritation, ein Nest, das von vermeintlicher, fast bedrohlicher Nähe kündet. Nähe, die ich von ihm nicht möchte. Nie. Sie blickt mich an und nickt, wie um sicher zu gehen, dass ich den Hinweis richtig verstanden habe.

Warum haben wir zwei nicht von Beginn weg zusammen gepennt? Den andern gesagt, wir teilen das Zimmer, okay? So, wie gestern Nachmittag im Boot? Was wäre denn Neues dabei gewesen? Ich hätte dich in Ruhe gelassen. Wir waren außerdem zu müde, zu aufgeputscht nach dem Steit. Vielleicht bin ich naiv mit meiner Fragerei. Vielleicht bin ich auch zu alt für Spielchen. Ich sehe kein Problem, in meinen Augen wär's die einfachste, natürlichste Sache der Welt gewesen. Du empfindest es vielleicht nicht so. Ich werde achtgeben, dass ich nicht quengelig bin.

Woher willst du wissen, was ich empfinde? Wir mussten für Mehmet einen unverfänglichen Platz finden. Er an meiner Stelle in der Küche, das ging nicht. Also runter mit ihm zu dir.

Danke für den unerwünschten Zimmergenossen.

Ich werde mit dir schlafen. Das ist es doch, was du hören möchtest, nicht? Sie blickt geradeaus, als sie dies trocken und leise von sich gibt. Nur, schiebt sie nach, der Zeitpunkt ist noch nicht da. Jetzt wendet sie den Kopf zu mir und blickt mich von unten herauf an. Den bestimme ich.

Damit hat sie mich überrumpelt. Ich dachte die ganzen Wochen, irgendwann wird es so sein. Doch so gerne ich mich als Verführer gesehen hätte, hat sie sich als treibende Kraft und Lenkerin zu erkennen gegeben. Eine ganz neue Sicht. Gar nicht leicht zu schlucken. Wir bleiben einen

Augenblick stehen, schlenkern den leeren Korb wie Kinder und lachen plötzlich, befreit.

Das Sträßchen führt, mit wenigen halben Biegungen, geradeaus zum Seeende. Dort, am Hügel zur Auffahrt zur Nord-Süd-Autobahn, die vielen Neubauten, Blockwohnungen, hässliche Allerweltsarchitektur, abfallende und ansteigende Betonstraßen und dahinter das Dorf, wie es einmal war. Ein Relikt aus früherer Zeit. Gässchen, Durchgänge und Steinplattentreppen, grasüberwachsen mit alten Abfluss- rinnen aus Holz, dazwischen hanggestützte Gärten mit an Leinen flatternder, farbiger Wäsche. Gerade als wir zur klei- nen Bahnstation einbiegen wollen, hält ein Wagen neben uns. Ich habe den Buick aus dem Augenwinkel wahrgenom- men, vielleicht auch an den Geräuschen im Rücken gespürt, dass er uns seit einiger Zeit folgte. Ich kenne den Ton des Amerikanerwagens und bleibe stehen. Roberta weiß nicht, wie sie reagieren soll und macht unschlüssig ein paar Schritte weiter.

Komm! Gib ihm die Schlüssel! fordere ich sie auf. Sie trotzt, bleibt aber immerhin stehen. Er hat sie geschlagen, bricht es aus ihr heraus. Er hat sie vor meinen Augen geschla- gen! Das geht nicht. Sie ist meine Mutter.

Ermanno ist ausgestiegen. Die Hände in den Taschen, lehnt er sich ans Auto. Er räuspert sich mehrere Male, bevor er etwas sagt. Ich werde in den Norden ziehen. Das kleine Haus ist bereits verkauft. Nur, dass du das weißt, Roberta. Er sagt es wie «Ich habe euch nie verstanden». Er schaut sie nicht an, blickt vage irgendwohin in die Luft. Seine Stimme klingt resigniert, doch gleichzeitig schwingt etwas Anderes,

Neues mit.

Die Firma hat hier keine Zukunft mehr, stellt er jetzt ganz nüchtern fest. Wir liegen abseits der Wirtschaftsströme, im Süden. Das steht außerhalb jeder Diskussion. Ich war gerne hier. Aber wenn ich überleben will, ist es zwingend, dass ich bald gehe. Jetzt, so lange ich noch die Kraft habe, andernorts neu anzufangen. Das andere – man kann es bedauern.

Musste das denn sein, heute Nacht? Fühlst du dich jetzt besser? Das klingt bitter. Roberta dreht sich zu ihm. Du wusstest doch seit Monaten, dass du mit deinem Geschäft fort willst und daß sie dir dabei im Wege stand. Auch dein Gebaren gestern. Ihr habt euch nur noch provoziert, ihr zwei, und alles verschlimmert! Hast du nur ein Quentchen Größe gezeigt? Nein! Nein, lass mich erst ausreden und bring jetzt nicht Mehmet ins Spiel! Auch das war dir bekannt. Roberta klingt scharf. Isabelle ist hier verwurzelt, versucht sie zu erklären, mehr noch als du. Sie kann nicht einfach weg. Nicht so leicht, wie es scheinen mag. Eine Galerie ist keine mechanische Werkstatt. Sie produziert nichts. Ich habe dich in all den Jahren nie mit ihr auf den Friedhof gehen sehen. Warum hast du sie nicht ein Mal begleitet? Ein einziges Mal? Ist es dir so schwer gefallen? Es sieht doch aus, als seist du gar nicht von hier!

Ermanno stutzt einen Augenblick, als hätte die Erwähnung des Friedhofs ihn irritiert.

Die Toten gehen mich nichts an, meint er dann achselzuckend. Gräber – das sind gelebte Leben, wie Bücher in einem Regal. Sie sind stumm. Staubig. Wer mag das lesen?

Ich kann sie nicht zum Sprechen bringen. Was jetzt ist, zählt. Ich habe meinen Vater gepflegt, als er krank war. Bis zum Schluss. Ich konnte gut mit ihm über die letzten Dinge sprechen. Seine volle Urinflasche, seine Auswürfe, das beschmutzte Leintuch widerten mich nicht an. Als er starb, ging ein Stück von mir weg. Das ist der Lauf der Zeit. Aber Isabelle! Isabelle hat mich gedemütigt. Bis aufs Blut. Nicht erst gestern. Ich konnte ihr nie sein, was sie von mir erwartete. Kein Partner. Ich bin Geschäftsmann, nicht Therapeut. Das realisierte ich leider zu spät. Ich bin ein anderer als der Erhoffte, Ersehnte. Dafür hat sie sich bitter an mir gerächt.

Roberta gibt ihm den Schlüssel und will sich abwenden. Die Schultern zucken. Ermanno legt den Arm um sie.

Kommt, steigt ein! Ich bring euch mit dem Auto in die Stadt. Es ist noch nicht alles gesagt, aber es reicht. Es ist mehr als genug. Roberta setzt sich nach vorne zu ihm. Er legt seine rechte Hand auf ihren Unterarm. Danke! Er nickt und sagt nochmals Danke, als er die Zündung einstellt, den Gang einlegt und den Wagen anrollen lässt. Wir schweigen auf der kurzen Rückfahrt. Jeder hängt seinen Gedanken nach, und dann ist es schon vorbei. Im Besso verlassen wir Ermanno beim Plätzchen mit dem Brunnen, vor der Bahnhofsunterführung. Roberta drückt ihm scheu einen Kuss auf die Wange. Hinter dem Wagen überqueren wir die Straße. Er hupt kurz zum Abschied und streckt einen Arm winkend aus dem Seitenfenster, als wir nach den Gleisen den Serpentinenweg zur Altstadt einschlagen. Auf der andern Seite, im Andenkenladen, wo auch Devotionalien zu haben sind, suche ich nach Ansichtskarten für meinen Bruder. Ich weiß, wie sie aussehen müssten, um seinen Geschmack nicht zu beleidigen, finde aber nur eine einzige passable. Die andern sind Kitsch. Diese eine werde ich als Lebenszeichen meinem Bruder senden.

Oben, im Villenviertel, steht das Haus, wo wir wohnen. Wir haben den Hügel umfahren. Wie es Isabelle wohl geht? Ermanno zieht weg, das ist klar. Ich glaube nicht, dass die zwei zusammen noch etwas zu tun haben wollen. Heute Abend wird Ermanno vielleicht bei einem Freund schlafen. Oder bei Gianni in der Druckerei. Sein Geschäft lässt sich kaum so leicht und schnell auflösen und verschieben, wie er es beabsichtigt. Oder hat er es von langer Hand vorbereitet und den Streit nur inszeniert? Ganz leise schleicht sich die Ahnung ein, dass ihre Beziehung nicht so unkompliziert war, wie es mir am ersten Abend schien. Vielleicht ist sein Wegzug mit der Geschichte verbunden, nicht nur, was die Entwicklung seiner Firma betrifft. Die Tage und Wochen im kleinen Fischerhaus am See sind für Isabelle und Roberta mit Sicherheit vorbei. Ob sie die Galerie und die Wohnung zu halten in der Lage ist, wird davon abhängen, auf welchen Kundenstamm sie weiterhin zählen kann und ob sie die Galerie überhaupt weiterführen möchte. Roberta wird ihr Musikstudium dagegen überall wieder aufnehmen können.

Die Innenstadt schwimmt im Neonlicht. Als ich beim nächsten Häuserdurchbruch nach oben blicke, entdecke ich bei einer alten Lampe marodes Mauerwerk. Abbröckelnde Teile der Ballustraden und Gesimse, verblassende Farben und sich schälender Verputz, darunter nacktes Bollenstein-gemäuer. Sieht malerisch aus, diese behelfsmäßig geflickten

Risse und Sprünge. Den freistehenden Marmorsäulen, auch ohne tragende Funktion, würde ich nicht trauen. All die Veranden, Treppenfluchten und Säulenlauben, von Efeu und Weinreben überwachsen, scheinen alt und in schlechtem Zustand zu sein, aber sie waren einst schön, denn sie künden von einer Zeit, als noch nicht glatte Paläste aus importiertem Marmor von einer modernen, urbanen Zukunft zeugten. Zwischen ihren architektonisch wohl strukturierten Mauern blinkt hell das Wasser auf. Perlmuttschimmernd. Dort vorne in der Bucht liegt er, der See.

August. Nun, die Tage sind heiß geworden. Die Luft zirkuliert kaum noch zwischen San Salvatore und Monte Brè und bleibt über Stadt und See stehen. Seit zwei Wochen arbeite ich ohne die geringste Ablenkung. Jeden Morgen steige ich hinauf zum Dachboden, als gehe es zum Vollzug einer Verurteilung, denn die brütende Hitze hat sich unter dem Dach eingefressen und sitzt in jeder Ritze. Nicht nur der Sommer, der in diesen Wochen wie glühendes Glas über der Stadt liegt, macht mir zu schaffen. Irgendwie ist mir was abhandengekommen, aber was? Ein Gang in die Stadt wäre nutzlos. Sie ist ein Backofen.

In der Druckerei kann ich mich nicht gut sehen lassen ohne nächste, druckreife Arbeiten vorzuweisen. Doch der Glutofen meines Arbeitsraumes raubt mir jede Lust dazu, lässt die Ideen dahinschmelzen. Es scheint, als loderten in dieser Hitze sogar meine Gelenke wie Feuer. Auch wenn ich im Bett liegen bliebe, brächte es keine Linderung. Der Hitzetiegel, zusätzlich genährt vom Erhitzen der Platten mit dem Bunsenbrenner, erschwert jedes Durchatmen. Der Staub steht in der Luft. Im feuchtklebrigen Hemd beuge ich mich über den Tisch. Ein müder, schwüler Luftzug von den Dachfenstern her durchweht den Raum. Er bläst mir manchmal den Kolophoniumstaub von der Platte, dann muss ich von Neuem beginnen. Vor vielen Jahren abgelegte Wünsche werden wach, in einem modernen, runtergekühlten Büro tätig zu sein, wo der Chef seine Runden dreht und die Mitarbeiterinnen ihm höflich zulächeln, wenn er unter den leichten Blusen ihre Reize wahrnimmt.

Ich möchte endlich vorwärtskommen, doch die Lust nach Kühle entlockt mir jetzt, da ich stolz auf meinen stillen Arbeitsplatz hätte sein können, nichts als Selbstmitleid. Was ich mir immer gewünscht habe, in luftiger Höhe unbeschwert zu schaffen, entpuppt sich in diesen Hitzetagen als bleierne Schwere, die sich hemmend und lähmend auf den Fortgang der Arbeit legt. Wie konnte ich nur? Jetzt und in dieser Abgeschiedenheit!

Mein Atelier in Zürich geht mir durch den Kopf, das sich mit großen Fenstern auf Hof und Straße öffnet. Die Leute beim Einkaufen, auf dem Weg zur Bushaltestelle. Meine Blicke, die sich unter die Vorübergehenden verirren und in ihren Schritten mitwippen, dann wieder sich der Arbeit zuwenden. In den Augen der Leute bin ich vermutlich ein friedlicher Exot, der nichts wirklich Sinnvolles tut. Keine künstlerische Aura umgibt mich, denn mein Atelier liegt inmitten einer öden Gewerbeüberbauung, bieder und brav. Jeder kann mich erreichen, schnell vorbeischauen auf einen Schwatz. Eine gewisse Achtung genieße ich dennoch, weil ich an der nahen Schule Zeichnen und Kunstgeschichte im Freifach unterrichte, was mich aber gleichzeitig hindert, ein frivoles Atelierleben auf die Spitze zu treiben. Ich suhle mich in der Gewöhnlichkeit.

Lass die Finger von ihr!

Vor Schreck bin ich aus den Gedanken gerissen worden und zusammengefahren. Der Polierstahl ist mir aus der Hand gerutscht und klirrend zu Boden gefallen. Plötzlich stand die Signora unter der Ateliertür. Ich hab sie nicht kommen hören.

Rühr sie nicht an! Schneidender Tonfall. Hab ich recht gehört? Die Alte duzt mich. Ich bin doch nicht ihr Sohn! Woher kam sie so plötzlich?

Was hast du mit Roberta zu schaffen?

Meinen Sie mich? Hören Sie mal! Ich bin am Arbeiten.

Du weißt, mit wem ich rede und ob du am Arbeiten bist, ist jetzt egal. Lass sie in Ruhe! Die Alte stößt die Bemerkung zwischen den Zähnen hervor, als ich grußlos an ihr vorbei aus dem Atelier schlüpfen will. Sie nervt. In meinen Ohren klingt ihr Satz wie ein Befehl, knapp und bestimmt, doch es ist mir gar nicht drum, ihr jetzt unter der Tür Red' und Antwort stehen zu müssen. Was will sie eigentlich? Mir etwas vorwerfen, mich nötigen – das fehlte grad noch. Ich fühle mich überrumpelt. In eine Falle geraten. Sie versperrt mir den Weg zur Treppe.

Du hast mit Roberta nicht zu karisieren, lass sie in Ruhe! doppelt sie nach und fixiert mich mit ihren dunklen, hasserfüllten Augen, die ich zum ersten Mal von so nahe sehe. Ihre weißgrauen Haare, eng anliegend, geknotet, das scharf geschnittene, zerfurchte Gesicht einer Berglerin: So steht sie da, leicht gebückt auf dem obersten Absatz der Treppe. Dermaßen fordernd ist ihre Stimme, dass ich einen Augenblick zögere und überlege, wie ich darauf reagieren soll.

Was halten Sie mich auf? Und was geht Sie das überhaupt an? Sie haben mich bereits einmal verwechselt! Wissen Sie es nicht mehr?

Überrascht und bloßgestellt, habe ich versucht, mich an ihr vorbeizudrücken, die Ateliertüre hinter mir ins Schloss zu ziehen und ihr dabei nicht ins Gesicht sehen zu müssen, als beträfe es nicht mich, was sie eben mehr gezischt als gesagt hat. Ich darf ihr bloß keine Möglichkeit geben, mich weiter zu bedrängen. Doch sie hat mit meiner Reaktion gerechnet und blitzschnell die Tür zur kleinen, mir bisher verschlossen gehaltenen Kammer aufgestoßen, einem engen Nebenraum im Halbdunkel der Dachschräge und mir dadurch den Weg abgeschnitten, den leichten Abgang aus dem Atelier verunmöglicht.

Ich will dir etwas zeigen, das du sehen sollst! Komm! Ist das Ihr Ernst? Jetzt? Ja, jetzt!

Die Signora fasst mich ohne Umschweife am Ärmel und zieht mich in die Kammer hinein. Diese Kraft hätte ich nie in ihr vermutet. Da stehe ich nun im abgewinkelten Dachraum und weiß nicht recht, was mich erwartet. Sie muss Roberta und mich zusammen gesehen oder belauscht haben, wenn sie bei spaltbreit geöffneter Wohnungstür das Treppenhaus überwachte. Vielleicht hat sie auch nur das eine oder andere im Garten erspäht, von oben herab aus ihrem Fenster hinter den halb geschlossenen Läden. Oder Roberta hat eine Bemerkung gemacht, und nun reimt sie sich eine Geschichte zusammen, wie sie sich das vorstellt, das mit ihrer Enkelin und dem Fremden. Da sie sich ihrer Erkenntnis sicher ist, hält sie sich an mich als den kecken Eindringling in ihre bisher streng behütete Zweisamkeit, in der ich nur ein Störender sein kann. Sie schiebt mir die Verantwortung zu. Warum sie mir gerade heute aufgelauert hat, kann ich mir ausrechnen.

Letzthin war ich mit Roberta, nach dem verpatzten Wochenende, in der Stadt hängen geblieben. Roberta nahm mich mit an Treffs ihrer Clique, stellte mich einigen Leuten vor, Studenten, Musikern, Malern und anderen. Ich erregte im Lärm von Gläserklirren, lauter Musik, Getanze, Gelächter und Gesprächsfetzen, die mehr geschrien als gesprochen wurden, kein Aufsehen. Dass ich Künstler bin, Jahre älter als sie, interessierte in diesen Kreisen niemand. Wir zogen eine Runde durch die üblichen In-Lokale und so wurde es spät, bis wir uns endlich auf den Heimweg begaben. Ohne es uns einzugestehen, fürchteten wir uns beide vor dem Moment, da wir das Haus betreten und die Veränderungen wahrnehmen mussten, auch wenn es nur atmosphärische sein sollten. Was wird Ermannos Entscheid, endgültig wegzuziehen, bewirkt haben? Isabelle wird es gewusst haben, unabhängig von ihren Streitereien – wie lange gingen die schon? – sicher aber seit dem geplanten Verkauf des kleinen Fischerhauses. Doch dass es so schnell kommen würde, hat sie wahrscheinlich überrascht.

Ich weiß nicht, was wir erwarteten, eine schreiende, tobende Isabelle oder die in Tränen aufgelöste, trauernde Verlassene? Jedenfalls hatte ich den Arm schützend um Robertas Schultern gelegt. So schlenderten wir über den Kiesweg und bei der Freitreppe lag sie mir in den Armen. Dann öffnete sie die Haustür und begleitete mich zu Isabelles Wohnung, wie wenn sie mich nicht allein lassen wollte, falls Mehmet auch da sein und sich breit gemacht haben sollte. Als wir eintraten, standen die Türen zu Isabelles Räumen zum Teil halb offen, Ermannos Zimmer war verschlossen. Sie war nicht da. Er auch nicht. Alles leer. Doch sie musste hier gewesen sein, denn in ihrem Schlafzimmer brannte Licht. Ein kurzer Blick in meinen Raum genügte mir, um festzustellen, dass sich nichts verändert hatte. Hier nicht. Wenigstens fiel mir nichts auf.

Soll ich mit dir nach oben kommen? fragte ich, doch Roberta schüttelte den Kopf. Mein Arm lag immer noch auf ihrer Schulter und eigentlich drückte die Frage mehr mein Begehren aus als mein Schützenwollen. Ich sehnte mich nach ihrer Anwesenheit, ihrer Körperwärme, die wie ein Schutzwall meine Unsicherheit umgeben hatte.

Ich bin müde, gab sie mir zu verstehen, sehr müde. Sie legte den Kopf an meine Schulter. Lass uns schlafen gehen! Versuch's wenigstens, wenn du kannst. Und denk nicht zu viel nach. Es war alles in allem ein Schock für uns beide. Sie drückte ihre Lippen an meinen Hals und fuhr mir durchs Haar. Dann drehte sie sich um und ging nach oben. Ich blickte ihr nach, wie sie die Treppen hinaufhuschte und leise in der oberen Wohnung verschwand. Die Tür wurde ins Schloss gedrückt. Ich lauschte noch eine Weile. Dann zog ich mich in den Korridor unserer Wohnung zurück und suchte mein Zimmer auf.

Lass sie wirklich in Ruhe! Hörst du mich? Die raue Stimme der Frau holt mich aus den Gedanken in die Gegenwart zurück. Diesmal aber klingt es eher wie eine Bitte, die sie fast flehentlich an mich richtet.

Ich will dir zeigen und erklären, warum. Komm schon, du sollst wirklich alles wissen! Du wirst mich dann eher verstehen, sagt sie, und in ihrer Stimme schwingen Trauer und Resignation mit. Die Alte bleibt in der Mitte der Kammer stehen, hat mich losgelassen. Mein Blick fällt auf dieselbe Fotografie des jugendlich wirkenden Mannes, wie in Isabelles Wohnzimmer. Der Mann der alten Signora Malavou. Isabelles Vater. Der Trauerstreifen über dem Bildrahmen fehlt hier. Die Diskrepanz ist enorm. Sonst ist der Raum nach einem neugierigen Blick rundum leer. Halt, ein alter Stuhl steht in einer Ecke und an der Wand am Boden ist eine hohe, schmale, mit Farbe angeschriebene Kiste, die kleine Filmrollen enthält, nehme ich an. Wenigstens steht was in der Art drauf.

Schau dir das ruhig an! Sind alles alte Schmalspurfilme drin, ohne Ton, von uns, von Roberta. Sie sind sorgfältig in dunkle Plastikhüllen eingewickelt und beschriftet. «Beim Fischen», «Im Garten», «Spaziergang am See», «Die kleine Arbeiterin», «Die junge Dame», «Das große Dîner» und viele andere. Die Signora zieht zwei dieser Rollen hervor und und reicht sie mir. Ihre Hände zittern leicht.

Nimm die zuerst! Ich habe unten in der Wohnung

einen alten Vorführapparat bereitgestellt. Er funktioniert noch. Wenn du den heraufholen würdest, ich habe ihn bei mir auf dem Küchentisch deponiert. Die Tür steht offen. Bitte! Tu das für mich, ich bin nicht mehr so geschickt und verstehe die Technik kaum.

Seltsam. Ich gehorche und bringe ihr den Filmapparat herauf, stelle ihn auf die umgekehrte Kiste, die dabei zwar gefährlich wackelt, aber sie hält. Umständlich spanne ich eine erste Spule ein, so gut ich es noch kann. Das Zeug ist wirklich alt. Das Objektiv richte ich auf die eine weiße Wand der Dachkammer, ziehe den Vorhang beim Fenster und lösche die Deckenlampe. Die Alte hat sich unterdessen auf den Stuhl hingesetzt, unter Ächzen und Stöhnen, und schaut jetzt in meine Richtung. Sie wartet gespannt, bis der Film zu laufen beginnt. Anfangs sind die Bilder verschwommen, solange die Schärfe noch nicht richtig eingestellt ist. Dann dringen wir mit unseren Augen in Robertas Kindheit ein.

Siehst du, das ist Roberta! Noch ganz klein. Was kochten wir da bloß? Gnocchi? Na, ist ja egal. Sie hilft mir in der Küche. Hier deckt sie den Tisch. Sie wusste schon früh, welches Besteck auf welcher Seite des Tellers zu liegen hat und ordnet die Gedecke.

Wusste sie auch, wie man das Besteck hinlegt, wenn man fertig gegessen hat?

Sie schaut mich irritiert an. Warum fragst du das?

Nur so. Die Signora geht nicht auf meine Frage ein. Sie kommentiert die stummen Schwarz-Weiß-Aufnahmen, verliert wie alte Leute oft den Faden, macht Ausschmückungen, die ihr durch den Kopf gehen, kommt ins Erzählen, berichtet von sich, von ihrem Leben im Tal, von ihrer Tochter und vom Kind. Ihren Mann lässt sie aus, negiert ihn. Er bleibt inexistent. Manchmal stockt sie, weil die Erinnerung sich nicht so rasch einstellen will, dann wieder überpurzeln sich ihre Gedanken und Worte, so dass oft Bild und Erzählung nicht übereinstimmen, die Geschichten sich überlappen, sich verzerren oder gar nicht zusammengehören. Dann merkt sie es plötzlich und hält die Hand vor den Mund, entschuldigt sich und schlägt darauf die Brücke zurück zu den Bildern, fügt sich wieder in den Ablauf ein.

Ich habe mich auf den Boden gehockt und ihrer Stimme gespannt zugehört, die neben den Geräuschen des laufenden Apparates monoton, aber eindringlich klingt. Das meiste, was sie preisgibt, habe ich in dieser und jener Form bereits einmal vernommen, von Isabelle, weniges auch von Roberta, aber ich glaube, deren Erinnerungen weisen große Lücken auf, weil sie anders gewichten. Die Alte ist genauer. Ihre Erzählungen speisen sich aus ihrem Überblick, der mit aller Schärfe die Stationen des Lebens der drei Frauen ausleuchtet und als Leerform jene ihres Mannes. Unklar bleibt bei manchen dieser kurzen Filme, wer jeweils die Kamera bedient hat. Wahrscheinlich ihre Tochter, nehme ich an.

Der nächste zeigt eine Reise mit Roberta als Kind, bereits etwas gewachsen. Sie trägt ein helles Kleid, das bis zu den Knien reicht, kurze weiße Socken und Sandaletten. Im Haar eine Schleife. Die Nonna und das Mädchen warten am kleinen Regionalbahnhof in der Stadt, beim Platz unterhalb der großen Bahnstation. Die Großmutter und die Enkelin besteigen das alte Bähnchen, auf dessen Stirnseite die zwei dunklen Fenster für den Lokführer wie die Augen einer Eule die wartenden Reisenden betrachten. Am unteren Teil bilden Lampen, Signallichter und Puffer zusammen das aufgerissene Maul eines Monsters. Das Mädchen fürchtet sich vor dem Gesicht der Zugmaschine. Sie redet auf die Großmutter ein.

Ein vorderer Wagen ist als Panoramawagen offen, ohne Fenster. Das Kind reicht kaum über die Brüstung. Es ist noch zu klein. Als das Bähnchen sich in Bewegung setzt, in einen Tunnel eintaucht und wieder ins Licht fährt, erscheinen im Hintergrund die Hügel. Blau, ocker, grün – die Landschaft der Collina d'Oro. Die Alte zieht ein Bein an, damit das Kind sich rittlings draufsetzen und sich an an der Wagenkante festhalten kann. Es macht der Kleinen nichts aus, rückwärts zu fahren. Die Tunnelschwärze unter den letzten Häusern hat sie verschluckt. Dann überflutet sie die Helle. Dumpfes Grün der Böschung. Sie fahren in einen Taleinschnitt. Sie dreht den Kopf in Richtung der Fahrt. Leitungsmasten preschen auf sie zu und hinter ihr, von Fenster zu Fenster hüpfend, verschwinden sie wieder. Der Zug folgt einer Hügelflanke, das Tal weitet sich. Dann der erste Halt. Fermata. Vor der Bergkette jenseits glitzert der See. Eine ländliche Straße führt die Bahnlinie entlang. Ein Gefährt, von einem Pferd gezogen, wirbelt Staub auf. Es verschwindet zwischen den Häusern eines namenlosen Weilers.

Beim nächsten Halt verlassen sie die Bahn. Die Glocke der niedrigen Kapelle hängt frei im offenen Dachreitertürmchen. Das Kind muss mal. Im Häuschen neben dem Stationsgebäude gibt es ein Stehklosett. Dem Kind graust es. Überall Schmutz.

Es wehrt sich, schüttelt den Kopf. Es sollte mit seinen kurzen Beinen Tritt fassen, aber die Fußstellen sind viel zu weit auseinander für die Kleine. Es geht nicht. Mit dem Mädchen an der Hand macht die Alte sich die schmale Straße entlang auf den Weg. Irgendwo wird sie es ins Wäldchen führen, das die Straße säumt.

Vom gegenüberliegenden Seeufer, erzählt die Signora, ertönte jeweils wie eine ferne, wehmütige Klage der lang gezogene Pfeifton des sich entfernenden Bähnchens, das sich am Fuße des Hügels durch Rebberge und Dörfer zu der nahen Grenze hin schlängelte.

Wie ich diesen Signalton kenne! nicke ich ihr zu. Erstaunt blickt sie mich an. Ja, sage ich, er leitete in meiner Jugend die herbeigesehnten Sonn- und Ferientage am See, aber auch deren nahendes Ende ein. Aber ich will nicht selber ins Berichten kommen.

Auf einem andern Filmstreifen steht die Alte am Fenster des Nebenraumes zum Salon, die Unterarme auf der steinernen Fensterbrüstung. Sie schaut hinaus und beobachtet das Mädchen, das draußen an der Sonne, auf der Terrasse spielt. Sie ruft es zwei-, dreimal beim Namen, doch das Mädchen tut, als höre es nichts. Zwischen den Geländerstreben sieht sie Roberta am Boden knien. Sie hält Dinge in den Händen, legt sie wieder hin, redet halblaut zu den Sachen und blickt nicht hoch. Ihre Lippen bewegen sich.

Dabei rutscht sie auf den hellen Steinplatten hin und her, durch Körperhaltung und Gesten imaginäre Räume schaffend wie auf einer Bühne, verschwindet kurz im schwarzen Loch der offen stehenden Terrassentür, erscheint wieder mit neuem Zeug in den Händen, das sie zum andern legt, hebt etwas bereits Abgelegtes wieder auf, tauscht es aus und plappert dabei fortwährend vor sich hin. Sie blickt kurz in Richtung der Kamera und lacht verlegen, dann wendet sie sich erneut dem Spiel zu, ernsthaft, langsam, beruhigend, als gälte es, die den Dingen innewohnende, imaginierte Sprache hörbar zu machen, einen Dialog mit ihnen aufzunehmen und in Gange zu halten, von dem Sinn und Reiz dieses Hin und Hers abzuhängen scheinen.

Als sie jünger war, erzählt die Frau, da hätte sie das auch genossen, aus dem Dunkel des Zimmers in die Helle und Weite der Terrasse zu treten, aus dem kühlen Schatten der Wohnung hinaus in die schlagende Hitze des sonnenüberfluteten Platzes. Jetzt aber, da sie alt geworden sei und dieses nachmittägliche Flimmerlicht Hausmauer und Fenster, Dachtraufe, Regenabflussrohr, Fahnenstange und Terrassengeländer, Bodenfliesen, die ganze Reihe Töpfe und Pflanzen in ockerroten Schimmer hüllt, der alles von innen her erglühen lässt und in die Augen dringt, die sich sogleich schließen, um den stechenden Schmerz des Lichts abzuwehren, da erreiche es die hintersten Winkel und Falten des betagten Körpers und treibe den matten, erschlafften Leib mit erregender Glut auf.

Zuhause aber, in ihrem Bergtal, da hätten die Häuser keine Terrassen und keine Balkone gehabt. Wozu auch? Das Dorf, die Gebäude seien eng und verschachtelt gewesen. Man habe sich im Sommer wegen der Hitze und im Winter der Kälte wegen vorwiegend im Haus drin aufgehalten oder in der Natur. Und immer am Werken. Sie meide deshalb heute noch den grellen Schein. Sie schiebe die Läden vor, wie sie es zu Hause gemacht hätten, zeige sich selten im Freien, außer wenn sie sich frühmorgens im Garten zu schaffen mache. An Nachmittagen wie diesen stoße die bleierne Hitze bis in die Wohnräume vor. Dann lege sie sich in den Kleidern aufs Bett, rolle die Strümpfe hinunter, bedecke mit einem feuchten Tuch die Stirne und schließe die Augen, ohne je Schlaf zu finden. Mit der linken Hand drücke sie fortwährend einen zerknüllten Fetzen Stoff, der ein Taschentuch gewesen sein mochte, in der andern halte sie das Kalenderblatt zwischen ihren unruhigen Fingern, das sie später vielleicht einmal lesen werde. Aber jetzt habe sie keine Kraft mehr dazu. Ihr alter Körper, eingewickelt in schwarzes, abgeschossenes Tuch, erleide diese Stunden der Hitze wie eine Obszönität, die sie nicht wolle, aber ohne laute Klage hinnehme.

Die frei liegende Terrasse war von gusseisernen Säulchen abgestützt, schmalen Trägern, die sie mit dem darunterliegenden Balkon verbanden, der, gedeckt und von aufschießendem Lorbeer abgeschirmt, auch tagsüber im grünen Halbdunkel lag. Hier wäre ihr bevorzugter Ort gewesen, aber die untere Wohnung gehöre eben seit langem der Tochter. Die sei zwar tagsüber nicht im Haus, habe jedoch als erste hier gewohnt mit ihrem Vater zusammen. Von der Wohnung und von ihr halte sie sich fern. Sie sei ja Jahre im Bergtal verblieben und erst später in die Stadt nachgekommen, des guten Rufes ihrer Tochter wegen. Da sei aber alles schon kaputt gemacht gewesen. Emilio, ihren Mann, habe sie fortan gemieden. Auch mit ihrer Tochter habe sie nichts mehr zu tun haben wollen. Ihre eigene Tochter, das solle ich mir doch bitte vorstellen, sei ihr zeitlebens fremd geblieben, und deren Begleiter später gingen sie nichts an. Die Beziehung zu ihr, die Gefühle für Isabelle, seien ihr abhandengekommen, seit die Tochter sie allein dort oben in den Bergen zurückgelassen habe, als sie aus dem Tal weggezogen war.

In den ersten langen Jahren des Hasses, dann der heftigen Ablehnung und schließlich der Gleichgültigkeit, seien die natürlichen Regungen einer Mutter ihr weggenommen worden. An ihre Stelle sei schließlich Roberta, zuerst als Kind und dann als junge Frau, getreten. Ob ich sie nun begreife – sie meide Isabelle noch heute, obwohl sie im selben Hause wohne. Als das Kind bei ihr im ersten Stockwerk einzog, auf wessen Veranlassung auch immer, und ein Zimmer belegte, zuerst das kleine, wo es die wenigen Spielsachen stets in eine Ecke stellte und nach draußen ging, später den Schulsack achtlos hinwarf und lieber spielte als drinnen zu arbeiten, und Jahre danach, als die ersten Schminksachen im Baderaum standen, da habe sie endlich Roberta das große Wohnzimmer mit dem Austritt auf die Terrasse überlassen und das kleine Zimmer daneben auch.

Hier übt sie auf ihrer Geige, das hast du bestimmt mitbekommen. Das sind bereits die Zeiten gewesen, als ich begonnen habe, die Türen zu meinen Privaträumen zu verriegeln, wenn ich mich nicht in der Wohnung aufhielt. Ich habe deutlich gespürt, wie die Verachtung und die Trauer mir noch immer den Hals zuschnürten und wollte niemand näher heranlassen. Dabei war ich ganz zu Anfang gerne hier. Bei meinem Mann, bei meiner Tochter. Aber dann hat es sich geändert.

Sie blieben zusammen. Ich konnte nicht die Augen verschließen vor dem, was sich abgespielt hat. Es dauerte viele Jahre, die mir zugefügten Erniedrigungen zu verwinden. Jahre, während derer ich meine Wohnung kaum einmal verließ. Brot, Butter, Käse, Kaffee, alles, was ich täglich brauchte, schrieb ich auf einen Zettel und steckte ihn Isabelle an die Tür. Am Abend standen die benötigten Dinge in einem Papiersack bei der Wohnungstüre, der Betrag, nach Posten fein säuberlich aufgelistet, auf dem Einkaufszettel notiert. Wir rechneten Ende der Woche ab, und ich steckte das Geld in einen Briefumschlag und warf ihn in den andern Briefkasten. Manchmal überwand ich mich und setzte ein «Danke» dazu. Mit der Zeit wagte ich, Isabelle zu begegnen, allerdings ohne das Wort an sie zu richten. Wir schauten einander an wie zwei Versteinerte, aber wenn meine Tochter zu einem Satz, zu einer Frage ansetzte, wendete ich mich brüsk ab. Wichtige Sachen, die ausgehandelt werden mussten, trug Roberta von mir zu Isabelle und umgekehrt. Sie war sozusagen die Brücke zwischen uns.

Dann kam der Tag, an dem ich zum ersten Mal wieder den Garten betrat. Isabelle hatte mir in zwei Kistchen Blumenknollen vor die Tür gestellt. Dahlien, glaub ich. Ich ging auf dem Kiesweg, bückte mich aus lauter Gewohnheit nach diesem und jenem Unkraut, das ich sah und betrachtete das Birnenspalier, als sei mir noch alles fremd. Die Knollen setzte ich entlang des Gartenweges hinter den Randplatten. Bei den Quitten- und Kirschbäumen blieb ich stehen, strich mit der Hand über die knospenden Hortensien und sog den

Duft der aufspringenden Magnolien ein. Dann griff ich endlich zum Rechen neben dem Hauseingang und harkte den Kies. Ich hatte etwas gefunden, um das ich mich fortan kümmern konnte. Auf dem Rückzug ins Haus brach ich oft einen Lorbeerzweig ab und nahm ihn zu mir. Sie erfüllen den Raum mit ihrem einzigartigen Duft, wenn du sie in eine Vase stellst.

Ledrig, frisch, verhalten. Kennst du das?

Ich nicke. Ich rieche den Lorbeer wie eine Droge.

Sie habe am Anfang das Kind im Erdgeschoss mit sich selber reden hören. Es war allein, denn Isabelle ging in der Stadt einer Arbeit nach, mehr wusste sie nicht. Manchmal hörte sie spät abends Stimmen, wenn sie laut wurden. Gelächter. Dann lauschte sie in die Nacht. Das Kind tat ihr leid. Niemand unterhielt sich mit dem Mädchen. Es spielte im Haus, auf dem Dachboden oder im Garten mit Steinchen, Hölzern, Blättern, Sand. Einmal war da ein kleiner Hund auf der Freitreppe zum Garten, der es kläffend umsprang. Roberta verfütterte ihm die Mortadella, die sie eben für mich eingekauft hatte. Zweihundert Gramm, beim Broggi Commestibili. Scheibe um Scheibe klaubte sie aus dem Einweckpapier, hob die Wurstschnitten hoch, höher als der Köter schnappen konnte, lachte, redete auf ihn ein, fuhr ihm über den Pelz, zupfte und schüttelte ihn an den Ohren, am Halsband. Der Hund wedelte mit dem Schwanzstummel, die Lefzen trieften, das Maul floss ihm fast über. Schließlich warf ihm Roberta den Happen zu. Als die Packung leer war, bettelte er ein ums andere Mal vergebens, ließ sich vom Mädchen hinhalten, täuschen, spielte wohl eine Zeit lang mit, sprang hoch, blickte sie erwartungsvoll an und bellte. Endlich trottete der Hund davon, kehrte wieder und wieder zurück, wartete, schaute und als alle Bettelei vergebens blieb, verschwand er schließlich zwischen den Hecken, wo die Lorbeerhecke eine Lücke aufwies.

Die Terrasse stand in der Helle und Weite des Himmels wie ein großes Schiff, von blauer Luft, Wind und Gerüchen nach Tang und Ferne umspült, mit der «Reling», dem Eisengeländer, rings um die Plattform und außen herum dem Trittsteg und der Dachrinne. Der Fahnenmast stand leer, der Drahtaufzug rieb und schepperte am weißgestrichenen Metall. Man hatte ihr das Mädchen endlich ganz überlassen. Sie hatte anfangs Tag für Tag Bedenken, dass Roberta über das Geländer hinausklettern könnte und schärfte ihr ein, diese Grenze niemals zu überschreiten. Einmal würde es wohl geschehen und vor diesem Tag bangte sie. Aber Roberta spielte selbstversunken zwischen den Töpfen mit den wilden Nelken und der Kapuzinerkresse.

Die Nonna war immer noch im Nebenzimmer am Fenster. Sie rief das Mädchen erneut beim Namen und diesmal hob es den Kopf und blickte sich um nach der Stimme, aus seiner Welt herausgerissen.

Ich verlangte nie viel von dem Kind, weißt du, eine Handreichung, einen Gang in den Keller, wo Weinessig in einem großen Gebinde aufbewahrt wurde, oder ich schickte Roberta auf einen kleinen Einkauf, eine Flasche billigen Roten aus der nahen Weinhandlung zu holen, bevor die Männer in den ledernen Schürzen den Merlot Fass um Fass in den Rinnstein kippten, weil angeblich Wärme und

Transport dem Wein zu stark zugesetzt hatten. Ich verdünnte ihn in einer Tasse, süßte ihn mit Akazienhonig, bevor ich ihn trank. Manchmal machte Roberta eine Besorgung im kleinen Quartierladen mit dem schmalen Kontor, der kaum Platz zum Durchkommen ließ.

Diesen Raum hättest du sehen sollen! Er war überstellt von Reis-, Mehl- und Kaffeesäcken, die Jutenränder heruntergerollt, Speiseölkanistern, hölzernen Kisten, hohen, farbig bedruckten Blechbüchsen, auf Gestellen Gewürze, offen ihren Duft verströmend, kiloweise geschälte und getrocknete Edelkastanien und gedörrte Bohnen, flache und runde Türme von runden und ovalen Büchsen mit Fischkonserven, kunstvoll übereinandergeschichtet, geflochtene Zwiebel- und Knoblauchringe, luftgetrocknete Pilze, Zuckerstöcke, Seifen, frische getrocknete Ravioli in Schubladen, Suppen, Waschmittel, Süßigkeiten, Frischgemüse und Südfrüchte in weit ausladenden Körben, im gekühlten Glaskasten die angeschnittenen Wurstwaren, daneben, unter einer separaten Glasglocke, einige Sorten einheimischen Ziegen- oder Schafskäses nebst teurem Markenkäse aus Italien. Nach all den Speisen roch der kleine Laden und auch die Kleider des Mädchens, wenn sie nach Hause kam und mir kleine Bildchen zeigte, von Gino Bartali, Fausto Coppi, Hugo Koblet und anderen Radrennfahrern, die sie im Laden erhalten hatte.

Roberta erzählte mir, vor und nach jedem Satz nach Luft ringend, von den aufgedrehten, auseinandergezogenen braunen Leimpapieren, die von der Decke herunterhingen mit den zappelnden, sich windenden Fliegen, Mücken, Wespen, Bienen, Hummeln dran, die vergeblich versuchten, vom klebrigen, tödlichen Grund wegzukommen, vom verzweifelten Gesurr der Flügelpaare, wenn die Beine sich nicht mehr lösten und die Insekten Stückchen um Stückchen ihres Körpers preisgeben mussten, erregten, durchgedrehten, verwirrten, sich wehrenden Insekten, auf höchster Tourenzahl schwirrend, ein Gesummse und Gebrummse in der Luft, nur übertönt vom pausenlos sich drehenden Propeller an der Decke, der für kühlende, bewegte Luft zu sorgen hatte und dabei Gänsehaut an Armen und Beinen hervorrief, wenn man von der Hitze draußen in den frischen Halbschatten der Handlung trat. Und wie sie es erzählte! Auch von den ermatteten Tierchen, die sich ins Unabänderliche ergaben, die Kraft zu kämpfen verloren hatten, vielleicht nach Stunden noch einmal sich regten und dann still wurden. Die geweiteten Pupillen des Mädchens, die zitternden Lippen, das fahrige Fuchteln mit den Händen, die die Worte begleiteten, unstete Schwingen, nie zur Ruhe eingefaltet. Sie gab spitze Töne von sich, riss an ihrem Kleid, stellte sich auf die Zehen, wippte und drehte den Körper, während die Augen an keinem Punkte festhielten und nicht stillstanden. Ich habe Roberta zugehört und nichts gesagt. Es gibt in manchen Dingen des Lebens keinen Trost. Nirgends. Niemals. Das wusste ich. Doch das Kind musste es erst erfahren.

Es war Nachmittag. Roberta kam jetzt zu ihr ins Zimmer. Die Alte lag noch auf dem Bett, umgeben von einem streng angeordneten Oval aus schmalen Kupferplatten, Kupferdraht, metallenen Schuheinlagen und ähnlichen Dingen, mit denen sie sich magisch gegen feindliche Kräfte und Schwingungen schützte. Sie hatte das Mädchen gerufen, weil sie mit ihm auf den Friedhof hinaus wollte, auf das Grab ihres Mannes.

Hörst du mir überhaupt zu? Ich nickte.

Der Campo Santo lag damals ziemlich weit außerhalb des Zentrums, am Rande der Stadt. Vom Hauptplatz führte eine Trambahn hin. Ein einziges Gleis. Der Führerstand des Wagens konnte durch bloßes Herausnehmen der Lenkkurbel von vorne nach hinten verlegt werden. Da gab es keine Schienenschlaufen, um das Tramgefährt zu wenden. Es war ein einfaches Gefährt mit einem einarmigen Stromabnehmer, im Innern des Wagens links und rechts eine lange Sitzbank. Das Gleis führte im Kopfsteinpflaster der Innenstadt direkt vor dem großen, noblen Kaffeehaus vorbei, wo die Leute in Gruppen schwatzten, im Sommer auf der hölzernen Straßenterrasse Frappees oder eisgekühlte Limonade tranken und auf die Abfahrt der Trambahn warteten. Am andern Ende der Strecke verschwand das Gleis im Niemandsland der Vorstadt, endete in einem Schotterbelag, von hingeworfenem Teer und Sand flüchtig zugedeckt. An der Tramendstation zog der Wagenführer den Stromabnehmer an einer dicken Schnurleine herunter, die Funken stoben, er drehte die Stange über dem Gefährt nach hinten und ließ den Gleiter wieder im Stromkabel einschnappen. Dann wechselte er den Führerstand und bereitete sich für die Rückfahrt vor.

Roberta fasste meine Hand. Wir schritten durch ein schmales Gittertor und gingen den Weg entlang der Gräber. Über allem lag der schwere Duft weißer Rosen und verblühter Gladiolen. Reihum waren Tempelchen angelegt mit Urnen und Seitenkapellen, Stelen und Altären aus orange-

und ockerfarbigem Tessiner Gestein, das wie Marmor wirkt, symbolträchtig aufgebrochene Grüfte, aber auch kalte, glatte Ottomanen, darauf halb hingestreckte, halb hochgelagerte schlafende Frauengestalten in faltenreichen Gewändern, Gestalten zwischen Tod und Traum, deren endgültiges Wiedererwachen nur eine Frage der Zeit zu sein schien. Einen Handrücken wie in Trance an die Stirne gelegt, als versuchten sie, das Unfassbare aus dem Bewusstsein zu bannen.

Roberta blieb stehen und betrachtete lange sinnend die Engelsfiguren, Mädchengestalten aus weißem, glattem Marmor, mit schwerelosen Flügeln, die Hände bittend zum Himmel erhoben, unter ihren luftigen Gewändern in Andeutungen erste erwachende Reize. Da die Figuren etwas zeitlos Erhabenes, Entrücktes ausstrahlen, führen sie die Gedanken und unser menschliches Sehnen weit hinaus in den endlosen Raum, wo das Irdische, auch wenn es nur angedeutete kleine, weiße Marmorbrüste und verborgene Venushügel sind, den Wunsch nach unbelasteter Unsterblichkeit, vom Geschlechtlichen unberührte Unendlichkeit wecken, einer makellosen, nie zu stillenden Lust, für immer in diese Sphären zu entschweben.

Jedes Grab ist anders gestaltet, hier geharkter Kies hinter den tiefhängenden Absperrketten, die nur einen einzigen Sinn haben konnten, den Betrachter darauf einzustimmen, dass die Überwindung dieser kurzen Distanz zwischen Lebensweg und Totenplatz auf dem Zufall eines zu lange geratenen Schritts beruht. Dort ein ernster Jüngling, mit einem Finger nach oben weisend, uns Lebende erwartend, die andere Hand wie zum Trost uns hingestreckt oder auf vergilbte Fotografien zeigend, wo unter Glas, in ovale Medaillons gefasst, die Verblichenen nicht zu verstehen scheinen, was die Menschen hier auf der Erde noch hält.

Roberta liebte diesen Ort. Sie schaute das Foto des versonnen dreinblickenden Mannes unentwegt an und hörte der Alten zu, wie sie ihre Gebete verrichtete. Sie setzte sich auf die Steinplatte, während die Frau die in einer Metallfassung eingelassene Glasvase herausnahm, das faulige Wasser über die Buchshecken schüttete und am nahen Wasserhahn mit frischem Wasser die Vase ausspülte und nachfüllte. Dann durfte Roberta die fünf frischen Gladiolen einstellen. Sie konnte noch nicht lesen, aber die paar Buchstaben hatte sie zu entziffern gelernt, die Großmutter hatte es ihr beigebracht und sie wusste, dass die eingegrabenen Goldlettern den Namen des Mannes bedeuteten, von dem die Alte sagte, es sei ihr Mann, Isabelles Vater gewesen. Roberta hatte Kieselsteinchen in der einen Hand und ließ sie langsam durch eine schmale Öffnung zwischen den Fingern in die andere Hand gleiten. Ihr Blick ging über den einen Stein und alle andern Gräber hinweg und als die Nonna zum Aufbruch mahnte, hörte sie Roberta sagen: Papà, mi t'avrès vorzü tantu ben! Ich hätte dich so sehr gemocht.

Das gab mir einen Schlag, die Hitze schoss in mir hoch und über den Rücken breitete sich bleierne Kälte aus. Roberta ahnte also etwas, vielleicht wusste sie es schon immer. Warum? Mit welchen Schwingungen war diese Erkenntnis in das Kind eingedrungen? Welche Fasern hatten das Ungeheuerliche aufgesogen und weitergeleitet? Niemals hatte ich die geringsten Andeutungen gemacht und Isabelle damals das Versprechen abgenommen, bei den drei Heiligen Namen, zumindest das Kind nicht in das Geschehene und nicht Wiedergutzumachende hineinzuziehen und meine Tochter hatte es mir hoch und heilig versprochen. Wenigstens das! Und jetzt? Ich habe Robertas Hand ergriffen. Mit keinem Wort gab ich gegenüber dem Kind zu erkennen, dass ich die Tragweite des Ausrufs begriffen hatte. Wir gingen schweigend zurück zur Straßenbahn, als sei alles wie zuvor.

Als wir den Tramwagen wieder bestiegen und zurückfuhren, glich der Mann mit der Mütze plötzlich den Fotografien auf den Grabsteinen. Er schien alt, doch er trug eine dunkelblaue Uniform und über der linken Schulter an einem breiten Riemen auf Bauchhöhe ein blechernes Gehäuse mit kleinen Trichtern, Schlitzen und Tasten. Das machte ihn für das Kind interessant. Wenn er oben große Geldstücke verschwinden ließ, drückte er Tasten, die nach unten klickten und mit Geklimper kleinere Münzen hervorzauberten, die der Mann den Damen im Wagen überreichte, zusammen mit einem eingerollten gelben, roten, grünen oder blauen Papierstreifen. Das Tram war nur mit Damen besetzt, die das Mädchen mit warmem Blick betrachteten, weil es mich, die Nonna, begleitete. Das Wohlwollen der Fahrgäste strömte ihr entgegen.

Im Tramwagen war Roberta wieder die Kleine, die unruhig auf der Bank hin- und herrutschte, mich mit Fragen bestürmte und in einem unbeobachteten Augenblick dem Schaffner an der Geldwechselbüchse, die er auf Bauchhöhe umgehängt hatte, mehrere Tasten niederklickte, worauf so viele Münzen herauskullerten, dass sie sie mit den Händen nicht aufzufangen vermochte. Sie fielen zu Boden. Die Leute bückten sich lächelnd danach und der Schaffner wachte darüber, dass er sie alle zurückerhielt und füllte sie mit Geklimper wieder in die vorgesehenen Münzschlitze. Wenn er die Fahrscheine, gelbe, rosafarbene, blaue, von der Messingrolle riss, schob er das große Geldstück in den vordersten Schacht, betätigte die Tasten der Scheidemünzen und dieses Spiel hatte die Kleine begeistert. Niemand schalt sie dafür, sie sonnte sich im Wohlwollen der Erwachsenen. Nur ich zupfte sie kurz an den feinen Nackenhaaren. Roberta drehte sich um und schaute mich an, fassungslos ob der ungewohnten Züchtigung.

Die Erziehung der kleinen Person bestand darin, dass man sie ihre Erfahrungen machen ließ. Die Nonna strich ihr übers Haar und Begangenes war getilgt, wurde nicht mehr erwähnt. Seit sie ihr Zimmer in der Wohnung der Alten hatte, war sie noch freier. Isabelle hatte sie anfangs an manchen Abenden gefragt, was sie tagsüber getrieben habe. Die Großmutter forschte nie nach. Sie schaute ihr beim Spielen zu, erzählte alte Geschichten aus dem Tal, steckte ihr hin und wieder ein Geldstück in die Rocktasche, worauf das Mädchen hinunter in die Stadt schlenderte und erst zum Essen wieder erschien, rund um die Lippen klebrige Spuren von Süßigkeiten und farbigem Eis. Die Alte nahm dann ihr Taschentuch, spuckte drauf und rieb dem Mädchen den Mund sauber, bis er, auch in den Winkeln, wieder ohne Flecken war.

Als sie später zur Schule ging, erzählt die Signora, erhielten die Tage eine andere Struktur, aber im Grunde blieb zwischen uns beiden alles wie bisher. Roberta saß an den Nachmittagen, wenn es regnete, in ihrem Zimmer zwischen vielen Dingen, hatte schachtelweise Farben gesammelt, mit denen sie malte, ihr kleines, spanisches Cape hing über den Schultern wie über einer Kleiderpuppe. Sie trug bald einen Hut aus Leinen mit schlaffer Krempe, im Hutband eine Rose aus Stoff eingesteckt, ihre Haut war transparent wie die einer Neugeborenen, die Augen braunorange gesprenkelt, von schweren Augenlidern überschattet, darunter versteckte sich ein Lächeln, als wüsste sie um die Leiden der Welt.

Oder sie saß in ihrer blauen Schülerinnentracht am Tisch, schaute durchs offene Fenster über die Bäume zum Hügel hinüber, träumte, den Bleistift im Mund. Der Himmel und der bläuliche Berg spiegelten sich in ihren Pupillen. Sie nagte am Holz und wenn ich ins Zimmer trat und das Kind so dasitzen sah, rief ich oft gespielt theatralisch aus: Ach, was starrst du da für Löcher in den Himmel! Da könnten die Engel ja herunterfallen!

Aber die Engel können doch fliegen, Nonna!

Dann schloss ich leise die Tür und ließ das Mädchen in Ruhe. Am Morgen lockte ich es mit heißer Schokolade zum Frühstück, am Abend saßen wir lange zusammen in der Küche, plauderten, aßen von der Kaminplatte heiße Marroni, bis ich sie ermahnte, dass es Zeit zum Schlafen sei. Morgen gehe die Sonne wieder auf.

Von jenem Tag an, als Roberta zu erkennen gegeben hatte, dass sie über ihren Vater Bescheid wusste, ist unser

Zusammenleben noch stiller, aber auch intensiver geworden, ohne unsere beidseitige Achtung zu schmälern. Im Gegenteil. Unsere Zuneigung und unser Verständnis für einander waren nun begleitet von einer gewissen Würde des gehüteten Geheimnisses, das all die Zeit hindurch auch dem Alltagsgeschehen standhielt.

Und Isabelle? wagte ich die Signora zu fragen. Hat sie sich nicht mehr um ihre Tochter gekümmert?

Ach, weißt du, Jahre strichen dahin. Isabelle mischte sich nicht ein, ließ mich und das Kind gewähren. Auch als Roberta die Schulen abgeschlossen und zu studieren begonnen hatte, behielt sie die Distanz zu uns beiden. Roberta blieb bei mir in der oberen Wohnung, setzte sich ab und zu an meinen Tisch, nicht nur zum Essen. Sie ließ mich teilhaben an ihren Sorgen und Freuden, berichtete über den Fortgang des Studiums und wenn sie spielte, öffnete ich manchmal die Tür einen Spalt breit. Ihr Geigenspiel klang immer reifer.

In den Klüften und Schichtungen ihres Seelengebirges vergruben und lagerten die drei Frauen das Bild, die Erinnerung an den Mann, der sich aus ihrem Leben für immer davongestohlen und dessen Wirkung sich deshalb so tief in ihrem Gedächnis und in ihrer Seele eingegraben hatte. Bei jeder der drei Frauen in anderer Art. Erstarrt wie vorgeschichtliche Versteinerungen bei der einen, nur noch als schwärzliche Spuren im weichen, grauen Ölschiefer zu erkennen, den man in der Gegend fand. Nicht mehr lebendig und dennoch eigensinnig behütet, als verdrängte Trauer, bei der andern. Und die Junge hing einem vagen Verlustgefühl nach, einem Schmerz, den sie nicht benennen, dafür in ihrer Musik zum Ausdruck bringen konnte. Wenn die Erinnerungen, durch unerwartete tektonische Umschichtungen, durch plötzliche Beben, Erdrutsche, von schweren Regenfällen, einem tiefgehenden Streit begünstigt, trotzdem irgendwo an die Oberfläche getragen wurden, zerbröckelte das darüber geschichtete Gestein und ließ, nebst Gebrösel, eine ölig-seifige Spur in der Hand zurück, die mit der Wirklichkeit nicht mehr übereinstimmte. So hütete jede von ihnen ihr Bild der Geschichte und wachte eifersüchtig darüber, dass keine der andern den erlittenen Erfahrungsschatz durch achtlose Bemerkungen beeinträchtigte oder gar in Frage stellte.

Ja, sie habe ihren Mann verwünscht. Und dann, da oben auf dem Treppenabsatz habe sie gestanden, als sie sich plötzlich in einer Nacht begegneten. Emilio sei von der Arbeit gekommen. Sie habe ihn schon auf dem Gartenweg gehört. Er sei betrunken gewesen, was in den letzten Wochen, da Isabelle sich nicht mehr hier aufhielt, öfters vorgekommen sei. Ein erbärmlicher Anblick! Er habe geschwankt, unverständliches Zeugs vor sich hin gelallt. Sie sei ins Treppenhaus gestürzt, ihre grauen Haare zum Nachtzopf geflochten. Herausgeschrien habe sie es, dass das ganze Treppenhaus erzitterte: Emilio, ich verfluche dich bei den drei Heiligen Namen! In dieser Nacht habe sich ihr Mann, Isabelles Vater, aus dem Leben davongemacht. Hier, in dieser Kammer, habe sie ihn am andern Morgen gefunden. Sie weist auf den Dachbalken hin. Es sei nichts mehr zu machen gewesen. Sie hätte auch nichts zu seiner Rettung unternommen. Keinen Finger gerührt. Für ihn nicht mehr.

Und weißt du, fügt sie an, ich fühlte kein Bedauern, alles blieb versteinert in mir. Er hat mir alles weggnommen, zuerst das Tal, darauf die Tochter. Die Wurzeln eines Lebens hat er herausgerissen, die mit seiner leichten Art, den Dingen und Situationen zu begegnen, nichts zu tun hatte. Rein gar nichts! Deshalb hast auch du hier nichts zu suchen, denn du gleichst ihm zu sehr. Geh, solange es Zeit ist! Es hat für dich keinen Platz unter diesem Dach. Du bist eine Gefahr für sie.

Wo war Isabelle, als das geschah? frage ich. Das Grauen schleicht mir kalt den Rücken hoch. Und Freunde? Ob sie keine Freunde gehabt habe.

Freunde? Nein. Nicht in dieser Stadt. Isabelle sei im Norden gewesen. Sie habe, als sie die Situation nicht mehr geheim halten konnte, dort ein Kunststudium aufgenommen. Vielleicht auch nur, um die Schwangerschaft zu verbergen. Vielleicht sei sie auch von einem andern in Erwartung gekommen, da wolle sie heute keine Behauptungen in die Welt setzen. Dann wäre Emilio aus Isabelles Leben verdrängt worden. Was er nicht ertragen hätte. So oder so. Er habe auch gelitten. Möglicherweise tue sie ihm darin sogar Unrecht. Jedenfalls habe ihr Mann vermutlich eher eine Art Bilanz erstellt und sich, als er es nicht mehr aushielt, weil nichts mehr in seinem Sinn zu ändern war, schmählich aus der Affäre gezogen.

Nun sei sie schon viele Jahre hier, habe sich dennoch nie an das Leben in diesem Haus gewöhnen können. Sie bleibe die Fremde. Sie wisse, dass sie den inneren Halt verloren habe, irre in der Wohnung umher, halte sich im Garten auf, tue dort je nach Jahreszeit dieses und jenes, von dem sie annehme, dass die Tochter damit nichts zu tun haben wolle. Als einzige wirkliche Aufgabe sei ihr die Fürsorge für ihre Enkelin geblieben, darüber wache sie eifersüchtig. Und über den Garten.

Und nun kommst du daher, ein Hergelaufener, und willst mir das Letzte, was mir geblieben ist, wegnehmen. Das werde ich nicht zulassen. Niemals.

Ja, aber, wage ich verdutzt einzuwenden, das ist doch normal.

Normal? Sie lacht verächtlich. Was weißt du schon, was normal ist, als Künstler. Normal wäre es, du gingest einer geregelten Tätigkeit nach.

Der Lauf der Dinge, das ist normal, entgegne ich. Wie es eben kommen müsse. Immer erscheine da jemand, der die eingefahrene Ordnung durcheinanderbringe und Veränderungen provoziere. Sie könne doch, auch wenn sie es möchte, nicht abschließend über Robertas Leben bestimmen, das sei doch Wahnsinn.

Hast du Wahnsinn gesagt? Was verstehst du überhaupt davon! Über ihre erloschenen Gesichtszüge flammt kurz Zornesröte. Wahnsinn war das, was Emilio tat, wie er Isabelle in Besitz genommen, ihr Dasein in andere, in seine Bahnen gelenkt habe. In seine verfluchten Bahnen.

Ja, und was hat das mit mir, mit meiner Person zu tun?

Die Frage ist mir herausgerutscht und doch, genau dies möchte ich jetzt von ihr hören. Ich spüre, wie ich dadurch in eine gefährliche Zone vorstoße, die Kontrolle, vielleicht sogar meine innere Sicherheit verlieren kann, indem ich in ihre Geschichte hineingerissen werde, der Alten die

Möglichkeit biete, mich als Schuldigen hinzustellen. Möglicherweise erfahre ich dabei etwas über mich, das ich gar nicht wissen möchte. Sie hat es eben anklingen lassen.

Du gleichst ihm aufs Haar! entfährt es ihr. Sie schreit jetzt. Nicht nur dein Aussehen, dafür kannst du nichts. Es ist deine verwünschte Art, dieses Leichte, wie du über die Dinge hinweggehst. Eine beschämende und gleichzeitig betörende Nonchalance, dem Leben zu begegnen. Beschämend! wiederholt sie. Nur schon, wie du gehst, wie du sprichst. Hast du vor irgendetwas Achtung?

Isabelle hat mir Ähnliches vorgehalten, sage ich.

So. Hat sie.

Doch vielleicht bin ich gar nicht so, wie ihr mich seht, wage ich einzuwenden.

Aha. Über meine Kunst möchte sie kein Wort verlieren. Das stehe ihr nicht zu, doch die paar Blätter, die ich offen herumliegen lasse, sagten alles. Farben, vor allem die hellen, kämen bei mir nicht vor. Nur dieses Dunkle, Verwerfliche, Gottlose. Es gehe bei mir immer nur ums Geschlechtliche und das sei Sünde. Jawohl. Sünde. Was meine Bilder denn sonst aussagten? Von der Seele der Menschen, die ich darstelle, von ihrem Charakter sei nichts zu spüren. Ob das einfach genial sei, nur weil ich es geschaffen habe? Sie erkenne nirgends, dass ich die Menschen, die ich darstelle, auch liebe. Ich bewundere bloß ihre vergängliche Schönheit. Weiter nichts. Dabei drehe sich alles allein um mein Begehren.

Nur schon, wie du schaust. Unveschämt! Deine Blicke nehmen den Menschen etwas weg.

Sie habe vom ersten Tag an gesehen, dass sich etwas

anbahne zwischen Roberta und mir. Wie ich nach ihr schiele! Ich sauge schamlos von ihrer Energie, erlabe mich an ihrer Jugendlichkeit. Und Roberta lasse sich leicht täuschen. Sie hingegen habe mich durchschaut. Von Anfang an. Sie wolle nicht, fährt sie fort, dass sich das Drama in irgendeiner dreckigen Form wiederhole. Ich sei ja kaum in der Lage, Verantwortung zu übernehmen. Ob ich überhaupt etwas verdiene? Auch sei es für Roberta schwierig, mir gegenüber eine Schutzbarriere zu errichten. Sie lasse zu vieles an sich heran, sei zu schnell zu beeindrucken. Ich sei eben Künstler und habe sie mit Leichtigkeit um den Finger gewickelt.

Nun ist es an mir, die Dinge ins rechte Licht zu rücken, mich in ihren Augen reinzuwaschen.

Ich habe Roberta gern, betone ich. Ich fühle mich auch nicht schuldig dafür. In keiner Weise. Was habe ich denn Schlechtes getan? Das erste Mal habe ich Roberta in der Kupferdruckwerkstatt gesehen. Damals konnte ich nicht wissen, dass sie Isabelles Tochter ist. Nachher war's schwierig geworden, ihr nicht zu begegnen. Später, wenn sie auf ihrer Geige übte, immer aus der Distanz eines Stockwerkunterschiedes, habe ich realisiert, dass Roberta hier wohnt und ihr Musikstudium betreibt. Schließlich ist sie es gewesen, die den Kontakt aufgenommen hat, indem sie mich bei der Arbeit im Dachstockatelier aufsuchte. Aus Interesse, nicht aus Neugier, füge ich beleidigt an. Aber das ist Ihnen bekannt, ereifere ich mich. Sie haben mich ja Tag für Tag beobachtet, regelrecht überwacht, müsste ich eigentlich sagen. An sich eine verdammte Schweinerei!

Ahnt Roberta überhaupt, dass ihre geliebte Nonna die

Kontrolle von uns zweien auf die Spitze getrieben hat? Ob sie das wohl billigt? Sie können ihr ja direkt dieselben Vorhaltungen machen oder peinliche Fragen stellen. Vielleicht erübrigt sich dann Ihre Sorge. Sie ist schließlich kein Kind mehr.

Lassen Sie sie einfach los! insistiert die Alte. Lassen Sie überhaupt alles fahren, was Roberta bedrücken und belasten könnte. Plötzlich ist die Signora wieder zum «Sie» übergegangen. Das stärkt mich. Jetzt mit dickem Knüppel ausholen, Sandro, wie beim Fischen.

Sie tun sich schwer mit der Vergangenheit, werfe ich ihr vor. Sie verkorksen sich darin. Außerdem ist es Ihre Geschichte, nicht unsere. Dass die junge Frau das Einzige ist, was Ihnen vom Leben geblieben ist, kann ich verstehen. Aber einsperren in ihr althergebrachtes Weltbild, das geht nicht. Das ist lächerlich. Zudem tun Sie ihr Unrecht. Können Sie sich vorstellen, dass Roberta Sie über kurz oder lang verlässt? Verlassen muss? Sie werden allein zurückbleiben, wenn es nicht einen Weg zurück gibt. Zurück zu Ihrer Tochter. Den müssen Sie finden. Verdammt, nur den! Einzig Ihr dummer Stolz und Ihre Verletztheit stehen Ihnen im Wege.

Die Alte lässt ihre Augen auf mir ruhen, ohne mich zu mustern. Ich ahne, was sich hinter ihrer Stirne abspielt. Sie scheint ratlos und sucht die Schwachstelle bei mir. Eine geballte Ladung Leid spricht aus ihrem Gesicht. Es wird das erste Mal gewesen sein, dass sie jemand mit diesem Fortgang konfrontiert hat.

Ich kann Ihnen kaum helfen, sage ich. Ich will es auch nicht. Suchen Sie selbst nach einer Lösung aus der Situation, in die Sie sich durch Ihre Verbohrtheit hineinmanövriert haben!

Haben Sie, und damit beginnt sie ihr Rückzugsgefecht, sich einmal überlegt, wie alt Sie sind, im Unterschied zu Roberta? Sie sagt das so schlau und fein daher, überzeugt, mir nun die Schlinge gelegt zu haben.

Natürlich, das Alter. Das musste ja kommen. Damit lässt sich alles erledigen. Daran herumzudeuteln macht keinen Sinn. Die gesellschaftlichen Zwänge weiß die listige Alte als allgegenwärtige, moralische Instanz hinter sich. Keine Rechtfertigungsmöglichkeit. Nur, auf Schuldzuweisungen habe ich immer schon allergisch reagiert. Das ist mir zu plump. Das hat bereits meine Mutter versucht. Ohne Erfolg. Da werde ich bockig.

Ich habe es mir nicht überlegt, antworte ich ihr. Das ist zwischen uns bisher kein Thema gewesen. Aber die Frage ist mir gegenwärtig. Natürlich. Mir schon. Wir haben uns gern. Vielleicht wird daraus mehr. Vielleicht nicht. Doch wenn Sie annehmen, fahre ich fort, wir handelten gegen Natur, Konvention oder Moral, dann haben Sie gar nichts begriffen.

Irritiert blickt sie mich an.

Sie haben offenbar keinen Zugang zu den Mythen Ihres Bergtals, die voller Erzählungen und Bilder darüber sind. Die Sagen und Märchen der Alpenwelt, da wo Sie herkommen, strotzen vor Schuld und Sühne, vor Magie und Sünde. Kennen Sie sie?

Mythen! Sie schnaubt verächtlich. Ist was für Studierte. Gehen Sie zurück in die Stadt, wo Sie herkommen und hingehören. Und lassen Sie mich mit Ihren Mythen. Das ist nicht das reale Leben, hören Sie!

Père Lachaise, rufe ich aus. Kennen Sie wenigstens den? Die Idee ist mir spontan gekommen. Genial. Im richtigen Augenblick. Der berühmte Friedhof in Paris, den ich jedesmal aufsuche, wenn ich dort bin. Wenn man beim unteren Eingang den Weg nach rechts einschlägt, gelangt man über einen mit Kopfstein gepflasterten Weg weit hinten zu einem großen Grab, fast wie ein Tempel unter Bäumen, mit Dach und Stützsäulen. Auf einem hohen Marmorsockel ruhen zwei Figuren aus Stein. Eine einfache, gotische Bildhauerarbeit. Die hat es mir besonders angetan. Jedes Mal besuche ich die Grabstätte. Abélard und Héloise.

Und? Gehört das jetzt hierher? fährt sie dazwischen.

Ja, natürlich. Lehrer und Schülerin. Ich will Ihnen damit etwas nahebringen, was nicht in Ihren Schädel gehen will. Kein Wunder. Immer noch, rund neunhundert Jahre nach ihrem Erdenleben, ist das Grab täglich mit frischen Blumen geschmückt. Und warum? Die Leute kommen hierher, stehen in Gedanken still. Sie ergreift die Geschichte der zwei noch heute. Abélard war Priester und Dozent an der Sorbonne. Sie seine Schülerin. Das Paar hat zusammen gehalten, auch nachdem der Professor durch gedungene Mordbuben im Schlaf überrascht und entmannt worden war. Wünschen Sie mir das? Doch nicht? Schön. Ist Ihnen bekannt, wer den blinden König Ödipus am Ende seines Lebens in die Unterwelt begleitet hat? Ja, die Menschen achten das. Manchmal. Sie spüren, dass mehr dahintersteckt als eine dämliche Altersfrage. Weil es ein Mythos ist. Der hält stand. Nun kommen Sie mit Ihrem blöden Einwurf wegen meiner Jahre!

Sie hat genug. Sie nickt, als ob sie unbewusst etwas bestätigen will. Sicher hält sie mich jetzt für durchgedreht. Sie schüttelt abwägend den Kopf, nickt erneut. In ihren Augen habe ich nichts begriffen, vermute ich.

Es ist und bleibt einfach so, räsoniert sie.

Ach, ja? Dazu noch eines: In unserer Familie war es das Gebot der Mutter, von den Äpfeln in der Schale zuerst jene zu essen, die bereits fleckig waren. Man aß sich so stets von den fleckigen zu den mehligen und von da zu den faulenden. Ein einziges Mal begriff ich den Zusammenhang. Ich sagte es bloß niemandem und langte zu. Bediente mich bei den frischesten, knackigsten. Biss lustvoll hinein und freute mich am Unglück der andern.

Langsam, mit zittrigen Händen, wickelt sie die Filme wieder in die Verpackung, legt sie zur Seite. Den einen und andern hält sie länger, dreht ihn ins Licht, liest den Titel, sinniert. Dann tun wir sie zusammen zurück in die Kiste. Dabei berühren sich unsere Hände. Für einen Augenbick lasse ich meine auf den ihren liegen. Sie zieht sie nicht zurück. Verharrt stumm. Ich trage ihr den Vorführapparat wieder hinunter in ihre Küche. Oben höre ich sie den Schlüssel zur Kammer drehen. Sie kommt schlurfend die Treppe herunter. Unter ihrer Wohnungstür begegnen wir uns noch einmal.

Du hast gewonnen! sagt sie resigniert und fällt zurück in ihre alte Anredeform.

Habe ich? Ich weiß gar nicht, ob ich über ihre Äußerung froh sein soll. Manchmal tun wir aus guten Gründen das Falsche.

Wieder im Atelier, arbeite ich endlich am Finale. Ich weiß jetzt, wie ich die Bildfolge beende. Ein Zimmer, nachts. Ein Mann steht am offenen Fenster. Schaut, was sich draußen abspielt. Die Stadt liegt im Dunkeln. Sterne sind keine zu sehen. Nichts, wofür es sich lohnte zu leben. Aber auch nichts, was den Aufwand des Sterbens gerechtfertigt hätte. Neben dem Mann ein Fauteuil, unbenutzt. Links eine Zimmerpflanze. Immergrün, was sonst? Sinnlos sich nach obend rankend. Oben ist die Decke. Wenn sie dort anlangt, ist der Raum zu Ende und sie wird beschnitten. Oder weggeworfen. Das Fenster wäre die Verheißung. Hinter dem Mann steht die Frau. Die Arme hängen an ihr runter. Kein Wort fällt. Die Distanz zwischen ihnen: das Leben. Beide schauen hinaus, die Unmöglichkeit im Visier.

Für meine Bilderfolge habe ich dieses Motiv als Letztes gewählt, um mich darauf aus der angezettelten Schwere davonschleichen zu können.

Unterwegs in der Marmorschleiferei hab ich für Roberta und für mich zwei rötliche Steinwürfel erstanden, Tessiner Marmor, zwölf auf zwölf Zentimeter. Sie sehen unterschiedlich aus. Der ihre schimmert auf drei Seiten weißlich, ein ockerrotes Geäder zieht sich über Kanten und Ecken. Meiner ist dunkler, fast rostrosa im Ton mit einem einzigen Einschluss, der als ausgefasertes Band an die Oberfläche tritt. Ich liebe diese einfachen Gegenstände. Sie akzentuieren die Wahl des Ortes, wo sie hingestellt werden.

In Giannis Druckerei geht alles seinen gewohnten Gang. Man schaut kurz auf, wenn ich hereinkomme, sagt

Hallo! und macht weiter. Es riecht und raschelt und kratzt, die Arbeit läuft gut. In der Pause setzen wir uns um den großen Tisch. Mehmet hat Wasser für den Kaffee aufgesetzt. Es wird nicht viel geredet, höchstens gewitzelt. Jeder wäscht danach seine Tasse aus und hängt sie wieder über dem Spülbrett an den Holzzapfen.

Seit der unvorhergesehenen Begegnung mit Isabelles Mutter bin ich nachdenklicher geworden, was meine Person und meine Rolle hier betrifft. Ich würde gerne Roberta vom Erlebnis mit ihrer Nonna berichten, aber Roberta ist noch nicht aufgetaucht. Vermutlich hat sie ihre Geigenstunde. Wenn ich am Arbeitstisch stehe und fortfahren möchte, lenken mich die Gedanken an sie ab. Ich stelle ihr den Marmorwürfel an ihren Arbeitsplatz und kehre zu meinem Tisch zurück.

Gianni legt mir die letzten Platten zur Bearbeitung hin. An der Kartonwand hängen die bis dahin gedruckten Probeblätter mit den notierten Farbangaben und den von Hand aufgetupften Farbproben, bereit zum «Gut zum Druck». Die fertig gedruckten Blätter warten auf die Signierung. Das ist immer ein feierlicher Augenblick. Die frischen Auflagen liegen bereit, die Blätter sind trocken und gepresst, alle schön auf einem Stapel. Die Farben leuchten, das Schwarz hat einen matten Schimmer und zieht die Blicke an. Zwischen den Blättern befindet sich zum Schutz ein Seidenpapier. Man steht davor und denkt: Das ist mein Werk, das habe ich geschaffen. Endlich ein sichtbares Resultat! Es ist der Lohn für manche Wochen Herantasten an das Bild. Dann folgt die Nummerierung der Auflage und das

Setzen der Unterschrift, was jeweils mit einem Schluck Roten begossen wird. Ein Blatt jeder Tirage geht mit einer Widmung ins Archiv des Druckers.

Gianni ist stolz auf sein Können. Zu Recht. Er steht mit Rat und Tat allen bei, pröbelt mit dem Stäuben der Aquatinten, den Ätzvorgängen, den Farben, der Reihenfolge, wie die Farben gedruckt werden, denn Hell auf Dunkel oder Dunkel über Hell ergibt eine andere Wirkung. Gianni versucht Neues, findet Lösungen, die oft ganz ungewohnt, überraschend sind. Es ist sein Anteil am Entstehungsprozess der Werke. Die Künstler überhäufen ihn mit Lob und Anerkennung, gleichzeitig möchten sie sich aber abgrenzen, denn wer gibt schon gerne zu, dass nicht alles auf dem eigenen Mist gewachsen ist, sondern mit fremder Hilfe zu Stande kam. Nur läuft Gianni leider diesen kleinen, wohlgemeinten Bestätigungen seines Könnens oftmals hinterher. Es kann vorkommen, daß er deswegen einem falschem, vielleicht sogar gut gemeinten Lob auf den Leim kriecht. Er zeigt mir die Widmung eines Künstlers aus Deutschland. «Gianni Grödraz» steht auf dem kleinen Papierstück, das er eingerahmt und am Ehrenplatz aufgestellt hat, so dass es jeder sehen muss. Darunter hängt an einem roten Bändel ein Rädchen, wie ein Siegel auf alten Schriften. Es soll den Radantrieb der Presse symbolisieren. Gianni – größter Drucker aller Zeiten! Er strahlt zufrieden.

Wirf es weg, rate ich ihm, nach einem Blick drauf. Er schaut mich verständnislos an, begreift nicht, was der Einwand soll.

Warum denn? Was ist damit?

«Größter Drucker aller Zeiten», sagt dir das etwas? Dieses Wortspiel – wollte dich da jemand auf die Schippe nehmen? Er kann mit meiner kritischen Einstellung zu diesem falschen Lob nichts anfangen. Da erkläre ich ihm den Zusammenhang mit der Verunglimpfung des größten Führers aller Zeiten. Gianni schluckt leer. Am nächsten Morgen ist die Widmung verschwunden, aber eine Verunsicherung bei ihm ist geblieben, weil er nun tatsächlich nicht weiß, ob der andere ihn bloßstellen wollte, oder ob es nur naiv, doch immerhin als Lob gemeint war. Er spricht mich auch nicht mehr darauf an, vielleicht, weil er sich seines Unwissens schämt.

Jeden Tag, da ich mich bei ihm in der Druckerei aufhalte, erfahre ich Wichtiges, meist nebenbei. Eine andere Technik, die er einem Amerikaner abgeguckt und weiterentwickelt hat, Fotoätzungen, eingelassen in normale Aquatinten oder die beste Reihenfolge der Platten beim Drucken. Schwarz auf Rot und dann Gelb, die helle Farbe am Schluss oder mit dem Rot beginnen? Alles umgekehrt erzeugt unterschiedliche Mischfarben.

Rizzi, der Mailänder, hat Fotoromanzen gezeichnet, die er mitbringt und umsetzen möchte. Fumetti, Stadtgeschichten wie Comics. Er sitzt da und schmunzelt, wenn er eine seiner Skizzen erklärt.

Könnt ihr euch vorstellen, beginnt er aufgeräumt und weist auf eine Zeichnung aus seiner Oldtimer-Serie hin, der Fahrer erwähnt nebenbei, auf der Tangentiale, im dichtesten Verkehr möglicherweise, er müsse pinkeln. Der Druck auf die Blase wird zum ultimativen Problem. Plötzlich ein Pfeifton,

Rumpeln, metallisches Knirschen. Rumps, der hintere Pneu ist geplatzt. Die Felge hängt im Asphalt ein. Der Wagen dreht sich um die Achse wie ein Kreisel, schießt über den Pannenstreifen hinaus ins angrenzende Maisfeld. Nur das Autoradio läuft noch. Arrivederci amore, ciao. Aus. Ohne Vorahnung. Ich muss pissen, wäre die letzte Äußerung gewesen, hätte eine fast metaphysische Bedeutung erlangt. I piss on the cruelty of live. Er lacht schallend und schlägt vor, es wäre doch interessant, eine Sammlung «Letzter Worte» einzurichten. Weder Goethes «Mehr Licht!» wäre der Renner, noch Archimedes «noli turbare circulos meos», sondern Banales. Was sagt ihr zu Borgias «Für alles habe ich vorgesorgt, nur nicht für den Tod» und er lacht wieder aus vollem Hals. Oder er erzählt von Besuchern bei sich im Atelier in Mailand. Also, beginnt er, immer noch grinsend, der Gaspare kommt zu mir. Aus Turin. Will mir eine seiner begonnenen Arbeiten zeigen. Weißt du, was er als erstes tut? Er ruft seinen Papà an und berichtet ihm, dass er gut angekommen sei. Keine Sorge. Fünfzig Kilometer zu mir nach Mailand, eine Weltreise. Das ist doch noch ein Bub! Was soll ich da zu seinem Vorgezeigten sagen? Wir nicken zustimmend.

Wenn Rizzi hier ist, liegt alles für ihn bereit, die angefeuchteten Blätter unter dem Abdecktuch. Ein freier Arbeitstisch mit allen Utensilien, denn er arbeitet schnell. Er plaudert dazu, hört Musik, lenkt sich ab, aber plötzlich liegen die wunderbarsten Blätter da, wie aus dem Nichts hergezaubert. Er weist mich auf die Kurve des tangential verlaufenden Ätzprozesses bei starker Salpetersäure hin. Siehst du, sagt er, lange geschieht nichts, und plötzlich – sssst – aggressiv hat die Säure angegriffen. Wenn du's realisierst, ist es schon zu spät. Du musst die Platte vorher erwischen und sofort wässern, sonst ist sie verätzt, erklärt er.

Ist der von dir? Roberta zeigt auf den Marmorwürfel. Danke! Gegen Mittag ist sie doch noch erschienen. Aber ein Gespräch ist jetzt nicht möglich. Sie arbeitet an der Presse, ruhig und langsam, aber konzentriert. Sie sieht etwas müde aus.

Warst du weg, gestern Abend?

Disco, sagt sie, bis zum Morgen. Sie gibt nur diese Bemerkung von sich. Offenbar sind keine weiteren Fragen erwünscht. Es war nicht die Geigenstunde. Sie hat dunkle Augenringe. Ist wohl bei einem hängen geblieben. Überrascht von Eifersucht, versuche ich mir vorzustellen, wer von den Kerlen sie zu fesseln vermochte.

Das Warten auf die Probeabzüge ist immer aufregend. Nach Tagen und Wochen Herumtüfteln an den Platten die ersten brauchbaren Ergebnisse. Die sind meist anders als in der Vorstellung. Die Blätter liegen ausgebreitet auf dem Boden. Gianni hat sie ohne Raffinesse sec gedruckt. Das ehrliche Resultat. Man steht drum herum und bespricht es. Die Farben sind noch feucht. Dann folgen die Korrekturen. Hier wegschaben, überarbeiten, da nachätzen, dort ist eine Ecke zu dunkel, zu viele Striche, also wegpolieren, aufhellen mit dem Polierstahl. Ich bringe keine schnellen Würfe zu Stande, nicht wie Rizzi. Bei ihm sitzt alles wie aus einem Guss. Umwerfend einfach und schön. Doch plötzlich, nach vielen Überarbeitungen, mit der Gefahr, am Schluss das Ganze zu verhunzen, ist das Blatt doch fertig. Es ist gut. Roberta hilft mir, trägt die eingefärbten Platten zur Presse, legt sie auf den Drucktisch und markiert die Abmessungen. Reicht mir das feuchte Papier. Wenn sie mit an der Kurbel dreht, berühren sich unsere Hände. Sie lächelt abwesend.

Gianni ist im Hintergrund am Telefonieren. Wir haben das Läuten nicht gehört. Er blickt in meine Richtung.

Alessandro, ruft er halblaut. Für dich. Isabelle.

Ich geh ran. Sie wirkt unruhig, distanziert. Die Polizei habe angerufen. Aus Zürich. Man suche mich. Was los sei. Ich weiß es auch nicht. Sie habe denen die Nummer der Druckerei gegeben. Der Anruf aus Zürich erfolgt Minuten später. Ich bin beim Apparat stehen geblieben und nehme ab.

Kantonspolizei Zürich, Kaiser zwei.

Was? Sind Sie zu zweit? Aha, es gibt mehrere Kaisers bei der Kapo. Man will tatsächlich mich, stellt mir ein paar Fragen zu meiner Person. Ich muss mich am Telefon zu erkennen geben. Dabei wissen die sicher alles Nötige über mich, mindestens die gängigen Angaben. Im Hintergrund wird's unruhig. Mehmet fixiert mich.

Sagt Ihnen der Name Dede etwas?

Nein. Was sagten sie, Dede?

Korrekt.

Überhaupt nicht, nein.

Sind Sie sicher? Sie kennen keinen Dede?

Nein. Sagte ich doch. Klingt aber kryptisch.

Wie meinen Sie das?

Geheimnisvoll. Verschlüsselt. Kryptisch eben.

Es ist Türkisch. Ein Spitzname.

Aha. Und der bedeutet?

Großvater.

So. Woher wissen Sie das? Ich bin immer noch platt. Aber irgendetwas beunruhigt mich. Eine Ahnung nur. Eine vage Angst.

Was hat das mit mir zu tun? forsche ich den Beamten vorsichtig aus.

Es geht um ihren Bruder. Man kannte ihn unter diesem Namen.

Wusste ich nicht. Was hat er angestellt? Und wer gab ihm diesen Spitznamen? Mein Bruder heißt Giorgio Loreto. Loreto, wie ich.

Das ist uns bekannt. Aber die Leute, mit denen er verkehrte, nannten ihn so. Für sie war er der Dede.

Aha. Bitte, was sind das für Leute?

Ihr Bruder verkehrte im Milieu.

Ja, das kann sein. Eine Ahnung davon hatte ich, aber das Ausmaß und die Tragweite kannte ich nicht. Habe ich mich verhört, Sie sprechen in der Vergangenheitsform von meinem Bruder. Stimmt etwas nicht?

Tut uns leid. Er ist tot. Ich hätte Ihnen die Nachricht lieber persönlich gesagt als am Telefon.

Mein Mund fühlt sich ganz trocken an. Ich muss erst einmal schlucken und tief durchatmen. Es hat mir die Sprache verschlagen. Irgendwie musste es so sein, geht mir durch den Kopf. Ich hab's kommen sehen. Aber jetzt, da es eingetroffen ist, erschreckt es mich dennoch. Er war doch clean, beteuerte er wenigstens, wenn ich ihn nach seinen Entziehungskuren darauf ansprach. Oder meine ich das nur?

Hat er mir was vorgegaukelt? Plötzlich werden meine Augen feucht. Sorry, sag ich zu Gianni, ich kann nicht reden. Jetzt nicht. Was gibt es da auch zu sagen? Die andern sind still geworden, schauen mich scheu an. Sie beobachten, was bei mir los ist.

Sind Sie noch dran?

Ja. Ich nicke automatisch. Dabei sieht er mich gar nicht. Dann bringe ich ein banales «Wie ist das geschehen?» heraus.

Er wurde in seiner Wohnung tot aufgefunden.

Ermordet? Ich lausche in den Hörer. Blöd. Wie komme ich darauf? Die Fantasie geht mir durch. Die Hand, die den Hörer hält, zittert. Wird das jetzt zum Kriminalfall? Das hab ich offenbar halblaut gesagt.

Nein, wahrscheinlich nicht. Aber wir können noch nichts Genaues sagen. Wir bitten Sie zur Identifikation nach Zürich. Ja, so bald als möglich. Haben Sie morgen Zeit? Übermorgen? Melden Sie sich bitte auf der Hauptwache.

Verlangen Sie nach mir. Ja, Kaiser zwei, bitte. Darauf sehen wir weiter.

Danke. Ich zögere einen Moment. Auf Wiedersehen bleibt mir im Hals stecken. Dann lege ich auf. Was jetzt? Ich weiß nicht, was ich davon halten soll. Todesfall. Mein Bruder. Von einem Moment zum andern ist alles ganz nah. Ich hab ihm doch vor kurzem noch eine Karte geschickt. Hat er sie gelesen? Seltsamer Gedanke. Der Cesare Borgia mit seinen letzten Worten, geht mir durch den Kopf, der war auch nicht vorbereitet. So ist es wohl immer. Stockend informiere ich Gianni in kurzen Worten, was vorgfallen ist. Roberta hat's erraten, kommt zu mir und umarmt mich. Die andern drücken mir die Hand. Ich weiß nicht, wohin ich schauen soll, habe Mühe, nicht in Tränen auszubrechen. Verdammt, was soll das. Nicht hier. Roberta streicht mir mit der Hand über den Rücken, über den Arm, sagt nichts. Ich muss mich erst sammeln.

Mehmet ist verschwunden. Warum registriere ich das? Noch so ein merkwürdiger Gedanke. Plötzlich ist er nicht mehr da.

Habt ihr Mehmet gesehen? fragt jetzt auch Gianni. Niemand hat etwas mitbekommen. Er ist einfach abgehauen. Es ist mir unmöglich, im Augenblick weiterzuarbeiten. Ich fühle mich so leer. Vor einer hohen Wand. Wir setzen uns zusammen um den Tisch. Ich erzähle ihnen, was ich gehört habe, was ich seit langem wusste und was ich bloß ahnte. Rizzi räumt seine paar Sachen weg. Es geht ihn nichts an. Er hat genug für heute und verabschiedet sich. Ich muss also morgen nach Zürich. Das sage ich mehr zu mir selber. Alle nicken. Klar. Man versteht das. Gianni will am Nachmittag mit Drucken beginnen, was ich freigegeben habe. Das ist Arbeit für zwei, drei Tage.

Deine Ausstellung steht bevor, mahnt er.

Ich weiß. Bis dahin hoffe ich, wieder zurück zu sein. Roberta fragt, ob sie mich begleiten soll. Im Augenblick kann ich es noch nicht sagen, freue mich aber, dass sie mir das anbietet. Gianni wird es sicher nicht passen, aber er geht drüber hinweg, aus Taktgefühl. Er muss die zwei, drei Tage ohne Hilfe zurechtkommen.

Am Nachmittag gehe ich am See spazieren. Ich bin völlig durcheinander. Auf und ab gehen beruhigt etwas die aufgewühlte Seele, ohne jedoch meine Fragen, Unsicherheiten zu spiegeln, geschweige denn zu klären. Muss mich wirklich auf mich besinnen und versuchen, mit meiner verletzten Gefühlswelt ins Reine zu kommen. Unglaublich, diese plötzliche Leere. Wenn durch den Tod die Grenze zu irgendetwas überschritten ist und einen allein zurücklässt, bricht eine Verbindung nach rückwärts ab. Das ist es, was mich quält. Ich fühle mich im Stich gelassen. Niemand ist mehr da, der meine Fragen zu früher beantwortet. Zur gemeinsam gelebten Zeit. Wir konnten uns zusammensetzen und über alle Ereignisse reden, über alle Fehler, die wir auf unserem Weg begangen hatten. Und darüber lachen. Jetzt ist kein Trost mehr, nirgends. Nicht das vergangene, anders geartete Leben meines Bruders beunruhigt mich, sondern seine Nähe zu mir, die von einer Stunde auf die andere aufgehört hat, eine zu sein. Realität. Wenn ich weine, muss ich mir eingestehen, weine ich um mich.

Plötzlich bin ich verlassen worden. Und das spiegelglatte Wasser des Sees gibt keine Antwort. Ich setze mich auf eine Bank unter den Platanen, stütze den Kopf in die Hände, achte kaum auf die Vorübergehenden. Zeit, denke ich, wird keine Wunden heilen. Was für ein fader, angeblich tröstender Spruch. Die Zeit deckt die Verletzungen höchstens zu. Sie verkrusten nur, geht mir durch den Kopf. Darunter bleibt die traumatische Verletzung. Ich bin in Aufruhr. Auf den Schmerz reinprügeln können, täte mir jetzt besser. Nur um mich zu spüren. Die Wunden immer wieder aufreißen. Ich will keine vernarbten Stellen. Ich will bluten. So tut's vielleicht weniger weh. Am Abend richte ich die paar Sachen, die ich für Zürich brauche.

Anderntags sitzen wir im Zug. Roberta begleitet mich. Und ich bin froh darum. Wir belegen ein Zweiercoupé der ersten Klasse. Ich kann jetzt keinen Lärm ertragen. Touristen schon gar nicht. Kindergeschrei noch weniger. Die Hügel des Sottoceneris ziehen vorbei. Hinausschauen und doch nichts wahrnehmen. Nach dem Ceneri die Leventina. Alles, wie gehabt. Es regnet leicht. Das Tal wird eng, grau und nass, je höher wir steigen. Es regnet jetzt stärker. Der Wind peitscht die Regenschauer über die Straßen. Die Autos fahren mit Licht. Die angeschlagenen Fensterscheiben überziehen sich mit schräg laufenden Wasserfäden. Die Landschaft dahinter ist unscharf. Roberta hat eine Zeitung mitgebracht. Sie versucht zu lesen. Im Gotthardtunnel fallen mir die Augen zu. Es ist düster im Wagon. Der Kopf sinkt nach unten. Ich schrecke auf, wenn ich mit dem Kinn die Brust berühre. Der Mund steht offen. Auf der Nordseite überrascht uns gleißendes Sonnenlicht. Föhnwetter. Wir haben bis Göschenen noch kein Wort gewechselt. Ich habe rasende Kopfschmerzen und nehme ein Mittel mit einem Schluck Coke.

Hast du eine Ahnung, was mit Mehmet los war? Roberta hat mich etwas gefragt.

Wie bitte? Ich verstehe sie zuerst nicht. Sie hat etwas gesagt, aber was? Ich bin noch irgendwo. Wahrscheinlich will sie mich auf andere Gedanken bringen.

Er ist auch am Nachmittag nicht aufgetaucht, sagt sie. Glaubst du, es habe was mit dem Anruf zu tun? Könnte ja sein. Hat er überhaupt mitbekommen, wer am Apparat war? Ich glaub schon. Was macht der eigentlich hier? Außer Isabelle zu beliefern? War nicht als Frage gedacht. Räuspern. Ich weiß aber nicht recht, wie und wo ich den Anfang setzen soll. Roberta legt die Zeitung beiseite.

Sag es einfach! Erzähl!

Also, mein Bruder, beginne ich unsicher, hat mich vor ein paar Jahren zum Essen eingeladen. Ins Asia Place. Während des Essens eröffnet er mir, er habe genug vom alltäglichen Kram. Seine Arbeit öde ihn an. Dauernd für andere zu planen, die zu faul zum Denken seien. Den Kopf hinhalten müsse dann er, wenn's schief laufe. Ideen zu entwickeln, die im Sand des Getriebes stecken blieben, das sei sein brotloser Alltag.

Würstchen! Giorgio nickte, wie um sich selber zu bestätigen. Alles Wichtigtuer, meine studierten Teamkollegen. Sie haben keine blanke Ahnung von funktionaler, einfacher und dennoch schöner Architektur. Sie rennen großen Würfen nach, verführen eine Klappe, als spielten sie in einer höheren Klasse. Haben eben studiert. Wir, das heißt, die andern, nennen sie im Büro nur die «Schriftgelehrten». Dauernd muss ich mir dieses pseudo-geniale Gequatsche von gesellschaftlich relevantem Bauen anhören, das sie von ihrem Studium verinnerlicht haben. Ich erwarte noch etwas anderes vom Leben. Es ist alles so freudlos geworden, fuhr mein Bruder weiter. Er konnte nicht genau benennen, was ihn quälte. Er suchte nach Bildern, um es mir deutlich zu machen, meinte dann, es hätte etwas mit Sehnsucht zu tun. Aber wonach? Sicher nicht nach den öden Vororten der Stadt. Die sehen überall gleich aus. In der Antwort blieb er diffus. Statt seine Visionen verwirklichen zu können, seien genormte Mehrfamilienhäuser, langweilige Reihensiedlungen und öde Einfamilienhäuser zu erstellen. Dutzendware im grünen Irgendwo, die ungeliebten Bauaufträge. Ein permanenter Betrug an seinem Können, fade Kompromisse an guter Architektur. Meist aus finanziellen Gründen. Baumüll statt Ästhetik.

Was soll das? unterbrach ich seinen Redefluss. Was willst du mir eigentlich sagen?

Er nehme Koks. Giorgio schaute nicht auf, als er das sagte. Er aß ruhig weiter, wie wenn nichts wäre. Brachte es fast so nebenbei heraus, zwischen zwei Bissen Sushi. Keine Ahnung, was er mit seinem Geständnis bei mir bewirken wollte. Die Rechnung fürs Essen nahm er aufs Geschäft.

Echt? fragt Roberta. Er hat dir das einfach so mitgeteilt?

Ja. Tat er.

Wie hast du reagiert? Du, als Bruder?

Was hätte ich tun sollen? Ich bin ein miserabler Lebensberater. Wir hatten ein enges Verhältnis zueinander, doch ich war naiv. Konnte mit seiner Mitteilung nicht recht umgehen. Suchte er meine Unterstützung oder wollte er sich vor mir nur aufspielen? Ich wusste es nicht. Stutzig wurde ich erst, als er mir erzählte, er habe meine IWC, die ich ihm ausgeliehen hatte, an einer Brasil-Night verschenkt. Eine Frau habe mit ihm getanzt. Er sei noch nie so glücklich gewesen. Aber die Uhr war weg. Nun ist er tot. Es hat einige Jahre gedauert, bis sein Abstieg besiegelt war. Zuletzt hatte er kein eigenes Geld mehr und lebte von der Fürsorge.

Hast Du irgendetwas unternommen? fragt sie.

Nein. Ich zuckte die Achseln. Was sollte ich? Anfangs schien er mir noch vernünftig. Ich konnte gut verstehen, dass das, was er erreichen wollte, wovon er träumte, im Alltag des Architekturbusiness vor die Hunde ging. Ich glaube, er litt daran, dass das Bild, das er seit seiner Jugend von sich selbst hatte, immer mehr zerbrach, je länger er im Geschäft blieb. Ich realisierte erst später, dass er wirklich auf die schiefe Bahn geraten war. Er verlor alles. Nicht nur Geld. Auch seine Stellung. Das Ansehen. Er hatte seine berufliche Vorsorge aufgelöst, das Geld in Drogen umgesetzt. Das allerdings zog sich über Jahre hin. Zuerst wohnte er noch im Hotel, einer windigen Milieuabsteige hinter dem Hauptbahnhof. Dann, als das Geld nicht mehr reichte, in einer schäbigen Einzimmerwohnung im Quartier. Arbeiten musste er, nach dem finalen Absturz, in einer geschützten Werkstätte, um überhaupt Anrecht auf soziale Unterstützung zu erhalten.

Du hättest ihn ja anzeigen können!

Siehst du, genau das habe ich ihm angedroht. Nicht am selben Abend. Erst später, als ich das Ausmaß seines Sturzes ins Bodenlose erkannte. Er zitterte, hatte dauernd Durst, aß nicht mehr richtig. Kannst du bald einmal bei Isabelle beobachten, das nur nebenbei. Damals nahm er Geld von mir an, angeblich um einige offene Rechnungen zu begleichen, massenhaft Parkbußen, die Monatsbeiträge für die Krankenkasse und anderes.

Du hast ihm bares Geld gegeben? Ich glaub's nicht!

Danke für die Belehrung. Weiß ich heute auch, aber

ich musste es zuerst bitter erfahren und begreifen. Was ich ihm gab, hat er sofort umgesetzt. Er zeichnete mir Verlustscheine, bemühte sich rührend, ab und zu etwas zurück zu zahlen, denn er schämte sich.

Wenn du mich anzeigen solltest, bist du ein toter Mann und ich auch, sagte er. Wenn du das wirklich tust, bekommst du die Quittung. Sofort. Er meinte es ernst. Das war von ihm nicht gegen mich gerichtet, es würde uns beide treffen.

Schau, erklärte er mir, da draußen, er deutete zum Fenster hinaus, herrscht eine Parallelwelt, von der du nichts mitbekommst, von der du nicht mal die leiseste Ahnung hast. Nicht ohne Gesetze, aber anderen, klareren. Nachts, wenn du schläfst, wird zum Beispiel dein Milchkasten benutzt, ohne dass du auch nur auf den Gedanken kommst, etwas stimme nicht. Du wohnst in einem anständigen Gebiet. Das ist sehr gut. Dein Milchkasten ist unauffällig mit einem Zeichen versehen worden. Wie bei den Jenischen früher. So zwischen zwei und vier Uhr, wenn nur noch wenige Autos verkehren, fährt eines vor und hält. Leise. Tap, tap, tap. Jemand nähert sich dem Haus und deponiert ein Paket bei dir. Ja, in deinem Milchkasten. Der ist ja nicht abgeschlossen. Keine Sorge, das Paket ist nicht für dich. Dann fährt der Wagen leise weg und noch bevor die ersten Leute, die Zeitungsausträgerin, unterwegs sind, holt ein anderer die deponierte Ware ab. Übers Handy eingewiesen. Die zwei kennen sich nicht mal. Einige Nächte lang geht das so, dann wird die Depotadresse gewechselt. Alles bei dir ist wieder wie vorher. Hast du was mitbekommen? Nein? Siehst du, deine

Welt ist doch in Ordnung!

Ein Vertrauensbruch wie eine Anzeige, fährt er nüchtern fort, ist ein vernichtendes Urteil. Das Risiko, dass mehrere Leute auffliegen, ist zu groß. Sie werden es herausfinden. Glaub mir! Sie haben ihre Leute auch dort. Es war mir klar, wen er meinte. Dann sind wir geliefert. Sie finden uns überall. Man nennt mich zwar liebevoll Dede, Großväterchen. Zum ersten Mal nannte er mir seinen Spitznamen. Eine gewisse Narrenfreiheit wird mir zugebilligt, fuhr er weiter. Ich bin für sie so etwas wie eine Respektsperson. Ich habe, so komisch das in deinen Ohren klingt, nie meine Moral verloren. Ich lüge nicht, betrüge niemanden, nein, auch im Milieu nicht, halte mich beim üblichen Klatsch zurück. Das steckt in mir drin. Ich erledige still die Aufträge. Außerdem konsumiere ich selbst, was mich abhängig macht. Abgerechnet wird immer sofort, Ware gegen Geld. Anfangs verdiente ich nicht schlecht. Man bezahlte mich gut. Schulden machen sieht man nicht gern in diesen Kreisen. Ich habe einigen Leuten in all den Jahren vernünftig zugesprochen, wenn sie Probleme hatten. Sie kamen zu mir. Frauen vor allem. Wenn sie von den Dealern brutal hereingelegt wurden oder ihren Anteil verplemperten, bin ich mit dem Rest Geld mit ihnen zur Bank gegangen und habe in ihrer Anwesenheit für sie ein Konto eröffnet. Einige plünderten es schon in den nächsten Wochen, andere merkten, dass es der einzige Weg war, aus der Misere herauszufinden. Wenn sie nicht zahlen konnten, weil sie alles verspielt hatten, besonders die Thaigirls, die in den Spielsalons rumhängen, versuchte ich zu verhindern, dass die Kerle ihnen das Gesicht zerschnitten, sie verprügelten. So festigte sich mein Ruf. Ich fuhr in meinem Wagen den Bey. Er ist der Chef, hat den Handel unter sich. Selbst nimmt er nichts. Außer Bier. Bey hängst du hinter dem Vornamen an, ein türkischer Ehrentitel, den man aus Respekt gebraucht. Er vertraute mir. Der Bey wusste, er konnte sich auf mich verlassen. Als uns einmal die Streife im Quartier stellte, mussten wir aussteigen. Ihn untersuchten sie. Mich nicht. Mein Fahrausweis, meine ID genügten. Erol trug nie Stoff auf sich. Kein Geld. Keine Waffen. Keine Ware. Trotzdem filzten sie ihn. Ich hatte die Taschen voll. Im Handschuhfach lag meine Pistole aus der Dienstzeit. Alles, was sie am Ende zu mir sagten, war, Herr Loreto, sie fahren in schlechter Gesellschaft! Ob ich mir das überlegt habe. Ich wagte zu erwidern, ich hätte keine Ahnung, was sie meinten. Sie zuckten die Schultern. Ich müsse selber wissen, was ich tue, gaben sie mir zu verstehen. Ich hatte keine Fiche bei ihnen. Keine Verfahren. Nichts auf dem Kerbholz. Er schon. Aber sie mussten uns schließlich ziehen lassen. Es lag nichts Aktuelles vor.

Mehmet? Gehörte der auch dazu? Roberta ahnt den Zusammenhang.

Mehmet? Ja, klar. Mein Bruder und er arbeiteten fast zwei Jahre lang zusammen. Sie erhielten die heiße Ware direkt vom Großlieferanten zum Portionieren und Feinverteilen. Das meiste kommt über den Airport rein. Mehmet betrog. Er war unzuverlässig, oft betrunken und im Umgang mit Frauen brutal. Versetzte den Stoff mit Streckmitteln, weil er sich durch den Bey gedeckt fühlte. Das ist brandgefährlich. Weißt du, sagte mein Bruder zu mir, ich liefere ins Grand am Waldrand oben, auf den Goldhügel, ans Gericht, zur Bank. Die Portiers kennen mich. Viel geht auch an Praxen. Ärzte, Anwälte. An Partys. Wenn das mit dem Streckmittel auffliegt, hat es Konsequenzen. Das sind keine Dummen, die wir beliefern. Der Markt kennt keine Gnade. Bist du schlecht drin, rächt sich das.

Als mein Bruder Mehmet erwischte, ging der auf ihn los. Giorgio konnte ihn gerade noch mit den Händen abwehren und ins Treppenhaus flüchten. Er war zwar größer, aber viel älter. Seine Kräfte hätten nicht ausgereicht, ihn zu stoppen. Er rannte dann über die Treppe runter in die Bar. Die war voll besetzt. Mehmet kam nach, hatte plötzlich ein Messer in der Hand. Halt! Der Bey hatte sich eingeschaltet, doch Mehmet ging vor allen Leuten auf meinen Bruder los. Der konnte noch seine Waffe ziehen und ihm in den Fuß schießen. Mehmet schrie auf und stürzte bei der Theke zu Boden. Er war stockbesoffen. Die Gäste hielten ihn fest.

Gäste? fragt Roberta.

Na ja. Die meisten waren aus dem Milieu. Sex and Drugs. Die kannten alle einander. Es ist eben ein besonderes Hotel. Das Hauptquartier der Türkenbande. Rezeption, Barbetrieb, Zimmerservice, alles ganz normale Begriffe, aber mit einem speziellen Beiklang.

Giorgio ging zum Bey. Der saß immer allein in einer Nische der Bar, die Hände vor sich auf dem Tisch verknotet, gekleidet wie ein spanischer Grande. Gestutzter anatolischer Schnurrbart, dichtes, gepflegtes Haar, schwarze Knopfaugen, die das Geschehen aufmerksam verfolgten. Mein Bruder streckte ihm den Revolver hin. Er wolle nichts mehr damit zu tun haben. Der Bey befahl beide zu sich auf sein Zimmer. Man ging nach oben. Sie mussten aussagen. Vor Zeugen. Abi, sagte Mehmet und wandte sich an seinen älteren Bruder, Dede hat mich bedroht. Die Bodygards schüttelten den Kopf.

Du lügst, Mehmet, und wenn du nochmals den Dede anrührst, wirst du kalt gemacht. Erol, den alle ehrfürchtig «Bey» nannten, sprach gnadenlos das Urteil: Verbannung aus der Stadt. Er wusste, warum. Der jüngere Bruder hatte sich zuviel erlaubt und war zur Gefahr geworden. Das war dem Geschäft abträglich. Erol Beys Macht wurde von allen anerkannt, sogar von den Schwarzen. Dann mussten sich Mehmet und Giorgio die Hand reichen und Frieden schließen. Mehmet erhielt tatsächlich Rayonverbot und setzte sich ab. In den Süden.

Nun weißt du, was mit ihm ist.

Aha, meint Roberta. Ahnt Gianni etwas davon?

Möglich. Doch eher nicht. Gianni ist zu naiv. Als Mehmet beim Anruf richtigerweise die Kapo vermutete, ist er getürmt. Vielleicht hat er auch plötzlich realisiert, wer ich bin. Das habe ich ihm zwar schon in jener Nacht im Fischerhäuschen angedeutet. Seine Wunde hat mich stutzig gemacht. Zu Gianni machte ich jedoch keine Bemerkung. Das liegt nicht an mir. Da muss er selber klar kommen.

Am Frühabend fährt der Zug im Zürcher Hauptbahnhof ein. Roberta nimmt ihre Tasche. Wir gehen zu mir, für die Identifikation im Leichenhaus ist es zu spät. Die kann bis morgen warten.

Im Briefkasten ist lauter Mist. Ich blättere all die farbigen Zettel durch. Er wurde schon Tage nicht mehr gelehrt, die Nachbarin schaut zu wenig zu meiner Wohnung. Ein Brief liegt zwischen den Reklamen. Mein Bruder. Und eine Ansichtskarte. Auch mein Bruder. Stempel vom siebzehnten Juli. Der Brief ist von früher. Ich nehme beides mit nach oben. Die Wohnung riecht abgestanden, muffig. Kochherd und Kühlschrank, auch die elektrischen Sicherungen sind ausgeschaltet. Ich richte alles ein und reiße die Fenster auf. Roberta steht im Wohnzimmer.

Ich zeige ihr erst das Bad. Möchtest du duschen? Sie verschwindet im Badezimmer. Lässt das Bad einlaufen.

Nimm den Badezusatz, der mit dem Steinöl, steht oben beim Spiegelschrank! Hoffentlich hat sie's gehört.

Ich setze mich an den Küchentisch. Ohne abzulegen, beginne ich, neugierig zu lesen. Zuerst den Brief. Giorgio schreibt, wie es ihm geht. Er dankt für das Buch, das ich ihm zum Geburtstag geschenkt habe. Ich dachte, es hätte ihn interessiert. Scheint aber nicht so.

Zu deinem Geschenk, schreibt er, «Das verwundete Tier», das Buch des Amerikaners, ist Schrott. Eine bare Katastrophe! Ich nehme an, Du hast mir den Roman zum Geburtstag geschenkt, um mir Einblick in deine Erinnerungen und momentanen Befindlichkeiten zu verschaffen. Ich danke dir und versichere dich meines wiederholt geäußerten Verständnisses für deine Empfindungen in deiner Lebenssituation.

Wenn ich in der Folge von «Mann» spreche, meine ich sowohl den Autor wie auch den Romanhelden. Also, der Mann ist ein unsäglicher Egoist und unerträglich eitel. Der

Roman ist weder erregende Pornografie noch ernsthafte Literatur. Er hat unverkennbar den Charakter des bloß Trivialen, bestens geeignet für «Wahre Geschichten-Heftchen». Die Story ist äußerst langweilig, jedenfalls aber langweilig erzählt. Es fehlt jegliche Spannung und Exzessivität. Alle sind nett zueinander. Intellektuelle unter sich. Was für eine Sexszene, wenn der Autor wenigstens die Gabe hätte, sich beim Erzählen von der wirklichen Natur leiten zu lassen. Wenn er Gewalt, Lust und Gier darstellen könnte – im übertragenen Sinn natürlich – wie im Hetzen das Raubtier das flüchtende und gestellte Wild schlägt. Mit von Todesangst geweiteten Augen versucht das Opfer mit letzter Kraft, sich aus den Pranken des Jägers zu befreien, bis es endgültig niedergerissen wird. Noch schlägt es wild mit den Hufen in die Luft. Mit einem Hieb öffnet das Raubtier die Hinterläufe des darnieder liegenden, zuckenden Tiers. Das Opfer seufzt nur ganz kurz auf und ergibt sich, das Maul vor Schmerz aufgerissen. Das Raubtier setzt seinen Riecher an das Geschlecht und schickt sich an, das weiche Fleisch des bebenden Leibes von dieser ungeschützten, dampfenden Stelle her aufzureißen.... Das wäre eine Wahnsinnsvorlage für den Geschlechterkampf – nicht so banales, pseudo-amoralisches Gesäusel! Statt dessen beschreibt er das Leben eines alten, geilen High School Professors.

Irgendwann in seiner einschläfernden Suada, nicht ganz in der Mitte des Buches, hat dies auch der Autor gemerkt. Aber statt sexuelle Erregung, Gier, Obszönitäten darzustellen (Du kennst mich ja...) oder Tempo aufzubauen, schiebt er weitere gleich gelagerte Weibergeschichten nach.

Am Ende noch das mit der Krebserkrankung der Protagonistin. Musste ja so geschehen, um den angeschlagenen Professor wieder frei zu bekommen. Aber degoutant. Außerdem fehlt jegliche Botschaft an den Leser. Ja, ja, ich habe das Buch ganz gelesen, dir zuliebe, und dann enttäuscht weggelegt – nutzlose Liebesmühe, verlorene Zeit.

Nun aber zu dir. Wenn im Menschen Schale um Schale aufbricht, eröffnet sich im Innersten meistens pure Lebensangst. Deinen Schilderungen zur Folge, muss dies auch der Auslöser für deine bisherigen Liaisons gewesen sein. Von allem Anfang an. Du hast es nur nicht bemerkt oder nicht wahrhaben wollen. Warum gehst Du solche Beziehungen ein? Hast Du Angst, älter zu werden? Deine Absichten, mit einer Frau zusammen neue, andere Dimensionen des menschlichen Zusammenlebens gestalten zu wollen, ehrt dich. Die meisten Frauen aber haben dich in Leiden und Freuden allein zurückgelassen. Außer vielleicht einer einzigen. Was hast Du anderes erwartet? Sie hatten deinem Verständnis des Lebens und deinen Wertevorstellung in keiner Art und Weise entsprochen. Vor dieser Situation habe ich dich mehrmals gewarnt.

Apostrophiere diese Storys als nützliche Erfahrungen, als fast kostenlose Bordellbesuche (ich bin nicht schlecht gefahren damit) – und urteile nicht abschätzig darüber! Es bleibt dir nichts anderes übrig – und das ist ungemein positiv – als dich auf deine wahrhaft unnachahmlich guten Werte und künstlerischen Fähigkeiten zu besinnen. Fühle tief in dich hinein und konzentriere dich auf deine Lebensaufgabe. Die wahre Kristallisation deines Lebensglücks hast Du noch nicht

gefunden. Think about it. Ciao, fratellino! Giorgio, im Elend
PS: Dein unerschütterlicher Glaube an wahre Wunder rührt
mich echt. Und vielleicht gerade darum bin ich froh, dass wir
Brüder sind.

Einige Wochen vor seinem Tod hat er das geschrie-
ben. Was muss in ihm vorgegangen sein? Und was war der
Anlass zur Karte? Die Fotografie eines einsamen Landhauses
auf einem Hügel in der Toskana, Herausgeber des
Kartenwerks ist eine karitative Stiftung. Das Haus in der
Toskana, bei Celidonia, geht mir durch den Kopf, das wir
gemietet hatten, damals, als wir uns beide in den Ferien end-
lich das Rauchen abgewöhnen wollten. Es war unser
Masterplan. Mit nur einem Päckchen Zigaretten in der
Tasche sind wir angereist, gemeinsam haben wir die letzte
geraucht. In der Nacht dann das qualvolle Durchstreifen der
Zimmer, ob noch irgendwo eine Vergessene zu finden sei.
Hast du ein geheimes Versteck? Ja? Jeder verdächtigte jeden.
Gegen Morgen fuhren wir gemeinsam mit dem Auto vom
Hügel runter zur Hauptstraße, zu einer Tankstelle und deck-
ten uns für den Rest der Tage ein. Danach hatten wir Ruhe.

Roberta kommt aus dem Bad. Sie hat ein Tuch um die
Hüfte geschlungen. Unternehmen wir was? Zu Essen ist
nichts im Haus. Wir müssen eh raus. Ich habe in der
Bahnhofshalle das Kleinplakat einer Band gesehen, die mir
gefällt. Das wäre ein Vorschlag.

Ich kenne die Band nicht, noch nie gehört, doch ich
lass mich gerne überreden. Ich geh mich nur schnell duschen,
antworte ich, dann können wir ja hingehen, wenn es dir
Freude macht.

Als wir beim Fabrikgelände am See ankommen, hat das Konzert bereits begonnen. Beim Einbiegen auf den geschlossenen Platz, am Rande der Menge, finden wir ein Plätzchen. Zu sehen ist gar nichts. Die Leute haben sich früh eingefunden. Die Musik dröhnt, wummt, schallt von den Mauern zurück. Die Menge bewegt sich am Ort zu den stampfenden Bassschlägen. Ich setze mich auf das Stützmäuerchen eines Tordurchganges. Der Sänger lässt kein Thema aus. Er brüllt und kreischt. Seine Stimme wirkt auf mich aggressiv. Er verwechselt wohl das Mikrophon mit einer Waffe. Er heizt ein, peitscht die Menge auf. Roberta setzt sich im Schneidersitz vor mich auf den Boden, lehnt sich zurück an meine Beine. Sie tut gönnerhaft, lacht über meine Inkompetenz.

Die Band trifft den Geschmack der Zeit, meint sie. Sie belehrt mich über die Texte.

Das Übliche, behaupte ich. Ist aber nicht gleichbedeutend mit Qualität, im Gegenteil. Leadgitarre und Sänger zu eingängig, zu simpel die Melodie. Sie vermisst dafür Stampfen und Rollen, die Rhythmusgruppe ist ihr zu intellektuell, zu wenig funky. Bei jenen Passagen, die für mich vulgär klingen, bewegt sie den Oberkörper, schlenkert mit den Armen und summt mit. Ich komme mir antiquiert, banausenhaft vor. Sie wiegt sich leicht im Rhythmus, schnellt auf und lässt sich wieder sinken. Als ich ein eingeschlafenes Bein ausstrecke, setzt sie sich rittlings auf das andere. Ihre Hände sind heiß und feucht.

Nach dem Konzert ist der Platz übersät mit Abfällen. Ein Schlachtfeld. Ich kicke lustlos ein paar Flaschen zu Seite und ärgere mich. Das sieht ja aus! bemerke ich zu ihr. Sie stört es nicht. Es ist ihr gar nicht aufgefallen, weil es immer so ist. Gut, ich geh ja normalerweise nicht an solche Orte. An Jazzkonzerten, in der Tonhalle, da liegen nach dem Event keine leeren Petflaschen, Stummel, aufgerissene Zigarettenpackungen, Chipsbeutel, zerrissene Tickets, Essensreste in Plastiksäckchen herum. Auch wird dort kaum ungeniert an die Wände uriniert. Die traurige Hinterlassenschaft des Konzerts.

Wann warst du denn letztmals in der Tonhalle, fragt sie mich.

Kleiner ironischer Unterton. Aber ich bin gewappnet. Kennst du den kleinen, großartigen Pianisten, der mit der Glasknochenkrankheit? Er liegt jetzt auf dem Père Lachaise, zwei Gräber neben Chopin. Er humpelte jeweils an zwei Gehstöcken herein, legte sie beim Flügel zu Boden und kletterte bäuchlings auf den Hocker, aber dann war er entfesselt. Stehende Ovationen im Saal. Great American Songbook. Das waren Konzerte! Ich würde gerne auf die banale Weltverbesserungseuphorie dieser Sänger und ähnlicher Hanswurste verzichten. Alles leeres Gelaber. Auf dem Heimweg, in der Trambahn, sag ich's nochmals, ziemlich laut. Das kotzt mich an! Roberta dreht sich um und schaut mich irritiert an.

Ja, wenn's die andern angeht, sind sie prächtig drauf! Ich hab mich hierher verirrt, die Musik war mir zu laut, zu wenig differenziert. Nur Gewumme. Ich kriege Gänsehaut, wenn ich die Massen sehe, wie sie verzückt ihre Feuerzeuge in die Höhe strecken und sich hin und her wiegen. Das hatten wir doch schon mal, diese gelenkten Massenpsychosen, und wohin hat es geführt? Ich werde ungern in einen hypnotischen Zustand versetzt, wo alle mit verklärtem Lächeln sich zur Verkündigung bewegen wie beim Gottesdienst in einer Freikirche.

Du teilst mich also den Fans zu, denen du dich offenbar nicht oder nicht mehr zugehörig fühlst. Bist du zu alt, um dich freuen zu können oder dich einfach gehen zu lassen? meint sie verärgert.

Das tut weh. Streiten wir uns jetzt? Na dann, los. Man müsste, man sollte, es wäre gut, wenn – das ist doch absoluter Stuss, pure Verlogenheit, rede ich auf sie ein, laut und bestimmt. Roberta starrt mich an. Meinen Ausbruch hat sie nicht erwartet. Wer von denen da, frag ich, schafft denn angeblich Gerechtigkeit oder nur schon eine saubere Umwelt? Wahrscheinlich die Putzequipe, höhne ich. Türken, Tamilen und Afrikaner. Die werden dafür eingesetzt und bezahlt. Ich gebärde mich richtig verbohrt. Vielleicht gehöre ich wirklich nicht mehr dazu. Roberta ist nicht fürs Diskutieren. Sie hat Hunger. Doch ich lass mich ungern ausbremsen. Früher war's auch nicht besser gewesen, stimmt.

Klar, aber weniger laut. Was wollen die verändern, die Welt? Ein bißchen viel halt aufs Mal. Sie sollen doch die Dinge lassen, wie sie sind. Die ändern sich von selbst, wenn's Zeit ist. Etwas weniger spektakulär und viel langsamer. Alles, was man bewegen will, hindert nur den Prozess.

Magst du auch eine Bratwurst? Sie hat genug von meiner Rechthaberei. Beim Verlassen der Trambahn sagt sie immer noch nichts. Sie lässt immerhin zu, dass ich den Arm um sie lege, schmiegt sich an und lächelt. Meine Attacke ist ins Leere gelaufen. Sie dreht den Kopf nach etwas Essbarem. Am Bellevue, der Bratwurststand beim «Vorderen Sternen», kommt mir in den Sinn. Dahin machen wir uns auf den Weg.

Als ich die Tür zu meiner Wohnung öffne, presst Roberta sich im Korridor an mich, noch bevor ich mit der Hand den Lichtschalter erreiche. Ich kann die Tür hinter uns zuziehen, dann drückt sie meinen Arm heftig nach unten, schlingt die Arme um meinen Hals. Ich spüre ihren warmen Hauch und bin überrumpelt. Was ist das jetzt? Gut, sie bestimmt. Hat sie mal gesagt. Sie hebt das Gesicht, beißt mich in die Lippen, als ich sie küsse. Ich schmecke das Blut, das mir übers Kinn rinnt. Meine Hände suchen unter der Wolle die kleinen Brüste. Sie hilft mir, den Pullover anzuheben. Die Lippen zucken. Sonst nichts. Ihre Knospen sind hart. Sie zögert, sperrt etwas, als ich ihr den Reißverschluss öffne und die Jeans runterstreifen will. Ich gleite über ihren Bauch zwischen ihre Beine. Sie lässt meine Hand zu. Leicht drückt sie dagegen, wippt mit dem Bauch. Die andere Hand an ihrem hohlen Kreuz, schieb ich sie an die Wand. Sie schält sich aus den Jeans und wölbt den schmalen Körper gegen mich. Beckenstöße. Sie atmet schneller. Ihre Arme rutschen von meinem Nacken. Sie presst sie gegen die kalte Wand. Ich suche ihre Hände, rieche an der Innenfläche, ziehe sie an mich und wühle in ihrem Haar. Als wir uns von einanderlösen, flüstere ich ihr ins Ohr. Stell dich auf meine Schuhe. Bleib da. Ruhig. Wir wiegen uns leicht. Schritt für Schritt tanzen wir wie Irre im Dunkeln den Korridor rauf und runter.

Am nächsten Morgen melden wir uns auf der

Hauptwache. Der Mann, der uns bereits gestern erwartet hat, ist zuvorkommend freundlich. Er stellt keine unnötigen Fragen. Wir werden zur Aufbewahrungshalle gefahren. Sie liegt in einem Friedhof, auf einer flachen Anhöhe inmitten der Stadt, eingefasst von einem Wäldchen. Plötzlich diese Stille hier! Kein Laut der Straßen beeinträchtigt das verhaltene Gehen auf den Wegen zwischen den Gräbern. Zur Aufbewahrungshalle ist es nicht weit. Man deckt die Leiche ab und lässt uns allein mit dem toten Körper meines Bruders. Es ist hell und kalt und still im Raum. Metall und Neonröhren. Der Beamte bleibt bei der Tür stehen. Roberta fasst mich an der Hand, drückt sie, um mir ihre Verbundenheit zu zeigen und Kraft zu spenden. Mein Bruder liegt da, unter dem Leichentuch ein geblähter Leib, die Haut wächsern, Mund und Augen geschlossen, um die Lippen die Andeutung eines Lächelns. Fremd. Nicht von dieser Welt. So ist er also, der Tod. Ob Giorgio mich auch vermisst, dort, wo er jetzt ist. Wie ich ihn? Man hat ihm die Hände über der Brust gefaltet. Hat er denn je gebetet? Egal. Ich weiß es nicht. Nicht einmal das. So unendlich weit entfernt von mir und doch nur ein Schritt hin zur Bahre. Darf ich ihm die Hand auf die Schultern legen? Ich drehe mich zum Polizisten, frage. Meine Stimme, viel zu laut im Raum. Der Mann nickt. So nehme ich Abschied von Giorgio, meinem Bruder. Der Schmerz zerreißt mich, mit voller Wucht trifft es mich. Eine Erschütterung vom Zwerchfell und vom Brustkorb her erfasst den ganzen Körper, Beine und Arme zittern, der Atem zieht in spastischen Stößen ein, endlich kommt ein tonloses Schluchzen, bis ich leer und erlöst bin. Der Polizist im Hintergrund räuspert sich. Beim

Hinausgehen, die Augen noch verschleiert, gebe ich dem Polizeibeamten ein Zeichen. Er ist es. Wir müssen nochmals zur Wache, ein Protokoll aufnehmen. Herzstillstand, lese ich auf einem Papier. Eine Kopie des Totenscheins geht an die Einwohnerkontrolle. Ich erhalte die Schlüssel zu seiner Wohnung.

Warten Sie aber noch, bis wir mit dem Erkennungsdienst fertig sind, etwa in einer Woche, dann können sie hinein, erklärt der Polizeibeamte. Entfernen Sie vorläufig nichts, was wertvoll ist. Ich muss ein paar Dinge unterschreiben, den Arztbericht zur Kenntnis nehmen. Gegen Quittung erhalte ich seine persönlichen Sachen, die er auf sich trug. Portemonnaie, Kreditkarte, nicht mehr gültig, das goldene Halskettchen mit dem seltsamen Zeichen als Anhänger, seinen Ring, seine Agenda, die Autoschlüssel, den Fahrausweis, die Wagenpapiere, alles ordentlich in einem verschlossenen Plastiksäckchen. Man erklärt mir, wo der Wagen zum Abholen bereitsteht. Vergessen Sie nicht, die Wagenpapiere in der vorgeschriebenen Frist auf dem Straßenverkehrsamt umschreiben zu lassen, ermahnt er mich beim Hinausgehen. Das Auto ist leer und kontrolliert, Sie dürfen es benützen, sagt er. Falls Sie einen gültigen Fahrausweis bei sich haben. Alle weiteren Fragen, auch die Erbschaftsangelegenheit, werden offenbar später geregelt.

Mit gemischten Gefühlen verlassen wir die Hauptwache.

Das ist ja eine Edelkarosse! Roberta kann sich kaum halten vor Lachen, als sie den cremefarbenen Mercedes mit den weißen Pneustreifen sieht. Der Luxusschlitten steht im

Hinterhof einer autorisierten Werkstatt, als habe er auf Kundschaft gewartet. Leider trage ich den Führerschein nicht auf mir. Habe nicht daran gedacht. Er liegt noch in meiner Wohnung. Ich öffne Roberta die Tür und nehme auf dem Beifahrersitz Platz. Lederpolster. Es riecht und fühlt sich etwas kalt an. Sie stellt den Rückspiegel für sich ein, die Außenspiegel sind elektrisch verstellbar, auch die Sitze. Hinter dem Steuer tut sie ganz aufgeregt. Es ist ein Automat. Achtung, muss ich sie warnen, der beginnt zu rollen, sobald du den Gang einlegst.

Der ist wahnsinnig lang, sagt sie, man sieht ja kaum die Eckpunkte. Sie manövriert den Wagen langsam aus dem Parkfeld. Der Herr Drogenbaron, entfährt es ihr, kein Wunder, dein Bruder hatte Geld.

Nein, es ist nicht so, wie du annimmst, er fuhr ihn schon, als er noch als Archtitekt arbeitete, korrigiere ich. Sie fährt mich zur Wohnung meines Bruders. Doch der Wohnungseingang ist immer noch polizeilich versiegelt. Ein blauweißes, straff gezogenes Band spannt über Schloss und Tür zur Wand. Kantonspolizei Zürich. Scheu stehen wir davor. Nichts zu machen. Stimmt, eine Woche, hat er gesagt. Roberta fährt mich zu mir, wo ich meinen Fahrausweis an mich nehme. Ich räume auf, schaue, dass alle Geräte abgestellt sind, orientiere eine Nachbarin und überlasse ihr meine Wohnungsschlüssel für die paar Tage bis zur Bestattung. Roberta packt ihre Sachen und stopft sie in die Tasche. Danach verlassen wir das Haus.

Weißt du was, sagt sie, wir machen jetzt einen Abstecher zu deinem Atelier. Ich hätte Lust, einen Blick hineinzuwerfen.

Ich leite sie durchs Quartier. Aber wir stellen den Mercedes nicht direkt davor hin, ich geniere mich echt, mit diesem Wagen in der Gegend aufzukreuzen. Sonst heißt es, jahrelang fährt der Kerl kein Auto, und dann das! Zwei Querstraßen weiter finden wir eine Parklücke. Ich fühle mich unwohl, den Mercedes hier stehen zu lassen, aber es geht nicht anders. Zu Fuß schlendern wir zum Atelier. Es liegt in einem Hinterhof, im ersten Stockwerk eines kleinen Handelsbetriebes. Über die Verladerampe der Weinhandlung gelangt man in den Vorraum, wo verpackte Kartons zum Verschicken oder zum Abholen bereitgestellt werden. Im Augenblick herrscht Hochbetrieb und einige der Angestellten schauen verwundert auf, als sie mich sehen. Wir grüßen uns freundlich. Sie hätten gedacht, ich sei für längere Zeit abwesend. Stimmt, sage ich, ich schau nur kurz der Ordnung halber rein und gehe dann wieder. Über den Lagerräumen im Keller, seitlich gegen das schmale Sträßchen, das zum Hinterhof führt, liegen außer meinem Atelier das Büro der Handlung und ein Stockwerk höher einige Wohnungen, nicht sehr schön, dafür erschwinglich.

Roberta schaut sich um, ergreift Gegenstände, dreht sie in den Händen und stellt sie zurück. Sie blickt aus dem Fenster, auf den verloren dastehenden Kaktus auf dem Fensterbrett. Ich hab ihn da hingestellt, weil ich dachte, den hab ich aus der Wüste Nevada mitgebracht, der braucht nicht viel Wasser, dafür Licht. Das Wachsen des Kaktus ist ein Bild für mein Leben. Nichts wirklich Wichtiges geschieht. Es bröselt lange vor sich hin, Veränderungen sind kaum wahrnehmbar. Und plötzlich sprießen Blüten. Wenn man das Leben so, in großen Zeitsprüngen, erfahren würde, wäre man eher bereit, sich am Augenblick zu freuen und es im rechten Moment zu beenden. Diese Kontinuität der Abwärtsspirale! Man erträgt die steten Kränkungen des Älterwerdens doch nur, weil alles kaum merklich vor sich geht. Mit dreissig wollte ich tot sein, und nun plempere ich so dahin und tröste mich, es könnte auch schlimmer sein.

Roberta betrachtet versonnen Bilder, die sich an den Wänden stapeln, zieht eines hervor und stellt es hin. Sie fragt. Zu meiner Art des Schauens.

Du musst den Brennpunkt beim Sehen weit zurücklegen oder nach vorne verschieben, wenn du skizzierst. So fallen Menschen, Dinge, Häuser, Landschaften auf die bloßen Umrisse zusammen, die Farben werden blass, die Begrenzungen unscharf. Du schaust sozusagen durch die Dinge hindurch. Die Menschen verlieren ihre «Person», werden zu Schemen. Das entkleidet sie von ihrem Wesen, von ihrer Art sich zu bewegen, zu sprechen, zu schauen, zu sein. In uns drin stecken die Ablagerungen all der Jahre. Trümmer, Träume, Tröstungen. Der Kern, der uns vermeintlich zu dem macht, was wir zu sein glauben, fällt bei dieser Art zu schauen heraus. Zurück bleibt eine Hülle, die nichts mehr verhüllt. Kein Geheimnis mehr außer der Leere. Was herausgefallen ist, davon zehrt die Kultur, darauf ist sie erbaut. Nun ist die Hülle transparent geworden, allein auf sich gestellt. Ohne Hall und Widerhall. Kein Gott, der ihr etwas eingibt. Kein Körper. Nichts. Du bist zum Schemen geworden. Wie im Traum. Roberta kann meinen Worten und Bildern nur mit

Mühe folgen. Sie spürt den Abgrund, einen Mangel an Erkennen.

Glaubst du nicht an eine Art Unsterblichkeit? An irgendetwas? An die Seele halt? Sie sucht nach einer Sicherung, einer Verankerung, die sie bei mir nicht spürt.

Was soll ich da sagen? Ich glaube, ich glaube nicht – hat das eine Bedeutung? Höchstens, dass es uns vermeintlich zu trösten vermag. Jedenfalls: Ich weiß nichts. Wissen ist mir immer im Weg. Es hindert mich am Handeln, weil es angelernt ist. Weil ich mir andauernd Fragen stelle. Letztlich mich in Frage stelle. Mein wunder Punkt. Roberta möchte, dass ich das für sie fassbar mache. Skeptisch, wie sie ist, aber auch unsicher, ob ich sie verulke.

Woran liegt es, frage ich sie, dass wir im Alltag nicht so weit über uns selbst hinauszuwachsen vermögen, wie wir möchten? Uns zutrauen, die Person zu sein, die wir gerne gewesen wären? Wir schränken unsere Vorstellungen ein, je älter wir werden. Aber werden wir nicht von Anfang an begrenzt durch unser anerlerntes Bewusstsein? Erziehung, sagst du. Gut, aber bei mir hielt sich die eh in Grenzen. Mitten in diesem Schwarm von Warums und Wozus, von vernünftigen Begründungen und banalen Zwecksetzungen, in diesem unablässigen Ausspinnen von beschränkt Denkbarem und Möglichem, bleiben wir leider vor göttlichen Impulsen bewahrt. Wir zweifeln an allem, weil wir zu viel wissen, als dass wir uns selbst in Ekstase fallen lassen können. Wir haben keine Identifikation spendenden Mythen mehr. Mathematik ist uns näher als Dionysos. Gesetzmäßigkeit, Vernunft und Harmonie gegen Ekstase, Wahnsinn und

Chaos. Weißt du was, ich habe den Verdacht, dass die Menschen sich nach Kriegen sehnen, weil Kriege Ordnungen auflösen, alles möglich machen. Auch einen neuen Anfang.

Möchtest du denn keine Gewissheit haben, was ist und was sein wird?

Nein, sag ich, das ist mir zu gefährlich. Die Frage, was nach mir kommt, beschäftigt mich nicht.

Warum auch gefährlich?

Eben, der Mythos: Einmal liebte Zeus Semele. Sie liebte ihn, wurde aber von Zeus' Gattin mit einem Fluch, dem des Zweifels, belegt und bestraft. Die Fähigkeit der Götter, sich in jede Gestalt zu verwandeln und unerkannt unter den Menschen zu weilen, ist die Dimension ihrer Freiheit. Semele aber wollte, dass ihr Gott und Geliebter sich ihr zeige, ihr allein, denn sie zweifelte an seiner Herrlichkeit. Zu der Zeit war sie schwanger mit Dionysos, dem späteren, verachteten Gott der Trunkenheit, der Raserei, der Ekstase. Zeus, der sie wirklich liebte – wen liebte er nicht? – versuchte, ihr das auszureden. Doch sie bestand darauf. Der Gott offenbarte sich und seine Geliebte verglühte an ihrer Erfahrung.

Wahnsinn! meint Roberta. Jetzt verstehe ich langsam, was du meinst.

Es existieren Strukturen, setze ich nach, die einerseits erhalten bleiben und andererseits neue Kombinationen ermöglichen, ähnlich der Salze, der Kristalle. Sie sind flüchtig, wie alles im Leben.

Was ist denn mit meinem Leben? Wozu bin ich überhaupt da? will sie wissen.

Damit du mit Dingen in Berührung kommst, die dein

Leben ändern. Doch das absolut Neue, mit der Dauer deines jetzigen Lebens befrachtet, bleibt minimal. Dabei sind die unsichtbaren Bindungen deiner Gene mindestens so stark wie reale Bedingungen der Umwelt. Ein Über-sich-Hinauswachsen ist den meisten Menschen nur in ihren Träumen vorbehalten, behaupte ich. Wenn du träumst, wechselst du die Ebenen, um dich darin zu verlieren, dann wachst du wieder auf, ohne Verminderung der Kraft der Bilder in deinen Träumen.

Seltsam, sagt sie. Wenn jemand stirbt, beschäftigen wir uns plötzlich mit diesen Fragen.

Stimmt. Am Spannendsten sind für mich die «Schalenzustände», eben die Hüllen, wo die Schemen auftreten und wirken. In der persischen oder babylonischen Mythologie sind die Schemen die Totengeister, oder Seelen, wie du es nennst, die das Etwas verhüllen, indem sie den Zugang zum Nichts verunmöglichen. Dabei sind beide, das Etwas und das Nichts, auf ewig miteinander verbunden. Du siehst entweder das Eine oder das Andere, aber nicht beides gleichzeitig. So tappst du halb blind durch dein Leben. Vergleich das mit dem antiken Chor. Das Geschehen ist ihm bekannt. Nur ihm. Das vergangene und das zukünftige. Aber er ändert nichts. Er lässt uns agieren und reflektiert unser Handeln wie ein Spiegel, den du niemals durchschreiten kannst, ohne zur Erkenntnis zu gelangen. Dann aber bist du nicht mehr von dieser Welt. Auch wenn du den Spiegel zerbrichst, weil du irre wirst an diesem Leben, in viele, viele Teile, wirst du ihn nie überwinden. Du bleibst, wo du bist. Er wird dir zwar das Bild, noch im kleinsten Stück, neu zusammensetzen. Tausendfach. Aber das Bild, verstehst du, nicht die Welt. Sie ist nicht erklärbar.

Gott? hast du gefragt. Sein Nichtantworten wird als Allwissenheit ausgegeben. Ein Frage der Macht. Der Mensch? Eine willkürlich umherschiebbare Figur in einem Spiel, dessen Regeln nicht wir aufgestellt haben, deren angebliches Übertreten jedoch die verheerendsten Folgen nach sich zieht.

Für mich unerträglich ist sein Schweigen, sagt Roberta. Hast du deinen Bruder gern gehabt?

Ja. Aber ich hab aufgehört mich zu hinterfragen, was wieder falsch gewesen sein könnte. Es gibt keine Antwort. Schweigen ist die absolute Verweigerung. Das kenne ich zur Genüge aus der Kindheit. In-der-Welt-sein? Letztlich eine Auslieferung an das Schweigen. Ich stelle keine Fragen mehr, will auch keine Antworten. Es ist so, wie es ist.

Auf der Rückfahrt von Zürich ins Tessin nehmen wir die Axenstraße, den Urnersee entlang. Es ist die schönere Route als über die Autobahn am andern Ufer. Es ist ein bisschen wie Autoscooterfahren auf dem Rummel, eine Biegung nach der andern. Autofahren zu zweit, wenn es das nicht schon gäbe, müsste es erfunden werden, nur um das vertrauliche Plaudern am Steuer zu genießen. Es reduziert die Gesellschaft auf zwei, die sich freiwillig den Gefühlen im engen, geschlossenen Raum aussetzen. Roberta sitzt schläfrig neben mir. Manchmal fallen ihr die Augen zu. Ihr Atem geht dann ruhig und gleichmäßig. Eben hat sie noch was gesagt, plötzlich ist sie still. Friedlich. Ich freue mich über den

Panoramablick aus der Frontscheibe. Schweigen. Hell, dunkel, hell – in schneller Folge verschneite Berge, Tunnel, Kurven, das Bild des aufgewühlten Sees, weiße Schaumkronen auf grünen Wellen. Surfer, Berge, Häuser huschen seitlich vorüber. Gedanken, Erinnerungsstücke, Autos wie Geschosse, die Straße, die uns entgegenrast, Verkehrshinweise, man registriert sie, wichtig, unwichtig, ein Blick nach rechts, ein kurzes Lächeln. Das summende, vibrierende Geräusch des Motors schafft intime Vertrautheit.

Müde? Roberta scheint wieder wach, belustigt, dass sie eingenickt ist. Sie sagt und gähnt dabei, dass sie wahrscheinlich das Musikstudium in Zürich fortsetzen wolle.

Ich hab das mal so im Kopf, meint sie. Muss mich aber noch um Stipendien bemühen. Ja, doch, das Geld ist ein Problem. Ich bin auch jetzt nicht unabhängig. Einen Orchesterplatz bräuchte ich drum dringend. Ich möchte weg von da unten, weiß aber noch nicht recht, wie ich es machen soll. Es steht so vieles in den Sternen.

Willst du wirklich weg? Du könntest bei mir wohnen. Platz hab ich genug. Du wärst dann aber die Fremde hier. Hast du das bedacht?

Vielleicht zu Beginn, ja, aber das mit dem Wohnen möchte ich lieber noch offenlassen. Verstehst du das?

Dein Entscheid. Und was wird aus Isabelle, der Galerie, der Nonna?

Muss ich mir erst überlegen. Muss ich das überhaupt? Die kommen doch auch ohne mich zurecht. Ich kann ja nicht ewig von zuhause zehren. Roberta kann mir keine schlüssige Antwort geben, sie schiebt den Entscheid vorerst auf.

Unterwegs, noch in der Ebene, legen wir einen Kaffeehalt ein. Auch danach überlässt sie mir gerne das Steuer. Das Tal wird eng. Sie mag die kurvige Strecke nicht, die vor uns liegt. Sie setzt sich seitlich, zieht die Füße hoch und kugelt sich ein. Wir verlassen die Autobahn vor dem Tunnel und ich fahre aus purem Vergnügen auf der alten Straße die Schöllenen hoch und über den Pass. Ein erster, dünner Schnee liegt in der Höhe auf den Felsflanken, von den Sonnenstrahlen in weißes, kaltes Licht getaucht. Der Schnee wird wieder verschwinden, auch der nächste. Es ist noch nicht Zeit, der Herbst steht noch bevor.

Kopfsteinpflaster nach der Passhöhe. Ein dumpfes Rumpeln der Räder, das sich ins Innere des Wagens überträgt. Die Serpentinen hinter dem Pass haben es in sich und wecken in mir Erinnerungen an den ersten Buick meines Onkels, an unsere Fahrten in den Süden, an meine Übelkeit nach den zahlreichen engen Kurven, an den großen, schweren Mann am Steuer. Als das Unglück geschah, war er allein, lenkte den Wagen mit dem automatischen Getriebe die Tremola hinunter, aus purer Bequemlichkeit immer mit dem Fuß auf der Bremse, ohne in einen tieferen Gang zu schalten. Möglich, dass er im Leerlauf rollte, um Benzin zu sparen. Kurz vor Airolo waren die Bremsbeläge runtergefahren, der Wagen überschlug sich am Randstein und landete auf dem Dach im Flussbett.

Ermanno hat auch einen 58er Buick, diesen Oldtimer, mit dem wir zum See gefahren sind, konstatiert Roberta. Hat dein Onkel den Unfall überlebt?

Ja, knapp. Man zog den großen, schweren Mann mit

einigen Brüchen und Splittern im Leib durch das eingeschlagene Seitenfenster. Lange wusste man nicht, ob er es schafft. Die Nachrichten trafen brieflich ein. Denn damals hatten wir noch keinen Telefonanschluss. Monate später kam der Brief der Tante, er arbeite wieder.

Stell dir mal vor, und damit spreche ich sie auf das bevorstehende Fest an, das Gianni zum Abschluss des Sommers plant, du kommst an, das Fest im Hof ist im Gange. Doch bist du spät dran, die Party hat begonnen, alles scheint gelaufen, die Karten fürs temporäre Glück sind verteilt. Tanzende Pärchen, eng umschlungen.

Kannst du tanzen? fragt sie keck dazwischen.

Nein, nicht richtig, muss ich zerknirscht zugeben, nur so, wie wir im Korridor auf und ab tanzten. Aber die Vorstellung, du seist die Person, die ich im Kopf habe, macht mich glücklich. Schade, ich würde gerne mit dir durch die Nacht tanzen. Sie kneift mich in den Arm.

Tanzen? Das sind doch nur Balzrituale, was sonst? Sie lacht.

Und da, fantasiere ich, über alle Anwesenden hinweg ein Augenpaar, ich komme ins Schwärmen, ein kurzer Blick, der trifft und einhakt. Die Terrassentür steht weit offen. Musik klingt aus dem Raum. Man geht zu der Person hin, fasst sie am Arm und ist überrascht, dass sie folgt. Roberta, nachdenklich, wiegt den Kopf.

Woran denkst du? möchte sie wissen.

Daran, wie es auch hätte sein können zwischen uns. An imaginäre Zwiegespräche unter beleuchteten Palmen im Hof der Druckerei, wenn wir im Rhythmus der Musik über den Kies tanzen. Der lange Schatten des Kamins. Die Glühgirlanden.

Sie nimmt mich am Ohr. Du und deine Ideen, ich glaub, du bist ein verkappter Romantiker!

Ja, vielleicht, ich habe eben kein Immunsystem gegen das Schöne.

Unterdessen liegt die alte Straße zurück, wir fahren lange schon auf der Autostrada, der Ceneri liegt vor uns und wir fahren durch den Berg unserem Ziel entgegen. Es dunkelt ein. Der helle Widerschein der Stadt vor uns und die Lichter des starken Verkehrs irritieren. Ich muss aufpassen, dass ich die richtige Ausfahrt nehme und den Einschlupf ins Besso nicht verpasse – der letzte Abschnitt ist ermüdend. Endlich kommen wir an.

Die Vernissage eine Woche später war auf siebzehn Uhr angesetzt. Der Tag begann eigentlich gut. Als ich am Morgen früh die Fensterläden aufstieß, arbeitete die Signora bereits unten im Garten. Guten Morgen! rief ich ihr gut gelaunt zu. Sie richtete sie sich langsam aus ihrer gebückten Haltung auf und schaute zuerst misstrauisch schräg zu mir nach oben. Ich blieb am offenen Fenster stehen und grüßte nochmals leutselig. Da machte sie eine vage Handbewegung. Es sah aus, als winke sie mir zu. Ich wagte sogar ein vertrauliches Lächeln. Wie jeden Tag trug sie ihren schwarzen, schmuddeligen Schürzenrock, der ihren mageren Körper bis fast zum Boden umhüllte. Mit ausgebeulten Seitentaschen, in die sie die Hände steckte, wenn sie ruhten. An den geschwollenen, bleichen Beinen bis auf die Fußgelenke heruntergelitzte, graue Strümpfe. Dabei war es noch kühl.

So früh schon bei der Arbeit? fragte ich gut gelaunt. Geht's ordentlich? Das war nicht nur reine Höflichkeit, es interessierte mich wirklich, denn ich hatte sie schon Tage nicht mehr gesehen. Ja, ja, es geht, meinte sie, ich hätte ja heute meinen großen Tag, sie wünsche mir viel Glück dazu. Das war sehr liebenswürdig. Woher rührte ihr Interesse, dass ihr das bekannt war?

Danke für die guten Wünsche. Ich fühle mich nach wie vor ein wenig wie auf der Durchreise. Zu Größerem, Bedeutenderem natürlich. Ich komme gerade von der Biennale – das wäre so ein Satz, beiläufig gesagt, der mir wie Butter auf der Zunge zergehen würde, die weite Welt winkt heimlich als Ziel. Es ist zwar die reine Anmaßung. Aber sie tut wohl.

Heute allerdings musste ich mich bewähren, wenn meine Wünsche nicht nur ein Traum bleiben sollten. Die Eröffnung meiner Ausstellung und ihre Resonanz erst werden es zeigen. Wir hatten alles zu einem möglichen Erfolg beigetragen. Dutzende persönlicher Einladungskarten verschickt, die Presse mit einem sorgfältig zusammengestellten Communiqué begrüßt, wichtige Leute sogar persönlich angesprochen, SMS. Kommt ihr? Ja, wir würden uns freuen. Haben Sie Zeit heute Abend? Sie werden uns fehlen! Falls Sie dennoch kommen können, toll – ein kleines Buffet steht bereit, Apéro riche – ich war es nicht gewohnt, mich so anzubiedern. Doch Isabelle meinte, das sei eben professionell.

Dabei wurmt mich im Innersten, dass ich vom Wohlwollen anderer abhängig sein soll. Ich kann durchaus ermessen, was auf meinem künstlerischen Weg erarbeitet und was erdienert ist. Erschlichen, erkauft an Gartenpartys mit ausgesuchten Leuten, deren Renommee sich darin erschöpft, aus der Finanzwelt, der Wirtschaft oder der Politik zu stammen und im richtigen Golfklub zu sein. Ab und zu war auch ein Ehrendoktor darunter oder ein Wichtigtuer der Kulturszene. Mit mir als Künstler, einer Art Paradiesvogel in dieser konventionellen Gesellschaft, erhielt jeder Anlass den kalkulierbaren Wert von Exotik, den die noblen Gastgeber als angemessen betrachteten. Es funktionierte prächtig, wenn sich alle an die Spielregeln hielten.

Nur nichts dabei durcheinanderbringen! Schon die angewandte Sprache gibt mir jeweils zu schaffen. Wörter, die man täglich ohne nachzudenken benutzt, sind in gehobenen Kreisen verpönt. Bei Ausrufen heißt es aufpassen, dass man nicht ausrutscht. Man hat sich unter Kontrolle zu halten. Geil, zum Beispiel, wenn es rein sexuell gemeint ist, gilt bei diesen Anlässen als absolutes Tabuwort. Angenehmere Adjektive, diese kleinen, meist bedeutungslosen Füllwörter, fließen leichter über die Lippen als harte Alltagsworte oder gar grobe Verben, die den Geruch von Tun in sich tragen. Als ich mich an einer Einladung einmal über eine moderne Fernsehproduktion ausließ, einer Verfilmung der «Carmen», von der ich annehmen konnte, ein kulturelles Thema stoße in dieser Umgebung auf breite Zustimmung, erfuhr ich die Wirkung des in meinen Kreisen gebräuchlichen Wortes, denn die Darstellerin des Zigeunermädchens aus der Zigarrenfabrik war zwar stimmstark, aber vor allem jung, schlank, aufreizend und verdorben. Eben geil. Das war ihre Rolle, die sie mit ganzem Können und mit ihrem Körper ausspielte. Was für eine Operndiva nicht selbstverständlich ist. Verlegene, zerdehnte Stille. Dann ungläubiges Räuspern. Lange, bedeutsame Blicke in ferne Fernen, darauf langsames Wiederansteigen des Geräuschpegels bis zum normalen Plauderton. Man blieb nett zu mir. Half, meine sprachliche Entgleisung ungehört, ungeschehen zu machen, indem man drüber hinwegging. In einer Pause, zwischen Apéro und erstem Gang, führte mich der Hausherr «auf ein Kurzes» in sein Arbeitszimmer. Er wies mich auf seine bedeutende Sammlung elfenbeinerner, hölzerner, bronzener und steinerner Objekte hin, Elefanten im pseudo-indischen Stil des ausgehenden siebzehnten, achtzehnten oder neunzehnten Jahrhunderts, deren hervorragendes Merkmal das eregierte Glied zu sein schien. Kopulierende Affen, Götterfiguren in Blau und Rosa oder Schwarz, alle in ekstatischer Umschlingung dagestellt. Außerdem, und auch dies wurde mir gezeigt, widmete der Gastgeber viel Herzblut dem Studium der subtilen Weichgrundätzungen, Vernis mou eines berühmten Zeitgenossen. Obwohl, in Grauschwarz- und Rottönen gehalten, hätte man sie auch als Testtafeln zu einer Anamnese der Psyche herbeiziehen können. Dargestellte Innereien und Anhängsel des menschlichen Körpers überspielend, deren krude Geschlechtlichkeit wahrzunehmen sich geradezu aufdrängte, erging sich der Sammler ausschließlich über die Ästhetik, bemühte die klassische griechische Antike, redete über die Empfindsamkeit des Künstlers bei der Strichführung. Er gab mir so eine Lektion über das tunlichste Vermeiden ehrlicher Benennung von sichtbaren

Tatbeständen und Sachverhalten. Die Ergriffenheit des Mannes schien echt zu sein. Ich pflichtete seinen Ausführungen bei, höflich, ohne mein Erstaunen kundzutun, hatte doch der Besitzer der Sammlung kurz zuvor die Irritation der Geladenen bei meiner Entgleisung meisterhaft geglättet. Wir kehrten darauf zu den Gästen zurück, er hängte sich bei mir ein, an alle Gäste als freundschaftliches Zeichen zur Tilgung des Vorgefallenen bestimmt, als eine Unperson aus dem Dorf auf dem Zürcher Goldhügel keck zwischen den Büschen des Villengartens auftauchte, mit einem Eiskübel und einer Flasche ordinären Sekts in den Händen. Um die Peinlichkeit, die dieses frivole Eindringen in die geschlossene Gesellschaft darstellte zu umgehen, wurde die Flasche sogleich mit Knall entkorkt und reihum in die bereitwillig unter affektiertem Hallo! entgegengestreckten Kelche eingeschenkt, die Etikette jedoch diskret von einer weißen Serviette verdeckt, mit der die niedere Herkunft des Tropfens verhüllt werden sollte. Die Gastgeberin klatschte in die Hände und die geladenen Gucci-Gürtelschnallen und Versace-Täschchen wandten sich erleichtert den Grilladen zu.

Von unterwegs aus der Stadt brachte ich am Vormittag einen Satz farbiger Glühbirnen für die Girlanden in Giannis Hof mit. Es sah noch kaum nach Fest aus. Da ich mir bis zum Beginn der Ausstellung die Zeit vertreiben musste, half ich ihm, die kaputten Glühlämpchen zu ersetzen, den Kiesplatz zu säubern, das Feuerloch im Hochkamin auszuräumen. Aus dem Schuppen beschaffte er einen alten Rost. Die Kinder spielten um die Holztische. Stühle fehlten einige. Ein paar waren kaputt, andere leicht wieder herzurichten. Falls es regnen sollte, war genügend Raum in der Remise vorhanden. Mit Anna räumte ich all das Gerümpel zur Seite, das sich dort seit Monaten angesammelt hatte. Gianni wischte die Tischplatten. Ab und zu schaute ein Handwerker aus der Nachbarschaft vorbei, brachte eine Flasche oder etwas zu essen für den Abend. Einen Sonnenschirm oder Klappstühle. Dann wurde es Nachmittag und ich ging nochmals zurück, um mich zu duschen und umzuziehen.

In der Galerie stand die Tür offen. Der kleine Tisch im ersten Raum, hinten an die Wand gerückt, war als Buffet hergerichtet. Isabelle und eine Aushilfe warteten auf die Besucher. Ich gesellte mich zu ihnen. Die ersten Leute erschienen, wahrscheinlich direkt von der Arbeit. Unter ihnen war mir niemand bekannt. Man sprach mich an und war erstaunt, wenn ich auf Fragen keine patenten Antworten bereit hatte und verschlossen blieb. Ich fühlte mich fremd, an den Rand gestellt. Denn etliche benutzten die Bildpräsentation lediglich als Vorabend-Entspannung, für einen Apéro-Schwatz, redeten über andere, meist Nichtanwesende. Ja, ja, der Dingsda, du kennst ihn, ja, sicher, der ist schwul. Nein! Hast du doch gewusst, ehrlich! Und positiv. Hat sich geoutet. Was! Ja, vor drei Wochen. Das Budget für die Werbung mit ihm, die Plakate einer Design-Ledergruppe, Weltformat, wurde deshalb gestrichen. Die Plakate überklebt. Was sagst du dazu? Schrecklich! Dass die sich das trauen! Und nun? Man drehte ein paar Ehrenrunden den Wänden entlang, und wenn man zufällig vor einem Bild stehen blieb, galt es kaum dem Werk. Man vermied face-toface-Gespräche, um jederzeit in den offenen Raum ausweichen zu können. Dann wandte man sich erleichtert dem Buffet, dem Pecorino und dem Barbera zu, stand unentwegt plaudernd vor den Schafskäsestücken, dem Wein und den frischen Brotscheiben, griff locker und wie abwesend in die bereitgestellten Platten oder trat ins Freie, wenn das Mobile sich meldete. Oder um eine zu rauchen. Die ausgestellten Bilder waren Nebensache.

Isabelle klatschte in die Hände und wollte zur Eröffnung ein paar einleitende Worte sagen. Die Besucher scharten sich sofort um sie, froh, mit der Kunst nicht allein gelassen zu werden. Sie begann leise, in der Art, eine Ausstellung von Alessandro Loreto, den sie hier zum ersten Mal zeige, bedeute für den aufmerksamen Betrachter immer wieder, den Künstler ein Stück des Wegs begleiten zu dürfen. Loreto sei noch lange nicht am Ende seines künstlerischen Wegs angelangt, sei niemals auf ein Ziel fixiert. Damit fordere er den Betrachter der Werke heraus. Er lasse ihn nicht ausruhen im Glauben, den Loreto, den kenne ich. Solches banales Zeug gab sie von sich. Sie entschuldigte sich für die Fachsprache, die sie bewusst anwende, aber, gerade bei diesem Künstler, als angemessen betrachte. Sie holte tief Luft.

Anders als bei den Großen der alten Malerei, wo im Bild der Meister sich seinem Modell zuwende oder sich wegdrehe, seine Gestalt der Staffelei zukehre oder sich zu einem imaginären Fenster begebe, zeige Alessandro, jetzt stellte Isabelle mich als ihren alten Bekannten hin, dass die Frau, damit ging sie auf eines der ausgestellten Aktbilder ein, unbekleidet, auf Knien und Ellbogen, den Kopf in die Hände gelegt, schutzlos ihr Intimstes preisgebe, die Schenkel parallel gestellt, mit durchgedrückter Wirbelsäule. Nein, das sei nun wirklich keine Pornografie. Das zeige, in überhöhter Form, die Unterwerfung unter die machtvolle Bildidee. Der Betrachter selbst, und das sei bei diesem Künstler das Außerordentlich, das ihn abgrenze, ja abhebe von allen andern, sei von schräg hinten quasi incognito mit ins Bild genommen und dadurch als Voyeur entlarvt. Und das sei bei diesen subtilen Aktdarstellungen das Wesentliche.

Ich erkannte mich immer weniger in den gestelzten Sätzen. Die Galeristin sprach immer noch leise, zwar eindringlich, aber unsicher bei der Materie, blieb mit dem Blick oft am Manuskript haften.

Speziell in einer Ausstellung wie dieser, fuhr sie jetzt etwas lockerer weiter, die aktuelle Arbeiten dieses Sommers zeige, könne man die Suche nach neuen Inhalten mittels neuer Formen gut erkennen. Hier hätte, meiner Meinung nach, Isabelle auf den Ort und das Drum und Dran der Entstehung der Ausstellung hinweisen müssen. Das ungewohnte Umfeld schien mir für diese Phase nicht unwesentlich zu sein.

Auch das Nichtfigürliche, redete sie tapfer drauflos, jetzt lauter und sicherer geworden, enthalte in sich die Aufforderung zu suchen, sich dem Bild anzuvertrauen, ohne den definitiven Entscheid fällen zu müssen: Das ist ein Apfel. Denn wenn es um sichtbar gemachte Empfindungen gehe wie bei ihm, fuhr sie weiter, sei nur eine unscharfe, vage Annäherung an die Bildauffassung des Künstlers möglich. Die Unschärfe selbst gehöre zum Kern der Aussage. Sie sei eine

Referenz an die Schönheit und an das Geheimnis des Schaffens. Das war jetzt eine nicht unstimmige Anbiederung an die Kunstgeschichte.

In ständigem Bemühen, sich in adäquaten Formen zu äußern, ist sich Alessandro Loreto der Distanz zum Anderen bewusst. Er spricht sogar von seiner Angst, zu weit gegangen zu sein, dass kein Raum mehr bleibt für Feinheiten. Doch der Abstand bedeutet auch Möglichkeiten des Verbergens, des Rückzugs. Nicht alles will Loreto mit uns teilen – er will verbergen, aber was er verbirgt, entblößt ihn auch.

Kaum einer der Besucher mochte lange angestrengt hinhören und den Gedankengängen der Galeristin folgen. Es wurde unruhig, man wechselte von einem Fuß auf den andern. Hüsteln, Räuspern, doch Isabelle suchte unbeirrt nach einem schlüssigen Ende und wurde in der Stimme klarer, gefasster.

Ein wichtiger Begriff für Loreto ist «Sehnsucht», monierte sie, unerfüllt und ständig beunruhigend. Hier geriet sie leicht ins Stocken, denn sie wich vermutlich vom Manuskript ab, vielleicht irritiert von den Bedingungen ihres eigenen Lebens.

Gibt es eine bildliche Form für Sehnsucht? fragte sie in die Runde und suchte mit den Augen jemanden, der bereit war ihr zu antworten. Es stehen sich «Sehnsucht» und «Form» diametral gegenüber. Einige nickten. Diesen Abschnitt hatte sie nicht mit mir abgesprochen, doch er klang plausibel.

Man kenne von Alessandro Loreto bereits die frühen Fensterbilder: Schnitte wie beim Film, verdeckte Teile,

Andeutungen, Übermalungen. Und das Ganze, als Fenster, bleibe ohnehin nur ein gewählter, gesuchter Ausschnitt, einer, der den Raum dahinter erahnen lasse. Ohne Fingerzeig des Künstlers deutelt der Betrachter allerdings auswegslos herum, meinte sie. Er bleibt auf bloße Annahmen angewiesen, lässt seine eigenen, unbewussten Sehnsüchte mitschwingen, sieht fernes Land am Horizont, fremde Pflanzen, entdeckt unbekannte Formen, ergänzt rhythmische Linien zu Frauenkörpern und vermutet Vergangenes. Dem mit den verdeckten, angedeuteten Frauenkörpern konnte ich zustimmen – der Rest? Na, ja. Es vermischten sich Gegenwart, Vergangenheit und Zukunft, die fließende Zeit eben. Schluss. Ende. Zaghafter Applaus. Isabelle bedankte sich artig, immer noch leicht verwirrt von den Verstiegenheiten ihrer gewagten Konklusionen.

Immerhin, fünf Käufer waren ebenfalls unter den anwesenden Gästen. Mit denen versuchte ich, nach der Einführung ins Gespräch zu kommen. Vier waren Gelegenheitskäufer, die wahrscheinlich aus Sympathie für die Galeristin ein Bild erstanden hatten oder einfach, weil es ihnen gefiel. Einer aber war Sammler. Er wurde mir von Isabelle vorgestellt. Dem brauchte ich nichts vorzumachen. Er sammelte ausschließlich moderne Druckgrafik der verschiedensten Techniken. Er nannte mir Namen aus seiner Kollektion. Sie waren mir geläufig und ich fühlte mich geschmeichelt, Teil seiner Sammlung unter Spitzenkünstlern der Druckgrafik zu werden.

Ein anderer wollte wissen, woran ich während des Schaffens der Bilder denke. An das Übliche. War sarkastisch gemeint, man denkt doch angeblich immer an Sex. Sagte ich natürlich nicht. Auch nicht, er solle sich seine eigenen Gedanken machen, das sporne die Hirntätigkeit, die Fantasie und den Stoffwechsel an. Eines Tages nämlich, in Zürich, hatte ich mich in der Art gegenüber einer Person sehr unvorsichtig geäußert. Der Rahmenmacher, ein Metallbauschlosser aus dem Quartier, erschien unter der offenen Ateliertür mit schweren Messingprofilen, die ich für die Chassis bestellt hatte und die er mit ihrem Gewicht über einer Schulter trug. So, sagte er und schmunzelte verschwörerisch, ich bringe ein bisschen realen Wert für ihre Gemälde in die Bude! Was malen Sie denn da, ist das abstrakt? wollte er wissen. Und ich fragte zurück, was er denn auf dem Bild erkenne. Worauf er eine geschlagene Stunde vor der Staffelei stehen blieb, die Metallrahmen immer noch auf der Schulter tragend. Er redete und redete, was er angeblich auf dem Bild sah oder zu sehen vorgab. Ich bremste ihn dann mit der unvorsichtigen Bemerkung, was er da äußere, sage im Wesentlichen etwas aus über ihn, nicht über das Bild, denn Bilder seien wie Spiegel, Metaphern. Dieses oft verwendete, nichtssagende Fachwort setzte ich ein, um ihn zu beeindrucken. Man erkenne sich darin bis in die tiefsten Tiefen der Seele. Oder andere täten es jedenfalls. Geschulte. So, so, meinte er, nachdenklich geworden, das sei ja wie bei jenem Test, dessen Name ihm entfallen sei. Ich wisse ja, der mit den Farbklecksen. Seither sagte er nie mehr ein Wort zu meinen Werken.

Ich stand während der Eröffnung der Ausstellung

irgendwie neben den Schuhen, es war mir unwohl, ich war nervös und fühlte meine eigene Person, nicht die Bilder ausgestellt. Das Berühmtwerdenwollen schwebte leise davon. Die Leute äußerten sich auch kaum zu den Werken an den Wänden, wahrscheinlich aus Angst, sich eine Blöße zu geben. Isabelle setzte alle Künste ein, einige Besucher vor den Bildern in ein Gespräch zu verwickeln und wenn jemand mich mit Alltagstratsch festnageln und nicht aufhören wollte, löste sie mich unter irgendeinem Vorwand aus der unangenehmen Situation und ich konnte mich wieder andern zuwenden. Aber die Zeit verrann und irgendwann war's Gott sei Dank vorüber. Die Leute verließen langsam den Raum, ließen Gläser und Kartonteller stehen und liegen, wo sie grad standen. Die letzten Gäste musste Isabelle fast hinausdrängen. Jene, die zum anschließenden Fest eingeladen waren, machten sich auf den Weg. Wir saßen auf der Fensterbank, sprachen über den Verlauf der Vernissage. Isabelle zeigte sich zufrieden. Sie tröstete mich, die Ausstellung dauere immerhin drei Wochen. Die Vernissage locke selten die richtigen, entscheidenden Leute an. Alles sei noch möglich. Auch die Wirkung der Presse trage das ihre dazu bei. Ich hätte immerhin fünf Werke am ersten Tag verkauft, das könne sie nicht bei jeder Ausstellung sagen.

Wir räumten auf, stellten die Gläser in die Spüle, abwaschen mochten wir jetzt nicht, packten die bekleckerten Kartonteller, Zahnstocher, Servietten und Plastikgabeln in Abfallsäcke. Vom Pecorino und vom Brot war nichts übrig geblieben. Isabelle löschte die Beleuchtung, ließ ein paar Spotlämpchen für die Fensternische brennen und schloss die

Galerie ab. Sie gab den Schlüssel der Aushilfe für den morgigen Tag. Dann standen wir auf der Straße. Ich legte einen Arm um ihre Schultern und wir schlenderten zur Busstation.

Nach der Vernissage ging man jeweils zu Gianni in die Vorstadt zum Weiterfeiern. Das war Tradition und falls man das Glück hatte, eingeladen worden zu sein, traf sich dort nach jeder Ausstellungseröffnung eine verschworene Clique zum gemütlichen Teil. Dazugehören war einfach ein Must. Es hatte sich über die Zeit als Ritual herausgebildet, zur Tröstung aller verwundeten Egos, wenn in der Galerie an Verkäufen nicht viel oder gar nichts gelaufen war. Heute aber stieg bei ihm das Fest zum Ende des Sommers.

Der Abend ist erst angebrochen. Das verschämte Blassrosa des Mauerputzes schimmert in den letzten, schräg einfallenden Sonnenstrahlen. Es ist, als ob das Licht um alle Ecken herum verhaltenen Glanz ausströmt. Das Gehöft der Druckerei steht da im Schein des nur noch matten Leuchtens, denn eine winzige Abendwolke hat sich hartnäckig vor die untergehende Sonne geschoben. Gäste sitzen schon da oder treffen langsam ein. Es sind vorerst weniger Ausstellungsbesucher als Giannis Nachbarn, Freunde und Bekannte. Die Flammen im Kamin bringen noch kaum genügend gemütlich flackerndes Licht in den Hof, denn es ist noch hell, auch die Glühbirnengirlanden entfalten noch nicht ihre romantische Wirkung. Nur blasse Schatten huschen über den Kies, über Teerstellen im Gras und übers Unkraut. Die langen Holztische sind am Nachmittag quer über den Hofplatz gestellt worden, einige Gäste haben sich bereits früh hingesetzt, sie sitzen ein bisschen einsam auf den Holzbänken und Stühlen und warten, andere stehen, in Grüppchen plaudernd, herum. Ein Vorarbeiter und seine hellblond aufgedonnerte Freundin können sich von der Belegschaft der benachbarten Autosattlerei kaum lösen. Die Frau setzt sich mit ihrem hellen Lachen in Szene, wirft den Kopf zurück, schäkert. Sie wird bestaunt und lässt es sich gerne gefallen, denn das Renommee färbt auf ihren Begleiter ab. Gianni hat sie alle eingeladen, straßauf und ab, trari trara, er kennt die Gewerbler, Kleinunternehmer, die Arbeiter und ihre Frauen und Partnerinnen.

Von diesem Kern der Festteilnehmer schwappt die gute Laune dank des Merlot bald auf die andern über, die verbliebenen Besucher der Vernissage, die vom Fest Bescheid wissen, weil man sie am Ende der Eröffnung ganz diskret darauf hingewiesen hat, um sie von den Gewöhnlichen zu separieren. Auch die sind nun langsam eingetroffen, die Familie der Interessierten, Aufdringlichen, der Kunsthabitués, angetriebenen Wichtigtuer. Einige Künstler sind darunter und sogenannte Freunde der Galerie. Es sind nicht die Käufer, die haben sich diskret entschuldigt, nur ein seltsames Trüppchen Amici, die von Ausstellung zu Ausstellung kaum variieren. Man erkennt sie, weil sie sich am lautesten gebärden. Sie sind der Pool der immer schon Dabeigewesenen. Alles ein wenig verloren wirkende Seelen wie in Fellinis Filmen. Isabelle betreut sie gönnerhaft als Kinder und Hofnarren und entfaltet und zelebriert darin geradezu ihren genuinen Muttertrieb, der mir an ihr bis heute nicht so direkt aufgefallen ist. Eine ältere Journalistin, froh um einen bezahlten Auftrag, die Kamera umgehängt, rackert sich ab mit Aufnahmen für die

Klatschspalte des Regionalblattes. Zwei und zwei stellen sich bei der Wand der Remise auf, machen Faxen und werden von ihr geknipst. Man lächelt um die Wette. Vielleicht gibt's am ereignisarmen Montag ein Bild fürs who is who.

Ich suche Roberta, entdecke sie bei einer Gruppe junger Leute. Sie trägt grelle, gelb-orange-schwarz gestreifte Leggins. Sie sieht darin aus wie eine farbenprächtige, aber gefährliche Raupe vor der Verpuppung. Über dem schwarzen Hemd, das sie nur zum Teil und nachlässig in die Hose stopfte, ihre dunklen Haare, zerzaust. Hinreißend. Isabelle steht bei einer Handvoll Malern und Bildhauern. In ihrem hellgelben Kleid mit der breiten Masche vorn wirkt sie bezaubernd. Sie steht im Mittelpunkt. Sie spielt, tändelt, wirkt abwechselnd ernst und heiter, je nach Situation. Die Männer machen ihr ungeniert den Hof. Man hört das Kichern, das wie ein knisterndes Feuerwerk sich über dem Hof ausbreitet. Isabelle genießt es sichtlich, sie flüstert den einen etwas zu, schäkert mit den andern, macht schöne Augen für irgendwen und lächelt, wenn die Flammen züngeln. Drei der Künstler versuchen, sie diesen Abend wenigstens einmal für ihre eigene Person zu gewinnen, sie für sich und für später einzunehmen. Man redet von hinten und von vorn auf sie ein, versucht ein Witzchen, man weiß ja nie. Ihre Galerie hat einen guten Namen, und nicht jeder kann sich rühmen, bei ihr ausstellen zu dürfen. Da lohnt es sich schon, sich gehörig ins Zeug zu legen.

Bin ich eifersüchtig? Es dauert seine Zeit, bis ich begreife, dass für Isabelle nur eines wichtig ist: die Blicke aller auf sich ziehen. Es genügt nicht, bloß in ihrer Nähe zu sein.

Es ist nötig, dass man in ihren Augen etwas zählt. Ich habe solche Anbiederungen schon immer gehasst, ja gemieden. Jede Anstrengung, jemanden für mich einzunehmen, war nicht meine Art. Was mir nicht gereicht wurde, ohne dass ich darum scharren musste, dafür machte ich mich kaum auf, es herbeizuschaffen. Eigentlich war ich immer zu faul dazu, ehrlich gesagt, und außerdem ist mir dieses Scharwenzeln um die Galeristin ein Gräuel. Ich verachte es und bin dennoch erstaunt, dass es wieder und wieder geschieht und offenbar funktioniert, vor meinen Augen. Dabei müsste Isabelle sich doch in meiner Nähe aufhalten. Ist es nicht meine Ausstellung, die heute eröffnet wurde? Was hat sie mit denen zu schaffen? Diese kleine Aufmerksamkeit, eine Art freundschaftlicher Betreuung, wenn sie denn mir allein gälte, wäre mir gerade heute Abend nicht unangenehm. Ich würde mich darin suhlen. Aber sie überzeugen, wozu? Nicht Isabelle, vielleicht nicht einmal Roberta. Ich lasse mich treiben, trinke ein Glas nach dem andern.

Manchmal rufen diese Äußerlichkeiten, wie eben ein zur Seite gestellt Werden, in mir jene dumpfen, tief beschämenden Empfindungen hervor, die über verschlungene Erinnerungskanäle mit den frühen Eindrücken meiner Kindheit und Jugend verbunden sind. Meine Mutter. Ich hätte sie so geliebt. Natürlich, hätte. Wie soll man so was erklären? Sie allein beeinflußte schicksalshaft den Lauf meines Lebens, das meines Bruders und alles, was danach kam, mit allen Wahrnehmungen, den bisherigen und auch den ferneren. Mein Bruder und ich waren ihrem ewig kränkelnden Dasein ausgeliefert. Wir wurden auf Distanz gehalten und in raffiniertem, undurchsichtigem Gebaren gegeneinander ausgespielt. Doch sie wirkte stets so, als bräuchte sie nichts und niemanden. Wenn wir uns ihr widersetzten, entzog sie uns für Tage ihre Aufmerksamkeit. Dabei beschlich mich oft eine heimliche Angst, auch die schönen, wilden Dinge des Lebens, die dereinst auf mich warteten, könnten sich ebenso mir verweigern, an mir vorübergehen, mich meiden, oder fremde Bilder und Ereignisse würden mich mit ihren Reizen überfluten. Ich schützte mich davor, indem ich einfach weiter jenen schmalen Pfad ging, der sich oft genug als Fluchtweg herausstellte, eine Flucht, die sich in mannigfacher Ausstattung bis in meine Angstträume hinein verästelte, in denen ich mich noch nie einer Gefahr stellte, sondern stets nach Wegen suchte, dem Unheil zu entkommen. In den Augen der Mutter, der Welt und in meinen nicht zu genügen – das war sie, diese grauenvolle Angst. Die einzige Entschuldigung für eine so befremdliche Aussage ist, dass sie zutrifft. Ist nicht das Künstlerdasein eine dieser Fluchten?

Vom Kamin her duftet es nach Focaccia und Tortina di Carciofi. Anna rackert sich ab in der Küche. Sie gestikuliert und redet laut, während Roberta die Speisen zum Auskühlen auf die Tische stellt. Sie schneidet die Köstlichkeiten in Stücke. Die blaue Metalltür zum Schuppen steht halb offen, Harasse, Kisten sind daneben aufgeschichtet. Unter der Stiege zur Druckerei warten die zwei, die vor Wochen im Fischerhaus am See als Käufer aufgetreten waren. Sie stehen abseits, blicken neben mir vorbei, ich bin Luft für sie. Gut, ich bin ja nicht der Besitzer des Häuschens. Sollen sie doch Löcher starren. Vielleicht ist der Vertrag geplatzt. Ich weiß von nichts. Geht mich auch nichts an. Vom Schuppen her kommt Gianni. Er schleppt Flaschen herbei, schenkt nach. Du könntest dich auch mal nützlich machen, mault er gutmütig, du stehst ja nur rum.

In der Küche herrscht Betrieb, Anna ist in ihrem Element. Der Pancotto, sagt sie zu den Gästen, sei fester als üblich, man könne ihn mit der Gabel essen. Keine Polenta, kein Risotto, nur Brot, entschuldigt sie sich. Sie habe sogar bei der Parmiggiana die Kartoffeln weggelassen, dafür alles auf geröstetem Toast ausgelegt.

Vor dem Eisentor zu Giannis Wohnung gibt eine schmissige Bandella ohne Verstärker ihr Bestes. Der Trommler, ein kauziger Typ mit langem Schnurrbart und dickem Bauch, hat das Instrument an breitem Riemen über die Schulter geschnallt wie bei einer Marschkapelle, am äußeren Trommelrand Tschinellen befestigt, die er ausgiebig bedient. Ein Gitarrist, schmale Finger, spielt ohne Blättchen, der Saxofonist ist nur wenig größer als sein Instrument, er krümmt sich theatralisch, wenn er hineinbläst. Einer mit einer Casquette spielt Akkordeon, sehr fein, sehr ruhig, mit melancholischem Blick. Seine Töne reihen sich arhythmisch zur Melodienfolge, verleihen Tango und Walzer einen wehmütigen Klang. Die Töne werden von den Mauern zurückgeworfen, zerdehnt. Die Musik schafft unter den Anwesenden jene Stimmung, schummrig und schön, bei der nicht sicher ist, ob sie nun der allgemeinen Trauer über das Dasein und die verpassten Gelegenheiten gilt oder der Freude am Leben Ausdruck verleiht. Das Fest, je länger es dauert, mutiert zum tanzenden Zusammensein Verkleideter und Entrückter, auch wenn's nur ein Besäufnis werden sollte. Außerhalb des Festgeländes wäre jeder der Anwesenden verdächtig oder würde für verrückt erklärt. Die Erlaubnis zur Verstellung, die zum Fest gehört, ist wie die Freigabe von Verbotenem. Sieht aus, als hätte sich Dionysos unter die Tanzenden und Trinkenden gemischt. Dionysos, sturzbetrunken und bekifft. Steht mir eh näher als die andern Gottheiten. Ein Eselsschrei von ferne. Über Mauern zu uns gedrungen. Ein Kind, im ersten Stock am Fenster sitzend. Mein Blick über die Tanzenden hinweg. Ihre Haltung, ihre Bewegungen. Wie Scherenschnitte, kulissenartig hintereinander gestellt. Wie ein Blick in Kaleidoskope, fortwährend gedreht und sich neu erfindend. Zwischenräume, die sich plötzlich zur zentralen Gruppe verdichten und wieder auflösen. Dazwischen der Duft der Zitronenmelisse, von einem Gemäuer aus einer Ecke des Hofes herüberflutend. Ein Wort, Gesprächsfetzen und die Musik, die die Einzelteile der Szenerie an einem Faden zur Kette aufreiht. Wenn die Vorübertaumelnden ihres Schattengewebes an der Mauer ansichtig werden, mit den Leibern die Luft zum Wallen bringen, enthüllt der Raum die Gebärden der Menschen, unerkannt wirkend in ihrem Innern.

Dass alles Echte, Schöne mit Verbotenem, Verstecktem verknüpft sein muss! Leichte und warme Gefühle erfüllen die Anwesenden an einem Abend wie diesem, ohne jedoch die Schwere aufzuheben, die am Grunde der Seele ruht und auf Erlösung wartet, von Zeit zu Zeit sich zu zeigen wagt in einer Bewegung, in einem Blick, in einer Neigung des Kopfes.

Isabelle tanzt mit einem Besucher der Galerie. Er führt sie elegant, versucht ein paar gewagte Tangoschritte auf Gras und Kies oder sie drehen sich am Ort. Über die Schulter des Mannes wirft sie mir Blicke zu, wendet jedoch den Kopf ab, wenn ich mich an ihren Augen festmachen möchte. Dennoch spüre ich, dass sie spürt, dass sie beobachtet wird, und dass ihr das nicht unangenehm ist. Sie lehnt herausfordernd den Kopf an die Schulter des Tänzers. In solchen Momenten merke ich, dass mir etwas fehlt. Ich kann nicht tanzen. Nur zuschauen, nicht eingreifen. Das schließt mich aus. Roberta steht bei mir, blickt mich von der Seite her an.

Geht's dir gut?

Wenn ich ihr zunicke, ohne meine Gedankengänge preiszugeben, geht sie wieder, verteilt frische Portionen. Isabelle ist nicht mehr sichtbar. Anna läuft zwischen Küche und Hof hin und her, beladen mit immer neuen Köstlichkeiten, die sie mit Schwung auf die Tische stellt. Der Abend vergeht, die Nacht deckt alte Geschichten zu und entwirft neue. Entscheidend für die Glücksgefühle an einem Fest wie diesem ist, dass man sich ganz und gar frei fühlt in dem, wie man sich gibt, ein Wiedergewinn eines fast mythischen Zustands, einer Art Trance.

Das letzte Licht des Abendhimmels war unmerklich weggedämmert. Es ist Nacht geworden. Die Sitzengebliebenen, die Schnorrer und Herumsteher schleichen sich in die Nähe des Buffettisches, wo die letzten Häppchen aufgetragen werden, Dessert in abgezählten Portionen, betrunkenes Bisquit, statt in Süßwein in Grappa getunkt. Der laue Wind bewegt die Drähte mit den Glühlampen. Sie verzittern ihr farbiges

Licht über den nun eingenachteten Hof, über alle Sitzenden und Tanzenden hinweg und konkurrieren mit dem Mond, dessen Silbersichel hinter dem schwarzen Kamin hervorgekommen ist, begleitet von Ahs und Ohs der Tanzenden. Tauche das Antlitz des Menschen in einen Hauch von Mondlicht, vergessen sie Weltraumfahrt, Mondlandung und was davon auf dem Planeten übrig geblieben ist. Wirkt zynisch, aber der Mond geht immer noch auf, am Himmel hell und klar, und aus den Wiesen steigt der weiße Nebel, wie immer wunderbar.

Jemand zitiert das Futuristische Manifest, leider kreuzfalsch. Eine junge Malerin, ein keck gefärbter Rotschopf, enerviert sich über die skandalöse Vereinnahmung der Kunst durch die Banken. Sie würde angeblich nie etwas mit denen zu tun haben wollen. Da wisse man ja, dass die ausschließlich bereits arrivierte und problemlose Kunst förderten. Sie seien es, mit ihrer Vorliebe fürs Geometrische, Abstrakte, die den Markt für andere eng machten. Sie litt schwer an ihrer Bedeutungslosigkeit und niemand mochte ihr widersprechen.

Als ich einen frischen Bierharass vom Stapel bei der Remise holen will, höre ich deutlich einen tiefen Seufzer. Er kommt aus dem Halbdunkel des Raumes hinter der Tür. Ich wende mich überrascht um, den Kasten noch in den Händen. Die angelehnte blaue Blechtür öffnet sich, vielleicht durch den Luftzug, einen Spalt breit und lässt einen schmalen Lichtstrahl dorthin fallen, wo zwei verschlungene Körper in langsamen Bewegungen den Blick auf sich ziehen. Es ist der leicht geöffnete Mund Isabelles, ihre Lippen in Ekstase, die gerade den Seufzer ausgestoßen haben, als ihr Begleiter sich an ihrem aufgeschürzten Kleid zu schaffen machte. Offenbar haben Kleider eine Gewalt, die den Verführer bis in den Kern seiner Person berührt. Sie besitzen das Potenzial realer Magie, Magie im Sinne von Kraft der unausweichlichen Hingabe. Mehmet. Ich erkenne ihn sofort. Was hat der Kerl hier zu suchen? Hat er sich frech eingeschlichen oder wurde er von ihr herbestellt? Sieht eher nach letzterem aus. Ich setze die Bierkiste ab und suche Roberta. Ich muss sie zuerst von ihrer Beschäftigung lösen, bedeute ihr, leise zu sein. Wir gehen, ohne Auffallen zu erregen, zur Remise zurück. Isabelle windet sich noch immer in Mehmets Armen. Sie bewegen sich zur Musik, die vom Hof her hereinweht. Wir schauen irritiert zu. Ich drücke mich an die Mauer, so dass Roberta an mir vorbei Einblick in den Raum, auf die Szene hat. Isabelle schlingt die Arme um ihn. Es muss etwas Zwingendes, Gewaltiges sein zwischen den beiden. Seine Hand auf ihrem Schoß. Drückt die Stoffschleife und die Kleidfalten weg und schiebt den Rocksaum hoch. Kein Mondlicht mehr hier drin. Man könnte nicht sagen, wer wem zu Gefallen ist. Aufrührerisch wirkt ihre Haltung. Aus der Abendgesellschaft weggelaufen, davongeschlichen. Dem unbedingten Verlangen nach. Hinter der halb geöffneten Tür verborgen, steht die andere, ihre Tochter. Schaut und schaut. Die aufgelösten Haare sind Isabelle über die Schultern gefallen. Die Schleife des Kleids ist zerdrückt. Roberta hat eine Hand vor Schreck an den Mund gehoben. Sie unterdrückt einen Laut. Im Grunde ist es eine banale Szene. Könnte von mir stammen. Doch Roberta ist fassungslos. Sie schaut zu mir, weiß nicht, wie sie reagieren soll.

Nichts tun, flüstere ich, lass sie, wir haben's gesehen! Komm, wir gehen zurück, beschwöre ich sie eindringlich. Ich ahne Schlimmes.

Es ist immer noch warm im Freien. Hinter uns nimmt das Fest seinen Fortgang. Das Licht fällt ungünstig in den Raum, verschattet. Beleuchtet nur noch die Gesichter. Ich ertappe mich, wie ich aus der Sicht der Beobachteten denke. Roberta möchte jetzt dazwischentreten. Die zwei wären vielleicht erschreckt. Sie könnten doch den Weg leise zurück zu den Tischen finden, als wäre nichts gewesen, Mehmet würde in der warmen Nacht des Festes untertauchen und niemand würde etwas erfahren. Auch von mir nicht. Ich fühle mich mitbeteiligt, weil ich Roberta hingeführt habe. Wie, wenn die zwei im Raum die Beobachterin längst ahnen und nur deshalb nicht voneinander lassen? Eine Weile eng umschlungen stehen bleiben oder den Schritten der sich vielleicht Entfernenden nachlauschen. Ihr nichts erklären. Es gäbe auch nichts zu deuten, außer der Anwesenheit Mehmets. Das aber wäre allein Giannis Sache. Endlich würden dann alle zurückkehren zu den Tischen. Nichts wäre festgelegt. Auch die Zuschauerin enthielte sich jedes Worts. Täte sich höchstens schwer, Zeugin geworden zu sein. Alle schwiegen darüber. Hätten wir eine andere Möglichkeit? Oder könnte es sein, setze ich den Gedanken fort, dass die zwei der Jungen folgten, dorthin, wo sie die Zuschauerin hinter der Tür vermuteten? Sieht so aus, als würde Isabelle das Geschehen lenken, um ihre Ziele zu erreichen. Aber welches Ziel? Liebt sie Mehmet? Sie scheint bewusster, als ich bis heute zu deuten wagte.

Porcucan! schreit Roberta plötzlich in die Remise hinein.

Ihre Stimme widerhallt sogar im Hof, so laut hat sie geschrien. Die kleine Szene sorgt für Aufruhr. Die Musik unterbricht ihr Stück. Alle starren hin, aber es gibt nichts zu sehen. Also spielt die Bandella weiter.

Schweinehund! wiederholt Roberta laut. Dieser Sauhund! Sie kann sich nicht erholen. Kommt daher und begrabscht meine Mutter. Hast du das gesehen, Gianni, da hast du deine saubere Werkstatthilfe! Aus dem Nichts aufgetaucht. Wo war der Kerl überhaupt? Hat sich vor Tagen aus dem Staub gemacht und jetzt ist er einfach da. Was fällt dem eigentlich ein! Hast du ihn etwa eingeladen?

Gianni schüttelt betreten den Kopf. Hat Isabelle? Nicht undenkbar. Sie steht jetzt in der Tür, streicht das Kleid zurecht. Hinter ihr wie ein Schatten, verdeckt, Mehmet. Er ist aus der Dunkelheit aufgetaucht. Die andern stehen um die zwei herum. Isabelle, an seine Schulter gelehnt. Keine Musik mehr, keine Tanzschritte. Sie bleibt ruhig, hat die Arme am Körper angelegt. Beginnt zu sprechen.

Was soll das Theater? Ist das vielleicht eine Bühne oder ein Richtplatz? Glotzt doch nicht so blöd! Ich lasse mir nicht verbieten, wem ich meine Zuneigung schenke. Auch von dir nicht, meine liebe Tochter. Es ist mein alleiniges Recht. Sie spricht ruhig, stolz. Ich bestimme, mit wem ich verkehre. Das ist meine Angelegenheit. Niemand braucht mir Ratschläge zu erteilen. Und von Moral will ich schon gar nichts hören. Scheißmoral. Da bin ich auf beiden Ohren taub. Oder mische ich mich etwa in dein Leben ein? Du gehst mit ihm, sie deutet auf mich, glaubst du, ich finde das nur toll! Frag doch mal die Nonna! Isabelle und Roberta stehen sich gegenüber.

Du brauchst dich ja nicht an den Kerl zu schmeißen, das ist absolut stillos. Du bist meine Mutter, nicht irgendeine Schlampe. Du weißt gar nicht, was du tust, schreit Roberta. Lässt dich mit diesem hergelaufenen Dealer gehen, vor meinen Augen. Du bist abhängig von ihm. Und nicht nur von ihm. Ja, sollen es doch alle hören. Du brauchst seinen verdammten Stoff. Sonst läuft's wohl nicht bei dir. Mehr brauch ich kaum zu sagen. Ich schäme mich maßlos. Für dich.

Halt die Klappe! Isabelle macht einen Schritt auf Roberta zu, aber die lässt sich nicht einschüchtern.

Ermanno hast du auch vertrieben. Ja, du! Wegen mir ist er nicht gegangen. Er hätte mein Vater sein können. Nimmst du einfach an, das sei mir egal? Roberta will sich abwenden.

Die Festbesucher schauen irritiert, wagen aber nicht näherzutreten. Es wird getuschelt, die Sympathien sind verteilt. Gianni versucht, die Frauen zu beruhigen. Mir raunt er zu, ich solle mich da unbedingt raushalten. Dann redet er auf Mehmet ein. Der steht trotzig da, weicht jedoch keinen Schritt zurück. Er hat Isabelle die Hand auf die Schulter gelegt und blickt um sich, als müsse er sein Eigentum verteidigen.

Wem gehört das? Anna tritt hinzu. Sie hält ein kleines, umschnürtes Paket in der Hand. Ich hab's dort gefunden. Sie weist zur Küche. Streckt das Ding empor. Jemand hat es bei mir auf der Fensterbank deponiert. Von mir ist es nicht. Sie schaut in die Runde. Jeder schüttelt den Kopf. Kein Schal, keine Tasche, irgendetwas Eingewickeltes.

Das gehört mir. Mehmet meldet sich, seine Stimme ist kalt und unbeteiligt. Ich hab's da kurz hingelegt, als ich hinein ging. Er deutet auf die Remise. Er tritt hinter Isabelle hervor, nimmt das Päkchen in Empfang und will sich abwenden. Doch Roberta macht ein paar Schritte auf ihn zu und reißt ihm blitzschnell das kleine Paket aus der Hand. Mehmet reagiert zuerst nicht. Er ist völlig überrumpelt. Roberta geht zum Kamin und wirft es ins Feuer. Ecco. Basta. Hol dir deine Ware!

Bist du wahnsinnig? Mehmet rennt zur Feuerstelle und versucht, das kleine Umwickelte mit bloßen Händen aus den Flammen zu retten. Er sucht den Feuerhaken. Gianni hält ihn immer noch in der Hand, ohne es zu merken. Mehmet will einen Stecken, findet keinen, schwenkt die Hände, flucht. Er hat sich verbrannt. Er starrt auf seine Finger. Sie sind schwarz. Er zittert vor Wut. Gibt's irgendwo Wasser? ruft einer der Gäste. Anna führt Mehmet in die Küche. Mir ist es egal, ich mag's dem Kerl gönnen. Gianni redet eindringlich auf Isabelle ein, muss sie jetzt mit aller Kraft zurückhalten, dass sie nicht prügelnd auf ihre Tochter losgeht.

Du kleines Miststück, schreit sie. Weißt du überhaupt, was du getan hast? Hast du eine Ahnung, wieviel das wert ist? Das ist Stoff für ein paar Tausender! Die muss ich nun wieder beschaffen. Du kostest mich einen Haufen Geld, mein Töchterchen, das liegt nicht auf der Straße, auch für mich nicht.

Ich will gar nicht wissen, wie viel wert es ist, höhnt Roberta, es genügt, dass es weg ist. Ein für alle Mal.

Isabelle kommt zu mir. Sie druckst nicht lange rum.

Ich brauch bald, wahrscheinlich in drei Tagen deinen Wagen, sagt sie schroff.

Was, wozu? Ich reagiere verlegen.

Spinnst du, das fragst du mich nicht wirklich! Er, sie deutet auf die Küche, wo Mehmet verarztet wird. Er kann doch nicht mit dem Zug fahren, das ist dir hoffentlich klar. Zu riskant, sie werden ihn schnappen. Ich fahr ihn mit dem Wagen nach Zürich. Ja, erraten. Ich brauch den Stoff, der Rest ist für die Geldbeschaffung. Schau nicht so! Das war so abgemacht. Ich häng drin. Also, was ist jetzt?

Zögernd verspreche ich ihr die Wagenschlüssel. Mit ungutem Gefühl. Roberta hat es beobachtet. Sie stellt mich zur Rede. Ich rechtfertige mich, zwar schwach, aber ich kann jetzt keine Auseinandersetzung mit ihr ertragen. Zaghaft versuchen die Musiker, die Leute wieder zu animieren, intonieren einen Tango, um sie auf die Tanzfläche zurückzuholen, doch alle haben genug. Niemand will mehr. Das Fest löst sich auf. Man wünscht diskret eine gute Nacht und macht sich davon. Die Freunde der Galerie zuerst. Einer nach dem andern verschwindet. Mehmet geht mit bandagierten Händen. Isabelle, Roberta, sie sind auch weg. Die Musiker warten zuerst noch eine Weile, aber dann packen sie die Instrumente zusammen und verabschieden sich. Viscontis «Tod in Venedig» geht mir plötzlich durch den Kopf, als eine Gruppe hereingeplatzter, grotesk geschminkter Musiker am Abend auf der Terrasse erscheint und die Hotelgäste unterhalten möchte. Sie spielen Mandoline und Handorgel und stimmen ein vulgäres Chanson über die Fehler und Krankheiten der guten Bürger an, bis sie der Chef de Service grob wegweist, weil der Ausbruch der Cholera plötzlich zum Gesprächsstoff wird. Murrend verzieht sich die kleine Clowntruppe. Die Spieler schneiden höhnisch Grimassen gegen Personal und Gäste und verschwinden geisterhaft zwischen den Hecken in der Dunkelheit.

Fassungslos bleiben wir zurück, stehen tatenlos herum, ohne zu wissen, was wir sagen oder besser nicht sagen sollen. Viele Fragen bleiben im Raum. Erste Schuldzuweisungen, Erklärungsversuche, die der Wahrheit auch nicht näherkommen.

Packt mit an! Der Hilferuf kommt von Gianni. Er denkt praktisch wie immer, denn er möchte schlafen gehen. Anna auch. Sie räumt in der Küche das Nötigste zusammen.

Zögerliche, gequälte Wenn und Aber von den wenigen, die noch anwesend sind. Was war das? Alltägliche Sprachlosigkeit. Der Konjunktiv nimmt überhand. Mutmaßen. Verdächtigungen. Eine plötzliche Abwesenheit von Glücksgefühlen, die eben noch manche Ritzen füllten. Ich bleibe und helfe beim Aufräumen. Es gibt nichts Traurigeres in der Erinnerung als ein Fest, das unrühmlich verklungen ist, gefolgt von Ratlosigkeit.

Übermüdet bin ich spät in der Nacht vom Fest zurück. Soll ich nun in in mein Zimmer gehen und zu schlafen versuchen? Oder doch zu Roberta. Sie wird vielleicht gar nicht zu Hause sein. Irgendwie bring ich keines von beidem über mich und schleiche in mein Atelier unter dem Dach. Da wenigstens fühle ich mich geborgen. Das Atelier befindet sich von den vergangenen Tagen her in desolatem Zustand. Ich stolpere in der Dunkelheit über Liegengelassenes, Unaufgeräumtes. Schräg unter dem einen Dachfenster wartet meine Liege, die Roberta mir hingestellt hatte. Wie ein Magnet zieht es mich dorthin. Ich stoße sie mit dem Fuß etwas weg vom Licht der Luke und lasse mich darauf sinken, strecke die Beine und bin eingeschlafen.

Gegen Morgen höre ich Klopfzeichen. Sie kommen von unten. Als ich den Kopf hebe, ist es still. Und wieder das Klopfen. Ich richte mich auf, gehe zur Wand. Halte ein Ohr an die Mauer. Stille. Ich tappe barfüßig ins Treppenhaus, lehne mich über das kalte Geländer, blicke die Treppen hinab. Es ist noch halb dunkel. Niemand zu sehen. Mit nackten Füßen auf den Steinfliesen eile ich nach unten. Die Haustür ist wie immer unverschlossen. Auf dem Kiesweg blinkt das Mondlicht. Büsche und Bäume sind ohne Körper. Unscharfe Konturen. Kein erleuchtetes Fenster. Das Haus erscheint wie ein Schiff, das geräuschlos durch das Grau des Morgens schwimmt. In aller Stille könnte es untergehen, für immer. Zurück bliebe nur für kurze Zeit eine Spur. Ein Wellengekräusel, das sich weiter und weiter ausläuft, bis es sich nicht mehr verfolgen lässt. Nur noch in der Tiefe wäre etwas Unscharfes zu sehen, bis auch das endgültig verschwindet. Wissen, dass da einmal etwas war. Kaum bin ich zurück auf die Liege gekrochen, falle ich erneut in einen traumlosen Schlaf und erwache erst weit nach Mittag von ungewohnten Geräuschen, aber nur kurz, dann bin ich wieder weg.

Am späten Nachmittag erst öffne ich langsam die Augen. Müde die Knochen, der Schädel brummt immer noch. Mein linker Arm rutscht runter. Die Hand berührt den kalten Boden. Darauf bin ich halb wach.

Roberta steht im Raum. Sie beobachtet mich. Ich stelle mich schlafend. Leise nähert sie sich, knöpft langsam ihr Kleid auf. Als ich die Augen ganz aufschlage und sie anblicke, setzt sie sich rittlings auf meine Beine. Lass nur, sagt sie leise, als ich die Arme nach ihr ausstrecken will. Die Beine gegen den Boden abgespreizt, ist sie an mir hochgeglitten. Ihr halbes Gewicht liegt auf meinem Leib. Sie schiebt sich über meinen Körper und schaut mich unentwegt an. Ihre Schenkel spannen sich, wenn sie vom Boden abstößt. Sie gleitet ganz über mich, küsst mir das Gesicht, die Augen, die Stirn, das Haar. Ihr Bauch und ihr Geschlecht reiben sich an meinem Becken, dann richtet sie sich auf und hockt sich so hin, dass sie auf meinen Lenden sitzt. Die Knie angehoben und ihre Spalte wie etwas Fremdes, Feuchtes auf meinem Unterleib, bewegt sie sich sanft vor und zurück. Sie öffnete sich ein wenig, Samenflüssigkeit vermischt sich mit ihren Sekreten, rinnt zwischen meinen Beinen runter. Ohne mich aus den Augen zu lassen, schmiert sie meine Bauchdecke damit ein, lächelt, reibt mir den Bauch mit ihrem Geschlecht. Ich richte mich halb auf, fasse sie am Nacken, am Haaransatz, ziehe sie an mich, meine Zunge sucht ihrem Mund. Ihre Hinterbacken stoßen jetzt gegen mein Geschlecht, das dick und hart wird. Sie drückt mich wieder auf den Rücken und führt mich mit der Hand ein. So, stöhnt sie, so, und ruckweise bewegt sie sich auf mir, die Augen jetzt geschlossen. Ich betrachte ihren Körper, ihren dünnen, sehnigen Körper mit den kleinen, aber festen Brüsten und den leichten Rundungen ihrer Hüften. Bin wie betäubt. Ein erster kurzer, heftiger Orgasmus zerreißt sie fast, aber sie macht weiter, ihr Geschlecht öffnet sich ganz, umfasst mein Glied bis zum Anschlag und lässt es nicht los. Unverwandt hält sich ihr Blick an meinen Augen fest, die Pupillen weiten sich, werden dunkel, glänzen. Sie hebt und senkt den Leib, schnauft, wartet, beugt sich vor, nimmt und saugt meine Lippen. Benommen verkralle ich meine Hände in ihrem heißen Hinterteil. Sie ist schweißnass, wird immer heftiger, keucht, wimmert und verbeißt sich in meine Schulter. Als sie kommt, gibt sie Laute von sich, spitze Schreie wie ein Schwarm auffliegender Möwen. Dann Stille. Die Augen geschlossen, bleibt sie auf mir liegen.

Wir dösen. Die Tür zur Kammer steht angelehnt. Etwas rührt sich dort im Halbschatten. Es ist nicht hell genug, es zu erkennen. Aus dem Augenwinkel nehme ich eine Erscheinung wahr, die mir den Atem stocken lässt. Bewege ich den Kopf seitlich, ruckartig, schnell, ist es die Alte. Lichtblitze auf meiner rechten Sehseite. Werde ich langsamer, verschwindet ihr Bild, taucht wieder auf, verblasst. Ich kapier das nicht, bedecke jedoch instinktiv meine Blöße. Aber sie nimmt uns kaum zur Kenntnis. Wirkt auch nicht körperhaft. Eher wie ein Schemen. Roberta hat nichts mitbekommen, sie liegt immer noch erschöpft auf mir. Dann ist die Erscheinung plötzlich verschwunden. Bin ich nochmals eingenickt? Roberta ist nicht mehr da.

Später finde ich sie in ihrer Wohnung. Die Tür steht angeleht. Ich wollte mir etwas zu essen besorgen und bin den leisen Stimmen nachgegangen. Sie bemerkt mich gar nicht, steht am Tisch im Salon und ordnet Papiere. Isabelle geht von einem Raum zum andern, lässt die Türen offen. Sie sprechen wenig miteinander. Man sagt auch nichts zu mir. Isabelle verhüllt die Spiegel. Im Schlafzimmer ihrer Mutter herrscht Unordnung, leere Weinflaschen stehen am Boden, auf der Kommode liegen angebrochene Schachteln von Medikamenten. An einem Bügel an der Schranktür hängt noch die schwarze Schürze. Ein zerbrochener Stuhl liegt neben dem Bett, umgestürzt, blutverschmiert.

Roberta mag nicht aufschauen. Zwischen Ausweisen, alten Fotos, Rechnungen und Formularen steht eine schmale Vase, brüchiges Porzellan, breiter Fuß, Rillen und Ausbuchtungen. Der Bauch blaugrün, der schlanke Hals rosa bemalt, mit breitem, leicht gewelltem Rand. Darin kurzstielige Rosen, gelbliche, weiße und bräunlichrot verblühte. Fauliges Wasser. Ich nehme Vase und Blumen und trage sie in die Küche. Stelle sie in den Spülstein, entsorge die Blumen und reinige die Vase. Es gibt für mich nichts mehr zu tun. Ich bin überflüssig. Ich schaue, ob ich vielleicht Kaffee machen könnte. Auf dem Küchentisch steht eine Schublade, von Zetteln überfüllt. Überall ist etwas drauf notiert. Sätze, Mitteilungen, an Roberta wahrscheinlich. «Bin gleich wieder da», «Wecke mich, wenn du gehst», «Morgen Wäsche – hast du etwas?», «Wir brauchen Essig», «Was bin ich dir schuldig?». Der ist vermutlich an Isabelle gerichtet. Ich finde die Dinge, die ich benötige. Zuckerstücke liegen in einer hellblauen Schale, ein Kännchen für die Milch ist im Schrank. Von den Tassen gleicht keine der andern. In einer Blechdose sind Kekse. Ich setze den Kaffee auf, aber außer mir mag niemand trinken. Eigentlich bin ich nicht unglücklich, aus dem Haus zu kommen.

Nach dem Fest, nach dem Tod der Signora ist nichts mehr wie zuvor, kaum dass Isabelle und ich uns länger beim Frühstück begegnen, bevor wir der Arbeit nachgehen. Wenn ich sie frage, ob noch etwas verkauft worden sei, blickt sie mich an als sei ich von einem andern Stern. Es scheint, als sei sie darauf bedacht, jeglicher Erörterung, ja dem einfachsten Gespräch auszuweichen. Schuldbeladen oder eher fassungslos. Wir gleichen artähnlichen Tieren, die sich auf der Wildbahn begegnen, sich beschnuppern und realisieren, dass sie zwar große Ähnlichkeit haben, weil sie zur Gruppe der Paarhufer gehören, dass aber irgendwelche geheimen Kräfte ein weiteres Zusammenfinden verhindern. Wehmut oder eine Art Heimweh nach ihren Zeichen der Zuneigung, das empfinde ich, wage aber nicht, ihr das zu sagen. Nun stehen wir da, der rote Faden fehlt oder ist zerrissen. Die weiteren Schlüsselreize bleiben aus. Ein Reißverschluss, dessen Teile unerwartet verschiedene Maße aufweisen, von Auge kaum zu erkennen. Der Gleiter, man könnte ihn auch den Lauf der Zeit oder den mächtigen Regler nennen, stößt auf Widerstände. Nichts verzahnt sich mehr. Trotz Zerrversuchen, Zurückgleitenlassen, einem neuen Anlauf – nichts.

Es tut mir sehr leid. Der Mann, der das mit rauer, dunkler Stimme sagte, hatte sich mir von hinten aus der Reihe der Trauergäste genähert, gerade als der Pfarrer Bibelverse zitierte und tröstende Worte sprach. Das Grab meines Bruders war eingedeckt mit Blumen und wirkte auf der schräg abfallenden Wiese des Friedhofs wie ein farbenprächtiger, kleiner Hügel aus Kränzen, Schleifen und Arrangements. Irreal und pompös. Auf einem hellen, hölzernen Kreuz stand sein Name eingebrannt. Es war das erste Grab in der Reihe. Man betete. Ich schaute auf das irdene Gefäß, das von zwei städtischen Angestellten in ein Erdloch, das von frischen Rosenblättern eingefasst war, langsam versenkt wurde. In der Nähe rätschte eine Elster und ich schweifte mit den Gedanken ab. War's das? Die Asche meines Bruders – alles, was von ihm übrig blieb?

Der Mann berührte mich leicht am Ärmel. Ich schulde Ihrem Bruder etwas. Sie müssen wissen, sagte der untersetzte Dunkelhaarige mit dem schwarzen Schnurrbart, Ihr Bruder war ein ganz feiner Mensch. Es tut mir wirklich aufrichtig leid, wiederholte er. Bis zum Ende der Bestattungszeremonie blieb der Mann ruhig neben mir stehen, die Hände auf dem Rücken. Dann stellte er sich vor. Görhan Erol, sagte er. Freut mich, antwortete ich ernst und drückte ihm die Hand. Ich wusste zwar nicht, welches nun der Vorname und welches der Geschlechtsname war. Aber ich hatte ihn aus den Erzählungen meines Bruders sofort erkannt. Es war der Bey. Der Boss des Kartells. Zwei vierschrötige Typen begleiteten ihn diskret. Kahle Schädel, Muskelpakete. Auch sie in dunklem Anzug, mit schwarzer Brille. Steckknopf im Ohr. Ausdruckslose Gesichtszüge. Seine Sicherheitsleute, von denen mir Giorgio berichtet hatte. Die «Bösen Buben», wie er sich ausdrückte.

Ihr Bruder stand mir näher als andere, gab mir der Mann zu verstehen. Er hatte die Stimme gesenkt, sprach eindringlich, fast flüsternd. Sollte ich jetzt sagen, ich weiß, aber was wusste ich wirklich und was würde das in seinem verqueren Ehrenkodex bedeuten? Vielleicht waren hier Wissen und sich Erkennengeben gefährlich und so ließ ich ihn lieber reden.

Ich kam gut mit ihm aus. Man nannte ihn nur Dede. Großväterchen. Einerseits ein Spitzname, andererseits ein Ehrentitel. Nicht für jeden zu haben. Er war zuverlässig, verschwiegen, charmant. Alte Schule, aber Sie kennen ihn ja. Das schätze ich sehr.

Ich sagte nichts. Es war mir unheimlich, so hautnah mit dem Boss des Kokainhandels zusammenzustehen, für alle sichtbar.

Als sein Capo beim Flughafen in der Auslieferung saß, sagte er, war es Ihr Bruder, der ihn zweimal in der Woche besuchte. Hat man mir berichtet. Er brachte ihm Zigarren und Zeitschriften. Wurde natürlich gefilzt, ist ja klar. Es machte ihm nichts aus. Als sie ihm jedoch das mitgebrachte Herrenmagazin wegnehmen wollten, schlug er mit der flachen Hand auf den Tisch und wurde laut. Darauf ließ man ihn durch. Der Bey nickte und lächelte versonnen.

Ja? sagte ich automatisch, denn ich wusste immer noch nichts zu erwidern.

Sagt Ihnen der Name Mike etwas? Hat er Ihnen nie von Mike erzählt?

Ich verneinte, obwohl mir der Name bekannt vorkam.

Nicht sein Freund, einfach einer aus der Familie.

Was das wieder zu bedeuten hatte! Familie! Wahrscheinlich der engere Kreis.

Mike war schwer krank, fuhr der Bey fort, er lag allein im Spital Mariamünster. Endstation für Krebspatienten. Dede betreute ihn rührend, plauderte stundenlang mit ihm, vertrieb ihm Angst und Langeweile, sorgte für Zigaretten, rauchte mit Mike auf der Bettkante. Natürlich hagelte es sofort Proteste. Am Abend rief mich Dede an. Blödes Geschrei der Weiber, meinte er. Die Stationsschwester sei eingeschaltet worden, eine respektable Person. Die reklamierte lautstark, doch Dede hat sich durchgesetzt. Der leitende Arzt eilte herbei und wollte eingreifen. Mike war bereit klein beizugeben. Der Bey lachte verhalten. Nicht so Ihr Bruder. Der fasste den Arzt am Kittel, wechselte ein paar freundliche Worte mit ihm, von Mann zu Mann. Die Sache war erledigt. Natürlich ist Mike kurze Zeit später gestorben, wir sind nicht gefeit gegen den Tod. Aber bis zum Schluss durfte er so leben, wie er's gewohnt war.

Die paar Leute beim Grab warfen jetzt Blumenblätter hinab, eine Frau steckte verstohlen einen Zettel unter ein Gesteck. Der Pfarrer bat darauf alle zur Abdankungshalle hinüber. Der Friedhof, oben beim Wald über der Stadt gelegen, erstrahlte in warmen Herbstfarben. Die großen Bäume und dichten Büsche schützten gegen die Straße. Kein Lärm. Nur verspätete Bienen summten über den Sträuchern. Wir verließen das Grab, nahmen den Weg zum Ausgang und überquerten die Straße zur Abdankungshalle im anderen, unteren Teil des Friedhofs. Der Bey schritt neben mir her. Er wirkte locker, drahtig. Korrekt in Grau gekleidet. Die zwei Typen folgten ihm in einigem Abstand.

Unsere Beziehung war von gegenseitigem Respekt gekennzeichnet, sagte er. Wenn ich schwierige Dinge vorhatte, nahm ich ihn als Fahrer. Nur ihn. Unterwegs redeten wir darüber, und weil er bei uns nie richtig dazugehörte, obschon er alle das Gegenteil glauben machte, gab er mir gute Tipps und Ratschläge. Ungefragt, frisch von der Leber weg.

Mein Bruder. Wo war er hineingeraten! Der Mann neben mir machte Eindruck und gleichzeitig spürte ich das Unheimliche dieser Bekanntschaft. In der ganzen Zeit, zehn Jahre etwa, da mein Bruder offenbar mit denen zu tun hatte, erstaunte mich immer wieder der grundlegende Gegensatz seiner Geradheit, ja, seiner Offenheit auch einem Menschen gegenüber, der auf der Seite des Verbrechens stand. Seine große, nie überwundene Schwierigkeit, ja Unfähigkeit, sich selbst zu steuern – da versagte er. Es ist ein ernstes Geschäft mit allen Konsequenzen. So nannte er es mir gegenüber. Wer es betreibt, muss sich in der Hand haben. Hatte er nicht. Was faszinierte ihn daran, dass er nicht loslassen konnte? Eine mögliche Antwort darauf kam von der Erzählung des Bey.

Ihr Bruder, bemerkte der Bey, rauchte mit den Brasas. Leider. Er erlag widerstandslos dem Sog der Verheißungen einer Welt, in die er eigentlich gar nicht gehörte. Er war in dieser Beziehung völlig haltlos, vor allem, wenn Frauen im Spiel waren. Die zwei Männer hinter dem Bey taten, als hörten sie nicht zu und musterten die Leute.

Seltsamerweise glaubte Giorgio irgendwie an eine höhere Macht, die ihn angeblich behütete und bewahrte und an der Hand führte, wie er mir einmal gestand, obwohl diese Macht ihn an die äußersten Grenzen der Existenz brachte, dabei aber nie ganz abstürzen ließ. So wenigstens sah er es. Auch wenn das von meinem Bruder nie thematisiert wurde, lag unter seinem Verhalten irgendeine tief depressive, einsame Haltung verborgen, den Anforderungen des Alltags, dem Leben und den Menschen gegenüber. Muss mit unserer Kindheit und Jugend zu tun haben.

Was erzähle ich Ihnen da, räusperte sich der Bey. Sie wissen als sein Bruder sicher Bescheid. Obwohl die spezielle Stellung im Geschäft und seine Beziehung zu mir ihn nicht vor dem Ruin schützen konnte, war stets Vertrauen möglich. Gegenseitige Achtung. Ich ließ ihn gewähren. Er versuchte ja von Zeit zu Zeit, in seinem Beruf wieder Fuß zu fassen. Er suchte, so seltsam das klingen mag, bei mir Halt, den er andernorts nicht fand. Sein Leben war von Anstand geprägt. Schütteln Sie nicht den Kopf! Was er bei uns sah, musste ihn tief verstören. Ich ahne, er machte insgeheim Aufzeichnungen zu seinem Leben. Ich hoffe sehr, sie finden sie. Auf dem Laptop vielleicht. Er wendete sich abrupt zu mir. Seien Sie aber sehr vorsichtig damit, in Ihrem Interesse. Es wäre Dynamit! Er blickte mich lauernd von der Seite her an, um die Wirkung des Gesagten abzuschätzen.

Während der Abdankung setzte sich der Bey zuhinterst allein in eine der harten Kirchenbänke, ließ die vorderste Reihe für mich, Roberta, ein paar weit entfernte Verwandte, einige wenige Freunde. Seine beiden Bodygards postierten sich links und rechts im Schatten der breiten Holzflügeltüre, ohne Platz zu nehmen. Etliche bleiche Gesichter aus der Drogenentzugsstation waren hinter uns auszumachen. Ihre Glieder zitterten, sie konnten sich während der Predigt kaum ruhig halten. Die Psychiaterin, bei der mein Bruder in Behandlung stand und der er in seinem Übermut einen unsittlichen Antrag gemacht hatte, setzte sich an den Rand einer Bankreihe und schlug die Beine übereinander. Außerdem war da noch eine Frau, ich glaube, ich hatte sie gesehen, als wir das Haus, in dem Giorgio wohnte, aufsuchten. Weiter zurück saßen Leute, deren Habitus sie der Szene zuordnete. Sie kauten auf etwas herum und nestelten fortwährend an ihren Kleidern.

Es war unruhig. Der Pfarrer verlas den Lebenslauf meines Bruders, nicht ohne ausdrücklich darauf hinzuweisen, dass er von mir verfasst worden war. Er wollte wohl sicher gehen, bangte vor dem, was er sagen musste. Im Predigttext durfte Gott in seiner Größe und Güte nicht fehlen, auch Jesus erhielt seinen Einstand mit dem beliebten Zitat «Wer von euch ohne Sünde ist, der werfe den ersten Stein». Darauf folgten Text und Auslegung des Gleichnisses vom verlorenen Sohn. Natürlich. Das bot sich an. Nur hatte Giorgio leider keine Kraft mehr, aus der Fremde als Verlorener zurückzukehren. Wir beteten gemeinsam, die Leute erhoben sich und der Pfarrer stimmte, nach dem Vorspiel der Orgel, ein Lied an, das er als bekannt voraussetzte. Großer Gott, wir loben dich! Ja, wofür eigentlich? Vergebens hoffte der Pfarrer auf stimmliche Unterstützung der unfreiwillig Anwesenden. Brummelnd und mitsummend kam man zum Schluss der Veranstaltung mit dem Segen «Nun gehet hin in Frieden». Die Spende war für eine christliche Auffangstation vorgesehen.

Man trat ins Freie, froh, dass es vorüber war. Die ersten Zigaretten wurden angezündet. Mit den Händen in den Hosentaschen standen die Leute etwas ratlos herum und suchten den roten Faden zurück in den Alltag. Ich lud den Bey zum Leichenmahl ein und er quittierte es zurückhaltend mit einem feinen Lächeln. Später, nach dem Essen, wir hatten nicht mehr viel miteinander gesprochen, verabschiedete er sich höflich und bedankte sich, dass ich ihn so unvoreingenommen als Trauergast akzeptiert hatte. Wenn Sie Probleme haben, sagte er beim Händeschütteln, wenden Sie sich an mich. Sie wissen ja vermutlich, wo ich zu finden bin. Dann ließ er sich von den zwei Bodygards zum Auto geleiten. Er nahm im Fond Platz. Ich sah dem Wagen nach, wie er mit quietschenden Reifen aus dem Parkplatz brauste. Als ich später die Rechnung kommen lassen wollte, war sie beglichen.

Draußen vor den Fenstern zum Hof fallen heute die letzten Blätter. Arbeit für den Hausmeister, der seine Neuanschaffung, ein fürchterliches Gebläse, in Aktion setzt. Häufchen um Häufchen treibt er zusammen. Bis zum nächsten Windstoß. Über Nacht ist es kälter geworden, kälter als noch vor einer Woche. Man friert. Der Hochnebel macht den Himmel bleich. Die Bise, nicht selten zu dieser Zeit, lässt das Wetter frostiger spüren, als es ist. Die Augen tränen, wenn ich aus der Haustüre trete. Die Mauern der Häuser erscheinen grauer als sonst. Nur mein Kaktus auf dem Fensterbrett bringt einen faden Tupfer von Grün ins Atelier. Man schließt jetzt gerne Fenster und Türen, denn der Wind zieht durch alle Ritzen. Den Marmorwürfel aus dem Tessin habe ich aufs Fensterbrett neben den Kaktus gestellt. Als Erinnerung an Wärme.

Ich habe mich nach meiner Rückkehr wieder an die

Arbeit gemacht, zögernd, jedoch ohne die erwartete depressive Phase, die ich jeweils nach jedem Ende einer Austellung befürchte. Sie ist ansonsten ein treuer Begleiter. Ganz gleich, ob eine Ausstellung von Erfolg gekrönt war, oder nicht – wenn die Anspannung vorbei ist, falle ich regelmäßig in ein tiefes Loch. Um da herauszufinden, beschäftige ich mich mit Aufräumen, Ordnen von Skizzen, halb begonnenen Arbeiten und Bereitstellen der Malutensilien. Das kann dauern. Unterdessen hab ich mich mit der Arbeit im gewohnten Rahmen wieder ausgesöhnt und Neues ist möglich. Bevor ich zur Ölfarbe greife, mische ich mir zuerst eine Ei-Emulsion an, um den ersten Pinselstrichen zu einer feinen Lasur zu verhelfen, die im begonnenen Aufstrich wie ein Aquarell wirkt.

Das Klopfen an der Ateliertür habe ich überhört. Als die Tür sich öffnet, steht Ermanno da, groß, massig, mit verlegenem Grinsen.

Hallo! Da find ich dich ja endlich! Ich hab dich gesucht. Er schiebt sich in den Raum.

Ich war weg. Auf Spitalbesuch, wollte ich sagen, verkniff es mir aber.

Bin unterdessen ins Café gegenüber gegangen und habe da auf dich gewartet. Dann sah ich dich, wie du in den Hof einschwenktest und bin dir gefolgt. Unter dem Arm schleppt er dicke gelbliche Papierrollen, die er vor mir auf dem Boden ausbreitet. Ich freue mich ihn zu sehen. Es ist lange her. Wir stehen um seine ausgelegten, breiten Papierstreifen. Völlig verdutzt betrachte ich die aufgespritzten, schmalen Farbbahnen, die sich auf dem reißfesten Papier kringeln.

Was ist denn das? Machst du jetzt auf Kunst? Ich kann mir unter den ausliegenden Streifen nichts Rechtes vorstellen, meine aber, das Muster schon mal gesehen zu haben.

Mein aktuelles Patent, erklärt er, sichtlich stolz. Sogar weltweit. Wenn es gelbe statt weiße Farbbahnen wären, sähst du sofort das Balkenmuster aufgespritzter Fußgängerstreifen. Mit der Rippelstruktur.

Etwas Neues?

Mehr oder weniger. Es verhindert ein Ausgleiten bei Nässe. Wird jetzt überall angewandt. In Weiß wirkt das Muster ganz anders, muss ich sagen. Das wollte ich dir drum mal vorführen, um dich auf neue Ideen zu bringen. Nur so, als Anreiz. Mach was draus, wenn du willst. Es muss ja nicht immer Konkretes darstellen. Farbe genügt. Dir kommt schon etwas in den Sinn. Lass es auf dich wirken.

Von der Form her springt eine Idee sofort rüber. Kirchenfenster, zum Beispiel, erwähne ich. Deren Ausstrahlung und Kraft. Durch Licht, Schmalheit und Höhe.

Na, also. Würde dich das nicht reizen? meint er.

Doch. Hast du die neuen von Polke gesehen, im Großmünster?

Nein, aber die sich entwickelnde Idee ist die Hauptsache. Offenbar hat's schon eingeklinkt, du siehst so nachdenklich aus! Das sagt Ermanno alles in einem Schwall, dann schaut er mich erwartungsvoll an.

Wir stehen um die ausgerollten Papierbahnen herum, fast sprachlos nach der ersten Überraschung. Betrachten sie abwechselnd von allen Seiten.

Du rennst offene Türen ein, Ermanno. Seit meiner

Abreise aus dem Süden befinde ich mich in einer Art Abkehr von konkret Dargestelltem. Es ist in den Hintergrund gerückt. Vielleicht glaub ich ja an die Möglichkeit, dass ein wahres Werk alle Werke enthalten kann, die vorher entstanden sind. Dass sich alles darin bündelt. Ich habe so viel erlebt, ich muss wieder Klarheit schaffen. Das geht am besten in hellen, großen Bildern, die nicht durch Reales vorgespurt sind.

Du warst zu dunkel, meint er, einfach zu dunkel. Das lieben die Leute nicht, wenn du weißt, wie ich es meine.

Du bist typisch Händler, Ermanno, urteilst vom Verkauf aus. Aber möglich, dass ich zuvor eher zu düster war mit den Radierungen. Düster, würde ich sagen. Nicht dunkel. Vielleicht suche ich nun das Entgegengesetzte. Dieser neue visuelle Denkprozess führt zu einer ganz andern Sicht des geistigen Universums. Farbe. Vielleicht wäre Ordnung ein klarerer Begriff, was meinst du? Ordnung der Farben, der Formen, ohne Anleihen beim Gegenständlichen. So losgelöst gilt es als Synonym für das Reine.

Na, na, komm jetzt! Das Reine! Nicht so geschwurbelt, mein Lieber! Ich kenn dich gar nicht von dieser Seite. Mal doch einfach!

Klar, aber lass mich ausreden. Die Helle, die Harmonie des Lichts hab ich sozusagen für mich neu entdeckt. Das Apollinische zum Beispiel beruht darauf. Wie beim Tempel des Apollon.

Ich füge einfach Maschinenteile zusammen, sagt Ermanno. Sie haben eine reine Funktion, nicht? Aber ob es eine Maschine ist, ein Motor oder die Konstruktion eines Hauses – oder die Ordnung der Farben – egal. Es ist Mathematik, Physik. Sie bauen auf etwas Klarem auf.

Ja, ja, im Unterschied zum dionysisch Dunklen, Zerstörerischen. Dem neigte ich früher zu. Das weißt du. Diese Dualität in ihrer zeitlichen Verschiebung kommt meinem aktuellen gedanklichen Modell sehr nahe.

Aber eine Rakete auf den Mond zu schicken, hat die Qualität des Lebens noch nicht verbessert, da bist du mir wieder über, meint Ermanno launig.

Vielleicht. Das sagt sich so. Weil die Gesellschaft überblickbare Verläufe bevorzugt. Einfache Ordnungen. Und Chaos? Wenn du mit ungewohnten Erfahrungen konfrontiert wirst, fällst du im Denken zurück.

Was ist los mit dir?

Ich hab vor kurzem meinen Bruder beerdigt. Bin noch nicht ganz auf der Höhe. Ich glaube nicht, um auf Ordnungen zurückzukommen, dass Film oder Fotografie ersetzen können, was ich male. Malen ist, so wie ich es verstehe, Chaos. Malerei drückt anarchische Vorgänge besser aus, glaube ich. Je heller die Farben, desto mehr nimmt es aber dem Bild das Bedrohliche.

Ermanno redet nur noch wenig und raucht, wechselt die Position. Wir haben uns wirklich Monate lang nicht mehr gesehen.

Wie geht es dir überhaupt? Mit der Arbeit?

Gut! Er berichtet in kurzen Sätzen, sichtlich stolz, wie es ihm gelungen ist, im Norden Fuß zu fassen. Seine Leute markieren jetzt alles, was mit Asphalt, Beton und Verkehr zu tun hat. So kommt er weit herum.

Doch einige Fragen bleiben im Raum stehen. Die eine

wichtige haben wir bisher tunlichst umgangen. Isabelle. Warst du schon in der Klinik?

Nun ist es raus. Ermanno nimmt einen tiefen Zug, bläst betont langsam den Rauch aus, schaut mich an und schüttelt den Kopf. Er hat meine Frage sicher erwartet, aber sie kommt ihm wahrscheinlich ungelegen. Zu früh. Oder doch nicht? Sie zwingt ihn, wie er gesteht, seine Position gegenüber Isabelle zu überdenken, was er lieber auf die lange Bank geschoben hätte. Vielleicht ist er gerade deswegen bei mir aufgetaucht, ohne es sich einzugestehen. Tatsachen und Fragen. Wir umkreisen sie ungern.

Kommt noch, das mit dem Spitalbesuch. Ich hab's mir vorgenommen, ehrlich. Ich geh schon noch hin, sagt er. Vor wenigen Wochen war ich völlig ahnungslos. Es gehe ihr schlecht, hat man mir zugetragen. Ich hab's nicht direkt erfahren. Aber wie genau der Unfall geschehen ist, würde ich gerne wissen.

Will er es wirklich hören? Ich gehe zum Fenster und blicke über die Dächer. Ich bin mit den Erklärungen nicht so schnell bereit.

Es war ein Autounfall, beginne ich. Am Gotthard. Und ich fühle mich mitschuldig. Wie immer. Sie sind am Abend noch über den Pass gefahren. Ich hätte auch die Straße über den Pass gewählt, jedoch nicht in der Dunkelheit. Der erste Schnee verzuckerte die Berge. Wunderschön. Aber auf der Fahrbahn, in den Spuren war Schmelzwasser des Tages. So herrschte in den Dellen und Mulden Eisglätte. Im Wetterdienst hatte niemand davor gewarnt.

Was heißt, sie fuhren? Man spricht doch nur von ihr.

Irre ich mich?

Falsch. Sie und Mehmet.

So. Die hatten etwas miteinander, das war mir nicht unbekannt.

Ein fürchterlicher Auftritt war das, am Abend nach der Vernissage. Plötzlich ist Mehmet am Fest bei Gianni aufgetaucht. Der hat ihn zuerst gar nicht bemerkt. Wir hatten den Kerl seit Tagen nicht mehr gesehen. Roberta nervte sich gewaltig. Er war nicht nach dem Streit verschwunden, den ihr hattet, Isabelle und du. Es war seine plötzliche Angst, als ich nach Zürich gerufen wurde. Die Kantonspolizei war eines Tages am Apparat, wegen meines Bruders. Der verkehrte im Milieu. Mehmet, der den Anruf falsch einschätzte und auf sich bezog, türmte.

Er half doch in der Druckerei und auch in der Galerie und immer häufiger dort. Ermanno denkt nach. Das wenigstens ist mir aufgefallen, meint er.

Nicht nur das. Er lieferte ihr den Stoff, den sie offenbar brauchte.

Und ich dachte immer, es sei einer aus der Galerienszene, der ihr den Nachschub besorgte. Wenn ich die schrägen Vögel an den Vernissagen nur anschaute, überkam mich das Grausen. Ein seltsames Völkchen. Die andere Hälfte – das waren die Geschäftsleute, die ich kannte. Die wollten sich einfach informieren, was in der Szene so läuft. Und sich unterhalten. Ich glaub, die brauchen das. Dabei sein. Dem Herrgott den Tag abstehlen, sagt man dem in unseren Kreisen. Ich bin halt Gewerbler.

Es war aber keiner von diesen, sag ich. Mehmet bezog

den Stoff direkt aus Zürich. Er tauchte damit am Fest auf. Für wen er bestimmt war? Ich hab keine Ahnung gehabt. Jedenfalls war's viel mehr als nur für Isabelle. Niemand hatte mit ihm gerechnet. Als Roberta und ich die zwei überraschten, drehte sie durch. Das Paket auf dem Fenstersims bei der Küche hat Anna gestört. Ich glaube, sie hatte tatsächlich keine Ahnung vom Inhalt und wollte es einfach loswerden und hat naiv gefragt. Die Leute begriffen gar nicht, was vor sich ging, als sie es emporhielt. Mehmet schnappte es sich, doch da riss Roberta es ihm aus der Hand und warf es ins Feuer.

Ja, da ging mit dem Stoff einiges an großen Scheinen in Flammen auf. Ermano reibt sich das Kinn.

Nicht nur das. Isabelle war jetzt unfreiwillig trocken gelegt. Drum erbat sie von mir die Autoschlüssel, denn sie brauchte unbedingt Nachschub – mit Mehmet aber konnte sie nicht gut die Bahn benützen. Der wird gesucht.

Wer ist gefahren? Sie?

Ja. So sieht's aus. Von Mehmet keine Spur. Auch der Unfallwagen wurde zuerst nicht bemerkt. Er lag in einer Mulde unterhalb der Straße auf dem Dach. Ich nehme an, Mehmet hat den Unfall am Pass relativ unbeschadet überstanden und sich anschließend aus dem Staub gemacht. Ob er Kollegen herbeirief? Das hätte zu lange gedauert. Vermutlich hat er sich per Anhalter abgesetzt – wie auch immer. Jedenfalls taucht er in keinem Protokoll auf und Isabelle war nicht ansprechbar. Ein Wunder, dass der Wagen nicht in Flammen aufgegangen ist. Sie hätte es nicht überlebt. Was genau geschehen ist, bleibt unklar, trotz der

Ermittlungen der Polizei. Isabelle hat mit dem Wagen nach einer kurzen Rutschpartie vermutlich den Straßenrand touchiert gemäß den verkehrstechnischen Aufzeichnungen. Darauf kam der Wagen ins Schleudern, drehte sich wie ein Kreisel über die Fahrbahn und überschlug sich an der Leitplanke auf der Gegenseite. Sie überlebte nur, weil es ein schwerer Wagen ist. War, müsste ich sagen, denn vom Auto meines Bruders ist nur ein Haufen Schrott geblieben. Man hat sie dann mit dem Helikopter nach Zürich gebracht, ins Lähmungszentrum. Da liegt sie.

Hast du sie gesehen?

Nein, das heißt, ja, aber nur kurz. Wir wollten sie besuchen, als sie noch auf der Intensivstation lag. Doch allein Roberta wurde ins Zimmer gelassen. Ich konnte einen Blick hineintun und auf dem Korridor mit dem Abteilungsarzt sprechen. Das auch nur, weil Roberta als Angehörige dabei war. Sonst wär's nicht gegangen.

Und, was meinte der Arzt?

Keine vielversprechende Prognose, wenn du mich fragst. Sie können nichts Genaues sagen. Bruch oder Anriß zweier Lendenwirbel und weitere Verletzungen im Brustbereich. Die Hirnerschütterung ist sekundär. Akute Lähmung des Beckens und der Beine. Zuerst durfte sie mehrere Wochen lang auf der Intensivstation keine fremden Besuche empfangen. Nun, glaube ich, ist sie über dem Berg. Jedenfalls hat man sie verlegt.

Ansprechbar?

Ja, jetzt schon. Ich hatte aber mit der Bestattung meines Bruders genug zu tun, sonst hätte ich mich öfter erkundigt. Doch Roberta ist ja hier und ab und zu kommen Leute aus ihrer Bekanntschaft.

Ich möchte nicht allein hingehen.

Wovor hast du Angst?

Ich schaff es nicht, falls du mich verstehst. Wir sind ja nicht grad friedlich auseinandergegangen. Begleitest du mich? Ich wohne zwar nicht in der Stadt, kann es aber in den nächsten Tagen einmal richten.

Wir haben uns an einem kalten, trockenen Wintertag verabredet. Die Klinik liegt auf der rechten Seeseite, auf einem der Moränenhügel, die die Stadt einrahmen, nicht weit vom Friedhof mit der Grabstelle meines Bruders. Ein wunderbarer Blick nach Westen und die ersten Stadtquartiere im Seefeld und auf den See belohnt die Patienten. Dahinter verläuft der grüne Hügelrücken der südwestlichen Moräne in einer leichten Krümmung nach Westen. Am Fuß der Klinik liegt die Psychiatrische Anstalt, nachts diskret angeleuchtet. Im Osten umrahmt das grandiose Alpenpanorama die ruhige Hügellandschaft.

Eine Woche nach unserem Zusammentreffen im Atelier fanden wir Zeit zum gemeinsamen Besuch in der Lähmungsklinik. Wir kamen vom Parkplatz her. Das Gebäude wirkt nicht so massig und erdrückend, wie Ermanno befürchtet hatte. Dennoch rauchten wir eine vor dem Eingangsportal, wo auch die Krankenwagen vorfahren, missbilligend beobachtet von den Fahrern. Aber wir waren nicht die einzigen, die auf diese Weise Mut fassten.

Ermanno hatte Blumen im Laden vis-à-vis gekauft.

Weiße Lilien und gelbe, langstielige Rosen. Den Blumenstrauß trug er feierlich wie eine Monstranz vor sich her, als wir zur Sicherheit am Empfang nochmals Isabelles Zimmernummer erfragten. Es wimmelte von Besuchern im Entree. Die Cafeteria war voll besetzt von Menschen im Rollstuhl und ihren Angehörigen. An den Wänden hingen unerwartet attraktive Kunstblätter, gediegene Rahmen, wie in den Räumen einer Galerie. Ärzte in weißen Kitteln über den Jeans standen plaudernd am Kiosk. Die Oberärzte erkannte man schnell. Sie trugen vorzugsweise gebügelte Hosen, Hemd und Krawatte. Pflegepersonal kam in kleinen Gruppen den Korridor entlang zur Nachmittagspause. Wir gingen an der Cafeteria vorbei durch kahle Gänge zum Aufzug. Der war breit und tief und hell erleuchtet, vermutlich damit die Patienten, wenn sie in den Betten transportiert wurden, keine Angst haben sollten. Dann standen wir vor ihrem Zimmer. Ich ließ Ermanno voran gehen.

Zwei Betten befanden sich im Raum. Das eine war unbesetzt und zugedeckt, das andere stand am Fenster. Isabelle las ein Buch. Als sie aufblickte, legte sie es auf die Bettdecke. Ein Lächeln huschte über ihr Gesicht. Ermanno überreichte ihr den Blumenstrauß, blickte sich nach einer Vase um, aber Isabelle hatte schon geläutet. Die Pflegerin nahm ihr die Blumen ab und stellte sie in einer Vase auf den Tisch an der Wand, so daß Isabelle sie vom Bett aus betrachten konnte.

Rosen und Lilien. Wie schön! Isabelle blickte versonnen auf den Blumenstrauß.

Ermanno setzte sich im Mantel zu ihr auf die

Bettkante, fasste behutsam ihre Hand. Hallo! war alles, was er herausbrachte. Ich suchte mir einen Stuhl und rutschte in ihre Nähe. Die breite Fensterfront ließ viel Licht in den Raum. An der Wand hinter ihrem Bett war das Plakätchen meiner Ausstellung in der Galerie und zwei Ansichtskarten mit Magnetknöpfen gepinnt. Neben dem Bett, an der Wand unter einem Klemmstreifen, der Therapie- und der Menüplan der Woche. Ein Hosenanzug hing an einem Bügel an der Schranktür. In der Toilettennische standen das Necessaire und ihre Schminksachen. Das Zimmer, groß und karg, war nicht privat und doch hatte es eine gewisse persönliche Ausstrahlung durch das Wenige, das man als sein Eigenes hinstellen konnte. Isabelle war verlegen. Irgendetwas behagte ihr nicht. Wir suchten nach Worten, die über das banale «Wie geht's» hinausreichten, und doch musste diese Frage gestellt werden, damit ein ordentliches Gespräch aufkommen konnte.

Was machst du den ganzen Tag?

Physiotherapie, zweimal am Tag eine Stunde, wenn ihr das meint. Das beginnt früh, gleich nach dem Frühstück und der Pflege. Gespräche mit den Ärzten. Sonst lese ich. Das hier. Sie wies auf das Buch. «Tender is the Night». Scott Fitzgerald.

Hast du mich nicht mal danach gefragt?

Ja, kurz, aber es sagte dir nichts.

Liest du das tatsächlich auf Englisch? Wovon handelt es?

Ich versuch's. Der Roman spielt zum Teil hier in Zürich, da unten in der Psychiatrischen. Sie weist mit der

Hand auf das graue Gebäude unten an der Straße. Isabelle geht jedoch nicht näher darauf ein. Sie berichtet vom Alltag in der Klinik, von den Ritualen und den ärztlichen Verordnungen. Und wie es jeden Tag Abend wird.

Was ist schon möglich? Ermanno möchte etwas von Fortschritt hören, um seine Beklommenheit zu dämpfen. Er sagt abgebrochene Sätze, gibt Fragen von sich, wie «man müsste doch, hat man schon?», denn er erträgt es schlecht, wenn etwas nicht mehr funktioniert. Er sucht nach der billigen Tröstung eines wie immer gearteten Fortschritts.

Nichts geht richtig voran. Isabelle ist enttäuscht, gibt sich hoffnungslos. Auch dass ich alles mit mir geschehen lassen muss, zermürbt mich. Anziehen. Kann ich noch nicht selbst. Waschen ja, aber im Bett. Gedreht werden, auch nachts. Toilette, na ja, den Rest könnt ihr euch denken. Das rückt mir alles sehr, sehr nahe. Ich vermisse meine Intimsphäre.

Wir nicken und schauen uns betreten an. Das haben wir begriffen.

In einer Zimmerecke steht ein Vehikel. Ein Rollstuhl. Mit Griffreifen außen an den Rädern, gepolsterten Seitenlehnen, wegklappbaren Fußstützen und hoher Rückenlehne. Nicht unmodern, nur erschreckend präsent.

Ich schau nicht gern dorthin, sagt sie. Ich ahne, welchen Zweck das hat. Ich meine, dass sie ihn dort in Sichtweite hinstellen. Ich soll mich wohl optisch und mental daran gewöhnen, wie es sein wird, bevor ich ihn Tag für Tag, immer ein Stückchen länger, benutzen darf. Oder sollte. Oder muss. Es klingt absurd, aber nach Wochen sehnst du dich danach!

Nur noch endlich raus aus dem Bett. Doch er steht in meinem Zimmer wie eine stille Drohung: von jetzt an ausschließlich mit mir. Ich hasse ihn. Ich weiß genau, was er für mein weiteres Leben bedeutet. Sie bricht in Tränen aus.

Ich bin aufgestanden, ans Bett getreten. Ermanno ergreift wieder unbeholfen ihre Hand. Wir möchten sie trösten, suchen nach Worten.

Lasst das! Ich will es nicht. Nützt nichts. Sie schluckt.

Ist doch nur, solange du krank bist. Das nächste Mal gehen wir auf die Terrasse. Raus aus dem Raum, raus aus der Klinik.

Ich bin nicht krank. Stille. Isabelle hat uns fast tonlos, aber scharf widersprochen und blickt uns an, als hätten wir uns gegen sie verschworen.

Schweigen. Wir wissen nicht weiter. Sie bietet uns keine Möglichkeit, ihr Nähe zu zeigen. Sie lässt niemanden wirklich an sich heran. Auch nicht in ihrer Not. Stolz und bockig. Ein kleines, grünes Licht über der Tür leuchtet auf. Isabelle hat gerufen. Sie ist verlegen. Als die Pflegeperson erscheint, bedeutet sie uns, vorübergehend das Zimmer zu verlassen. Kleines Missgeschick, erklärt sie. Es dauert höchstens eine Viertelstunde. Doch wir verabschieden uns, versprechen wiederzukommen. Die Pflegerin beginnt zu hantieren, zieht die gelben Plastikvorhänge ums Bett herum. Isabelle wirkt zerknirscht. Wie können wir den Raum verlassen, ohne dass es herzzerreißend wirkt? Bei der Cafeteria überlege ich, einen Kaffee zu trinken, Ermanno dazu einzuladen, aber der winkt sofort erschrocken ab. Ein Bier wäre ihm lieber. Gibts hier nicht. Also nichts wie weg, sagt er. Wir verlassen aufatmend das Spital.

Ich brauche frische Luft, sagt Ermanno. Du nicht auch? Außerdem hab ich eine mächtige Aversion gegen Krankenhäuser. Die beklemmende Atmosphäre da drin, die Einrichtungen, die Betten mit den Krankenbügeln und Urinbeuteln, all das löst bei mir einen tiefen Aberwillen aus. Es deprimiert mich und macht mich hilflos. Wahrscheinlich fürchte ich mich vor der Zeit, einmal selbst Patient zu werden.

Wir halten Ausschau nach der nächstbesten Pizzeria. Er bekommt sein Bier und ich meinen Kaffee.

Ich halt das schlicht nicht aus, murmelt Ermanno und kaut an seinem Pizzastück. Natürlich ist es gut, dass es das Spital gibt. Aber ich will nicht, hörst du? Er meint es wie ein abschließendes Urteil. Er sei sehr pessimistisch. Ob ich mir mal Gedanken gemacht habe, wie das weitergehen soll? Wird sie überhaupt jemals wieder gehen können? Was wird aus der Galerie, aus dem Haus? Er schaut mich an, als erwarte er von mir Lösungsvorschläge. Ich habe keine, gebe aber zu bedenken, dass es erst der Beginn einer Entwicklung sei und niemand, auch nicht die Ärzte, könne exakt den Verlauf der Heilung vorhersagen. Es brauche eben Zeit.

Wir haben den Abend zusammen verbracht, geredet und geredet und sind dann ohne klare Gedanken auseinandergegangen. Einmal im Verlauf des Gesprächs meinte er, er habe nie zum Anker in ihrem Leben werden können, den sie sich vielleicht trotzdem erhofft habe. Denn immer habe sie alle Entscheidungen allein getroffen, im Guten wie im Schlechten. Er sei sich drum mit der Zeit überflüssig vorgekommen.

Gut, sage ich mir, dann werde ich wohl ab und zu bei Isabelle auftauchen und sie, wenn es möglich sein wird, auf den länger werdenden Ausgängen begleiten.

Isabelle ergreift jedes Mal meinen Arm und hält ihn fest, wenn ich sie besuche. Entweder ist bei ihr Händereichen verpönt oder sie drückt etwas Bestimmtes aus – aber freut sie sich auch? Ich meine, ihren Spott zu spüren, wenn sie sich über die Unkenntnis der Leute ärgert, ihren Sarkasmus, äußert sie sich über ihre Zukunft, was jetzt häufiger vorkommt. Sorgsam führe ich sie im Rollstuhl zum Spitalgebäude hinaus, über die Wege der Anlage. Beim Teich machen wir halt und schauen auf die verwelkten, treibenden Blätter. Einmal nehmen wir den Aufzug zur Terrasse im obersten Geschoss, acht Stockwerke hoch. Die Aussichtsplattform ist jedoch nur im Innenraum zugänglich. Verglast bietet sie einen wunderbaren Rundblick auf Dörfer, See und Alpen. Der Außenraum bleibt verschlossen.

Es gab einige Suizide, erklärt Isabelle. Dem Chefarzt sei einer von oben vor die Füße geknallt, als er im Freien einen Kaffee trank. Wegen mir allerdings müssten sie den Terrassenzugang nicht sperren. Nicht mal das brächte ich wahrscheinlich zustande, meint sie resigniert.

Doch es geht ihr jede Woche ein Stück besser. Sie trägt jetzt den Hosenanzug, wenn ich komme, sitzt längs der Bettkante, rutscht in den Stuhl, zieht die Beine nach und ordnet die Füße. Den Transfer in den Rollstuhl schafft sie nun praktisch allein, zu Beginn schweißüberströmt, dann immer lockerer. Ich schaue ihr zu, beobachte ihr Ausbalancieren des Körpers, stets auf dem Sprung, helfend einzugreifen. Warum nur quält mich ein Schuldgefühl, als hätte ich den Wagen ins Unglück gesteuert? Am Abend, nach dem zweiten oder dritten Spaziergang, drücke ich mich im Krankenzimmer an sie, bevor ich mich auf den Heimweg mache. Ich habe kein tolles Gefühl dabei, und sie hat sich mir sanft, aber bestimmt entzogen. Sie äußert sich recht zynisch über unsere Sommerbeziehung, die, wenn ich's genau nehme, keine war. Kein Verlangen, ohne sich abzusichern – was sie auch tat, tat sie überlegt, zwingend, und ich hatte mich ihren Wünschen anzupassen. Und jetzt? Sie, vor mir im Rollstuhl sitzend, ich, dahinter, stehend. Zwischen uns die Rückenlehne als eine Barriere. Auch die seitlichen Armauflagen wirken gegen außen als wahre Schutzvorrichtungen, um keine Nähe mehr zulassen zu müssen. Man beugt sich zu ihr hinunter, wenn man sie mit Küsschen begrüßen möchte und streckt seinen Hintern in die Luft. Sind dieses unausgesprochene Distanznehmen, dieser Schutz und diese Zurückhaltung, dieses Definitive nicht das Eigentliche, das im Bereich des Sichtbaren in der Beziehung jede Bewegung anhält und im Körper erstarren lässt?

Ich bin keine Frau mehr, gibt sie mir zu verstehen. Mit ganzer Bitterkeit ist es aus ihr hervorgebrochen.

Ich reagiere ein bisschen begriffsstutzig. Was sie meine, mit «keine Frau mehr»? Sie sei doch eine Frau – oder ob ich mich täusche, etwas falsch verstehe. Ist das äußere Bild nicht mehr das wirkliche? Diese Tatsache ist mir in ihrer vollen Tragweite nicht bewusst. Kann schlecht damit umgehen.

Sie spüre im Becken, von den Lendenwirbeln an abwärts, nichts mehr. Keine Berührung, keine Erregung, keine Lust. Nichts. Auch den Blasendruck merke sie nicht oder zu spät, gibt sie mir zu verstehen. Ohne Sensibilität sei ihr der Körper fremd geworden. Ihr eigener Körper – ein nutzloses Stück Fleisch und Knochen. Sie sei, als Frau, überflüssig geworden, sagt sie. Ein Neutrum. Die Frau ohne Unterleib. Wie früher in solchen Buden auf dem Rummel, wo man Monströsitäten zur Schau stellte. Sie lacht höhnisch. Oder eher bitter. Sie könne genau so gut tot sein.

Ja, aber, ich meine, du bist noch da! Du hast eine Tochter. Und deine Galerie, die existiert doch auch noch. Von wegen nutzlos: Diese Aufgabe wartet auf dich. Oder willst du das aufgeben?

Weiß ich noch nicht. Spielt auch keine Rolle mehr. Du kannst es nicht nachempfinden. Du stehst ganz draußen, tut mir leid. Mit einem Nichtbetroffenen über diese Dinge sprechen zu wollen, ist zwecklos. Das mit der Galerie überleg ich mir schon lange hin und her, kannst du mir glauben. Deine Ausstellung musste ich verlängern, sie wird von der Aushilfe betreut. Zur Zeit sehe ich keine andere Lösung. Wie auch?

Sie sagt es mit einer Schroffheit, einer Kälte, die mich irritiert. Irgendwie fühle ich mich zurückgestoßen, sogar beleidigt. Sie richtet eine Schranke auf, sie hier, dort alle andern. Keine Chance. Ich merke, wie ich verunsichert bin und wütend werde.

Ich bin doch auch betroffen durch diese Situation. Sicher nicht wie du. Aber auch. Sonst wär ich nicht hier, verdammt nochmal. Dauernd dreht sich deine Welt um das

Behindertsein. Ich wende mich ab, blicke durchs Fenster. Im Innern kocht es. Immerhin, den Wagen habe nicht ich gesteuert. Eigentlich könnte es mir egal sein.

Jetzt hör mal gut zu, sagt sie, ich versuch's nochmals. Etwas zu erklären, was ein anderer nicht nachvollziehen kann, das wird schwierig. Früher, wenn ich Lust hatte, konnte ich mich ihr hingeben, okay? Das war, wenn du so willst, das Leben. Ein Austausch, bitte sehr, keine Einbahnstraße. Nun – meine Libido, mein Verlangen – das ist alles weg, von der Stromleitung abgekappt. Die Muskeln schlaff. Das Erbärmliche daran: Ich spüre auch nichts mehr, habe sogar Angst vor dem eigenen Körper, er könnte mich im Stich lassen, weil nichts mehr funktioniert wie früher. Nichts mehr. Lähmende Furcht vor der antwortlosen Leere. Ist das noch mein Körper? Keine Resonanz. Hast du überhaupt eine Ahnung, wovon ich rede? Sie spricht es aus, als wäre der Körper eine Maschine, die anspringt oder nicht.

Natürlich weiß ich, was eine Querschnittlähmung ist, wie man es eben zu wissen meint. Man liest, hört und sieht so viel davon. Dokus an der TV von Ratten, denen das Rückgrat zertrennt wurde und die plötzlich wieder herumrennen. Aber ich muss erkennen, dass ich das wahre Ausmaß der Zerstörung nicht realisierte. Ein Trauma. Scheißantike, sag ich halb laut. Dieses «mens sana» – was bleibt, ist eine kaputte Seele, ein zerstörter Geist in einem kaputten Körper. Was es wirklich für Konsequenzen hat, war mir noch nie durch den Kopf gegangen.

Und darüber? Ich meine, vom Nabel an aufwärts? wage ich zu fragen.

Lassen wir das, ja?

Nein, sag ich, ich möchte es wissen. Von dir.

Gut. Vom Nabel an aufwärts, fragst du – na klar, toll – aber was bringt das? Der Rest ist nur bedingt eine Freude. Was würdest du mit der Hälfte wollen? Die Lähmung ist vermutlich definitiv. Was sich innerhalb eines Jahres als Spontanheilung einstellt, ist pure Glückssache, je nach Schwere der Verletzung. Wie bei einer Sirene. Der untere Teil ist ein kalter Fischleib.

Aber die Sirene war eine Göttin!

Schweigen. Ich gehe wohl besser.

Anderntags haben wir einen Ausflug unternommen. Mit der Straßenbahn hinab zum Fluss, beim Hauptbahnhof durch den Park dahinter, über den Fußgängersteg zum andern Ufer, die Flusspromenade unter den Bäumen entlang zum Central. Dort nehmen wir die breite Brücke, wo auch die Straßenbahn fährt, und folgen dem schmalen Weg flussaufwärts unterhalb der Altstadt mit ihrer alten Befestigungsanlage. Der Boden ist holprig, Kopfsteinpflaster. Isabelle wird gehörig durchgeschüttelt.

Das Geländer zum Fluss ist an dieser Stelle verstärkt und erhöht durch Bretterwände, in denen aus dem Holz gesägte Fensterluken, tiefer angelegte auch für kleine Zuschauer, den Blick auf das Wasser freigeben. Isabelle schaut durchs Kinderfenster. Die Arbeiter, die auf dem von eingerammten Spundwänden trockengelegten Stück Flussboden arbeiten, scheinen mir wie fremde Akteure einer anderen Schicht unserer Wahrnehmung. Sie nehmen unsere Gesichter in den Bretteröffnungen kaum wahr. Sie führen ihre gelben Maschinen, auf denen sie hocken und mit Baggerschaufel, Muldenkipper oder Rammbock die Luft vom Lärm erzittern lassen. Ein metallener, runder und langer Klotz wird in einem schmalen Gestell hochgezogen und saust nieder. Der Knall, wenn der Rammkörper auf dem eisernen Spundstück aufprallt, schlägt Sekundenbruchteile später an unser Ohr, ein gellender Schmerz, der uns noch begleitet, als wir uns bereits weit von der Stelle entfernt haben. Die Arbeiter tragen Gehörschutz. Sie rufen einander zu oder verständigen sich mit Zeichen, fluchen und schreien Wörter, deren Schall der Wind zerreißt und fortträgt. Manchmal tragen sie Schaufeln, Messlatten, Pfähle, rotweiß gezeichnete, und Peilgeräte von einem Platz weg, um sie am andern Ort hinzuschmeißen oder aufzustellen. In ihrem gelben Ölzeug sind sie gut zu verfolgen, wie sie gehen, stillstehen, sich eine Zigarette anzünden, irgendwohin blicken und die Arbeit fortsetzen. Wir schauen fasziniert zu. Isabelle lässt sich gerne ablenken.

Einige hundert Meter dem See zu, auf der verglasten Winterterrasse im ersten Stockwerk eines Hotels am Wasser, trinken wir Tee. Die Tische sind sorgfältig gedeckt, trotz der kalten Jahreszeit kann man den Aufenthalt im Schutz der Glasfenster genießen. Formschöne einfache Teller, ein silbernes Set, Bestecke auf jeder Seite für Entree und Grilladen, voraus eine Consommé mit Sherry, runde, frische Brötchen bei jedem Gedeck. Wir bestellen etwas Kleines, denn wir sind spät dran und in der Klinik nicht abgemeldet. Der dunkelgekleidete Herr lenkt in ruhigem, aber kurzem Ton Auftischen und Wegtragen der Speisen und Getränke, die Bewegungen der Kellner haben etwas rhythmisch Anmutiges. Drei Tischreihen mit Gästen besetzt, lassen wenig Raum, trotzdem geschieht das Hin und Her nach einem Plan. Der Chef, ein älterer Herr mit graumeliertem Haar, nimmt sich Zeit für uns, obwohl wir umständlich nochmals Tee im Kännchen bestellen und eigentlich nicht hier sitzen sollten, denn der Rollstuhl beansprucht viel zu viel Raum. Isabelle, die mich am Arm zupft und auf ihn hinweist, fühlt sich geschmeichelt. Er könnte mein Vater sein, flüstert sie. Die Kellner eilen an uns vorbei ohne von Isabelle Notiz zu nehmen. Derweilen essen und trinken, schwatzen und lachen die Leute, vereint an diesem einen, angenehmen Spätherbsttag, eine Gesellschaft, deren Größe durch die Platzzahl des Restaurants bestimmt wird, und die auf eine gewisse Gleichheit des Benehmens achtet mit höchst feinen Abstufungen von Tisch zu Tisch, von Person zu Person und sei es auch nur im Tonfall der Stimme, in der Neigung des Kopfes oder den verhaltenen Gebärden. Man isst und weiß, wer man ist, so dass wir uns ein wenig als Fremdkörper vorkommen. Nicht mehr dazugehörend. Die Geräusche und Laute schwellen an und ab, ganz wenig zeitverschoben zum Arbeitsgang der Bedienenden. Es ist zwar noch früh am Abend, aber das Diner ist in vollem Gange. Von Zeit zu Zeit, wenn der Stand der Menüfolge es zulässt, zieht der eine oder andere Tischnachbar ein besonders edles Feuerzeug hervor, nicht ohne es nach dem Anzünden der Zigarette mit einer gewissen Lässigkeit neben das Weinglas zu stellen. Später wird er es unter anerkennendem Nicken seiner Begleitung wieder mit betont langsamer Bewegung in die Seitentasche des Jacketts gleiten lassen. Ich lege das Geld und den Konsumationsbon sichtbar, aber nicht zu auffällig, zu den Teetassen und helfe Isabelle in ihren hellen Lumber. Dann suchen wir mit dem Rollstuhl zwischen den Gästen, die gestört werden und zur Seite rücken, einen Weg ins Freie. Der Chef de Service ist uns mit einem Lächeln behilflich, schiebt Tische und Stühle weg und wünscht uns einen angenehmen Abend. Unten zieht der Fluss dahin, fast geräuschlos. Manchmal leuchtet ein Wellenkamm im frühen Abendlicht oder ein Fisch springt oder ein Dachzimmerfenster steht offen. Die Möwen sind da. Auf dem Brückengeländer flattern sie unter spitzen Schreien auf, wenn jemand Brotbrocken in die Luft wirft. Niemand blickt uns nach.

Das erste Mal in meinem Leben tappte ich unbeholfen hinter einem Rollstuhl vorsichtig von Schwelle zu Schwelle, tastete im Voraus mit den Augen den Weg ab, nahm jede Treppenstufe wahr und überlegte, wie sie zu überwinden sei. Das Kopfsteinpflaster der Altstadt spürte ich beim Schieben in meinen Händen und Armen, die vibrierten. Drehtüren, zu schmale Eingänge, widerborstige Teppiche, die die schmalen Vorderräder ablenkten, wurden zu Bollwerken, die Isabelle und mir die von ihr ersehnten Spaziergänge zusätzlich erschwerten, von den nicht zugänglichen Toiletten ganz zu schweigen.

Roberta zeigt sich selten bei mir. Sie hat vorübergehend Platz in einer WG gefunden, wo sie sich angeblich wohlfühlt. Wie oft sie sich um ihre Mutter kümmert, weiß ich nicht und wenn ich Isabelle danach frage, bleibt sie vage. Sie rennt offenbar den wenigen freien Orchesterstellen nach, muss vorsprechen, vorspielen, Proben besuchen. Wenn ich sie zum Essen oder ins Kino einladen möchte, winkt sie ab. Sie sei im Stress, gibt sie mir zu verstehen. Mit der Zeit verzichte ich auf Wiederannäherungsversuche.

Vor einer Woche habe ich endlich mit Malen begonnen. Es lenkt mich ab und gibt Raum, anderes nebenher zu denken. Die Farbstreifenbilder mit Ermannos Spritzereien müssen zwar noch liegen bleiben. Ich bin noch nicht frei genug zur reinen Abstraktion. Reichtum und Bedeutung von all dem in mich aufzunehmen, aufzulösen, was vorangegangen ist, es in eine malerische Form zu bringen und zu läutern – dazu fühle ich mich jetzt in der Lage. Vielleicht entspricht die Qualität eines Werkes dem, was es an Vergangenem ausleuchtet. Zurückkehren zu können wie ein Planet, der den entferntesten Punkt seiner Umlaufbahn erreicht hat und neu zu beginnen. Malen ist jetzt das Einzige, das mir ermöglicht, durch den Malvorgang tiefer in die Zeit und in die Zusammenhänge von Form und Aussage einzutauchen, etwas, das mir in den letzten Monaten abhandengekommen ist. Die Leinwand ist für mich wie ein Bett. Da kann ich mich hin- und herwälzen, verweilen, denken, träumen, Altes hervorkratzen und wieder zudecken, löschen.

Nur die Beleuchtung im Atelier ist leider nicht optimal. Das Licht fällt nicht von schräg oben ein, sondern von der Seite her. Das Bild fließt mir dadurch etwas unter den Augen weg, so dass sich die seitliche Begrenzung des Chassis mit der Leinwand optisch verschiebt, nach außen verrutscht. Die Ränder werden dadurch unscharf. Oft sogar undeutlich, aber genau das liebe ich.

Jemand hat mir einmal gesagt (war es in der Gestalttherapie?), meine Werke seien eigentliche Bild-Fallen, weil ich dem Betrachter beim Malen den Rücken zukehre und ihn hineinlocke. Möglich ist das schon, aber nur so nehme ich selbst am Prozess im Bild teil, indem ich mich darin verberge. Würde ich dem Betrachter ins Gesicht blicken, wie es bei vielen Selbstbildnissen der Fall ist, würde er meine Schminke bemerken, die Maske, schwarze Schatten um die Augen, die gelben Striche, hart gezeichnet auf dem weiß-grundierten Gesicht. Aber ich sehe mich als Teil der Geschichte, die ich darstelle, unsicher, fern einer gegebenen Ordnung. Manchmal strecke ich während des Malens die Arme aus, nicht als Anbetung der Götter oder um jemand zu empfangen, dafür bin ich zu konzentriert auf mich, sondern um meinen Geist zu kühlen und zu warten, dass mir die kalten Stürme endlich um die Ohren brausen. Denn es lärmt schon lange in meinem Kopf.

Wo bleibt das Geheimnis hinter all dem, was tagtäglich geschieht? Das frage ich mich oft. Die Stimmen, die als unverständliche Laute über den imaginären Fluss Lethe herüber an unser Ohr dringen, was wollen sie uns sagen? Warum erscheinen die Schemen nicht? Wenigstens um zu zeigen, dass etwas außer uns existiert. Was ist, ist – sagte mir einer voller Stolz, um mir zu zeigen, dass er keine weiteren Fragen hat. Was nicht ist, ist auch, gab ich zur Antwort und stürzte ihn in eine tiefe Krise. Muss ich denn im Leben Steuermann, Ruderer, Bootsmaat und Passagier zugleich sein? Die Segel setzen, das unsichere Land verlassen? Ich wünschte mir oder hoffe, daß irgendwo jemand auf mich wartet. In einem

Zustand seltener Gelassenheit nehme ich an dem teil, was die Fahrt bedeutet, im Heck, stehend. Vielleicht ist es das, was mir Isabelle einmal vorgeworfen hat: diese scheinbare, vordergründige Leichtigkeit. Und wenn wir durch die Enge kommen werden, wo eine andere Welt sich auftut – liegt es vielleicht dann vor mir, weit, blau und purpur, gewaltig? So stelle ich es mir vor, dass es mich einmal, ein einziges Mal herausreißt aus allem Belanglosen. Dann werde ich, von Angstträumen geschüttelt, aufschreien und dann ruhig werden. Die andern? Sind Gesichter, Körper, Hände, Münder. Es ist, als höre ich ihre Klopfzeichen, sähe wie von weit weg ihre Gebärden.

Wenn ich abends in meine Wohnung komme, mache ich mir in letzter Zeit unwillkürlich Gedanken, ob sie für Isabelle überhaupt zugänglich ist. Irgendwann wünschte ich, sie zu mir nach Hause nehmen zu können, sie an meinem Alltag schnuppern zu lassen. Letzthin, bei einem Besuch, teilte mir eine Pflegefachfrau mit, Frau Malavou sei nicht da. Auf dem Tisch standen ein übergroßer Blumenstrauß und ein neuer Laptop.

Und wo, bitte, finde ich sie?

Die Frau schaute im Therapieplan nach. Sieht so aus, als wäre sie in der Physio. Sie erklärte, wie ich dahin gelange.

Die Therapieräume sind im Untergeschoss, drei, so groß wie Turnhallen. In einer finde ich Isabelle, stehend zwischen den Holmen eines Barrens. Sie trägt Schienen, kann Schritt für Schritt zwischen den Holmen gehen. Die Anstrengung ist ihr anzusehen. Eine Therapeutin korrigiert ihre Schritte, ihre Haltung und achtet, dass sie die Beine nicht nachzieht und dass der Oberkörper gerade bleibt, sich nicht verkrampft.

Gleich bin ich fertig, ruft sie mir zu. Warte bitte! Dann trinken wir was in der Cafeteria. Sie schwitzt und lässt sich vorsichtig in den Rollstuhl zurückgleiten.

Du machst Fortschritte. Trinkst du einen Kaffee? Ich hols am Buffet. Seit wann versuchen sie das mit dir?

Zwei Wochen sind es jetzt her. Irgendwann beim Erwachen hab ich was in den Zehen gespürt, erst nur ein Kribbeln, dann mehr. Und bei der Arztvisite musste ich zeigen, wie ich plötzlich die Zehen, den Fuß bewegen kann. Das war der Beginn. Ein paar Tage lang wars ein taubes Gefühl, bis in die Beine, aber ich kann nun bereits die Füße leicht bewegen und die Sensibilität kehrt langsam zurück. Seither steh ich jeden Tag zweimal auf.

Ich berichte ihr, was ich über Heilungschancen in Erfahrung gebracht habe, von Nogo-Antikörpern, vom Hirnforschungsinstitut, von den ersten Versuchen, aber ich bin zu früh mit dieser Nachricht.

Sei still! Bitte. Ich hab solche Angst, dass es sich nicht fortsetzt, unterbricht sie mich. Hast du von Roberta das Neueste gehört?

Nein, ich bin nicht sicher, ob sie Erfolg hat. Beim Plaudern erwähne die Blumen in ihrem Zimmer. Schön, sag ich. Von ihr? Aber sie übergeht meine Frage.

Der Spitalalltag interessiert mich nicht sonderlich und plötzlich ist unser Gespräch an einem toten Punkt angelangt. Isabelle verabschiedet sich am Ausgang der Cafeteria. Sie wünscht nicht, dass ich mit hochkomme. Nachdenklich geh ich zur Trambahnstation, wo mir Roberta über den Weg läuft. Wir bleiben für ein paar Minuten stehen und ich berichte ihr, was ich eben gesehen habe. Sie weiß es bereits. Sie ist kurz angebunden, denn sie möchte mit ihrer Mutter ein paar Dinge wegen der Wohnung und der Galerie klären. Für den Samstag verabreden wir uns bei mir.

Roberta steht am Fenster im Atelier wie damals, als sie vor mir die Treppen ins Besso hinaufging, den Rücken mir zugewandt. Damals war es der Beginn von etwas. Sie wendet mir den Rücken zu, die Hände in den Jeansgürtel geschoben und sagt lange nichts.

Was machst du? Sie wendet sich halb zu mir.

Nichts. Ich warte. Was willst du mir sagen?

Es ist schwierig, dir etwas erklären zu wollen, was du gar nicht hören möchtest.

Aha. Der befürchtete Augenblick. Unsere Zeit ist abgelaufen. Ich habs geahnt. Sie will zurückkehren. In die Stadt ihrer Jugend.

Und warum?

Ich bin nicht heimisch geworden hier, das hast du sicher bemerkt. Diese Stadt ist mir zu hektisch. Ich vermisse Gianni, das Haus, den Garten, einfach meine Leute.

Und dort unten, vermisst du dort vielleicht mich?

Nein. Ja. Nicht wirklich. Ich weiß es noch nicht. Das seh ich dann.

Und was ist mit dem Studium?

Nichts. Hier jedenfalls nicht. Es ist zu kompliziert. Und vor allem zu teuer. Vielleicht werde ich's dort wieder fortsetzen. Das ist noch alles offen.

Du begehst einen Fehler. Das ist ein Rückschritt.

Hör mal, es ist mein Leben.

Und welche Rolle habe ich darin gespielt? Verdammte Scheiße! Der Pinsel fliegt in die Büchse zurück, die Büchse stürzt um, Terpentinöl fließt über den Tisch. Ich rette ein paar Skizzen, bevor das Öl auf den Boden tropft. So also endet etwas.

Sie werde vorläufig in der Galerie nach dem Rechten sehen. Das sagt sie mir nach einem gemeinsamen Besuch in der Klinik. Ich deute ihr an, dass ich mich um ihre Mutter kümmern werde, so gut es eben gehe und so lange es nötig sei.

Das tust du? Sie schaut mich mit großen Augen an. Die Erleichterung ist ihr anzumerken.

Ich tue es für mich. Nicht wegen dir.

Am Tag ihrer Abreise besuchen wir nochmals zusammen Isabelle. Kein Spaziergang heute. Vieles ist noch zu regeln. Ich lasse die zwei im Zimmer allein und trinke eine heiße Schokolade in der Cafeteria. Zwei heiße Schokoladen. Drei. Es dauert. Dann kommt Roberta den Korridor entlang. Sie weint, hängt sich mir ein. Wir verlassen die Klinik und fahren mit der Straßenbahn zum Bahnhof. Roberta löst ihren Koffer aus. Wir suchen den Bahnsteig.

Die Züge in den Süden fuhren früher auf «Binario uno» in den Kopfbahnhof ein. Gleis eins. In meiner Kindheit war an Samstagen und Sonntagen dieser Bahnsteig besetzt von heimwehkranken Südländern. Sie standen in Gruppen herum, schwatzten laut, gestikulierten, verabschiedeten sich oder erwarteten ihren Cousin oder den Sohn oder den

Onkel, der auf Arbeitssuche in den Norden gefahren kam. Stimmen, Lachen, Gekreische. Wir hatten für die Italiener einen Spitznamen: Für uns waren sie die «Meiser», weil sie so überschäumend laut waren. Wie Meisen im Frühling. Aus den abgenutzten Plastiktragetaschen, den zerbeulten Mappen, aus den Jackentaschen lugten Salami hervor, Weinflaschen, weiße Brote. Heimat eben.

Mehmet! Ich entdecke ihn in der Menge.

Was? Wo? Roberta weiß nicht, wo sie hinschauen soll.

Dort! Der Mann dort, von hinten! Zieht den Fuß nach. Ich mach mich schnell frei und laufe los.

Warte! schreit sie, so warte doch! Was willst du überhaupt von ihm?

Die Lokomotive stößt schrille Warnsignale aus. Baut sich groß auf. Kreischende Bremsen des einfahrenden Zuges. Ich stürze auf den Kerl zu, packe ihn am Ärmel, will ihn von hinten zu Boden reißen. Der andere wendet sich erschrocken um. Dabei gleite ich aus.

Sind Sie wahnsinnig? Sind Sie wahnsinnig geworden? He, lassen Sie mich los!

Er versucht, mich abzuschütteln.

Ich falle. Der Mann flucht, versucht, meinen Sturz mit den Armen abzufangen. Die Mütze fliegt ihm vom Kopf. Es ist nicht Mehmet. Neben dem zweiten Wagon haut es mich ganz auf den nassen Boden des Bahnsteigs.

Was soll das! sagt der Mann ärgerlich, und dann: Haben Sie sich wehgetan? Ist ihnen nicht gut? Ich nicke, so gut ich das am Boden liegend tun kann. Tut mir leid. Es schmerzt, aber es geht schon. Danke. Das Blut im linken Knie pocht entsetzlich. Die Handflächen sind aufgeschürft. Er hilft mir auf die Beine und als Roberta bei mir ist, klopft er mir den Mantel ab, liest seine Mütze auf und entfernt sich hinkend und redet vor sich hin. Ich bleibe benommen stehen.

Roberta sagt nichts, schüttelt nur immer wieder den Kopf. Legt mir die Arme um den Hals. Was machst du nur? Alessandro! Die Tränen schießen mir in die Augen. Hinten im Hals würgt es. Nichts mehr wird wieder sein, wie es war. Kein verstohlener Blick, keine wenn auch unabsichtliche Berührung. Ich bring die ganze bisherige Geschichte nicht mehr richtig auf die Reihe. Was ich nicht wahrhaben wollte, stellt sich ungefragt ein. Eine Beklemmung macht sich breit, ein Schmerz windet, ja bohrt sich durch die Haut in den Leib.

Nicht traurig sein, Sandro, tröstet sie und küsst mich scheu. Wir sehen uns wieder. Bald. Deine Bilder sind noch bei mir. Dann besteigt sie den nächsten Wagen, geht durch die Gänge, sucht ihren reservierten Sitz. Ich folge ihr ein Stück auf dem Bahnsteig, versuche, ihre Gestalt zu erhaschen. Doch bevor sie ihren Platz einnimmt und der Zug sich in Bewegung setzt, mache ich kehrt und gehe zwischen den Menschen langsam zum Ausgang zurück.

Damals, als ich Roberta in den Armen hielt, habe ich mich im südlichen Teil des Landes befunden. War es ihr Geruch, der mich erregte? Wie in alten Schwarz-Weiss-Filmen, derer ich mich entsinne, zögern die auftauchenden Bilder weiterzulaufen, ruckeln im Apparat, verdichten sich durch die Langsamkeit ihrer Bewegung, werden dunkel und mächtig. Doch sie sind brüchig wie Öl enthaltendes Gestein, lassen sich auftun, trennen, erinnern und enthüllen Räume von dunklem Grün. Der Duft des Sees, der Kastanienwälder. Oder waren es Kiefern, Platanenkronen, deren Rauschen mich erfüllte, vermengt mit dem Geplätscher des Wassers am Bootsrand? Im mild einfließenden Licht ruhen die Gestalten dieses Sommers, deren fremde Gebärdenmuster nun Teil meiner Geschichte geworden sind. Soeben noch bewegt, jetzt überdeutlich still. Das grüngraue Stück Ölschiefer, das ich mitgebracht und im Atelier zum Marmorwürfel neben den Kaktus gelegt habe, enthält noch heute alle Vertiefungen, dunkle, eingegrabene Striche und Zeichen wie Spuren, unausgelöscht in meinen Träumen. Bin ich denn der Gegenwart so fremd wie aller Zeit davor und danach?

Beim Verlassen des Bahnhofs kommt mir das Traumgesicht der letzten Nacht hoch: Ich, sitzend im Ruderboot. Jemand schwimmt neben dem Boot her. Hell der Körper im schwarzen Wasser. Als ich die Gestalt entdecke, bewegt sie sich auf mich zu. Ich halte ihr ein Ruder entgegen, nicht zur Rettung – ich will bloß erfahren, was geschieht, wenn ich sie anstubse. Als ich das Ruder wegziehe, ist sie da, krabbelt wie eine Spinne am Holz hoch. Entsetzt versuche ich sie abzuschütteln, doch sie verlängert und verkürzt den Faden, wie es ihr beliebt und klettert schließlich über meinen vorgestreckten rechten Fuß. Da ziehe ich den Schuh aus und schlage damit auf sie ein. Sekunde um Sekunde zerfällt sie und aus den geschundenen Gliedern formt sich ein Neues. Perlmuttglänzende Haut. Deutlich die Gestalt eines weiblichen Körpers. Sie schält sich aus ihrer zerstörten Hülle, bäumt sich auf, wirft den Kopf zurück. Die Augen weit aufgerissen, starrt sie mich unverwandt an. Lass das, bedeutet sie mir. Mit einer fahrigen Bewegung streiche ich ihr das Haar aus der Stirn, erspüre die halb klaffende, halb vernarbte Wunde der Fontanelle, unter Haarsträhnen verborgen. Ich taste mit der Hand darüber. Habe brandiges Wasser an den Fingern, weil ich immer wieder hinfasse. Ohne zu ahnen, was weiter zu tun wäre, ziehe ich die Gestalt an mich, bevor sie mir nochmals entgleitet.

Ich will es wissen. Sofort. Ich werde mit dem Bey sprechen. Er hatte mir Hilfe angeboten und angedeutet, wo er zu finden sei. Das schmuddelige Hotel in der Nähe der alten Kaserne ist unscheinbar, weder ältlich noch modern. Es steht an der Straße zu den ehemaligen Militäranlagen. Drei abgewetzte, breite Stufen führen zur schweren, hölzernen Eingangstür hinauf mit eingelassenen kleinen, gelblichen Milchglasscheiben, durch die man sich eine ungefähre Annahme verschafft, ob die Bar besetzt ist oder nicht. Die Schatten der Leute hinter dem Glas bewegen sich kaum. Als ich die Tür aufstoße, blicken die Anwesenden gelangweilt in meine Richtung. Zigarettenqualm, Schweiß, Alkohol und Testosteron bilden ein Dunstgemisch, das unverbrauchte Naturen glatt umhaut. Die Nutten taxieren mich, die Zuhälter streichen über ihren Hosenschritt. Ich wende mich an eine der Frauen an der Bar und frage leise nach dem Bey. Da mustert sie mich ängstlich, tauscht Blicke aus mit ihrem Macker. Der weist in eine Ecke, wo Tische in kleinen, dunklen Nischen stehen. Bevor ich mich dem Sitzenden nähern kann, werde ich von vier Händen gepackt und abgetastet. Der Bey schaut mich von unten her an und erkennt mich.

Er nickt den Aufpassern zu und stochert weiter in seinem Meze-Teller, schiebt mit dem Messer die Börektaschen an den Tellerrand und zerteilt sie mit der Gabel. Dann führt er einen Bissen zum Mund, lädt etwas Grünes nach und kaut beides langsam, genüsslich. Neben dem Teller steht ein Glas Rakı. Er blickt nicht mehr auf. Die gebratenen Auberginen und die Zucchinipuffer verströmen einen wunderbaren Duft nach Olivenöl. Eingelegte, gerollte Weinblätter sind das nächste, was er sorgfältig auf die Gabel nimmt.

Wen suchen Sie? Hier? Ganz erstaunt betont er das Letztere. Er lässt mich einfach am Tisch stehen, als sei es das Selbstverständlichste der Welt und isst weiter.

Wo ist Mehmet? Ich habe mir die Frage zuvor genau überlegt. Wissen Sie, wo Mehmet sich aufhält – das hätte seine Allmacht in Frage gestellt. Wo ist Mehmet? wirkt besser. Die Frage ist kaum raus, da bereue ich sie schon. Wenn ich aber geglaubt habe, sie würde ihn aus der Ruhe bringen, habe ich mich getäuscht.

Warum fragst du? Er wechselt die Anrede. Ich versuch's ihm zu erklären und verheddere mich.

Er nimmt einen Schluck. Ich kenne keinen Mehmet. Trocken, unaufgeregt kommt die Antwort.

Ja, aber, der war doch...

Willst du sonst noch was? Eisig.

Nein. Nur das.

Lass dir an der Bar ein Bier reichen. Wir sind quitt. Er schaut auf den Teller und isst weiter. Langsam, als habe er alle Zeit der Welt. Für ihn bin ich schon nicht mehr da. Die beiden Kerle drängen mich weg. Ihr T-Shirt spannt unter den tätowierten Muskeln. Auf das Bier verzichte ich gerne.

Du nie mehr herkommen, verstanden! raunzt mir der eine unter der Tür zu und macht eine eindeutige Bewegung am Hals.

Es ist kalt und windig. Als ich in die Langstraße einbiege, beginnt es leicht zu schneien. Die kleinen Flocken wirbeln wie Flitter aus der Höhe herab, als fände dort oben ein festlicher Ball statt. Wenn die Stadt im Schneegestöber die Konturen verliert, entsteht Bild an Bild vor meinem Innern, eins ins andere übergreifend, das entfernteste noch nahe herangestellt und doch aller Nähe entrückt. Die kleine, eigene Welt weitet sich aus zum Raum und darüber hinaus, wo die Dinge zu schweben beginnen, sich zusammenfinden und wieder lösen, das Erwartete durchschimmern lassen, um es gleich darauf ohne große Gebärde erneut zu verhüllen.

Berührt.

Verlegt 2011 bei Edition Howeg
Bürglistrasse 21, CH 8002 Zürich
edition_howeg@datacomm.ch
© beim Autor und bei Edition Howeg

Lektorat
Thomas Nussbaumer, Zürich

Korrektorat
Marion Ross, Zürich

Titelfoto
«Camino spinirolo», Meride, Tessin
Walter Ehrismann

Gestaltungskonzept
Armin Ehrismann

ISBN 978-3-85736-274-3